设计是企业战略化资源

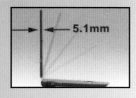

5.1mm

7小时

全新的VAIO SZ系列笔记本是索尼移动笔记本中的佼佼者！有着尖端的细节设计显著的多项高科技功能。

设计是企业创新的关键因素

设计比价格更具有关键性

情迷iPod

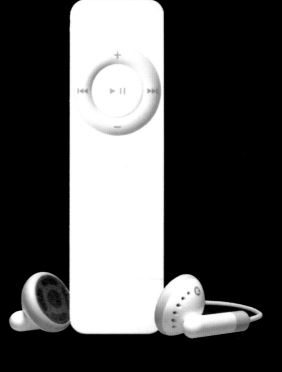

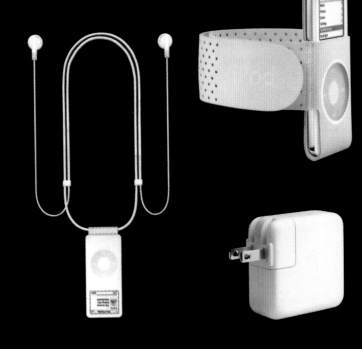

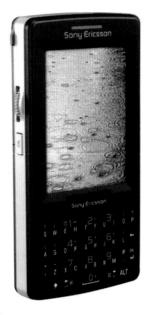

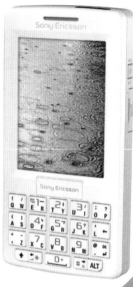

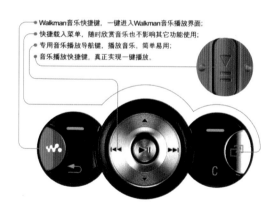

- Walkman音乐快捷键，一键进入Walkman音乐播放界面；
- 快捷载入菜单，随时欣赏音乐也不影响其它功能使用；
- 专用音乐播放导航键，播放音乐，简单易用；
- 音乐播放快捷键，真正实现一键播放。

W550c

富兰克林管理研究院常务副总裁　吴树珊　资源传媒主笔　金错刀　共同推荐

《金融时报》权威出版机构推荐授权·中国企业全面提升的必由之路

商学院
高级管理
丛书

Strategic Innovation Through Design

用设计
再造企业
Design in Business

[英] 玛格丽特·布鲁斯　约翰·贝萨特 著　宋光兴 杨萍芳 译

设计是企业战略化资源·设计比价格更具有关键性·设计是企业的核心业务过程
设计是企业创新的关键因素·设计是企业产品与服务差异化的根本方式

中国市场出版社
China Market Press

部分内容概览

　　本书旨为企业经理人提供供应链管理指南，书中包含多达 148 幅精心设计的插图。新时代竞争的本质是供应链之间的竞争，供应链管理是商业中最具挑战的领域，不同的供应链管理方式可以成就一家公司，也可以毁掉一家公司。商业成功在于找到把货物送到客户手里的更有效的方法。本书有助于企业经理人制定供应链策略以及进行供应链设计和管理。

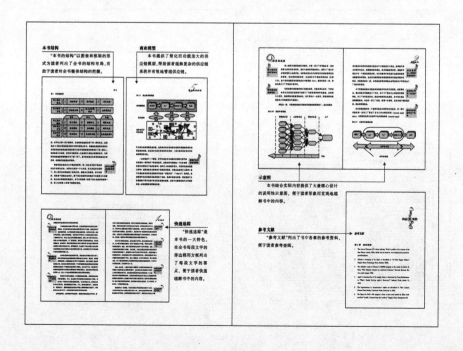

精品管理图书推荐

全球商学院权威管理教程，国际商业管理人士成功指南

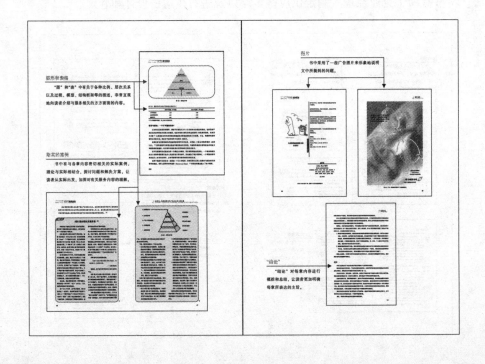

精品管理图书推荐

全球商学院权威管理教程，国际商业管理人士成功指南

商学院基础管理丛书

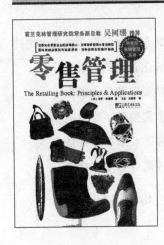

《零售管理》

[英] 保罗·弗里西　著

文红　吴雅辉　译

出版：中国市场出版社

定价：68.00 元

◆ 全球知名零售企业的战略核心

◆ 权威而资深的专业论述

◆ 国际知名企业的典型案例分析

◆ 全球动态的前沿展望与探讨

◆ 零售理论与管理实践现实结合

◆ 核心战略与实施的全面操作指导

富兰克林管理研究院常务副总裁吴树珊推荐

部分内容概览

　　零售是独特、多样并动态变化着的行业，是连接生产和消费的纽带，日益成为众所关注的焦点和核心。本书以领先的零售专家和实践人员的知识和经验为基础，结合实际案例研究和分析，全面阐述了零售管理这一全球知名零售企业的战略核心问题，概括出零售的主要战略功能，提出了有关零售管理的全面的策略性和操作性的方法。

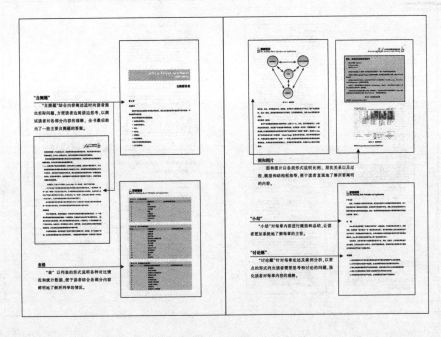

精品管理图书推荐

全球商学院权威管理教程，国际商业管理人士成功指南

商学院高级管理丛书

《用数字管理公司》

[英] 理查德·斯塔特利　著

李宪一等　译

出版：中国市场出版社

定价：68.00 元

◆ 中国企业全面提升的必由之路

◆ 精细化管理的有效保证

◆ 战略需要数字作依据

◆ 细节需要数字作说明

◆ 经营需要数字作评估

◆ 管理需要数字作指南

《金融时报》权威出版机构推荐授权

部分内容概览

　　本书旨在快速提升读者对数字的应用能力，教给读者迅速掌握企业财务的必备知识，让读者利用数字进行正确的管理，制定明智的投资计划，提交清晰的财务报告，使数字成为启迪管理人员灵感的源泉，让管理人员利用专业术语、财务工具和运算技能等实现优秀的管理绩效。

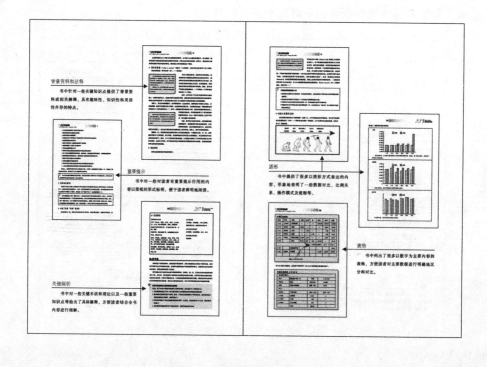

本书作者

玛格丽特·布鲁斯 (Margaret Bruce) 是设计管理和营销专业的教授，并且是 UMIST 纺织系的主任。她已在设计和创新管理方面主持了许多国际性研究项目；最近她出版了著作 "Creative Product Design: A Guide to Requirements Capture" （与 R.库珀合作）（John Wiley & Sons 出版社）；她已出版了 6 本书，发表了 200 多篇论文。目前她正在调查供应链中的设计和创新管理，研究电子商务对全球时装供应链的影响，以及开发纺织收藏品的数字化存档方法。布鲁斯教授是富布莱特 (Fulbright) 学者，也是香港理工大学的战略顾问。她的电子信箱是：Margaret.bruce@umist.ac.uk。

约翰·贝萨特 (John Bessant) 是英国布赖顿 (Brighton) 大学的技术管理教授。他原来是化学工程师，25 年来，他在技术和创新管理的研究和咨询方面异常活跃。他特别感兴趣的领域包括人力资源和组织创新发展、公司之间的学习和促进敏捷企业的出现。他出版了 12 本著作，在这些领域内发表了许多文章，并且在世界范围内巡回演讲。

大卫·班布里奇 (David Bainbridge) 是阿斯顿 (Aston) 大学商学院法学方面的审稿人，会计和法律团队的会议召集人。他是法律顾问和受特许的工程师，是土木工程师协会和英国计算机协会的会员，也是信息技术法律和知识产权法律事务的顾问。他的研究兴趣包括软件许可、数据保护法律和设计法律。他出版的著作有《知识产权》（皮尔森教育出版集团）、《计算机法律导论》（Longman 出版）、《软件版权法》（Butterwoths 出版）、《软件许可》（CLT 专业出版社出版）和《数据保护法》（CLT 专业出版社出版）。

保罗·考夫兰 (Paul Coughlan) 是 Trinity 大学（都柏林）企业研究学院运营管理方向的副教授，主要讲授运营管理和产品开发课程。他的研究兴趣包括持续改善和设计制造集成。他是欧洲运营管理协会、持续创新网络以及欧洲高级管理研究中心的成员，并且是 1998 年 6 月举行的第五届国际 EurOMA 会议的副主席。他是 Magnetic Solution 有限公司的董事，该公司是位于都柏林的处理设备开发商和制造商，其前身是 Trinity 大学的校办公司。

戴夫·弗朗西斯 (Dave Francis) 是专攻创新和敏捷企业发展的组织开发顾问。作为社会学方面的变革代表，他的研究专长包括战略开发、价值分类、文化变迁和组织学习。除从事咨询工作外，他是创新管理研究中心的副主任，并为欧洲虚拟大学主持一个主要项目。在过去

用设计再造企业

20年中，戴夫一直担任许多组织的顾问。他已经撰写或合作编写了 29 本著作，包括《团队建立战略》、《优秀团队的建立》、《管理你自己的职业生涯》、《有效问题解决》、《无障碍的组织沟通》和《逐步竞争战略》。他的最新一本著作是由 Gower 出版的《敏捷组织的敏捷员工》。

汤姆·茵斯 (Tom Inns) 是约旦斯通 (Jordanstone) 艺术和设计学院［这是邓迪 (Dundee) 大学的一个学院］Duncan 设计方面的教授。他在德贝 (Derby) 的劳斯莱斯航空发动机公司开始了他的职业生涯，后来在 Briston 大学从事机械工程研究，接着在皇家艺术学院获得了工业设计硕士学位。1990 年，他作为创始人之一成立了 Brunel 大学设计研究中心，1996 年成为该中心的主任。1998 年以来，汤姆与英国设计委员会一起从事一系列项目的研究，这些项目的研究重点是改善企业的设计能力。他的研究兴趣包括设计能力评价、设计投资的财务影响和设计过程中的结构化和可视化思考。

比尔·尼克松 (Bill Nixon) 是邓迪 (Dundee) 大学会计和信息系统方向的教授，他的研究兴趣包括投资评价、绩效评价、设计的战略联盟、R&D 和新产品开发活动。他对将会计作为产品开发过程中完全不同的学科之间进行融合的工具来使用特别感兴趣。目前他正在开展设计委员会的一个项目，目的是开发一套评价设计决策的财务影响的诊断程序。尼克松教授的电子信箱是：w.a.j.nixon@dundee.ac.uk。

尼克·奥利弗 (Nick Oliver) 是剑桥大学管理研究中心的管理学教授，他教授组织行为和运营管理课程。他是《英国工业日本化》一书的作者之一，该书研究日本管理实践在英国的推广问题。他最近的研究包括日本、欧洲、北美和中国自动化制造的标杆管理研究、消费类电子产品开发绩效的国际比较，以及生物技术和自动化工业创新的跨企业网络研究。

比阿特丽斯·奥托 (Beatrice Otto) 是专攻可持续性设计的战略应用的自由顾问。她为企业和设计专业的听众举办演讲，为设计委员会开展研究工作，其中包括可持续性战略项目方面的研究。她正在撰写一本书，该书的内容包括可持续性经营案例和如何进行操作的原理，同时正在开发一个辅助网站 (www.sustainablestrategies.com)。她最近的研究领域已扩展到了中国。她的电子信箱是：beatrice@courtjester.demon.co.uk。

致　谢

英国设计委员会的高级管理员莱斯利·莫里斯 (Lesley Morris) 从开始到结束一直管理这个项目，如果没有她对本项目的持续奉献，本书是不可能出版的。在本书编写期间，皮尔森教育出版集团的编辑珀涅罗珀·伍尔夫 (Penelope Woolf) 一直参与了该项目。劳拉·格雷厄姆 (Laura Graham) 负责本书的出版工作。沃里克 (Warwick) 大学沃里克商学院的奈杰尔·斯莱克 (Nigel Slack) 教授和剑桥大学管理研究中心的尼克·奥利弗 (Nick Oliver) 教授在本书编写的重要阶段作出了非常有价值的贡献。顾问比阿特丽斯·奥托 (Beatrice Otto) 担任本书初稿的协调员，并编写了最后一篇。EPSRC 对《设计管理》的研究进行了支持，本书第 1、2、3 章和第 5 章收录了有关的一些理论。

对允许我们使用版权材料的有关各方表示感谢：

图 3.2 来自 R.库珀 (R. Cooper)、M.布鲁斯 (M. Bruce) 和 D.瓦斯克思 (D.Vazquez) (1998) 的文章 "Design Management: A Guide to Sourcing, Briefing and Managing Design for Small and Medium Sized Companies" （设计委员会出版的《设计委员会报告》）；表 3.3 来自 R.库珀 (R. Cooper) 和 M.普雷斯 (M. Press) 的 "The Design Agenda" （Wiley Europe1995 年出版)，该书在 John Wiley& Sons Limited 的授权下进行了再版；图 5.1 和 5.4 出自 M.布鲁斯和 R.库珀 (1997) 的著作 "Design Management and Marketing" （汤姆森国际商务出版公司）；图 5.2 来自伦纳德-巴顿 (Leonard-Barton) 的 "Inanimate integrators: a block of wood speaks" [《设计管理杂志》（夏季版），第 61~67 页]；图 12.3 出自 B.霍林斯 (Hollins, B.) 的 "Developing a long-term design vision" [《设计管理杂志》（夏季版），第 44~49 页]，本文是为了 DMI 杂志，从 B.霍林斯 (Hollins, B.) 和 G.霍林斯 (Hollins, G.) 的 "Over the Horizon: Planning Products Today for Success Tomorrow" (Chichester：John Willey & Sons, 1999, 第 20 页) 改编而来的；图 12.1 出自 M.查特 (M.Charter) 的 "Cradle to Grave in Environmental Design" （绿叶出版社，1990)。

案例研究 9.1 来自戴森 (Dyson) （1997) 的著作 "Against the Odds: An Autobiography" (Texere 出版社)；节选了 T. 赫因思 (T. Hines) 和 M.布鲁斯的 "Fashion Marketing" （Butterworth International 出版) 的第 269~274 页；在 Reed 教育和职业出版公司的分公司 Butterworth Heinemann 的授权下再版了该书。

本 书 预 览

未来的企业必须进行创新,否则就会衰退,必须进行设计,否则就会消亡。设计是企业保持竞争力、活力和效力的重要因素。企业通过创新设计,可以实现蓝海战略。

摘录

全书每章的不同部分都适当引用了一些知名人士的有关设计的观念或言论,读者通过这些摘录的观点,可以加深对设计的重要性的认识。

本书结构

书中提供了全书整体结构的总体介绍,概括出了每部分阐述的主要内容。

"学习目标"

"学习目标"以要点的形式列出每章旨在向读者介绍以及需要读者掌握的内容。

"引言"

"引言"作为每章章首部分的论述,简明地指出每章旨在阐述的核心内容。

DFM理论体系的实施还与"并行工程"的使用有关，在这种重叠过程中，关键设计、工程和制造方面的人员在产品设计的早期阶段就提供和整合他们的输入，这种输入可以减少下游环节的困难，从一开始就考虑质量、成本和可靠性。产品和过程设计并行且在同一时间背景下发生，使得过程约束能作为产品设计的一部分来考虑。

小型案例研究 6.1　雀巢 Polo 薄荷糖——带孔的薄荷糖里还有小的带孔的薄荷糖

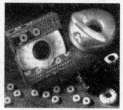

Polo薄荷糖是英国历史悠久的著名品牌，这是一个相当家庭式的名字。正是因为基于这种优势的地位，雀巢公司才决定冒险进入品牌扩展。公司的开发团队感觉到一种无糖的、呼吸清新的薄荷具有一定的市场，这就是所谓的Polo高级薄荷糖，其质量只有传统Polo薄荷糖的十分之一，但与它的大小相比，薄荷油的含量却是四倍。

公司对这种高级薄荷糖的口味、尺寸、包装和外表作了大量市场研究，通过使用与原来的薄荷糖相同的外表形式，以及采用众所周知的较大的塑料包装形式，可以提高这种薄荷糖的品牌认知。

较小的薄荷糖意味着开发新的机器，这种机器能以压榨较大薄荷糖的同一精度来压榨似小的薄荷，另外，必须增加速度和能力来满足市场的需求。这种高级薄荷糖的销售超出了所有期望，通过品牌创新以及在Polo薄荷糖包装形式的基础上添加有趣的要素，再加上体积较小而薄荷味较浓所带来的极大便利，这种薄荷糖吸引了大批年轻消费者。

从一开始，营销和生产工程就紧密联系在一起，以确保初始概念在技术上是可行的——薄荷糖的尺寸意味着必须满足特别严格的说明书。

[www.designcouncil.org.uk]

147

精简的实际案例

　　"小型案例研究"提供了一些精简的实际案例，便于读者结合文字阐述理解相关内容。

详细案例分析

　　"案例研究"以较详尽的篇幅列举了很多创新设计的例子，读者可以通过对这些详尽案例的分析获得一些更深入的信息。

用设计再造企业

发自己的产品。他坚信自己的想法一定会获得成功，因为从世纪之初以来，市场提供的产品就只有一种，一直没有改变过，消费者别无选择。他的早期实验并不都是成功的，但逐渐地获得了成功，并于1980年申请了采用旋风技术的吸尘器专利。

后来他又花4年时间设计了5 127种原型，但以胡佛（Hoover）、飞利浦（Philips）和伊莱克斯（Electrolux）为代表的现有吸尘器行业对他发明的这种技术不感兴趣，于是戴森对于难缠的筹募资活动，力图开办自己的公司，这一做法逐渐获得了成功。他的公司创建于1993年——产生最初想法14年后，工厂设在威尔特郡的马姆斯伯里（Malmesbury），目前雇用了1 800个员工，日产吸尘器10 000台。公司总价值高达5.3亿英镑，并发展成了吸尘器产品系列，正在开发的其他产品也试图打入国内家电市场，例如洗衣机、洗碗机等，这些产品的设计也采用了类似于吸尘器开发的新思想。

（3）Anywayup 杯子

这种杯子是一位母亲在寻找解决问题的答案时设计出来的。她用一种非洲的杯子教期学走路的小孩子使用杯子，难到液体溢出的问题，于是她在杯口安装一个单向阀门，解决了这个问题。精着她开始寻找制造商，在遭到20多次拒绝后，她终于找到了一家公司——V&A销售有限公司，该公司认识到了这项发明的潜在价值，因此采纳了这位母亲的设计思想，开始生产新型杯子。现在，这位母亲每周可以获得大约20 000英镑的利润，谁说发明不赚钱呢。

销售部门能够预见到这种杯子给父母（甚至真正的用户——刚学走路的小孩）带来的巨大好处。该公司决定生产这种杯子后，必须解决将这位母亲的设计付诸实施的技术问题。尽管他们确信这种杯子会满足消费者的需求，但是在详细考虑生产问题之前，

戴森双层旋风 DC02
圆形清洁器——戴森有限公司

24

设计是产品和市场的生命

该公司还是做了一些市场研究。

虽然22家大公司有机会生产这种杯子，但它们还是拒绝了。尽管需要先服许多技术上的困难，规模较小的V&A公司在获得设计法六个月后，就着手生产这种杯子了。该公司将传统的带有永久性小孔的研钻杯口替换为带硅胶膜的软杯口，只有婴儿吸吮时膜隙才会打开，这样婴儿就可以喝到液体，又避免了液体流遍牙齿，减少了液体对牙齿的腐蚀。当然，不使用杯子时里面的液体还是不会溢出或泄漏的。

为了使产品在市场上获得成功，该公司不得不充分利用其分销网络，他们对销售情况进行跟踪，并与自己的其他产品相比较。现在，这种产品通过主要商店、批发商、零售商进行销售，用户也可能购买该产品。该公司杯子销往大约70个国家，公司的目标是走向世界范围内销售1 000万个杯子。他们还发现，采用新的颜色使计量更增加为原来的4倍。公司根据顾客的反馈意见，开发出一种清洗杯子阀门的刷子，并希望在第一年内销售2 000万个这种刷子，这些刷子都是用回收材料制成的。

公司把生产外包了一部分，但发现现在不能满足日益增长的需求。当他们使用另外一个制造商时，带来了一些生产质量问题，只有更好一些生产质量控制，该公司最终决定自己生产。因此他们的新想法决定在中国生产最便宜（运输成本的关系）。结果是了它能做的每包已被，包括生产工具的制造。

这种杯子的成功以及从实施设计思想所获得的经验，对公司在其他产品上进行积极创新起到了鼓舞作用，并在公司内形成了物所敬重的文化氛围，只要有人提出新想法，公司都会考虑，这样每周都有六七种方法出现。公司对新想法的10%进行研发（R&D），其中20%~30%的想法能进入产品开发阶段。

下面是一些设计失败的例子。

25

用设计再造企业

□ 使用哪些设计专业领域；

□ 设计对他们的业务所作出的贡献；

□ 培养获得、描述、联系和评估设计的技能。

管理设计的细节随设计内容的不同而不同，同时也依赖于设计是在内部进行还是外包出去。图 5.1 阐述了设计过程和营销专业人员与设计者一起工作时需要管理的若干问题。设计过程基本上可以分解为 4 个类别——规划、进化、转移和反应。

□ 规划涉及到识别设计需求和进行问题定义。

图 5.1 设计过程的四个阶段
来源：Bruce and Cooper (1997).

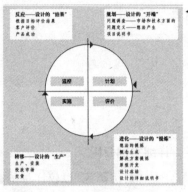

24

示意图和表格

"图"和"表"提供了各种分类、对比关系以及流程、结构等的说明，便于读者直观、快速地了解书中各部分的内容。

291

用设计再造企业

动是人们所期望的。霍林斯指出："那些积极地为自己所在公司的未来进行规划的人，认为大部分事件都是可以预测的，唯一困难之处是预测产品的详细说明书和美观性"。

那些设计未来、为创新和设计管理开发了系统的公司，能够分配组织的未来工作所需要的资源——将梦想变为现实。

12.6 结论

□ 企业必须注意技术的未来趋势、消费者行为的变化模式和市场趋势。对未来进行设计计划需要开发一套创新管理系统，该系统将有利于资源的配置，从而创造企业的未来。

□ 可持续性在过程和产品上是变化的主要领域。将可持续性设计作为最重要的关注对象，就是为开发技术和美观性提供了机会。围绕可持续性重新思考过程，能够带来全新的工作状况，能获得成本和时间方面的额外收益。

□ 电子商务正影响着消费者 (B2C) 和企业 (B2B)。我们正利用电子商务来探索新的服务、产品和工作方式。因特网为消费者和企业都提供了大量信息。交易活动——通过因特网订购、交付产品——正日益得到普及，通过这种方式，消费者能购买到更便宜的商品（例如书和食品），公司能拍卖多余的库存物资，跟踪正在制造和运输的产品的状态。因为不同领域之间的沟通（例如营销、生产和设计）是透明的，所以针对设计管理和产品开发的企业内部网正在得到实施，它有助于减少产品进入市场的时间。

□ 本章最后一节讨论了基于拟人方法的趋势分析在新消费者趋势识别中的应用。服装行业中处于优势的主导公司需要为材料变化、消费者如何选择商品的搭配以及不同市场的风格如何彼此参照和影响等方面做好准备。例如，饭店的室内布景会影响产品的色彩、形状、质地，这些可能需要反映在时装的装饰上，反过来也是这样。对于易变的社会来说，即刻进入市场和相互沟通又会带来对时装及附件的需求，如何将移动通信构建到织物和时装中去呢？

326

"结论"

"结论"对每章内容进行有条理地归纳和总结，对全章内容分层次进行全面分析，能够帮助读者系统地了解每章的主旨。

☐ 公司身份能够用来在公司内部向员工传递公司的核心价值，通过员工的活动，又可以强化这些价值。总之，公司身份可以传递组织所代表的东西——它的核心价值、使它独特的东西、它的当前目标和未来目标、使命和愿景。

☐ 创建品牌是通过名字或符号在市场上实现差别化的方法。商标是品牌的签名，可口可乐的字体和红色是品牌的完整部分。品牌已成为公司身份的标志，在英国，零售商自己的品牌很强大，House of Fraser 的 Linnea 品牌，George、沃尔玛的英国流行标志，都是这方面的例子。对想要保护其品牌所有权的制造商来说，仿造品牌是一个主要问题。随着因特网的发展，在线和离线品牌的关系是目前人们正在探索的一个领域，消费者如何看待在线的和离线的品牌？在不同的媒体中如何强化品牌的价值？

本章关键问题

1. 针对金融服务公司、网络公司和食品零售商，解释设计如何影响营销组合。

2. 列出营销和设计之间沟通不畅的原因。这一问题如何影响地毯制造商和餐饮连锁店的产品或服务开发？如何解决这方面的问题？

3. 讨论产品设计（如时装或汽车）如何影响消费者的购买决策。考虑设计因素在购买决策中的相对重要性（例如与价格等进行权衡）。

4. 一家国际航空公司决定改变它的公司身份，如何管理这个过程？这个过程中关键的利益相关者最重要？可以使用什么评估准则来反映该过程的有效性？

5. 一个巧克力品牌的销售正走向衰败，品牌经理必须决定是否对品牌身份的革新或者价格促销规划进行投资。你能为这个品牌经理提供什么建议？

6. 一个在大街上经营的零售商进行了一项投资，它开展了一项网络业务，也就是成为在线零售商。对于这项新的网络业务，有什么主要要求？如何达到这些要求？

7. 针对45～60岁的用户群在体育馆内使用的系列运动服，开发一份设计说明书。

8. 针对一种面向女性市场的高性能汽车或一种以时尚为吸引力的信用卡设计一份市场研究计划。

9. 概述适合于评估和跟踪产品设计项目的一种项目管理过程。

132

"问题"

"问题"以要点的形式列出读者需要结合各章内容进行思考和讨论的问题，便于读者加深对每章内容的理解。

阅读和参考资料

全书最后结合每章内容列出了"进一步阅读的材料"和"参考文献"，为读者推荐了一些参考资料并列出了每章的参考资料来源，便于读者参照阅读。

本文针对繁忙的经理人，很好地概述了目标成本法如何帮助公司在设计阶段前瞻性地控制成本，而不是在生产阶段回顾性地控制成本。技术、竞争者快速的"逆向工程"能力和从模仿到创新的能力的融合，意味着公司除了从前期的设计阶段管理成本之外别无选择。

Reinertsen, D. G. (1997) Managing the Design Factory. New York: Free press, 267 pp.

本书主要阐述设计的经济方面。本书认为，为保证设计的战略作用，调整设计过程中的经济方面是必不可少的；不考虑财务因素，设计就可能被认为是一种成本而不是一种投资，也可能被认为是身外图活动而不是核心活动。

Smith, P. G. and Reinertsen, D. G. (1998) Developing Products in Half the Time: New Rules, New Tools. New York: Van Nostrand Reinhold, 291 pp.

本书探讨地剖析了基于时间的竞争性环境下的设计挑战。本书将有用的、效果良好的管理风险的方法和有效使用资源的方法与总过检验的技术整合在一起，来分析和促进设计与开发过程。

Ulrich, K. T. and Eppinger, S. D. (1995) Product Design and Development. New York: McGraw-Hill, 288 pp.

本书把市场营销、设计、制造及财务的观点融合到单一的产品开发方法中。

9 进一步阅读的材料

Bainbridge, D.I. (1998) Intellectual Property, 4th edn. Harlow; Longman.

Dyson, F. (1997) Against the Odds: An Autobiography. London: Orion Business Books.

Johnstone, D. (1996) Design Protection, 4th edn. London: Design Council.

Suthersanen, U. (2000) Design Law in Europe. London: Sweet & Maxwell.

10 进一步阅读的材料

Clark, K. and Fujimoto, T. (1991) Product Development Performance: Strategy, Organisation and Management in the World Auto Industry. Boston, MA: Harvard Business School Press.

11 进一步阅读的材料

Baxter, M. (1995) Product Design: Practical Methods for the Systematic Development of New Products. London: Chapman & Hall.

本书提供了产品开发的一个结构化管理框架，给出了很多设计工具。

Boist, M. H. (1998) Knowledge Assets: Securing Competitive Advantage in the Information Economy. Oxford: Oxford University Press.

本书主要讨论企业如何管理不同类型的知识。

Cooper, R. G. (1998) Product Leadership: creating and Launching Superior New Products. Reading, MA: Perseus.

本书研究的问题包括产品开发中的关键成功因素、新产品过程的实现和产品组合管理。

334

PA Consulting Group (1999) Going for Growth: Realising the Value of Innovation. London: PA Consulting Group.

Reinertsen, D. G. (1997) Managing the Design Factory: A Product Developers Toolkit. New York: Free Press.

Roy, R. (1994) Can the benefits of good design be quantified? Design Management Journal, 5 (2) (Spring), 9–17.

Smith, P. G. and Reinertsen, D. G. (1998) Developing Products in Half the Time: New Rules, New Tools. New York: Van Nostrand Reinhold.

Suris, C. (1996) How Ford cut costs on its 1997 Taurus, little by little. Wall Street Journal, 18 July, B1, B8.

9 参考文献

D'yson, F. (1997) Against the Odds: An Autobiography. London: Orion Business Books.

10 参考文献

Camp, R. C. (1998) Benchmarking: The Search for Industry Best Practices that Lead to Superior Performance. Milwaukee, WI: ASQC Quality Press.

Clark, K.B. and Fujimoto, T. (1991) Product Development Performance: Strategy, Organisation and Management in the World Auto Industry. Boston, MA: Harvard Business School Press.

Fujimoto, T, (2000) Shortening lead times through early problem solving: a new round of capability in the auto industry. New Product Development and Production Networks (ed. U. Jurgens) . Berlin: Springer.

IBM Consulting Group (1994) Made in Europe: A Four Nations Best Practice Study. London: IBM Consulting Group.

Oliver, N., Dewberry, E. and Dostaler, I. (2000) Developing Consumer Electronics Products: Practice and Performance in the UK, Japan and North America. Cambridge: Judge Institute.

Watson, G. (1993) Strategic Benchmarking: How to Rate Your Company's Performance Against the Worlds Best. New York: Wiley.

11 参考文献

Baxter, M. (1995) Product Design: Practical Methods for systematic Development of New Product. London: Chapman& Hall.

Belbin, M. R. (1994) Design innovation and the team. Design Management Journal. (Summer) .

Booker, J., McQuater, R., Peters, A., Spring, M., Swift, K., Dale, B., Rogerson, J. and Rooney, M. (1997) Effective Use of Tools & Techniques in New Product Development. Manchester School of Management Working Paper Series.

BSI (1999) BS 7000: Design Management Systems: Part 1. Guide to Management Innovation. London: British

346

目录

设计是非常重要的。当今世界，顾客在决定买什么和向谁购买时，面临的选择越来越多，什么原因促使他们选择一种产品或服务而不是另一种产品或服务呢？为什么在全球市场环境下一些供应商能够成功而其他供应商则失败了呢？区分赢家和输家的标准是什么？一句话，那就是设计。

无论对服务公司、制造商还是零售商，设计都是经营的一个主要特征。设计是关于人造物品的概念和计划，因此它包括三维物体、图形传递、从信息技术到市区环境的集成——家具、纺织品、轿车和计算机。

好的设计不是偶然出现的，而是一个被管理的过程。

战略开发需要想象力，像概念、意图、含义、逻辑和特色等无形的东西，都是想象力的关键组成部分，这就意味着设计者需要把自己当作战略团队的成员。

设计可以看作一种营销资源，它可用于处理决定一种产品的价值和质量的决策。无论是强调技术性能、风格、可靠性、安全性、易使用或若干属性的某种组合，产品设计都能提供质量和价值，在顾客的眼中这些就是金钱。在使顾客得到满足和不断取悦顾客方面，设计是营销能力的关键组成部分。

序言 1：用设计再造企业

克里斯多夫·弗瑞林爵士（Sir Christopher Frayling）

　　1996 年起担任伦敦皇家艺术学院院长，同时是英国皇家设计委员会主席。他是英国国立维多利亚和阿尔伯特亲王博物馆（V&A）的理事，并于 1987 年到 2000 年期间任英格兰艺术委员会委员。他有 20 多年的作为文化历史教授的经验，著有 13 本艺术和文化专题的著作。

　　企业需要设计，它们生产不生产东西都无关紧要。设计是做事的一种方式，而不仅仅是我们做的某些事情——并且，从战略角度来看，它是一个企业保持竞争力、活力和效力的重要因素。

　　然而，实际上许多企业直到陷入困境时才意识到这一点。由于它们的交际面越来越窄，它们失去了与客户的联系，在挽回客户方面面临着极大的挑战。运用友好设计方法的企业很少会出现这种情况。事实上，研究表明，崇尚设计的企业的成就超出市场平均水平的程度相当惊人。（股票市场引用获得设计委员会颁发的千禧年产品名望奖的公司作为例子，表现最好的设计的产品和服务被放在一种假设的投资基金中，在过去四年中，它们的股票价格相对于 FTSE 综合指数来说上升了 137%，而后者本身在同期内几乎翻了一倍。）

　　为什么所有类型的企业都需要设计？为什么它们有时候没有认识到这一点？下面给出 4 种原因：

- 在仅仅依靠价格进行交易是一种风险较大并且容易受攻击的战略的时代，设计代表了真正能区分企业的一种东西。在英国，我们碰巧非常擅长设计——我们需要更好地利用世界上一流的技术基础，并将我们对这种技术基础的意识同使用它的愿望匹配起来。

- 设计并不是款式和包装，它帮助企业展望未来，预测客户想要但不知道的东西。设计也会解释你为什么制造，而不只是解释你怎样制造。设计能帮助企业认识到它们过去的工作方式可能并不是最好的做事方式。

- 设计思想同时包括计划、发明和沟通。在把不同"学科"融合于一种业务方面，设计几乎是独一无二的，它将财务、制造、营销、品牌和战略联系在一起，从而包含了商业现实和文化行为的时代精神。这是让设计在董事会上占有一席之地的较好理由，比如，就像奥迪汽车的设计者所做的那样。

- 当创新与设计相结合时，创新才能实现自己的全部潜力。企业的无限发展已经提出了许多伟大的构想，但企业只能以未达到目标的方式实现这些构想，原因是这些企业忽视了产品和消费者的相互作用：消费者对产品或服务的体验——以及保证客户忠诚度的事情。

因此，如果商学院的学生在找到第一份工作的时候已经理解了这些问题，而不是通过不愉快的——并且是代价昂贵的——经历来理解这些问题，难道这不是好事吗？

这就是这本书要讲述的内容，我希望它能够对你有所帮助和启发。设计的确很重要。

奈杰尔·斯莱克 (Nigel Slack)

英国沃里克大学生产政策与战略专业教授，先后获得工程学学士、管理学硕士和管理学博士学位，同时还是位执业工程师。他的管理专著有《生产优势》、《如何进行管理决策》、《服务制胜》、《运营管理案例》（第 3 版）。他为全世界许多跨国公司，尤其是金融服务、交通、休闲和制造业企业提供咨询服务。他目前的研究方向主要集中在运营和生产柔性、运营战略领域。他著的《运营管理》（目前已经出至第 4 版）是这个领域中的权威教科书。

可以想象这种场景。有一个管理研讨会，来自广泛范围内的多种群体的高层主管聚到一起，接受由副总裁组成的高层团队的教化，以及各种边缘学者包括我自己的说教。研讨会的部分任务是 (通常是在研讨会中期) 每位主管向其他代表承认他们特殊的管理问题，目的是共享经验、获得支持和信心，以及从群体的其他人员那里收集有用的建议。生产和销售中等价格时尚服装的集团公司的设计经理也是代表之一。参加研讨会的还有其他许多负责设计的人员，但是大多数都不会这么幸运。

这位设计经理宣称："管理设计就是管理冲突"，"'创造性人员'（他加的引号，不是我加的）和我们这些职业经理之间总是存在冲突。我们的设计者是具有创造性的人，他们富有创新性，对所做的工作具有激情。他们有责任心、热情，并且经常有独到的见解。不过，他们必须符合公司的经营要求，这就是冲突的来源。我怎样才能给予他们创造的自由，同时又能让他们将注意力集中在公司的经营要求上呢？怎样做才能允许他们追求自己的想法（这些想法似乎并不能立即与公司相关，但可以成为公司未来发展的基础），同时又保证他们如期完成设计，没有浪费他们自己的时间呢？"他现在对这个主题很兴奋，他宣称："'创造性人员'需要培养和保护"，"我的任务就是提供一种环境，在这个环境中，他们能够施展自己的才干，同时又免受企业中那些不太敏感而又比较急躁的同事的影响。我必须创建有利于我的'创造性人员'获得发展的过程和结构。"这些观点强烈吸引了房间里的其他大部分经理，他们没有"创造性人员"可管理，他们只是在履行企业中的比较常规的任务，如营销、运作、财务等。其中一个人说："管理这些有个性的人一定具有挑战性而又非常有趣。"显然，我的设计经理是某种组织管理人员，他必须很好地培育他的"创造性人员"，最重要的是使这些人感到快乐，但同时还要保护组织内的其他人员，使他们免受这些"危险物种"的侵害。他的意思是，创造性是非常好的东西，没有什么害处，关键是人们要合理使用它。

当时我也在场，令我感到惭愧的是，我竟然赞同这种隔离公司创造性人员的观点。我用一贯正确的技巧思考真正有趣的问题，半小时后，当我走回办公室时，发现我的设计经理不只是用令人难以忍受的态度对待他的"创造性人员"，而且他也忘了设计的本质，甚至忘了创造性的本质和重要性。我为什么没有反对他的胡言乱语呢？我为什么没有指出我们不应该只期望"创造性人员"具有创造性呢？我们为什么要把所有责任都推到他们身上呢？我们为什么只期望设计过程的结果具有创造性和创新性，却不期望创造设计的过程本身具有创造性和创新性呢？我们为什么不期望我们中对设计过程进行设计的那些人具有同样的才能、想象力和真正的闪光的才智呢？正如我们通常定义的那样，创造性和创新当然是任何产品或服务设计者的必备品质，但是它们也应该是我们当中作用不太突出的人员应该具备的品质。实际上，在设计过程的设计中表明创新和创造性是一个更具挑战性的目标。我的设计经理所提到的冲突依然存在，但是由于它们不能很好地被定义，而且几乎总是比较模糊的，这就使得管理起来更加困难。比如，产品或服务设计本身的完整性和组织为产生这种完整性所具有的经营资源的能力之间存在冲突，制定符合当前客户的比较明显的需求的设计目标和制定开发组织的独特能力的设计目标之间存在冲突，全部自己设计和把部分设计活动转包出去之间存在冲突，围绕基于小企业的单元组织设计活动和将公司资源用于大型的中心设计之间的冲突等等。这些是设计过程活动中存在的问题，同时也反映了传统的冲突和"创造性人员"所采取的折中方案。外观、功能、适用性、美观性和可制造性都有可能相互冲突，在生产新的、更好的和也许是创新性的产品和服务的创造性过程中，必须权衡这些方面。妥善处理设计过程的设计中的冲突可能比较困难，因为这些冲突涉及到动态的和模糊的市场、复杂的有时又是难以理解的运作过程及不完善的组织决策结构，它们经常导致战略目标和（或许是最重要的）不可预料的人的行为之间的冲突。不过这也说明，与产品和服务设计活动本身相比，设计过程的设计更需要创新性和创造性。我的设计经理的"创造性人员"可能会认为这些过程设计问题与他们自己的问题相似。另外，他们可能会将他们自己的创造力与这些问题联系在一起。我的设计经理在"保护"他的设计者，这给他的组织带来了根本伤害。这些设计者原本可以成为他认为重要的过程的最好的创新和创造性资源之一。从许多方面来说，他所说的"管理设计就是管理冲突"是正确的。设计产品和服务的活动中存在冲突，设计产品和服务的设计过程的活动中也存在冲突。也许更值得注意的是，设计活动和管理设计过程的活动之间也可能存在冲突。不过，就像前面所说的，没有冲突就不会有创造性。如果没有冲突，那么为什么还要去为创新操心呢？我们应该做的最后一件事是像对待某种隔离病房一样，来限制设计部门的创造性设计冲突。我的设计经理为了保护他的设计者而正在隔离他们。但是哪些人正在受到真正的保护？目的是为了防止什么人？可能他真正保护的是企业中的其他人，以防止"创造性人员"对他们造成侵害。他完全可以通过鼓励创新性和创造性"病毒"来"感染"整个组织，更好地服务于公司。

学会解决这些冲突，将永远不会面临组织的群体隔离，这种隔离将"创造性人员"与组织中的其他人员分开。这种结果来自于对商业世界中我们是怎样创造、学习、探索可能性、阐明可能性以及获得新颖性的理解。这就是为什么本书如此重要的原因。玛格丽特·布鲁斯（Margaret Bruce）和约翰·贝萨特（John Bessant）以及他们的团队在本书中没有把设计活动进行隔离和拆分。毫无疑问，他们将设计创新和创造性看作是整个组织的问题。他们进一步认为，在现实中"设计"和"经营"在本质上是同一个问题，两者都必须是创造性的，两者都必须是创新性的，同时，两者也都必须得到管理，以使两者能够增加价值。

序言 2：设计为什么能再造企业

未来的企业必须进行创新，否则就会衰退。它们必须进行设计，否则就会消亡。

——设计师贾尼斯·科克帕特里克 (Janice Kirkpatrick) 在《商业周刊》设计专栏开办时的讲话

正如我们引用的这段话所充分表明的那样，设计是关系到建立和维持个体企业、产业部门和国民经济竞争力的战略问题。我们可以很容易地想到一些例子，在这些例子中，设计对企业成功起着重要的作用。有时，这一点与特定的产品有关——例如，戴森 (Dyson) 设计真空吸尘器的方案给成熟的工业注入了新的活力，或者是苹果公司的 iMac 给计算机制造商增添了新的致富机遇。有时，这一点也与整个产业部门有关——例如，尽管意大利企业的平均规模很小，但意大利家具生产商在世界出口市场中一直是成功的，世界级的设计声誉给意大利工业注入了强大的力量。

当今世界，遍布全球的竞争者使得竞争日益加剧，竞争成功的原因最有可能是企业能够提供差别化的产品。虽然价格总是重要的，但它越来越不是竞争力的充分基础，相反，重点必然转移到设计上，它是促进经济增长的关键的非价格因素之一。这就带来一个问题，了解和管理设计过程的中心阶段成为 21 世纪面临的主要挑战之一——本书的目标就是迎接这样的挑战。

关于管理设计过程的概念，我们面临的首要难点之一就是我们所讨论的内容不总是清晰的。设计这个术语可用来描述创造新事物的过程，也可以用来描述该过程的产出。即使我们赞同这些含义中的一个或其他几个，我们也会面临不同的解释，人们会从他们在组织中所处的特殊角度来解释设计——营销、运营、财务等，否则，设计就被假定为"设计者所做的事情"以及留给设计领域的专家去做的事情。

在本书中，我们尝试运用一种不同的、更加整合化的方法。我们不是把设计看作一种外围的或专家的活动，而是一个核心的业务过程。设计能更新组织提供给世界的东西——它的产品和服务，如果没有设计，那么企业就没有未来。这是我们要重点关注的过程，同时，我们把设计看作是对创造性的有目的的应用，以便使企业的产品或服务包含创新的东西。

作为一个核心的业务过程，设计涉及到多种活动，并利用许多不同的观点（如运营、营销、人力资源管理等），许多研究结果和许多通过辛苦得到的实践经验充分说明了这一点。成功的设计管理取决于我们把设计看作一个整合过程，并提供这些不同观点能够进行相互作用的机制。

书中有许多有关设计的知识，这些知识都属于那些专家——设计专业人员，在构建和管理设计方式上，这些知识为组织提供了宝贵的资源。但是，设计不仅仅是设计专业人员所做的事，如果我们像以前对待质量的方式来对待设计，也就是认为设计是专家分内的事情，因此与组织中的大部分人无关，那么是存在风险的。我们的观点是：我们应该采用"全面质量管理"的思想，以"全面设计管理"为目标，使设计成为每个人关注的对象。在这个框架内，设计专业人员的作用就是产生专家知识，促使组织内的其他部门对组织作出有效的贡献。

如果用这样的方式看待设计，也就是将设计作为一个整合过程，强调早期和广泛的参与，那么设计就给管理者和管理专业的学生提出了许多问题：

☐ 特殊的观点如何适合设计过程，以及它们能带来什么？

☐ 设计专业人员如何支持这些不同的贡献？

☐ 什么工具/技术可以用来帮助作出这种贡献？

☐ 我们如何度量设计过程的有效性？

☐ 如何改进设计？

本书的结构反映了这种方法。

A部分展示了设计的战略重要性、我们现在使用的定义，以及将设计作为涉及多个方面的、整合化的一系列活动的过程的模型。

B部分介绍了对全面设计管理有贡献的不同观点和方法。本书考虑的不同观点是战略、营销、运营管理、组织行为、财务和法律。专家们已经在这些业务领域中作出了贡献，每种贡献都集中在设计的整合上，因为设计与他们的专业知识领域有关。假如设计和经营的整合是新颖的，那么这些贡献就具有探索的特点，而不是采用规范的方法。换句话说，没有"正确的答案"，没有被证明是最好的实践。在整篇中我们都利用例子、方法和工具来说明公司是如何管理设计的。

C部分介绍了改进设计与经营整合的方法。尼克·奥利弗（Nick Oliver）回顾了标杆管理方法，并讨论了标杆管理在新产品开发中的适用性。他对产品和过程进行了区分，并探索了评价产品和过程的财务和非财务的方法。本篇还探讨了将组织学习和使用标杆管理作为加强学习的方式的问题。汤姆·茵斯（Tom Inns）将重点放在能够用于开发设计能力和设计性能的特殊工具上，他开发了一套工具，这些工具可用于评价想法产生的规划和设计审计的过程中。

D部分提出了未来设计管理所面临的新挑战，尤其是日益发展的电子网络环境下的可持续性问题和管理设计问题。

用设计
再造企业

A 设计的定义和管理过程

设计是所有企业及服务、制造和零售行业的一个主要特征。信用卡、汽车或袋装食品反映了银行、汽车制造商或食品零售商对设计的应用，这些产品的设计决策涉及到形状、色彩和材料选择等方面。广义上讲，设计关系到人造物品的概念和计划，因此它包括三维物体、文字交流和整合系统，从信息技术到市区环境、家具、纺织品、汽车、计算机等都是如此。苹果公司的 iMac 有力地表明该公司已与过去决裂，并开始生产色彩丰富、趣味性强、易使用的 IT 产品。销售量的急剧上升说明 iMac 已经不断地取得成功，而这种成功则主要归功于设计。在这个例子中，设计对传达产品优势起了关键作用，并且以高度创新的方式同苹果的公司战略联系在一起。消费模式、消费品味的变化和商业动机都会引发设计活动，而创造竞争性产品的需要驱使设计走向多样化。设计不仅是一种与产品相联系的过程，而且是一种传递思想、态度和价值的有效方式，设计与消费品味有着本质的联系，具有重要的经济作用。设计过程涉及到对各种材料进行功能组合，以便有效地进行生产，也就是说，将风格和外形相结合，使产品对顾客具有吸引力。

设计的管理是复杂的，牵涉到众多领域的专家，如行业、图形、纺织、工程等方面，他们凭自己的直觉和分析来工作，创造出新产品的品质。概念、计划和制造之间的联系至少涉及到营销人员、技术人员、产品工程师、战略家和设计师的技能。那些因设计而著称的公司，如索尼、乐高、布劳恩(Braun)、苹果已经将它们的产品设计过程转变为能够不断地为顾客带来巨大价值的能力。但是，很多管理者似乎并没有认识到他们碰到的问题与设计有关，因此也就很少在设计、业务发展和战略市场问题之间建立联系，他们或多或少以随机的方式来对待设计问题，让设计师解决项目中出现的严重问题，或者在考虑到风格问题或需要在产品中添加"创造性的才能"时才想到设计师，这样，当管理者面临来自市场的不良反馈时才需要设计师也就不足为奇了。

如果产品过时了，公司就需要通过创新来保持竞争优势，创新不是一次性的，而是重复进行的。针对新产品和服务、公司沟通（如宣传手册、包装等）的设计进行投资不是一件容易完成的任务。

本书并不是介绍设计良好的产品，而是阐述设计专业知识的管理问题，这种专业知识用于开发具有吸引力及可盈利的产品（制造）和过程（服务），并以引人注目的方式（如零售）将它们提供给顾客。但设计和业务的关系并不是显而易见的，管理者如何考虑和鼓励创造性设计工作？如何才能成功地管理创造性、新颖性、独创性、口味和唯一性？

2

1

为什么要设计?

约翰·贝萨特 (John Bessant)

维持现状不再是一种选择,成功的公司能将设计和创新融入到文化中去,尤其是在一种产品或服务的开发过程中,并将这一行为与竞争动力联系在一起。这些公司将在下一个千年获得繁荣和发展。

[约翰·巴特尔,英国工业大臣]

学习目标

☐ 展示设计对经营成功所起的作用。

☐ 区分根本性的和渐进式的设计及创新。

☐ 识别设计和经济竞争性的联系。

1.1 设计非常重要

设计是非常重要的。当今世界，顾客在决定买什么和向谁购买时，面临的选择越来越多，什么原因促使他们选择一种产品或服务而不是另一种产品或服务呢？为什么在全球市场环境下一些供应商能够成功而其他供应商则失败了呢？区分赢家和输家的标准是什么？一句话，那就是设计。人们选择事物时会考虑多种因素，包括质量、花钱所获得的价值、审美观、与众不同的和新颖的特点、便利性等，当然，还有价格。这些因素不是偶然出现的，它们是设计的结果。

设计本质上是人的创造力的有目的的应用，如生产产品、提供服务、建造房屋、创建组织、营造环境等以满足人们的需要。设计是从想法到现实的系统性转变，从远古时代的人类到现在，设计一直没有停止过。作为设计者而言，将一块骨头做成武器或工具的早期居住在山洞里的原始人，与 21 世纪进行新型火箭发动机开发的他的继承者是一样的，在这两种情况中，都存在着以新的方式将创造性的问题解决能力用于应对特定的挑战。

一开始我们就应该强调，设计并不总是意味着创造以前从未见过的全新的东西，就像车轮可以经过重新发明达到好的效果一样，大多数创新是在现有东西的基础上，作出新的和更好的变动。以电灯泡为例，爱迪生的原始设计思想在概念上几乎没有变化，但从 1880 年到 1896 年的 16 年间，随着产品的增加和过程的改进，导致灯泡价格下降了大约 80%。50 年来，自行车在发明后也一直

在不断进化。

有时，需求可能是很清楚的，而缺少的正是适应这种需求的特定解决方案——需求是发明之母。改变整个欧洲面貌的工业革命是靠蒸汽机来推动的，而蒸汽机的出现是人们寻找从矿井内抽水的有效方式所导致的结果。亨利·福特对现代工业社会的伟大贡献表现在两个关键设计上，一是开发了一种人们买得起的交通工具——为所有人设计的 T 型轿车，二是开发出一种以人们能够承受的价格生产这种汽车的制造过程。

有时，出现了某种新知识——技术，需要找到应用领域，这种"解决途径寻找问题"的例子包括早期的微电子学、当代的生物技术（尤其是遗传工程）以及新材料技术。

设计和创新方面的学生多年来一直在争论"需求拉动"和"技术推动"的相对重要性问题，在这里讨论该问题似乎有点离题了。我们认为，两类因素都是重要的，例如，在新产业中，技术推动常常导致进步，而在面向消费者和成熟的产业中，正是需求拉动促使产业不断向前发展。一般来讲，我们可以把这两种力量看作一把剪刀的双刃——正是它们的互动导致新东西的产生。

小型案例研究 1.1 保险具有创新性吗？

保险公司并不是因为有创新性而著名，苏格兰的 Provident 公司注意到了这一点，它认识到保险行业在响应顾客需求方面正在落伍，提供的产品不具有柔性，这些产品即使不是存在几个世纪，也已经存在几十年了。

另外，保险产品的激增变得混乱不堪，使顾客难于进行选择，而且常常迫使他们依靠独立的金融顾问来作出选择。

Provident 公司向顾客询问他们需要什么，然后针对他们的要求来提供服务。该公司启动了一项市场研究计划，向顾客集中的群体介绍各种概念，使用的语言非常简单，并注意倾听顾客的要求。对依赖金融顾问的那些顾客，公司也做了同样的事情。通过与主要的慈善机构、来自政府的保险精算师、卫生当局和其他有关各种组织的研讨，公司的这项研究得到了完善。

毫无疑问，这项研究给公司带来如下信息：人们的需求超出了传统保险产品所允许的范畴，从而导致公司开发出一种称为"自我保险"的菜单式系统，该系统使得顾客能够根据自己的需要选择合适的保险。这种以市场为导向的方法对保险行业来说是新颖的，迄今为止，保险行业一直趋向于开发一种产品，然后进行试销和正式销售，却并不考虑这种产品对顾客是否是最好的。

公司获得的经验教训是要为成功编制预算，"如果你有一个真正好的、创新性的想法，并且已经经过深入研究，也知道这种想法正好符合顾客的要求，那么就应该为使这种想法获得成功而进行计划。我们获得的反应并不是我们所期望的，因此除了我们认为应该做的事情外，还必须为此提供必要的资源。在使用'自我保险'系统之前，我们每周获得大约100个购买我们的传统产品的新顾客，而到1999年年底，这一数字上升到了3 000。"
（设计委员会）

但是对于特殊的项目来说，你的创意来自于哪里与它们怎么变成现实并不是一样重要的。从本质上说，一些需求与方法的创新，更容易推动好的创意成为成功的、易被接受和广泛运用的策划。这一系列的行为就是我们说的"设计"。

1.2 设计作为一个管理过程

设计正好处于每一种新产品的核心部分，制造商常常从安全、可靠方面强调它们生产的汽车与众不同，但人人都在这样做。设计将成为未来的分辨器。

[格里·麦戈文 (Gerry McGovern)，陆虎 (Land Rover) 的设计经理，2000]

不管一种想法多么富有创造性，从未成型的想法转变到成功实现的想法的过程必然是充满风险和失败的。即使是最好的炒蛋，也是打破鸡蛋后才做成的。可能会有很多错误的出发点，或者要返回到草图重新开始，并且还可能存在困难的技术问题需要解决，这些问题延缓了项目的进度，或者造成成本增加。

当然，有必要时时刻刻弄明白，如果与终端用户隔绝，就一种想法进行技术开发是不可能的，这样做会产生如下风险：设计过程结束产生的精美产品实际上

是没有任何人需要的东西。爱默生曾经说过，"如果一个人有好的谷物、木头、木板或猪需要出售，或者能制造出比其他人更好的刀子、熔锅或教堂风琴，你就会找到通往他家的宽阔道路，尽管他家可能在森林中"（Emerson, 2000）。爱默生的说法是错误的，因为不管捕老鼠的陷阱有多好，如果它不是市场所需要的，那么没有任何人会购买它。

1.3 设计不是简单的"旅行"

范德文（Van de Ven）和他的同事采用案例研究方法进行了一项重要的研究项目，他们观察了大量不同的例子，发现了将开发新产品的想法变为被认可的产品这一过程中使用的简单模型的局限性。他们的研究工作把重点放在该过程运行的许多复杂方式上，并进行了一些重要的观察，包括：

☐ 冲击引起创新——当人或组织的机会或不满意达到某一程度时，变化就会发生。

☐ 想法激增——从单一方向开始后，过程就扩散为多方向的、分岔的发展态势。

☐ 挫折频繁出现，计划过分乐观，承诺增加，错误积累，恶性循环发生。

☐ 创新单元的重建往往是由于外部干预、人事变动或其他预想不到的事件而发生的。

☐ 高层管理者对发起这一过程起关键作用，但也会批评、操纵该过程及其结果。

☐ 成功的标准随时间推移而变化，不同群体的标准也不同，这就使得设计和创新成为一种"政治"过程。

☐ 设计过程伴随着学习，但许多结果却是由新想法发展时出现的其他事件引起的，这样就使得学习带有迷信的色彩。

他们认为，设计的基本结构可以比喻为"旅行"，包括开始、发展、实现、终止等关键阶段，任何特殊的设计都将遵从这个一般模式，尽管其特定路径会因具体条件不同和不测事件的存在而有较大差别。

但不管"旅行"多么曲折，总有一个过程在运行，这个过程就是生产某种东西的一系列活动。我们已经学习了很多年，而且常常是从痛苦的经历中吸取一些有价值的教训，使我们懂得如何管理这一过程。当然，这些东西不能保证我们取得成功，但是，通过关注一些已有的行动纲领，就可以使我们做好设计工作的可能性增大，从而及时、符合预算地生产出人们需要的、认为有价值的东西。

从这一角度看，人类开展设计工作已经有几千年的历史了，但这并不意味着我们总是能搞好设计。一个两岁小孩手中拿着的木槌和凿子能够创造出对他父母有吸引力的手工艺品，这种作品对其他人却可能没有什么吸引力。同样的工具如果给雕塑家的话，他们能够创造出一尊雕像、一些花园家具或者甚至一座大教堂。设计过程执行得如何、想法如何进行规划、概念清楚的程度、结果是否适合潜在用户的要求和期望、项目管理得如何（如何将初始想法转变为可接受的现实），这些都会造成设计结果存在差异。以上这些问题对设计过程的最终结果是有根本影响的，这种最终结果就是区分出"好的"设计和"坏的"设计。

下一章我们还会回头讨论这个问题，但现在从战略角度认识一下设计的重要性是值得的。

小型案例研究 1.2　管理设计

你要找到王子就得亲吻许多青蛙，但要记住，一位王子的价值远远超过许多青蛙的价值。

[阿特·福莱 (Art Fry)，即时贴的发明者；Fry, 1999]

3M 是一家很重视创新产品设计的公司，以至于公司定下了这样的目标：销售的产品中应有 30%是过去 3 年中开发出来的。自从公司将这一承诺应用于大约 60 000 种产品以来，人们就认为要么是公司相当愚蠢，要么是公司相信自己已经清楚如何对设计和产品开发过程进行管理，并确信能取得成功。

事实表明后一种看法是正确的。即便他们原来开采金刚砂的努力失败了，但在进入市场的方法方面，他们很早就富有创造性（公司原来的名字是明尼苏达矿业制造公司，因此简称 3M 公司）。针对汽车产业的出现，公司依靠销售砂纸和相关的磨损表面的产品开始创业，并不断发展其技术知识基础，这一工作是围绕利用不同材料覆盖表面的原则进行的，如磁带上的氧化铁和计算机媒介，或者 Scotch 磁带和即时贴中的粘合剂。

但是，他们的成功并不是源于雄厚的技术资源，他们开发了一整套支持性流程，这就意味着在市场和需求方面的知识与他们的技术基础之间存在不断的互动。更为重要的是，他们开始学习和铭记设计过程中创造性组合的一些重要原则，虽然许多项目（如即时贴）的起源归功于机遇和偶然事件，但公司在识别和利用这些机会方面确实付出了努力，正如他们所说的，机会只会光顾有准备的头脑。公司不是简单地关心好奇性和随机创造性，这些要素与细致的项目管理和财务程序是互相配合的，这样才能及时开发出新产品，并确保费用控制在预算范围内。

1.4 设计是一种关键的战略资源

Amstrad 公司宣布半年的税前利润为 410 万英镑，而 1997 年同期的税前亏损额为 90 万英镑。Amstrad 在一次发言中说："财政年度的前半年是成功实施内部设计战略的半年。"

[设计委员会, 1999]

设计确实能产生大不相同的效果吗？各方面的研究和无数企业的经历证实，设计的确能做到这一点。对设计的关注能够带来优质的产品，为成熟的市场注入新的活力，或者引入新的或经过改良的产品，使得公司以多样化的形式进入能够获得较大利润的市场。特鲁曼 (Trueman) (1998) 把设计战略分为几个部分，见表 1.1。

对设计进行投资的主要好处总结如下：

□ 通过增加销售量或降低制造成本来增加盈利；

□ 增加市场份额；

□ 赢得竞争优势；

□ 改良成熟的和有缺陷的产品；

□ 提供一种增长战略；

□ 设计是启动新产品或服务的一种方式。

广泛的研究表明，对设计的投资能够增加商业利益以及其他相关利益，例

表 1.1 设计战略的层面

设计战略	设计属性	公司目标
价值	产品风格；美学；质量；标准；附加值	为消费者增加价值，维护公司的声誉
形象	产品差别化；产品多样化；产品特性；品牌特性；品牌创建	公司形象和战略
过程	产生新想法；思想交流；解释想法；集成各种想法；提升产品	倡导新想法、创造性和创新的企业文化
生产	降低复杂性；使用新技术/材料；减少生产时间	改进和减少产品进入市场的时间

如，罗伊和波特 (Roy and Potter) (1997) 的研究发现，那些在设计方面进行投资的企业能够获得如下利益：

☐ 60%的企业能够运作盈利性项目；

☐ 投入生产的项目的90%是盈利的；

☐ 增加40%的销售量；

☐ 增加13%的出口。

除了财务方面的利益，公司还会获得其他间接利益，如提高公司形象、知识、设计管理技能以及对设计的信心。树立信心、了解如何进行设计和如何管理设计，使得公司能够保持创新，这又会影响公司的长期成功。事实上，对设计和创新的积极态度以及对相关活动的不断投资能够对长期成功产生显著贡献。

谈到制造战略，伦敦商学院的特里·希尔 (Terry Hill) 对两类因素的区分是很有帮助的。让公司进入某一特定市场的因素称为秩序合格因素；帮助公司成功地与其他对手进行竞争的因素称为秩序赢得因素。价格作为一种合格因素已经有一段时间了，你必须拥有这种因素，否则客户就不会理睬你的产品。

越来越多的其他因素也被归并到上述种类中，例如，现在质量不再被看作是

你额外花钱购买的东西，而是人们期望产品本身应该具有的条件。按照秩序赢得因素的说法，人们在寻求可靠性、新颖和珍奇的特征，以及耐用性。在时尚和差异化日益受到重视的当今世界，人们寻求顾客化产品，即按照自己的特殊要求定制产品。对环境的关心导致人们对"绿色"产品的需求不断增长（可持续性设计将在第 12 章中讨论）。以上这些都是设计活动的结果带来的特点，正是由于这一原因，设计正日益成为经营中的关键竞争资源。

"制造的未来"研究小组的研究工作阐明了竞争的优先权在过去 20 年中是如何变化的。有两种趋势值得注意：第一，秩序赢得因素正逐渐向秩序合格因素转变（基线正在移动，具有较高的标准才能参与竞争）；第二，折中方案正在减少，只提供高质量或低价格（而不是两者都有）的时代已经被制造商必须同时解决这两个问题并提供秩序合格产品的时代所取代。

小型案例研究 1.3　类似一级方程式设计的产品设计法则

> 尽管英国人不可能总是赢得世界一级方程式锦标赛的冠军，但在支持参赛车队的成功企业中，英国企业居多。"为什么我会认为英国汽车体育产业是世界上领先的？因为我们有多才多艺的设计者、工程师、雕刻家和管理者，他们思维活跃，不希望工作受到任何约束，并且涉猎广泛。在威廉姆斯公司中，我们不害怕技术，反而会利用它来划分开发阶段，设计更好的产品，更有效地组织生产，制造出质量最好的产品。"
>
> ［大卫·威廉姆斯 (David Williams)，威廉姆斯国际汽车大奖赛设计工程，商业周刊，1999 年 10 月 22 日］

英国设计委员会于 1999 年进行了若干研究，采访了大约 450 家企业，让它们谈谈设计有什么作用，其中一些回答如下：

□ 91% 的企业认为设计改进了公司的形象；

□ 90% 的企业认为设计提高了产品的质量；

□ 88% 的企业认为设计帮助企业更有效地与顾客进行沟通；

□ 84% 的企业认为设计有助于增加利润；

□ 80% 的企业认为设计有助于开拓新市场；

□ 70%的企业认为设计能降低成本。

很多业绩排在前列的公司将设计看作战略资产，普华永道的顾问进行过一项研究，发现排名前5%的所有公司和排名前25%的公司中的近3/4在战略上非常重视设计。伦敦商学院经济预测中心的研究显示，设计对英国经济贡献的价值大概达到120亿英镑。设计委员会的研究也表明，设计和创新对促进出口有重要价值，在1999年进行的一项调查中，71%的出口企业认为设计在组织中具有不可缺少的或重要的作用。为英国国际贸易署进行的其他研究显示，与非出口商相比，出口商一般具有更强的竞争力，对创新的投入也较大。

但是，这种现象并不是英国所特有的，人们注意到在世界范围内都有类似的情况。这种现象也不仅仅是由于感觉或意见不同而造成的，对经济增长的研究不断地表明，作为造成绩效差异的因素之一，设计是非常重要的。正如下一章我们将看到的，设计一词的含义相当广泛，既包括带来全新产品的根本的创新性突破，也包括持续的修正和改进。许多新产品开发实际上不是全新的东西，我们不应该低估持续修正和改进对公司或其部门的经济影响。大部分创新相当于"在面包上加黄油"。

20世纪80年代的先驱性研究阐明了企业如何才能通过设计和创新获得初始竞争优势，但要在接下来的10~15年间保持这种竞争优势，就必须依靠一系列系统的修正和持续的改进，完成这两方面的工作需要开发利用企业的核心知识。成功的企业往往根据用户的要求改进其产品，并且根据出现的新技术和竞争产品不断地对其设计进行修改和更新。

产品是不断更新换代的，但仍然可以根据技术及产业发展状况来识别更新换代的周期。一些经济学家的研究显示，根本性的技术和新产品思想的涌现都有其特定的时期，这种时期虽有偶然性，但会有明显的标志，围绕这些发明标志的东西是较长时期的开发和改进。这种模式的开创性研究工作可以追溯到熊彼特，他认为，企业家追求垄断利润导致经济增长，而垄断利润可以通过在产品或流程中率先引进全新的思想而获得，起初这种做法会带来显著的优势，但也会刺激其他

许多模仿者照搬或改进原始思想，其结果是，创新的比率增加了，而个体得到的回报却降低了。这就意味着会出现新思想的"蜂拥效应"，并逐渐发展为占支配地位的、相对稳定的设计，处于这一阶段的创新增长较快，这种创新往往与降低成本、改进生产效率、满足特定顾客群的特殊需要有关。

这个模型能够很好地解释经济增长的方式，我们介绍该模型的目的是它能表明设计的中心作用，无论是为某事构建全新的设想，还是进行渐进式的变动和改进，设计都是很关键的。例如，厄特拜克 (Utterback) 描绘了各种各样产业形成的机理，认为产业的形成往往遵循如下模式：起初提出各种不成型的设计，然后出现一种主流设计，围绕这种主流设计，将会出现长期的渐进式开发。

有人以自行车为例，对这种设计和创新模式进行了详细研究。1860—1890年间，出现了大量的自行车设计模型，后来，我们所熟悉的被称为"安全自行车"的菱形设计成为主流，这种自行车具有技术合理、实用、易于操作等特点。针对这种设计，出现了很多改进，如应用新材料、新的齿轮和刹车技术，增加车灯等附件，采用向下倾斜的把手。总之，基本的设计是一样的，但产生了许多变化，以便满足特殊需要或不同用户的需要。

虽然这种自行车在全世界得到广泛使用，但直到 20 世纪 60 年代，随着配备小轮子的 Moulton 迷你自行车的问世，才出现了对自行车的根本创新。这种自行车起初是为购物者设计的，通过增加安全装置，推出了"Chopper"型童车，这种童车适合在小路上骑。此后，又延伸改进出了 BMX 和山地车。Walsh 等人的研究表明，自行车的改进过程还在继续，并有望进一步产生根本性的设计变革，例如出现卧式自行车以及采用新材料的各种自行车。

从我们讨论的主题看，认识到设计在产业革命和产业发展过程中的中心地位是非常重要的。开放大学和曼彻斯特理工大学的设计小组观察了英国经济的若干部门，其中有的刚经历过业务衰退，而有的企业则设法紧跟发展趋势，获得了成功。通过观察一整套绩效指标（财务、商业及设计本身——如获得设计奖），他们为经济学家长期主张的一个理论观点找到了实证支撑，即竞争力主要取决于非价格因素，如果忽视这些因素（设计就是其中非常重要的一个因素），就可能导致不良的经济绩效。他们还发现，绩效存在统计意义上的显著差异——有设计意识的企业比那些依赖机遇的企业具有更好的绩效。

针对生产家具、取暖设备和电子产品的英国企业进行的另一项研究也得到了类似的结论。总体设计方面做得最好的 6 家企业的边际利润和资本回报明显高于样本中的其他企业。其他研究表明，公司绩效排名靠前与它们对设计的承诺有关，对设计的投资导致了增长和成功。一项针对 42 家公司、为期 10 年的研究发现，快速增长的企业具有如下特点：

> 与增长缓慢或下滑的企业相比，研究、设计和开发人员在职工中的比例较高；利用外部专业知识进行产品开发的情况较多；较频繁地推出新产品；更倾向于从事现代产品开发实践。

[罗伊和波特, 1997]

这一观察结果并不新颖，实际上，以肯尼思·科菲尔德 (Kenneth Corfield) 为首的英国全国经济发展办公室在 1979 年就发表过一份有影响的报告，其结论是：

> 明显更成功的公司和国家与那些不太成功的公司和国家的区别不在于完成工作的数量，而在于质量；不在于最终产出的多少，而在于附加在基本原材料上的价值的大小，这种价值更多地是由设计质量及满足客户需要的方式决定的，而不是取决于其他因素。

5 年后，玛格莉特·撒切尔 (Margaret Thatcher) 在书中写道：

> 我确信，如果英国工业忘记好的设计的重要性，那么它永远不会有竞争力，我所说的"设计"并不只是指"外观"，而是指从构想阶段到生产阶段融入到产品中的所有工程和工业设计，这种设计非常重要，以至于能够确保产品运行、可靠、有高的价值，而且看上去很不错。简而言之，那是一种使人们购买产品、使产品具有良好声誉的好的设计，它对于我国工业的未来是必不可少的。

[撒切尔, 1984]

将近 20 年以后，考虑到全球经济条件下竞争不断变化的情况，英国政府发

表了关于竞争力的白皮书，其主要内容是知识经济的出现。白皮书认为［基于大卫·蒂斯（Dvid Teece）等经济学家的研究工作］，未来的竞争力很少会依赖于资源的因素，而更多地会依赖于知识的应用。在《英国政府 1998 年竞争力白皮书》的前言中，托尼·布莱尔（Tony Blair）首相这样写道：

> 我们的成功取决于如何利用我们最有价值的资产，包括知识、技能和创造性，对设计高价值的产品和服务，以及从事高级商务实践而言，这些因素都是关键的，它们是现代知识驱动的经济的核心。
>
> [DTI, 1998]

这些例子都是针对英国的，但从全世界来看也有同样的情况。例如，通过从面向大范围市场的商品生产向基于非价格因素（尤其是围绕差别化和顾客化）的商品生产转变，美国经济作出了转型。正如《经济学家》上的一篇文章所指出的："美国一半以上的经济增长是从 10 年前还不存在的产业中获得的……，正是创新而不是资本和劳动力的使用，才使得世界不断向前发展。"

在半导体领域，20 世纪 80 年代美国的能力落后于日本和其他生产大存储量芯片等商品的远东国家，美国作出的反应是将经营重心转向复杂处理器设计领域，像 Intel 这样的企业在该领域确立了统治地位。

在日本，通过对制造管理的关注，以及对组织及工厂管理进行革命性的思考，实现了从低质量的便宜、简陋产品的形象向世界一流质量标准的形象的转变。但是，正如克拉克（Clark）、藤本（Fujimoto）及其他人所指出的那样，这场革命并不只是局限于制造业的生产方面，设计流程也是重新思考的主要对象，并在整合方面做了大量努力。带来的结果是，不仅生产出按照质量、可靠性、易于制造等要求设计的产品，而且这些产品吸引了顾客，激发了他们的购买欲望。索尼公司在晶体管收音机方面的先驱性设计，以及后来在随身听和其他一系列音频产品上的设计，在便携式电脑的设计中得到了最新应用，如今赢得了各种嘉奖，受到了消费者的尊重。佳能等公司也有类似的情况。

小型案例研究 1.4　设计能吸引全球市场

　　人们会将苹果公司的 iMac 与公司的命运转折联系在一起，iMac 的成功主要归功于公司的创新设计，用一句简单的话讲，就是为消费市场设计一种操作简单、更具亲和力和买得起的新型电脑。这种电脑成为该公司历史上销售最快的产品，头 139 天就售出 800 000 台，相当于每 15 秒钟销售一台。

（设计委员会，2000）

　　从整个世界看，都能清楚表明设计在决定竞争力方面的战略重要性，在许多情况下，设计还具有改变竞争博弈规则的作用。设计为我们提供了一把刀，使我们能够对传统的规模经济优势提出挑战，如果人们准备为好的设计支付更多的钱，那么就可能利用一些经济学家所谓的"范围经济"带来的好处。

　　这里介绍一下丹麦的情况。虽然丹麦的大型企业很少，属于小规模的开放经济，但它一直试图在全球竞争力位居前 5 位的企业中占有一席之地。为了获得达到这一目标的能力，它特别注重设计，并将精力集中在专营产品和市场上，这样，设计能带来高附加值的产品。类似地，很多年来家具行业出口排前几位的企业都来自意大利，它们的成功不是靠销售大量的家具，而是靠生产高价值的家具，这些家具以高水平的设计为特征。意大利家具行业的企业平均规模不足 20 位雇员，小企业可能有它的好处，但设计是其成功的关键因素。

　　表 1.2 列举了一些关于不同企业、部门、国家的研究例子，它们都有一个共同的思想，就是认为设计在经营中非常重要。设计是一种关键的战略资源，对这种资源进行认真组织和管理能使企业与众不同。

表 1.2　设计及其对竞争力的影响研究

研究	主要焦点
"英国的设计"，设计委员会，2000	综述设计对英国的经济意义
设计创新小组提供的"通过设计取胜"及其他报告(Walsh et al.，1992)	深入研究塑料、电子、自行车和其他行业
Mascitelli (1999)	设计和创新对美国经济的影响

Holdstock (1998)	深入研究金属表面精整的设计和产品开发
Swann 和 Taghavi(1988)	深入研究冰箱
Baden-Fuller 及其同事 (Baden-Fuller 和 Stopford, 1995)	深入研究成熟产业
Rothwell 和 Gardiner(1985)	农业机械、气垫船、消费资料
Clark 和 Fujimoto,(1991)	机动车及其配件
Oliver (1996)	电子产品和食品
Robinson (1989)	纺织品、机动车及电子产品
Lorenz (1986)	各种各样的案例
普华永道 (2000)	设计和创新对绩效的经济影响
Leifer 等(2000)	设计在使成熟产业产生新活力过程中的作用

1.5 结论

□ 各种事实表明，无论从哪个角度看，设计在国民经济和企业竞争力中发挥着关键作用。

□ 对设计专业知识进行投资风险小，然而会带来实质性的回报。研究表明，设计投资对销售额、利润、出口有积极影响，同样重要的是，设计投资的方式会影响信誉，并引起顾客和股东价值的变化。苹果公司的 iMac 就是一个很好的例子。

□ 设计同时体现根本性的和渐进式的创新，技术变化必须采用对客户有吸引力的方式，而不是作为一个"装小东西的黑色箱子"。设计的专业知识能把握技术的本质并将其展示给市场，通过重新包装、更新换代和对特定产品的构造进行重新思考，设计技术能促进创新的增加。自行车就是成熟行业通过设计获得新生的一个好例子，戴森（Dyson）是另一个例子。

下一章将集中讨论设计作为具有战略重要性的过程的管理问题。

本章关键问题

1. 设计是如何影响竞争力的？请从企业层面、行业层面、国民经济层面分别加以讨论。

2. 举出设计对企业竞争力产生显著影响的3个例子，对于每个例子，试分析以确保战略优势和获得竞争优势为目的的管理设计流程的方式。

3. 最近发表了反映英国政府关于竞争力观点的白皮书，白皮书主要探讨知识经济的发展趋势，在知识经济时代，竞争力越来越依赖于将各种想法转化为新产品和服务的能力。设计流程是如何对产生知识经济作出贡献的？

4. 设计对经营绩效有影响吗？有何证据？

5. 设计和创新的相同点和不同点是什么？试以移动电话的产品生命周期为例进行讨论。

6. 设计对某类产品（如手表、钢笔）的经济绩效的影响是什么？考虑设计、创新和技术之间的联系。

7. 试分析根本性创新和渐进式创新的区别。从长远看，哪种创新的影响更大？设计在根本性创新和渐进式创新中的作用是什么？

用设计
再造企业

2

设计是产品和市场的生命

玛格雷特·布鲁斯　约翰·贝萨特

（Margaret Brue and John Bessant）

成功不是偶然的事情，而是设计导致的结果……，设计对工业而言不是时有时无的，而是必不可少的……，在新经济条件下，设计比以往更重要了……

[英国财政大臣戈登·布朗（Rt Hon Gordon Brown）于 2000 年 10 月在伦敦设计博物馆的发言]

学习目标

□ 按照不同的设计领域（如产品、纺织品、图形等），讨论设计的本质。

□ 考虑设计对制造和服务创新的贡献。

□ 理解创造性及其在设计活动中的管理问题。

2.1 到底什么是设计

谈到设计，麻烦在于它是一个令人难以捉摸的词汇。正如《艾丽丝漫游奇境记》中的人物一样，人们倾向于用一个词来表示他们恰好想要其表达的意思，结果是造成很大的混乱，使得我们难于考虑如何更好地管理设计。如果不能对一个词给出定义，对这个词我们还能做什么呢？在本章中，我们将简要介绍几种理解设计的方式，并给出一种便于以后各章使用的定义。

我们最好先从词典上的定义入手，例如：

……设法做到、形成、规划，……描绘、计划、勾勒……目的是、倾向于、用于特定的目的。

以及

……一种计划、构架，……一种形式和颜色的安排，……关于部分之间关系的想法或意图，或者为达到目的而进行的方式改变。

[新伊丽莎白词典，1960]

这种解释虽然不太明晰，但至少把设计同时看作名词和动词。对这两种解释，我们可以作进一步的了解。如果我们把设计作为一个名词，那么我们是在考虑已经经过设计的东西——有目的地雕琢的东西。我们当然可以理解设计的这一方面的特性，因为我们都有如下的自然想法，即周围的事物都是某种有目的性设计活动的结果，这类例子包括钢笔、服装、电视机、轿车或建筑物等（见图2.1）。

图 2.1　产生设计

2.2　定义设计

　　无论对服务公司、制造商还是零售商，设计都是经营的一个主要特征。信用卡、轿车和袋装食品设计反映了银行、轿车制造商和食品零售商对设计的应用。非盈利性组织利用设计向公众传递信息，例如，大学在网络和印刷设计方面进行投资，有助于促进教学和学生就业，而慈善机构在设计活动方面的投资有助于它们的集资活动。设计决策的制定是针对形状、式样、色彩、材料选择等项目来进行的。广义上讲，设计是关于人造物品的概念和计划，因此它包括三维物体、图形传递、从信息技术到市区环境的集成——家具、纺织品、轿车和计算机。

　　例如，苹果公司的 iMac 是对公司与过去决裂，在计算机产业推出丰富、有趣、易于使用的产品的有力表达。iMac 很快获得了成功，这可以从销售额的急剧增加得到验证，其成功主要归功于它的设计工作。在这个案例中，设计对传达产品优势起到了至关重要的作用，并以高度创新的方式同苹果公司的战略联系在一起。

　　设计主要与问题解决有关，改变消费模式、鉴赏力和商业规则都会推动设计，创造竞争性产品导致设计的多样化。设计不仅是与产品相联系的一种过程，而且是传达带说服性的想法、态度和价值的有效方式。物质产品设计与不易感知的、无形的东西的设计——如假期、娱乐经历或服务周到的餐饮，二者没有太大的差别，它们不是偶然出现的，而是设计所带来的。

　　我们甚至可以考虑到设计被用于特殊的架构、工作方式，目的是促使某些事情得以进行。例如，炼油厂或炼钢车间并不是管道、炉子、容器和化学工程师柜子里的其他东西的随机组合，而是为了实现某一特定过程——将一种物质转化为其他某种物质，所进行的各部分的有机安排。如果将设计过程的这一想法进行深化，我们会发觉它对于银行、保险、卫生、教育等服务领域也是适用的，虽然这些服务的成分大多是无形的，但它们仍然是为完成特定目标所进行的有计划、有组织的活动。

英国纺织品和服装制造商之间的竞争和对抗日益激烈，它们需要寻找维持产品市场地位的方法，这一任务相当艰巨，因为它们不仅要与低劳动力成本的国家相竞争，而且还要持续不断地提供高质量产品、有吸引力的设计，并降低成本。有些英国公司正在向低劳动力成本公司转变，以提高竞争力。生产服装的小公司 Macro Trading 正是这样做的，但这种战略影响了公司运营的方式，公司不得不重新思考其制造和组织结构，以提高海外制造的效率。为了实现快速响应，该公司在设计方面进行了 CAD 和 IT 系统的投资，以便同海外供应商沟通和追踪产品开发状况、运输计划。从服装送达顾客的时间反向推算，确定出位于摩洛哥、英国、远东的供应商的提前期，分别为六周、四周和八周。任何小的失误都会导致交货推迟和订单取消，Macro Trading 需要为此支付违约金。

这种思想可以进一步推广应用到某些组织的设计上，这些组织将有机成分放在一起以完成某种事情。在这些组织中，人们的工作不是随机的，而是经过设计的，目的是完成特定的任务。

因此，设计作为名词可以这样理解，它是某种有计划的活动（而不是要素的随机组合）的输出，为某种特殊目的而创造新东西。

如果按上述方式理解设计，我们还可以谈谈这种输出的价值。当我们考虑审美观时，对"好"设计很难作出客观的评价，因为这通常涉及到品味问题，且主观性很强。设计与品味有内在的联系 (Bayley, 2000)，但设计不仅是一个主观概念，即"品味"的判断，它还有重要的经济作用。设计过程需要材料的功能组合，这样才能有效地制造出产品，也就是说，将风格和外表相组合，生产出对顾客有吸引力的产品。

我们也可以根据设计是否符合目标、质量、性能、功能等方面的要求，采用其他方法对设计的好坏进行衡量。好的和坏的设计是我们能进行识别，并给予褒奖或批评的东西。好的设计能提高产品市场份额、开辟新的市场，或产生持续影响，获得竞争优势。坏的设计尽管花费了很大努力，想法本身也不错，但由于目标或执行有问题，导致产品没有获得广泛认可或没有被用户长期使用。

好设计并不一定意味着专用的或昂贵的产品，例如 Ikea 家具、Tombo 钢笔、Alessi 和 iMac 就不属于这些类型。顾客对产品的理解部分是基于产品的美学吸引力，有吸引力的产品可能与高度时尚和形象有联系，其设计具有美学特点，给人的感觉是值得购买。设计往往与消费品而不是专业化工具和机器有关，但是，工业产品也是经过设计才生产的。

英国设计委员会给出了一个"千禧年产品"清单，这些产品充分反映了 20 世纪的成功设计。以下是一些例子。

案例研究 2.1　成功设计的一些例子

(1)　汽车协会 (AA)

汽车协会

作为服务行业中兴起的旨在对开车人遇到紧急情况时提供帮助的组织，汽车协会 (AA, Automobile Association) 面临着进退两难的局面。成员数量和对服务需求的快速增长给这个组织的能力和绩效带来了压力，于是该组织决定利用计算机信息系统来解决问题。但是，汽车协会没有购买现成的系统，而是作出自主开发的勇敢决定。5 年后，令竞争对手迷惑不解的是，该组织开发的系统极大地提高了其对紧急呼叫的响应能力，而且这项技术还大大降低了成本。借助这种系统，AA 把服务中心从 7 个减少到 3 个，但仍然不可思议地改善了响应和配送服务。其他急救服务机构已认识到信息系统带来的这种效益，因此也很想开发满足自身需要的信息系统。

(2)　戴森 (Dyson)

一天，当詹姆斯·戴森 (James Dyson) 正在用吸尘器打扫卫生时，袋式吸尘器突然用不成了，看到袋子满了，于是他更换了袋子，但过了不长时间，吸尘器又不好用了。他想起以前在锯子制造厂见过人们利用一种旋风装置来净化空气，于是受到启发，开始开发自己的产品。他坚信自己的想法一定会获得成功，因为从世纪之初以来，市场提供的产品就只有一种，一直没有改变过，消费者别无选择。他的早期实验并不都是成功的，但逐渐地获得了成功，并于1980年申请了采用旋风技术的吸尘器专利。

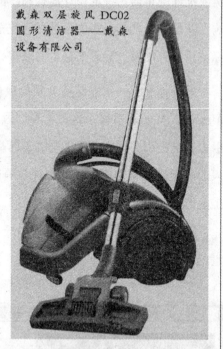

戴森双层旋风 DC02 圆形清洁器——戴森设备有限公司

后来他又花4年时间设计了5 127种原型，但以胡佛 (Hoover)、飞利浦 (Philips) 和伊莱克斯 (Electrolux) 为代表的现有吸尘器行业对他发明的这种技术不感兴趣，于是戴森开始了艰难的筹资活动，力图开办自己的公司，这一做法逐渐获得了成功。他的公司创建于1993年——产生最初想法14年后，工厂设在威尔特郡的马姆斯伯里 (Malmes-bury)，目前雇用了1 800个员工，日产吸尘器10 000台。公司总价值高达5.3亿英镑，并且形成了吸尘器产品系列，正在开发的其他产品也试图打入国内家电市场，例如洗衣机、洗碗机等，这些产品的设计也采用了类似于吸尘器开发的新思想。

(3) Anywayup 杯子

这种杯子是一位母亲在寻找解决问题的答案时设计出来的。她用一种标准的杯子教刚学走路的小孩练习使用杯子，碰到液体溢出的问题，于是她在杯口处安装一个单向阀门，解决了这个问题。接着她开始寻找制造商，在遭到20多次拒绝后，她终于找到了一家公司——V&A销售有限公司，该公司认识到了这项发明的潜在价值，因此采纳了这位母亲的设计思想，开始生产新型杯子。现在，这位母亲每周可以获得大约20 000英镑的专利税。谁说发明不赚钱呢？

销售部门能够预见到这种杯子给父母们（甚至真正的用户——刚学走路的小孩）带来的巨大好处。该公司决定生产这种杯子后，必须解决将这位母亲的设计付诸实施的技术问题。尽管他们确信这种杯子会满足消费者的需求，但是在详细考虑生产问题之前，该公司还是做了一些市场研究。

虽然 22 家大公司有机会生产这种杯子，但它们还是拒绝了。尽管需要克服许多技术上的困难，规模较小的 V&A 公司在获得设计想法六个月后，就着手生产这种杯子了。该公司将传统的带有永久性小孔的硬杯口替

Anywayup杯子——哈伯曼协会

换为带缝隙膜的软杯口，只有婴儿吸吮时缝隙才会打开，这样婴儿既可以喝到液体，又避免了液体流遍牙齿，减少了液体对牙齿的腐蚀。当然，不使用杯子时里面的液体是不会溢出或泄漏的。

为了使产品在市场上获得成功，该公司不得不充分利用其分销网络，他们对销售情况进行跟踪，并与自己的其他产品相比较。现在，这种产品通过主要商店、批发商、零售商进行销售，用户也可邮购该产品。这种杯子销往大约 70 个国家，公司的目标是在世界范围内销售 1 000 万个杯子。他们还发现，采用新的颜色使订货量增加为原来的 4 倍。公司根据顾客的反馈意见，开发出一种清洗杯子阀门的刷子，并希望在第一年内销售 2 000 万个这种刷子，这些刷子都是用回收材料制成的。

公司将生产外包了一部分，但发现仍然不能满足不断增长的需求。当他们使用另外一个制造商时，带来了一些产品质量问题。因此他们断然决定自己生产，这样比在中国生产要便宜（运输成本的关系）。结果是自己能做的都自己做，包括生产工具的制造。

这种杯子的成功以及从头实施设计思想所获得的经验，对公司在其他产品上进行积极创新起到了鼓舞作用，并在公司内形成了畅所欲言的文化氛围，只要有人提出新想法，公司都会考虑，这样每周都有六七种方法出现。公司对新想法的 10% 进行研发（R&D），其中 20%~30% 的想法能进入产品开发阶段。

下面是一些设计失败的例子。

案例研究 2.2　设计失败的一些例子

(1)　福特汽车公司的失败

1952 年，福特汽车公司的工程师开始设计一种新型汽车——E 型车，目的是对通用汽车公司和克莱斯勒公司的中型汽车进行反击。对于这款车的命名，公司可谓是煞费苦心，在对 2 万种建议进行深入研究后，公司最终决定按照亨利·福特唯一的儿子埃兹尔 (Edsel) 的名字来给这款车取名。但是，这一做法并没有取得成功，当第一批埃兹尔车下线时，为了让这些车驶上马路，公司不得不在每辆车上平均花 1 万美元 (相当于汽车成本的两倍)。公司推广计划的目标是每天向当地销售商提供 75 辆汽车，而实际上只销售了 68 辆。在另一项电视促销行动中，这种汽车则没有打开销路。到 1958 年，由于消费者对设计不认可，公司为了维护自己的声誉，只得放弃这种汽车，以 4 500 万英镑处理了 110 847 辆 E 型车。

(2)　飞机设计的失败

第二次世界大战后期，长距离航线特别是跨大西洋航线的巨大市场前景日趋明显。这时，有一家名叫布里斯托尔·布拉巴宗的公司打算依托其设计能力参与这场竞争，该公司在 1943 年就被航空部批准设计大型远程轰炸机。该公司与新航班的主要客户——英国海外航空公司 (BOAC) 进行了磋商，内容主要涉及飞机设计及设施布置问题，对飞机尺寸、航程及成本问题没有进行讨论。后来，预算费用节节攀升，原因是针对这种大型飞机需要修建新的设施，另外，设计的第一阶段还牵涉到扩充跑道所带来的一个村庄的整体拆除问题。项目的监控工作做得较差，造成这种飞机具有许多不必要的特色，例如带有木制镀铝镜子的豪华女洗手间，以及用来存放现代年轻女性使用的各种洗发液和化妆粉的容器。

飞机的原型设计花了 6 年半的时间，这期间解决了机翼和发动机设计的关键技术问题。尽管飞机试飞很成功，但战后飞机的市场特征与技术专家所预想的大不相同，结果是 1952 年就终止了该项目，此时飞机的飞行距离还不到 1000 英里，而公司却已经负债累累。10 年后，这家公司在同一地点开发协和飞机项目，结局也差不多。

(3)　摩托罗拉的失败

20 世纪 90 年代后期，移动通讯领域发生了革命性的变化，出现了很多成功的创新，但俗话说，再有经验的人也会烫伤手指。摩托罗拉公司开始了一项雄心勃勃的商业冒险，旨在向地球上几乎任何一个角落提供移动通讯服务，覆盖范围包括了撒哈拉沙漠的腹地或者珠穆朗玛峰的山巅。要实现这一宏伟目标，需要把88颗卫星送入轨道，耗资达70亿美元。这项计划被命名为"铱星计划"。尽管使用铱星成本高昂，公司还是从主要支持者那里筹集了资金，建起了网络。带来的问题是，一旦新奇感消失，大多数人就会认识到，他们不会从遥远的岛屿上或在北极打很多电话，他们的需求一般可以通过覆盖大城市和人口稠密地区的普通移动网络得到满足。更为糟糕的是，这种手机既大又笨拙，因为它们包括了复杂的电子和无线设备，并且，这种高技术移动通讯产品的成本高得惊人，达3 000美元，话费也同样定得很高。

尽管这一计划的技术成就令人难以置信，这种系统并没有投入运行，1999年铱星公司提出了破产申请。然而问题并没有结束，要使卫星在轨道上安全运行，每月的成本大约需要200万美元，摩托罗拉公司不得不承担起这项责任，他们希望其他电信公司能够利用这些卫星，但没有任何公司对此感兴趣。最后，公司只得开出5000万美元的价格，将这些卫星回收并安全销毁。即便这样，摩托罗拉公司回收卫星并在大气层中烧毁的计划还遭到NASA的批评，理由是这样会带来核战争，因为落入地球的碎片可能大得足以启动俄罗斯的反导弹防御系统，这些卫星碎片可能被误认为是莫斯科防备的导弹。目前的情况是，一批公司正进行卫星回收的竞标，但即使公司按5~8千万美元的应价支付这笔费用，这一冒险给公司及伙伴带来的损失也是巨大的。

制造和出售新产品往往伴随着风险，如果公司没有充分的经验，这种风险还会显著增加。例如，有一项研究讨论了塑料水壶的案例。水壶目前已是家庭常用的物品，作为通用电气公司的一个附属公司，Redring公司是当时觉得该进行根本性创新的唯一一家公司，由于制造和销售这种产品存在困难，公司潜在的高市场占有率受到了影响。作为一家在热交换机方面具有专长的工程公司，它在塑料加工技术和消费品销售方面缺乏竞争力，当它获得这些竞争力时，其他竞争者已进入该市场，Redring公司的市场地位因此降低到相对较小的位置。

2.3 设计作为行动——管理过程

考虑设计是有用的，我们可以将注意力集中在把想法变为现实这一过程的最终输出的质量和特征上，但是，这并没有告诉我们设计是如何产生的——图 2.1 中方框内是如何运营的？与此相关的三个关键问题是：

□ 这一过程的本质是什么？

□ 过程涉及哪些人？

□ 这一过程能管理吗？如果能，那么如何管理？

这就是设计的第二方面，本书的剩余部分将集中讨论这个内容。

这里我们将有目的地关注以下问题：通过设计完成某件事情，创造出具有美学、成本或功能性等"设计"特征的东西，总之包括模型中所有的输出。这一切的发生实际上都是一个过程的结果，该过程就是不断利用创造力将想法、机会或诱因转变为某种东西。

我们考虑一个例子。钢笔是如何生产出来的？它始于某种形式的诱因，也许是在某个地方的研究室里开发出的一种新技术，也可能是一种新墨水，或是一种较明亮的表面抛光。或者可能来自市场方面，即识别出具有特定需求的某一目标市场，对钢笔而言，也许是兼作电筒，面向儿童市场。不论来源如何，想法总有其出处，创造性往往是在对提出的挑战寻找解决途径时发挥它的作用，这可能是一种全新的想法，或者更有可能是在原有想法的基础上加入某些新要素所形成的一种组合。

小型案例研究 2.1 **Bioform**

考虑到人变得越来越高大，而妇女的乳房也有增大的趋势，Charnos 公司专门为乳房大的女性设计了一种被称为 Bioform 的新型乳罩。Bioform 的研究开发工作耗资 150 万英镑，花了 2 年时间。多学科的产品开发队伍包括作为咨询人员的产品设计师和产品工程师，他们与公司内部的设计师和产品工程师一起工作，在乳罩中加入了一种塑料聚合体，使这种产品变得很舒适。

(Dowdy, 2000)

即使在这一阶段，设计过程也会受到识别诱因活动的方式的严重影响。公司如何把握新技术方面的机会？是否追踪其他人的行动？例如跟踪大学实验室及其他国家的做法，尤其是竞争对手的做法。公司是否对产品采用"逆工程"方法以找出他们使用的新技术？是否对技术发展的趋势有前瞻性了解（也许通过某种形式的技术预测）？

小型案例研究 2.2　反旋转洗衣机 Contrarotor

英国发明家詹姆斯·戴森发明了一种名叫 Contrarotor 的新型洗衣机，与其他洗衣机相比，这种洗衣机能在任何温度下将衣服洗得更干净。Contrarotor 具有两个同时沿相反方向旋转的鼓，这就好比两只手在洗东西。开发这种产品花了 4 年时间，耗资 2 500 万英镑。

同样的问题还有，掌握需求方信号的程度如何？对于新的市场需求是否只是猜测？或者是否具有监控和倾听"顾客声音"的机制？是否应用预测及其他技术来跟踪社会和经济发展趋势？影响关键顾客群的需求或购买力的因素是什么？是否探寻过顾客的想法，以便了解顾客喜欢什么，不喜欢什么，或者认为什么东西有价值？

一开始要弄清设计过程的有关概念，接下来的很长时间就是要进行提炼和解决问题，包括处理技术问题（如造型、形式、材料等）和市场需求（如审美、功能、绩效等），这一阶段需要同时关注如何按照恰当的成本和质量进行生产，以及如何把产品推向市场并销售出去。这个过程一旦开始就不会停止，通过总结前面的经验，又进入新一轮的发明和开发，如此循环往复。

如果我们考虑任何输出，如衣服、汽车、房屋或组织，就会发现存在着同样的基本过程，一般来讲，存在一个由一系列可识别的阶段组成的核心过程，任何新的东西从开始研究到最终投入使用，都要经历这个过程。图 2.2 阐述了这一原理。

我们不应该低估这一过程的复杂性，尽管图 2.2 看起来很简单，一目了然，但在现实中，这是一个充满风险、断断续续的过程，有时会进入死胡同，不得不

图 2.2　设计和产品开发

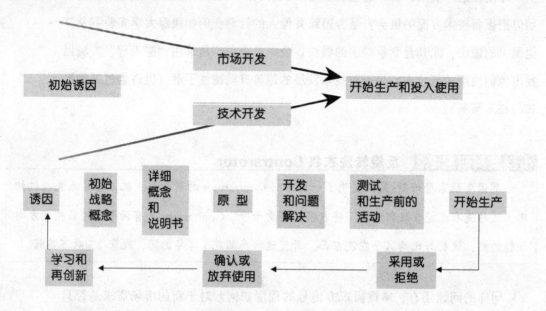

从头开始，而且没有成功的保证。不过图 2.2 至少给我们指明了一个出发点，据此可以考虑如何对设计流程进行管理。

2.4　创造性推动设计

微软公司的唯一资产是人的想象力。

[盖茨 (Gates)，1996]

成功的关键是冒险采用一些非传统的思想。

[贝利斯 (Bayliss)，1999]

设计流程牵涉到许多来自不同时刻和不同角度的输入，但有一种东西是始终贯穿整个过程的，那就是为了成功实现初始想法所必需的创造性的问题解决方法。因此，简单了解一下创造性的概念以及它对设计流程的支持作用是有用的。

与流行的观点相反，创造性不是少数具有特殊天赋的人所独有的，大多数人都具有这种能力。当然，也有些众所周知的例子，如画家、作曲家、科学家等，

他们的创造力明显与众不同，但是，对于从事活动设备或盖子设计的人，如果要提出一种新想法，并不必要自己是达·芬奇。创造性的一种有用定义是："产生新颖的想法"，虽然这种新颖性可能只是来自于从不同角度看待事物。挑战之一是寻找关联因素时不要太草率，而组织关心的是创造性活动应该带来有用的输出[3M 公司的副总裁威廉·科因 (William Coyne) 曾经说过，创造就是思考新颖和适当的想法]，因此组织一定要注意，不要因为对各种想法评价太草率或太认真而阻碍创造性的发挥。

很多伟大的发明都是幸运而偶然的发现所产生的结果，例如，"维可牢"拉链、即时贴背后的粘胶，或者平板玻璃制造的原理。但是，路易斯·巴斯德 (Louis Pasteur) 说过，"机会只会青睐有准备的头脑"，我们可以有效利用我们对创造性过程的了解，为这些"偶然事件"的发生创造条件。

创造性的两个重要特点是紧密相关的。首先，正如我们已指出的，要认识到创造性是大多数人所具备的品质，但我们表达创造性的风格是多样化的，有些人对影响宇宙整体运行方式的想法可能不感到焦虑，而有些人偏爱变化的较小增量，诸如如何改进工作以及分步骤改善工作环境等（这也可以部分地解释为什么如此多的"创造性"人才被人们视为难以理解的人，或者其行为方式与传统要求大不相同，如艺术家、作曲家、狂热的科学家）。

以上分析为我们在组织内管理创造性提供了重要启示，正如我们已经看到的，创新涉及到新东西的产生及广泛应用，而不仅仅是发明这种东西。起初的灵光一现可能需要重要的创造性跳跃，但后面的过程就将涉及数以百计的问题发现和问题解决工作，其中每一项工作都需要创造性的投入。尽管前者可能需要特殊的个别人的灵感技巧，但后者却需要很多不同的人的长期持续投入。开发灯泡、即时贴或者其他成功的创新实际上是许多人的创造性的组合过程。

我们可以从日本制造业的发展历程来理解这种效应。虽然战后秩序混乱，劣质、便宜、设计低劣的仿制品处处可见，但日本的制造业在汽车、电子和光学产品等市场上开始占统治地位，其成功不是因为一些人的灵感行为，而主要是由于对创造性问题解决的系统应用。长期以来，像丰田公司、松下公司（松下和其他电子产品的制造商）这样的企业能够吸引数百万的来自职工的建议，并将其中的大部分付诸实施，即便每个想法都是微不足道的，但30多年来不断采纳数百万的想法，使得这些企业长盛不衰，甚至在非常困难的经济条件下也能获得发展。

当然，这种员工参与创造性问题解决的做法并不只是日本现象，它也能够而且确实已经在全世界得到应用，并取得类似的好的效果。但是，要让员工积极参与到这项活动中来，的确需要建立恰当的结构及流程。

创造性的第二个主要特点是，它不是一个完全有意识的或理性的过程。心理学家和其他方面的研究者都认为，创造性行为遵循如下模式：

☐ 洞察力——识别和定义（或重新定义）问题；

☐ 准备——精神方面的基础工作，寻找有助于解决问题的信息或以前的经验；

☐ 酝酿——无意识地分析问题，常常是彻夜考虑问题；

☐ 启发——恍然大悟，有"啊哈"的体会；

☐ 验证——检验和实现提出的想法。

这里面的关键在于，有意识的、理性的思想和无意识的及随机的或像梦一样的联系和活动之间发生互动，很多实验证实了这一点，因此如果要让人们富有创造性，就需要给他们提供空间和时间，使他们能从事涉及有意识和无意识思维模式的活动。这一点非常重要，如果我们想为人们进行无意识的思维活动重新创造条件，那么我们就应该接受这样的事实：站在窗前做白日梦实际上可能是一种非常富有成果（尽管难以度量）的活动。

许多公司已经认识到，如果它们想让雇员富有创造力的话，就必须为他们创造物质的、时间性的、精神的空间。在实践中，我们可以通过提供适当的环境和条件来强化创造性行为，而且可以通过提供鼓励这种行为的激励工具或技巧达到同样的目的。表2.1列出了一些例子，同时可以看出，与清除自然过程的障碍相比，在组织中强化创造性仅仅是增加一些新的输入罢了。

表 2.1　设计及其对竞争力的影响研究

输入	主要应用
结构	提供人们能发挥作用的空间。例如，3M 公司制定了一种 "15%规则"，人们可以把 15%的时间用在提出各种想法和从事好奇心驱使的工作上，对此不必作出解释。其他企业为职工提供时间和空间，让职工以小组的形式进行讨论，提出各种新想法。
团队	许多企业使用团队来激发群体创造性，团队成员来自同一领域或具有跨部门的特点，成员往往从不同角度来分析问题。但应该认识到，有效的团队不是偶然形成的，需要他人的支持和开发。
工具	一系列刺激或技巧，旨在教会人们利用新的、有时是不熟悉的方式来思考问题，这方面的例子包括一览表、"鱼骨图"和其他问题结构化支持工具等，并扩展到使用隐喻或其他类型的可视化工具的复杂技巧。
协调	认识到创造是一个值得引起注意并进行管理的过程，同时认识到有些人在完成创造新思想的任务时可以达到出神的地步。协调能使创造性过程顺利运转，以便让小组的参与者将精力集中在构建新想法上面。
头脑风暴法	有时会考虑这种工具，它确实可用来识别对想法的不成熟判断或评价中所隐含的风险。

　　大公司需要创造性，但害怕太多的企业性质的冲动。公司经理经常会谈到"慎重对待风险"、"无底洞"，而具有创造性的人则往往提到"动手干"和"运转起来"。大公司担心带有攻击性的企业性质的冲动可能使其遭受损失。可口可乐公司有一句格言，那就是"灵活的计划，准确的聚焦"，目的是鼓励企业家文化，公司不断增长的经济价值表明了这一格言的有用性。

　　最后一个要点是：我们的讨论主要集中在个体创造性方面，在组织中这的确已成为高价值的资产，但它得益于交互作用。研究表明，只要人与人之间的动态性得到管理，那么群体创造性可能成为比个体创造性更有用的资源。这种效果主要是想法之间的相互作用和相互刺激造成的，而这些想法又是当具有不同背景、经验和个性的人聚焦于同一问题时产生的。他们看问题的方式不同，从不同角度寻求问题的答案，而且经常为群体中的其他人提供新的、意想不到的探究问题的思路。

有助于创造性的和鼓励销售、技术和生产等部门组成创新团队的企业环境能够激发持续不断的创造性想法。Richards 和 Moger (1999) 对三种类型的创造性团队进行了比较，这三种团队是梦想团队、标准团队、苦境团队。他们识别出刻画创造性团队特征的 7 个因素：理解的平台、愿景、环境、想法、对挫折的反应、网络技术和对经历的反应（见表 2.2）。有些公司开展了有效的创造性团队管理工作，例如，杜邦公司具有一种鼓励员工尝试不同想法的公司文化，并努力排除阻碍创造性思想的因素。3M 公司是另外一个例子，该公司允许职工在工作期间提出自己的想法，并在公司内将这些想法转变为产品。

表 2.2　梦想团队的 7 个秘诀和苦境团队的 7 个过失

梦想团队	因素	苦境团队
强大的	理解的平台	弱小的
共享的	愿景	非共享的
创造性的	环境	非创造性的
拥有权	对挫折的反应	无拥有权
有适应能力的	想法	听天由命的
使能	网络技术	差
学习	对经历的反应	差

资料来源：节选自 Richards 和 Moger (1999)

Richards 和 Moger 还特别强调创造性的领导方式，他们认为创造性的领导者应具有 4 个特点：相信"领导者与被领导者之间存在互利关系"；具有授权和激励的领导风格；探索鼓励团队成员解决问题的策略和技术；使个人对手头任务的要求与他们应负的责任保持一致。

创新的源泉并不只是局限在公司内部，与供应商和顾客合作及一起工作也能产生新的想法。设计公司与制造商之间的战略联盟能够带来商业上可行的一系列产品。挪威 Stokke 椅子公司与一位名叫彼德·奥普斯维克 (Peter Opsvik) 的人机工程学家和设计专家就形成了一种联盟，根据身体的自我调节姿势，彼德·奥普

斯维克提出了一种新的关于坐的理念，通过合作开发出针对儿童的 Balans 座椅和 Tripp Trapp 椅子。Tripp Trapp 椅子的高度和深度可以调节，使儿童感到坐在上面很舒服。这两种产品都取得了巨大成功，对公司营业额的贡献率达到 94%，并且开辟了国外市场。对公司而言，开发这两种产品都是冒险的，但公司高层管理者认识到对座椅进行创新的需求，于是采纳了设计者提出的方法。

2.5 创造性、设计和创新

讨论新的问题之前，区分一下这三个术语是非常有用的，当谈及设计过程的运营和管理时，人们广泛地使用这三个术语，而且往往是当作同义词来使用的。例如，在许多国家，为了帮助企业在全球市场中成功地参与竞争，政府对设计的兴趣越来越浓厚（因此也就会对其提供支持）。这种主动行为的产生正是由于认识到设计的价值，从而将其作为产品、服务和业务流程创新的发动机。设计将R&D 得到的新技术变为新颖的、可使用的产品投放到市场中。

考尔德科特（Caldecotte）（1979）强调："设计是创新的核心。"的确，设计对于创新是必不可少的，因为它是创造性的力量，或者说它是"构想、按原型形式规划和构造一种新物品的时刻"。

弗里曼（Freeman）（1982）认为设计对创新是非常关键的，因为设计属于创造的范围，在设计阶段，人们对想法进行规划，同时将技术可能性与市场需求结合在一起。设计师能够将技术上的想法转化为市场需要的东西，每种技术上的想法都有可能产生一系列设计构造和修改，这可能不会有多大的技术变化，但能够带来一种具有不同形式、风格、模式或装饰的产品，例如新椅子的设计。

案例研究 2.3 新椅子的设计

新椅子的设计可能将一个喜欢冒险的家具零售商卷入到具有自己的商标和大规模生产家具的实际设计和制造中。为了筹集资金生产塑料椅子（采用以前生产锥形交通警示标的技术），可能要出售一部分业务。然而，这正好是一家苏格兰家具零售商为实现其成为市场领导者的雄心而采取的行动。该公司将设计椅子的任务委托给一个格拉斯哥的动态设计团队，这个团队提出的设计方案既基本又简单，公司欣然接受了该方案。接下来就是项目的困难部分——椅子的实际制造。幸运的是，当地的锥形交通警示标制造商提出了一种相对简单的生产方法，只不过需要大量的资金用于购买新的生产工具，从此麻烦开始出现了。按照这种昂贵的新模具，制造的椅子必须比原先设计的小 15%，比较幸运的是澳大利亚人就喜欢这种椅子。如果这种椅子在澳洲畅销，那么该公司就能改进生产，并在本土销售这种椅子。

一开始该公司就赢得许多设计方面的奖励，但公司还处于项目的关键时期，他们需要确保获得更多的资金来进行产品开发。

（设计委员会的千禧年产品网站：www.designcouncil.org.uk）

设计可以将新的组件、材料或制造方法融入到已有的产品中，例如塑造无扶手的塑料椅子。托姆斯 (Tomes) 等人 (1999) 用"科学家—设计师"表示那些能够在科学飞速发展、产品变化频繁的领域内有所作为的人，他们能够从商业的角度利用新的科技进展，也就是按照产品应用和应用科学领域来思考问题，并且倾向于制定计划和利用已有的经验。另外，他们对科学带来的影响有一种"收集者"的热情，这种不加选择的热情是产品创新的主要源泉，因为它意味着科学影响和新的应用可能性会不断在"科学家—设计师"的脑海中翻腾。下面的故事能很好地说明上述观点：

对于新想法，我们总是开放的，如果一个外科医生说"我遇到问题了……"，那么我总是在想我能帮他做点什么。利用化学疗法防止头发脱落是一个问题，人们利用各种冷却剂来阻止药物进入头发根部，如冰冻豌豆和凝胶体等，我们开发了一种冷却帽，冷却剂可以通过这种帽子来传递，这样做有很大的好处。

即兴发挥是一种产品开发战略，普尔腾 (Poolton) 和伊斯梅尔 (Ismail) (1999) 认为，作为"第二个行动者"或跟随者进入市场能利用这种姿态。在固体洗涤剂市场，Lever 公司的 Persil Tablets 首先进入英国市场，很快就占领了这一细分市场的 10%的份额，12 个月后，它的竞争对手宝洁公司将一种更好的高定价产品推向这一市场。通过市场调查，宝洁公司发现 Lever 公司的产品有一个主要弱点，于是进行改进，进入了这一市场。Lever 公司也在其产品开发过程中实施了一项产品改进计划，以避免未来再发生同样的问题。

另一个即兴发挥的例子是吉列公司的 Mach3 剃刀系统，它是在公司的双刀片剃刀系统基础上开发出来的。产品理念的拓展导致了这种改进。惠普公司注重不断改进，并围绕这一原则组织其产品开发过程。在多领域人员组成的团队工作环境下，与原来开发的产品相比，公司的 546000 型示波器的产品开发周期缩短了 50%，实现了低廉价格水平的目标，同时产品功能有了显著提高。

设计者可以创造出创新性产品或服务，同时把创新思想转移到市场中去，通过把设计者的作用从产品设计过程拓展到其他方面，设计的敏感性能够与其他功能相结合，从而扩大其影响。设计技巧和知识能够在经营的很多方面和活动中发挥作用，包括研究、营销、促销、创建品牌、增加产品数量、柔性、竞争者智能集成技术、发现新机会、趋势预测以及产品改进和成本降低等。伦纳德-巴顿 (Leonard-Barton) 在她的评论中强有力地说明了这一点：

> 成功的改变似乎涉及到对技能和知识基础的带有思想性的和渐进式的转向，这样，今天的专业知识就会变成明天的能力。

[伦纳德-巴顿，1995]

其中重要的一点是需要认识到，成功多半来自于开发那些能够使公司适应和响应变化的技能和知识。新的挑战需要新的应对策略，这种策略可以打破传统的规则，但能为未来的发展提供计划。公司可以开展一些更具创造性的活动，学会在经营的各个方面进行改进和创新。实际上，"在使各种类型的经营变得更具创造性、更具响应力特别是更具竞争力方面，设计可以发挥关键的作用"。

在本书中，对于有联系的几个概念，我们将采用如下定义：

□ 创造就是用新的方式将多种想法组合起来以解决问题的能力。

□ 创新就是以新的或改进的产品、服务或流程等形式实现新想法在实践中的成功应用。

□ 设计就是创造性在整个创新过程中的有目的的应用。

2.6 结论

□ 在产品、服务或流程创新过程中，创造是很关键的，通过把设计整合到公司的核心活动中，设计的创新潜力就能得到充分发挥。

□ 设计包括对人工制品或服务的设计，正因为如此，设计必然与品味有联系，这样才能对产品或服务作出判断，通常会作出"好的"或"坏的"设计的评论。

□ 设计与不同领域专家拥有的学识有关，例如图形设计师、产品设计师、纺织品设计师或汽车设计师等。不同领域的设计师有一些共同的核心技能，尤其是抽象思维能力和将可视化语言应用到产品或服务开发中的能力。但是，他们也有不同的自己领域内特有的学识，例如，纺织品设计师要生产印有图案的或编织的产品，就需要掌握生产过程中的印染和编织知识，还要有纤维、纺织物、染料及最后一道涂饰方面的知识。

□ 创新需要创造，并且需要具有将技术实施和对用户需求的理解融合在一起的能力。设计师们有一种与技术打交道的能力，并能用恰当的形式使用技术。移动电话上的电池采用了人们都了解的形式，然而为了改善使用，它的效能和尺寸都在发生变化，这就需要对技术、制造和用户需求有清楚的了解，产品和工程设计师能够带来这种变化。

□ 创造力不是设计者所特有的，销售人员、工程师、化学家也具有创造力。但是，设计作为一个过程必然牵涉到创造，即产生新的想法、开拓新的视野和知识。创造力可以是天生的，也可以进行开发和管理，产品开发团队中技能的最大融合能够提升创造力，如果融合不当，那么就会阻碍创造力，理查兹（Richards）和莫杰（Moger）（1999）用"梦想团队"和"苦境团队"来描绘这两种类型的团队。本章讨论了有效创造力管理的方法。

□ 对于关心产品或服务更新的组织而言，设计是它的一个核心过程，值得注意的是，我们也可以考虑更新过程本身，这样组织就能给出它的输出，这种做法一般称为"流程设计"。如果我们想产生好的设计，就必须对这个过程进行深入探索，尤其是观察其他因素如何影响该过程，这将是下一章讨论的主题。

本章关键问题

1. 从经营的角度看，什么是设计？试为一所小学设计的系统识别关键要素。

2. 对于移动通讯的制造商而言，创造性思想的源泉是什么？如何优化创造性的管理？

3. 解释如何把握和转化人们对创新性产品（如不用针头的药物注射设备，不用牙刷的清洁牙齿的设备）的要求。

4. 航空公司想改进飞机的内部结构以提高乘客的舒适感，你能给项目团队提出什

么关于设计技巧的建议？

5. 设计是创造力的有目的的应用，以便在产品或服务方面有所创新。利用实例说明，企业在维持现状和创造未来时，设计如何扮演核心创新过程的角色。

6. 市场和技术因素之间存在什么密切关系？"技术推动"和"市场拉动"的概念过时了吗？

7. "率先进入市场"战略的成本—效益如何？

3

设计管理

玛格雷特·布鲁斯　约翰·贝萨特

(Margaret Bruce and John Bessant)

作为宝马公司的设计主管，我的工作是协调公司及公司内有艺术思想的人。

[班格勒（Bangle），2001]

学习目标

□ 定义设计管理的过程；

□ 阐明这一过程中的主要利益相关者的作用和责任；

□ 探讨不同类型的利益相关者（如营销、工程、设计等）之间的潜在交互和交流问题；

□ 识别关键的成功因素。

3.1 不仅仅是发明……

如果有人在晚会上问你："上次你使用 Spengler 是什么时候？"这个问题可能会引起一些有趣的反应，毕竟很少有人知道 Spengler 到底是什么。然而，如果我们将这个词替换为"Hoover"，或者真空吸尘器，这个问题就变得简单了。胡佛牌真空吸尘器是 20 世纪的伟大发明之一，这项发明对家务劳动产生了革命性的影响，在世界范围内形成了价值达数十亿美元的产业。这项特殊发明的重要性可以通过下面的事实反映出来：我们不仅已经将 Hoover 一词作为设备的名称，而且用它来代替"用真空吸尘器打扫卫生"的活动。

我们应该感谢胡佛 (Hoover) 先生，施彭格勒 (J.Murray Spengler) 在 19 世纪后期发明了真空吸尘器（他称为电动吸尘清扫器）。他不太懂得如何将这项发明推向市场，于是他与同一个小镇上的皮革制造商胡佛接触，正如他们所说的，接下来的事情就载入历史了。

类似地，一个名叫伊莱亚斯·豪 (Elias Howe) 的波士顿人于 1846 年生产出世界上第一台缝纫机。尽管他到英国转了一趟并作出了努力，但还是没有把他的想法转让出去，回到美国时他发现艾萨克·辛格 (Isaac Singer) 盗走了他的专利证，并借此成功创建了企业。虽然辛格逐渐被迫向豪支付所有出产机器的专利税，但

说起缝纫机时，现在大部分人会联想到辛格，而不是豪。

塞缪尔·莫尔斯 (Samuel Morse) 被誉为现代电报之父，实际上他只是发明了带有他的名字的代码，其他发明都应归功于他人，莫尔斯所投入的只是巨大的精力和实现目的的计划（设想），他把营销和政治技巧结合起来，以获得国家的资金支持，用于开发工作，同时，进行广泛宣传，让大家知道有一种东西能够首次将美洲大陆上相距遥远的人联系在一起。经过 5 年的努力，美国的电报线长达5 000 多英里，莫尔斯也被认为是"他所处那个时代最伟大的人"。

甚至所有人将功劳归于托马斯·爱迪生的电灯泡实际上是约瑟夫·斯旺 (Joseph Swan) 发明的。爱迪生的才智在于他认识到仅仅有发明是不够的——确实他因发表过"1%的天才加上99%的汗水"这样的言论而著名，他的技能是能够对从想法转变为现实的整个过程进行管理，并确保获得成功。他在这方面的成就无人怀疑，在他的一生中，注册的专利达到 1 000 多项，他创建的基业在1920年的价值大约为 216 亿美元。

这些例子的共同点是它们都说明这样一个道理：仅仅有发明是不够的，这只是从创新想法到实际应用这一过程的开端，好的设计需要一项发明来支撑，即需要有这样的能力：找到新的解决办法并提出一种创造性想法以满足既有的或新的需要，或者通过新想法创出新的机会。

当创造性过程从一种相当有用但乏味的东西转变为真正富有风格、魅力和活力的东西时，我们就有可能对其进行分析。设计是98%的普通意识加上2%的可以被称为创造力的神秘成分，但正是这种成分把相当不错的东西变成人们真正向往的东西，就像人们想得到墙上的毕加索的画一样。

尽管这是必要的，但不是充分的。历史给我们展现了许多这样的例子：好的想法永远也没有走出"好想法"的阶段——在从想法到现实的转变过程的某个阶段失败了，或者已经进入市场而人们对其漠不关心，最后消失了。上一章给我们提供了一些例子，对于每一次公开的失败，一定有许多隐藏在公司内部的原因。

3.2 管理设计

很多公司面临着在艺术与商务之间进行平衡的挑战：时装设计公司、奢侈品制造商就如此。但做到这一点并不容易，作为宝马公司的设计经理，班格勒说："公司实用主义与艺术热情之间有着持续的、不可避免的冲突……我们公司对设计的狂热与公司保持盈利的目标是相匹配的。"

第2章给出了设计过程的"路线图"，在这里很有必要对其进行更深入的讨论。我们尤其应该关注一个重要问题，即设计过程是随机的过程还是我们能够采取主动步骤进行管理的过程？上面的例子说明，有证据表明我们能够管理这个过程，但是并不能保证取得成功。从想法到成功实现的道路上存在着各种障碍，包括将想法和概念转变为能够操作的过程的技术挑战、说服别人支持和接受新想法的困难、让具有不同观点的人对创意作出贡献并分享等上问题。毫无疑问，成功通常依赖于路径而非运气。

尽管这是一个充满障碍的过程，但很明显，一些公司和个人已经学会处理风险，使设计"旅行"取得成功并重复下去。他们的经验表明（同时也被广泛的研究所证实），设计过程是可以管理的，而且设计过程的管理技巧性很强，要求管理者为追求创造性目标而协调好各种类型的资源，同时，还需要创建和开发有利于该过程持续并重复进行下去的结构和行为规范。

3.3 设计是一个过程

设计是通过对主要设计要素的创造性应用来寻求消费者满意度和公司盈利最大化的过程。

[科特勒 (Kotler) 和拉思 (Rath)，1990]

最容易掉进去的陷阱是将设计看作单一的事件或活动，而不是一个扩展的过程。正如前面的例子所显示的，如果我们仅仅把设计看作发明，却不去思考从发明向成功利用转化所需要的步骤，那么失败就不足为奇了。表3.1列举了片面管理设计过程的若干情况及其后果。

表 3.1 片面看待设计过程的后果

如果设计仅仅被看作……	……结果可能是
有创造力的想法。	不能满足用户需求和不会被接受的想法。
只是设计者、研发实验室中的白领员工、创造性专家等所从事的活动。	缺少他人的参与，缺少来自其他方面的关键知识和经验的输入。

　　本书的中心议题是，好的设计不是偶然出现的，而是一个被管理的过程的结果。许多人尝试对第 2 章给出的基本路线图进行修改，提出自己的路线图，事实上，关于设计过程有一种英国标准。设计过程包括三个一般的活动阶段：

□ 计划阶段：提出初步想法，分析潜在的技术和市场问题，进行可行性评估，准备设计说明书。

□ 开发阶段：详细的市场和技术说明，概念设计，原型开发和设计，详细设计和生产工程。

□ 生产和销售阶段：生产和销售计划，用工具加工，试制造，试销售，大规模生产，市场启动等。

　　出于我们的目的，我们将使用下面给出的划分阶段的模型，但应该认识到，每种类型的经营都有其自身的特点，对设计过程的阶段划分可能有很大差别（包括数目和内容）。这一模型并不是用于描述一个线性过程——观念会随循环发展阶段而来回转变。例如，制作图表只需几个周的时间，而生产一件产品和纺织品却需要几个月的时间。

设计过程的主要阶段

□ 刺激物/诱因：启动过程的某种东西，它可能是因技术可能性而出现的一种新想法、对新东西的需求，或者是对现有东西的一种战略性计划扩张。漩涡喷射洗澡用具的制造商 Aquajet 公司的总经理发现了不断增长的对健康的关注所产生的市场空间，漩涡洗澡对家庭而言具有放松和健康的特点。

☐ 概念开发：基于新想法本身的优势、能力以及市场需求，对新想法进行可行性评估，同时还要考虑生产能力、质量、成本等方面的可行性。

☐ 项目计划：如果公司决定进一步开发这种想法，那么就应该制定产品计划，明确目标、配置资源，并建立一览表和预算。

☐ 设计说明书：说明书的编制是费时间的，并且应该考虑关键相关利益者的意见，如技术、财务、营销、设计等人员的意见。设计者通常提交项目的合同报告，内容包括目标、工作计划、任务清单和预算。关于设计说明书的详细讨论将在下一章进行。

☐ 获得设计技能：可以是内部团队，或者是外部和内部设计者的组合，甚至可以外包。取得任务的人员必须了解提出的项目所需要的能力，设计公司可以标注在公司的登记表上，这些设计公司是获得认可的并经常使用的或很少使用的供应商。服务或零售公司倾向于有规律地（至少一年一次）组织和评估设计登记表。

☐ 概念设计：提出关于设计想法的提纲，以便和其他人分享和探讨，如框架、简单模型、信封背面上的注解，以及清楚明了、以概念为主的正式说明书，这种说明书可以和他人共享，而且往往使用战略术语来编写。

☐ 设计说明书：根据图样、模型和艺术家的印象给出实际设计的详细情况，如果是购买，则涉及技术、组成部分，并检查每一部分的可获得性和交货情况。

☐ 概念开发：对概念的详尽阐述，搜集缺少的和不完全的信息，探索关键的战略问题，例如通过初始销售情况或技术研究来进行。

☐ 原型和测试：给出最终设计的实体模型、模型或其他基本式样，以便进行探索、测试、评估，并用于促进讨论和开发。

☐ 详细设计：将获得同意的设计转化为生产原型或试验的详细说明书。

☐ 市场开发：将问题发现和问题解决延伸到市场方面，如需求特性或对原始概念的改变。

☐ 技术开发：围绕技术方面的延伸问题发现和问题解决，如可行性、为方便制

造而进行的改正缺陷和设计。

□ 启动：产品启动意味着设计阶段的结束，对于纺织品，设计阶段一般占整个产品开发过程（大约9个月）的2~4周时间。在时装设计中，不同设计者之间可以在互联网上进行沟通，以拓展设计过程，尽可能缩短同客户的距离。

□ 评估：涉及对设计过程和项目结果的分析，对设计管理过程应该进行回顾和总结，检查设计是否达到目标，是否按时和在预算内完成，并评估是否成功（例如销售额、顾客反馈等）。

□ 支持和延伸：一旦启动产品设计，就可以通过加强同客户的联系和了解他们对产品或服务的反馈学到很多技术方面的东西，同时，客户保留和客户关系发展依赖于提供一定程度的售后支持（服务），对于复杂和昂贵的产品更是如此。

□ 再创新：这是一个重要而往往被忽视的阶段。通过总结设计和启动后的经验教训，将其作为新一轮创新的输入。

3.4 管理风险：战略通道的作用

设计意味着创造新的东西，因此总会伴随着风险。与开发全新的产品相比，在现有想法基础上进行持续改进相对会安全一些，但任何情况下都存在不确定性和出现差错的可能，因此成功设计的关键是尝试并管理风险。过程模型的价值就在于，如果在"旅途"中提供一些里程碑，那么就可以对这些风险进行评估。产品创新领域最重要的作家之一罗伯特·库珀（Robert Cooper）将这些里程碑比作"阶段关卡（stage gates）"，瞄准它们就可以进行战略评估，只有回答了关键的技术和市场问题，才能取得进步（好比通过关卡）。

这个问题不是实现一整套"阶段关卡"的问题，因为作为设计过程的模型，"阶段关卡"的数量和位置将随业务类型的不同而改变，但毕竟这是一种管理设计过程中不可避免的不确定性的方法之一，它把设计从赌博转变为对风险的一整套管理。

通过从设计过程中分离出若干关键阶段，如获得恰当的设计技能、准备说明书、项目管理和评估等，设计过程的管理就变得容易理解了（参见设计说明书的形式，小型案例研究 3.1 和 3.2，案例研究 3.1，以及图 3.1）。每一阶段的结尾都会存在相当多的活动，以确保提出的设计按经营计划进行并得到实现，营销、生产、采购和公司计划都必须纳入设计管理过程中，以便在每个阶段评估设计的可行性，如果设计不能满足经营目标，就准备放弃所进行的项目。设计过程的主要阶段是准备设计说明书（规定设计项目的目的和目标）、进度和成本、概念开发、最终结果的详细设计和评估。评估设计应该根据设计说明书中提出的目标进行，同时对设计的市场绩效进行评估。

图 3.1　公司设计说明书的例子：婴儿车座位织品说明书

目标：

■ 选择织品使之与婴儿旅行系统相协调；

■ 了解今后 12~18 个月的色彩发展趋势，确定儿童用品市场上占主导地位的色彩；

■ 了解今后 12~18 个月的设计发展趋势，确定儿童用品市场上占主导地位的设计。

关键设计需求：

■ 单一产品要素（如婴儿车、箱形婴儿床、推椅）的协同必然成为系统的一部分；

■ 推荐适应色彩和设计趋势的织品；

■ 推荐印有顾客喜欢的形象的织品，如 Trendy Tara, Sophie, Helen 和 Fiona；

■ 织品必须至少具有 12~18 个月的生命周期；

■ 欧洲风格。

时间安排：

初步选择

启动：10 月 20—21 日

测试：10 月 27 日

生产：1 月

季节：

春季/夏季：4 种设计

秋季/冬季：4 种设计

图 3.1 （续）

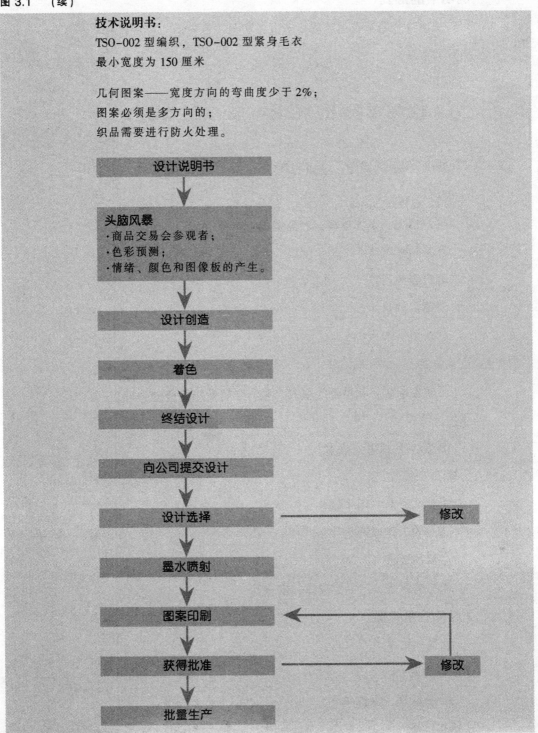

技术说明书：
TSO-002 型编织，TSO-002 型紧身毛衣
最小宽度为 150 厘米

几何图案——宽度方向的弯曲度少于 2%；
图案必须是多方向的；
织品需要进行防火处理。

设计说明书

头脑风暴
·商品交易会参观者；
·色彩预测；
·情绪、颜色和图像板的产生。

设计创造

着色

终结设计

向公司提交设计

设计选择 → 修改

墨水喷射

图案印刷

获得批准 → 修改

批置生产

说明书的形式

从项目开始，公司就需要考虑说明书一览表中的所有要点，并经常对此进行回顾和更新。

☐ 阶段

项目阶段；活动阶段；项目回顾；设计回顾；启动日期

☐ 标准

ISO，国外的规定，公司的规定

☐ 市场

客户情况，市场规模，产品销售策略（USP）

产品销售策略

客户服务利益

营销目标是什么？

如何销售产品？

☐ 竞争者

竞争者回顾，竞争者的绩效、赢利空间及产品范围分析

☐ 生产流程

制造选择/约束，成本

☐ 绩效

是什么产品？用来做什么？

产品的工作原理是什么？

必要的要求

独特的好处，产品的变体，安全性

☐ 材料/技术细节

选择和约束

☐ 服务周期

服务/修理，保修单

☐ 销售价格

□ 测试

　　内部测试，客户认同度，常规测试，测试计划

□ 质量/目标/计划

□ 数量

小型案例研究 3.1　DMI 医疗用品设计说明书

□ 项目：设计一种完全可处理的肌肉刺激物，用于治疗女性失禁。

□ 规格说明：这种产品放置在身体内部，必须方便、舒适。出于安全考虑，产品必须是可处理的，用能被生物分解为无害物的材料制成。

□ 目标患者：主要针对忙碌的母亲和上年纪的女性，由于使用的敏感性，产品必须具有较强的亲和力，估计需求量很大，潜在患者达 300 万。

□ 制造过程：快速生产方法。

□ 成本：每个 20 英镑。

□ 重量：轻便，穿戴舒适。

(Bruce et al., 1998)

　　有必要设立项目里程碑，并在设计过程的每个里程碑处或阶段对进展情况进行评述。图 3.2 将设计管理作为一个"阶段关卡"过程来看待，图 3.3 以一个英国食品零售商为例，阐述了这种管理方法在实际中的工作原理。小型案例研究 3.2 阐述了一个公司在设计过程的关键阶段进行评估的方法。

　　设计过程模型的要点并不只是对每个阶段提供一套详细的标记，而是要认识到不同的阶段面临着不同的挑战，需要作出不同的反应，特别是应对这些挑战需要不同但互补的知识，成功设计管理的关键在于将这些知识进行协调整合及适时更新。

用设计再造企业

图 3.2　作为"阶段关卡"过程的设计管理

来源：Cooper et al. (1998).

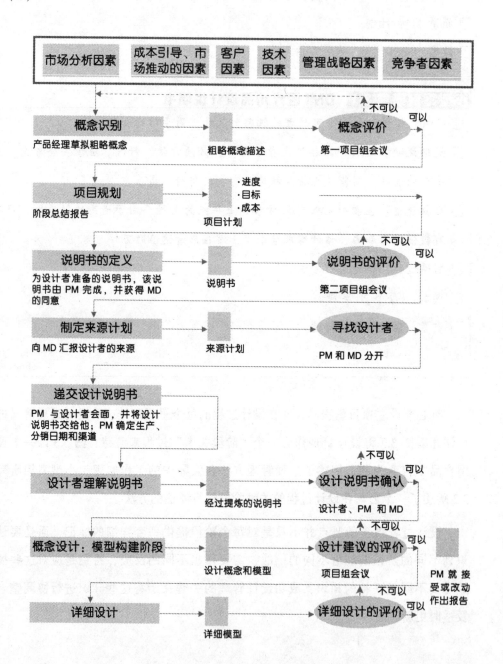

52

小型案例研究 3.2　设计活动的评估方法

> Daryl 实业公司是沐浴门、围栏和洗澡屏风的重要制造商。进入新市场需要新的产品，于是该公司与外部的一家设计公司合作开发新产品，这就涉及到复杂的技术开发。公司对设计过程的每个阶段进行监督和跟踪，并召开总结会，按项目目标和预算来检查设计进展情况。一旦启动产品开发，公司就与终端消费者进行市场研究，以便获得他们对产品的反馈，同时还开展目标市场和定价问题研究，通过与项目成本、资本支出和销售情况相比较来评估新产品的回报率。
>
> [Bruce et al., 1998]

第 2 章已经讨论过，设计与创造有关，但设计并不是那些被称为"设计师"的人的专利，也不是科学家、软件开发人员或其他创造性专家所独有的工作，要做出好的设计，就需要组织中不同学科、从事不同工作的人员的参与，正如图 3.3 中对食品零售所描述的那样。我们所知道的有效的设计过程管理是跨部门的和共同参与的，这里所说的有效的设计过程管理是指能提供让客户满意的设计结构、系统及行为，这种设计是低成本的、容易进行的，而且是短期内可完成的。沃尔什等人提出设计的四 "C" 原则：

☐ 创造力 (Creativity) ——创造出以前不存在的东西。

☐ 复杂性 (Complexity) ——设计涉及到具有大量参数和因素的决策，从形状、质地、色彩的确定到材料的选择。

☐ 折中 (Compromise) ——在诸如功效和成本之间、外表和易用性之间进行折中。

☐ 选择 (Choice) ——关于色彩或形状的决策。

图 3.4 给出了产品和服务设计中需要的各种知识；以及设计决策中需要考虑的重要因素。

3.5 设计是一个整合过程

管理设计面临的问题之一是组织中有很多人充当组织咨询者，这些人往往被

用设计再造企业

图 3.3 英国食品零售商的"阶段关卡"设计过程

来源：Bruce and Vazquez (1999)

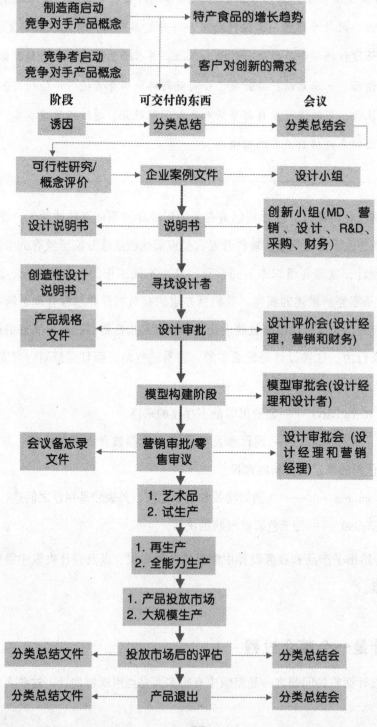

54

图 3.4　设计决策
来源：Rodgers and Clarkson (1999)

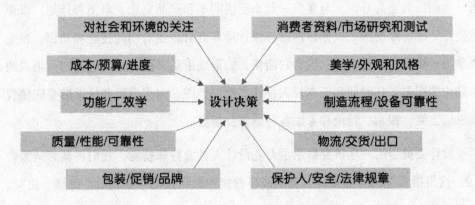

称为"设计者"或"设计专家"，这反映出他们接受过与设计有关的特殊技能训练，但带来的问题是组织的其他成员将设计看成是这群专家的事，而与自己毫无关系，换句话说，设计变成了"别人的问题"。这是一个危险的陷阱，不是因为设计专家的技能有局限性，而是因为正如我们已经开始看到的，设计是整个组织的任务，需要用整合的和高度相关的方式来进行管理。

我们可以看看设计与质量的联系。很多年来，质量一直被看作是质量专家分内的事，因此组织的其他人员不必过问，对于采用百分比表示"可接受"的缺陷水平的企业而言，带来的结果至多是第二流的。日本制造商依靠其质量能力对西方市场的侵蚀令人震惊，他们按百万分比来衡量缺陷，而且获得这么高的质量并不需要提高产品价格，我们现在知道其原因就在于他们采用了全面质量管理的思想，这种管理本质上是一个重新整合组织的每个员工以建立和保障产品质量的过程。

贯穿本书的观点是，有效的设计管理需要整合的方法，这种方法将设计专家的特殊贡献与整个组织内部其他员工的贡献联系在一起。为了帮助大家理解这一点，有必要进一步了解这些专家究竟需要作出什么样的贡献。

3.5.1 设计专家能带来什么

设计师对一些特殊领域有专门研究，例如工业或产品设计、纺织、时装、绘图、多媒体或内部装潢，目的是将美学上的考虑与技术、成本和客户需求结合起来，他们以商业为导向，与客户一起确定说明书和产品概念、草图和计划，以便能生产产品、绘制图纸或创建网站。设计师具有对企业有用的技能和知识，视觉想象力是设计的关键方面，因为它能使人们形成由从来没有经历过的东西组成的头脑中的图画。在时间和资本投入设计之前，绘图、制作模型和视觉感受能使我们形成方案，探索、讨论和考虑各种细节及想法。

设计委员会的一项研究揭示了专业设计人员的特殊技能，我们将其总结为表3.2。这份报告强调专业设计人员的战略技能和默认技能，如创造性思维、决策、承担风险和以用户为中心等。好的设计者具有整合、解释和构想解决方案的能力，这对企业经营是有价值的。在新技术条件下，设计者不断面临发展新技能和重新学习的压力，他们也能捕捉到恰当的技术，并与用户的需求相结合，创造出新产品和/或新服务，设计者越来越觉得需要发展经营技能，以便同商业伙伴进行有效整合。的确，要形成评估市场、为消费者设计恰当的产品，然后为获得成功而对其进行定位的能力，都需要业务研究和业务意识。设计者作为设计/项目

表 3.2 作为设计来源的关键技能

应用技能	知识	处理	价值/前景
实际设计技能	过程	可视化	承担风险
创造性技巧	材料	研究	独创性
商务技能	市场	分析和优先排序	预测未来趋势
呈递，报告撰写	技术的	编写计划书	积极发展关系
	商务的	改变和发明	管理不确定性
		呈递和说服	
		合成信息	
		了解和平衡利益相关者的要求	
		直觉思维和行动	

资料来源：Bruce and Harun (2001)

经理承担着更多的管理责任，因此对业务的展望是非常重要的。设计者通常是多学科项目团队的成员之一，所以必须能够同其他众多学科的人员进行沟通。

设计过程阶段模型的危险是它将各部分分开处理，当一个特定阶段结束后，这一阶段的人员就觉得万事大吉了，把设计交给下一组人员，如此等等，这就好比接力赛中跑完的选手将接力棒交给下一位选手。这样对设计造成的风险有两个方面：如果一位选手跑得慢，就会影响全队的成绩；另外，如果交接棒不好，那么所有人的努力都将付诸东流。

但是，如果将设计作为一个需要从不同角度看待的过程，那么就意味着企业会用整合的方式来组织设计，有关人员就不是以顺序的方式介入设计，而是从一开始就可以将所有人员整合起来，构建出人人都有贡献的共享和清晰的概念。协调一致对组织和管理设计过程是必要的，较早考虑这一点，就能减少后面阶段问题的发生（如设计时考虑易于制造），同时，能够防止人员交互和各阶段交接时出现问题。

3.5.2 管理设计过程的成功因素

没有能确保设计成功的秘诀，但人们一致认为有一些因素能使设计过程的管理与众不同。我们把这些成功因素总结如下。

设计管理的成功因素总结：

□ 高层管理者的承诺。

□ 清晰的概念定义。

□ 客户的声音——为市场奉献一切，将客户作为贯穿整个项目的输入。

□ 产品优势——独特的利益，良好的客户价值。

□ 计划周密，资源准备充足。

□ 对问题的早期诊断——导致较少的返工。

□ 强有力的决策点，对每个阶段有密切监督的阶段模型。

□ 重叠/并行工作。利用并行工程支持快速开发，同时保持多部门的参与。

□ 结构（如矩阵、直线、项目等形式）选择——以便适应条件和任务。

□ 跨部门团队工作，让不同领域的人员参与设计，利用建立团队的方法确保有效的团队工作和具有柔性问题解决特色的开发能力。

□ 先进的支持工具，如 CAD、快速原型法、计算机协同支持工作（如 Lotus Notes），帮助提高开发质量和速度。

□ 学习和不断改进。通过项目后审计等方式吸取经验教训，形成不断学习和改进的文化。

设计经理的工作重心和责任可能因行业和公司不同而存在差异，库珀和普雷斯（Press）（1995）为设计经理识别出四种不同的活动，见表 3.3。

表 3.3 设计管理的不同特点

设计管理作用	关键技能	强调的重点
创造性团队领导	设计；设计领导；人的管理	设计方向和聚焦；管理设计小组与其他部门的交互
设计实现	过程和一般管理	确定设计策略；与外部设计者一起工作
账目经理	财务管理；谈判技巧	财务控制
营销	营销；战略管理沟通	与营销战略和项目管理的密切联系

资料来源：Cooper and Press (1995)

3.5.3 整合设计专业知识的障碍

一些公司还没有理解管理设计的能力对竞争优势的重要性，公司管理设计失败的原因很多，例如短期行为、薄弱的风险管理、"设计文盲"、成本约束、受传统约束的行为、内部政策等方面。下面我们稍微详细了解一下其中的一些障碍。

"设计文盲"是指那些不知道设计活动牵涉到什么，以及对评估设计及设计者技能的贡献缺乏经验的管理者，这可能导致"设计分离"或其本身就是由"设计分离"所引起的，而"设计分离"往往发生在那些重复外包设计的公司内，它们对设计功能的认识比较狭隘。为了完成特定的目标，企业通常采用设计咨询的形式，但是，这种做法对手头项目之外的其他业务方面的影响通常很有限。有些公司可能会发现承包和管理设计存在很大的挑战性，如果没有指导，很容易出差错，而且这种经历对将来会有消极影响。

有些设计者指责说，在了解风险管理和通过设计及创新开拓新市场方面，那些缺乏创造性愿景的管理者会把未来的全球性领导与其他领导分割开来。那些低估创造力价值的公司对设计的战略贡献不以为然，公司常常认为设计具有较高的风险，而没有认识到设计对战略和增长的潜在好处，许多管理者仍然把设计仅仅看作是耗费财力，因此没有能够估量到它的潜在利益。现在，说服这些公司（尤其是中小企业）采用设计战略支持未来增长的工作正在进行中。

缺乏协调和共享的目标可能会导致与公司的目标发生分歧，各部门可能会变得自满和不太愿意学习，公司政策在项目的所有阶段都会存在，如果一种新战略的目的在于建立共同的公司目标，减少各业务单元的资源分配，那么各业务单元的自私自利可能阻碍这种战略的实施。另外，高层提出战略的公司文化会妨碍设计者和营销人员的创造力，这种公司的计划可能会让雇员感到迷惘。

案例研究 3.1　ABC 电子工业公司中的新产品设计和开发（NPD）

ABC电子工业公司为 IT 行业设计和制造产品，在声学、电子产品设计及流水线生产、塑料铸模方面具有核心技术，公司的重要产品包括电池充电器、音响设备、手机、电视机远程控制设备和具有高保真度的系统。公司目前在英国各地的雇员大约有 700人，1995 年的营业额约为 3000 万英镑。

公司成立于 1957 年，起初为国民医疗服务设计和制造助听产品，由于这种产品与电话设备易于连接，使得国家垄断通信公司成为了它的主要客户。虽然 ABC 的产权偶有变动，但在音响配件销售方面仍然具有垄断地位。

然而在 20 世纪 80 年代，一些主要变化——尤其是自由化及随之而来的英国电信 (BT) 的私有化使得市场对价格、质量和产品创新的要求越来越高，公司的利润开始急剧下降，导致公司处于危机四伏的境地；由于在产品技术创新方面行动迟缓，公司失去了麦克风和听筒市场上的主要合同，同时，以价格和产品设计为基础的投标数量也加速递减。

1990 年，一个日本集团收购了这家公司，该集团采取了一项新的战略，但仍大体维持原来组织的完整性。这一新做法的重要特点是产品面向多样化的客户，将原始设备制造商 (OEM) 市场作为目标，并扩展产品系列。到 20 世纪 90 年代中期，ABC 公司在四个主要细分市场上很活跃，它们是电信、移动通讯、家庭娱乐 (电视机/录像机/高保真产品)、暖气炉及其安全保障。公司开始进入加速发展时期，利润也不断增长，这一成功主要归功于高水平的 NPD 活动，例如，面向全新消费者的两类主要产品的销售额占总销售额的 76%，而这两种产品甚至不在 1991 年公司的产品组合中。

渐渐显露的 NPD 危机

通过增加新产品获得快速增长，许多关键细分市场 (如移动通讯) 不断加速膨胀，这就意味着 ABC 公司开始在 NPD 方面面临新的危机，然而，公司的早期问题都是由 NPD 活动太少引起的，现在的新问题则是太多的无序和不加控制的 NPD 活动所造成的。

同时，公司面临着一系列战略问题：哪些种类的产品应该生产？哪些市场应该作为目标市场？应该建立什么样的竞争力组合？要为确定 NPD 要求提供战略庇护，就有必要解决这些问题。根据本书作者之一提出的指导方针，公司的高层管理者开始重新考虑其发展战略，这也使公司高级管理人员认识到 NPD 是一种核心竞争力，需要相当大的时间和资源投入。

1994 年末，公司高级管理人员召开了一次会议，讨论出现的名叫"好实践"的 NPD 模型，并作出了实施变革的决策，任命新的 NPD 经理的要求为进行这些变革提供了机会。

公司于 1995 年 2—3 月开展了一项诊断研究，识别出现行 NPD 系统中存在的许多

问题，现归纳如下。

NPD中存在的问题概述

☐ NPD 过程不清楚；

☐ 缺乏用于项目选择和优先排序的专门方法；

☐ 不清楚的责任和缺乏责任；

☐ 有限的团队工作；

☐ 缺乏早期改进，因而造成下游环节的延误或问题；

☐ 缺乏跨部门人员的参与；

☐ 部门之间竞争而不是合作；

☐ NPD 决策与公司战略的联系不清晰；

☐ 产品经理的工作过于繁重，需要监督 NPD 周期内的大部分新产品；

☐ 所有项目同等对待，没有"快速跟踪"或特殊项目；

☐ 缺乏从 NPD 经历中进行学习的机制。

与高级管理人员的进一步讨论带来的结果是，公司许诺到 1996 年初设计和实现新 NPD 系统。

新的 NPD 系统的开发被看作是一项组织开发任务（按照我们的观点，这是正确的），而不是对一套复杂、综合程序的需要。反映组织发展（OD）干预的原则是：

☐ 使用现行系统的人员知道大多数或所有问题，有必要寻找一种收集这些见识的方法；

☐ 许多问题是由狭隘的思维引起的，在实际中，每个角色都需要承诺帮助其他人取得

成功和了解这种思维的真实含义；

☐ 程序的改变（特别是细化）不会取得成效，除非有关人员都了解和参与这种改变；

☐ 系统（带来稳定性）及特殊过程（可以处理当时出现的机会）之间需要维持平衡，

太多的或不恰当的系统化工作与太少的系统化工作一样有害。

从这四项 OD 原则可以得到 NPD 的改进计划，我们将这个计划总结在表 3.4 中，这样就可以把外部知识（关于好的 NPD 实践、其他地方使用的模型、其他案例等）的

表 3.4　ABC 公司的 NPD 组织开发计划的关键步骤

日期	活动	目的	参与者
1995年2月	初始数据收集和诊断	给公司提供有关 NPD 状态的总体反馈	大学的研究人员
1995年4月	将反馈递交给董事会并进行讨论；新的 NPD 的基本 OD 过程获得批准；识别关键的参与人员	获得高层管理人员的支持；NPD 计划的参数获得认可	董事会(总经理、营销经理、生产经理)加上 NPD 和人事经理
1995年8月	探测性会谈	数据收集和诊断	目前 NPD 过程中的主要参与者以及在新过程的开发队伍("NPD 任务小组")中可能发挥作用的人员
1995年9月	第一次研讨会；通过案例研究、模拟和其他练习等来提高意识	高层管理人员表示支持并作出许诺；提高对目前公司 NPD 过程中好的实践和不足之处的认识	NPD任务小组
1995年9月	回顾现行 NPD 系统基于公司的项目工作的问题	建立起对 NPD 局限性以及出现的与过程特定部分有关的挫折和摩擦的认识	NPD任务小组的12 个小分队

续表

日期	活动	目的	参与者
1995年10月	报告返回；对关键问题进行归类；对其他好的 NPD 实践进行评述——非正式的基准调查	集中考虑 NPD 过程的主要方面——将 ABC 公司的经验与关于"好实践"的关键维度的理论相结合，例如，需要一个"阶段关卡"系统来控制大量的产品机会	NPD任务小组
1995年10月	围绕关键主题（如项目管理、团队工作、学习、先进工具的使用等）的项目团队活动	抓住主要的议题（例如表 3.1）并探索其对 ABC 公司的可用性	12个小分队，每个小分队中的两个人负责 NPD 中"好实践"的某一方面工作
1995年11月	项目团队关于新的 NPD 系统的想法汇报——构建新系统的主要障碍以及能用于形成新过程的设计原则	利用分析现有系统存在的问题所得到的经验以及关于"好实践"的认识，产生一个关于什么能开发成 NPD 过程的共同愿景。这种早期原型可能需要讨论和进一步扩展，但其拥有权归这个小组，小组将最终负责其实现和运转	NPD任务小组加上高级管理人员
1995年11月	高层管理人员研讨会	将障碍纳入到基本建设框架中，这一框架考虑了战略及其他经营要素	高级管理人员

续表

日期	活动	目的	参与者
1995年11月	在研讨会上递交报告，讨论/探索规划中的NPD系统	交流新的NPD模型框架，为团队成员提供探索、关注的机会，并进入开发的下一阶段	整个团队及高级管理人员
1995年12月	授权团队从事详细设计工作	基本框架的细化，以及新系统的图纸、程序等方面的开发，授权团队也将开始对12月份前小分队在新系统的个别方面所做的工作进行集成	授权团队，即由来自整个团队的代表构成的群体，负责表达其所在小组的观点，并将开发情况定期反馈到其所在的小组
1995年12月	召开研讨会，由授权团队将新的NPD系统介绍给项目团队的其他成员及高层管理人员	介绍将要完成的NPD系统的设计，包括样本证明材料；讨论和识别需要作出微小调整的问题	整个团队及高层管理人员
1995年12月	项目试验	将公司提出的新产品思路用于检测新系统的各个方面	高层管理人员、产品经理、生产工程师
1996年2月	展示研讨会	将NPD的新计划正式介绍给与新产品有关的所有人。作出展开这项新计划并告知其他员工的许诺	整个开发队伍；高层管理人员；所有与NPD有关的员工
1996年3月	正式启动		

输入与关于设计的内部开发及其过程的详细说明（包括所需要的态度和行为变化）结合起来。值得强调的是，表中列举的所有步骤不是（也不可能是）事先定义好的。各种NPD过程（至少部分）是有机的，因此表中给出的计划应该符合干预过

程的开发需要。

表3.4提供了所从事的活动的概要，这一过程中所体现的激情、情绪和热情是很难表达的。从一开始公司的总经理就采纳了如下观点：需要一种参与式的方法，问题是如何确定参与的形式，以便使各种想法和关注释放出来并加以整理，变成一套连贯的、积极的日常事务，这些事务是综合的、对环境敏感的和可接受的。

参与式开发计划涉及到35位人员，他们来自组织的各个部门，代表了NPD活动的不同水平和功能，其目的是将那些对新产品开发作出过贡献的人都作为功臣。

OD过程既不是"自上而下"，也不是"自下而上"，而是两者兼顾。来自上面的是战略、许可、领导和供参考的术语，来自下面（实际上是中间）的是批评、想法、细节、承诺、勤奋和热情。

活动范围从整个群体的各种研讨会到为设计新的NPD系统而开展的频繁的小组工作。随着规划的推进，ABC公司方面的拥有权和输入不断增加。作为过程变化的维护者，NPD经理起关键的作用；作为授权的协调者和系统设计者，NPD经理的技能是很重要的。

项目后面几个阶段的复杂性管理需要对方向进行调整，事实已经证明，对所有35个参与者来说，在诊断现有系统的问题及提出改进思路方面作出贡献是可能的。提出的思路需要细化和进行实践检验，以便形成一个整合的综合改进建议，这些工作不可能在整个群体中进行，因为信息处理任务太重。相应地，为完成后面的设计工作，在公司中形成了代表性小群体，由授权者代表所有参与者的利益，并向他们汇报工作进展。

这里提出的模型与表3.4中的"蓝图"存在紧密的对应关系，但为满足某一特定企业的需要，我们按高度客户化的方式对其进行了细化，图3.5阐述了总体框架。

ABC公司开发NPD系统的参与式过程显示出6个关键设计要素，成功实现新的或升级的过程需要一些行为先决条件，这6个要素有助于增进我们对这些行为先决条件的理解：

□ 需要有一个"阶段关卡"系统，对通过这道关卡的路线的共识，以及每个阶段进行

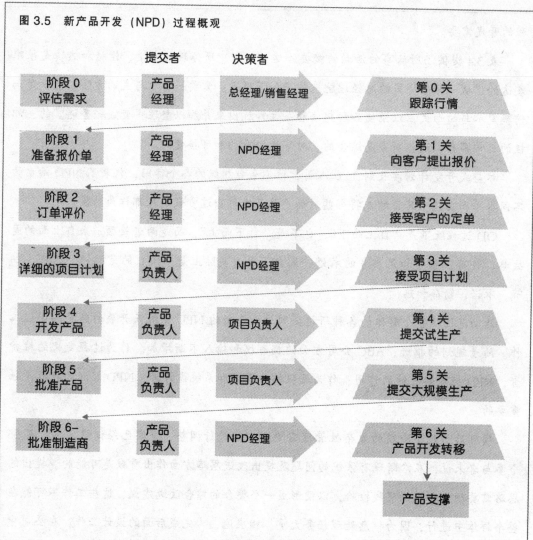

图 3.5　新产品开发（NPD）过程概观

"前进/不前进"决策的准则。我们可以借此了解 NPD 中决策要素的结构，并确保在需要进行资源承诺决策时作出积极的决策。

☐ 建立新产品执行系统（由相关经理组成，频繁开会，如果有必要，可以针对特定的问题召开会议），通过该系统进行正式的审批决策，这样就可以将 NPD 提高到一个较高的水平，确保用承诺决策支持企业的战略意图。

☐ 过程中作用和责任的识别，尤其是从产品经理到项目经理的交接。这就为高层管理人员提供了联系——这是层级组织中的一个初始的薄弱环节。

☐ 在早期介入的下级部门（如生产）和快速跟踪决策之间进行平衡的需要，这就减轻了与可能每次都介入的所有人进行沟通的负担。

☐ 多渠道系统的需要，这种系统用于处理不同类型的新产品，从简单的改良产品到全新的概念，这就提供了柔性，从而降低了使用很费精神的（因此是昂贵的）程序处理简单的产品提升所带来的风险，因为简单的产品提升不需要精细的决策过程。

☐ 对公司竞争优势和战略重点的共同认识，使得 NPD 成为一个实施过程而不是由外部产生的目标所驱使的分活动。

3.6 结论

☐ 设计过程的关键要素如下：对设计的必要性和项目目标的说明；准备说明书；想法的产生和概念开发；详细设计；生产和实施；评估。本章给出了一些关于说明书、设计管理过程及评估方法的例子，并进行了讨论。尽管设计管理的总的阶段划分具有一般性，能用于零售、服务和制造，但过程的具体情况和复杂性是不同的。

☐ 设计过程涉及到营销、采购、生产和 R&D，它们会影响到设计过程关键阶段的决策。在零售和服务组织内，营销部门可能控制设计预算和佣金，并管理设计团队。如果预算和阶段算错了，就会影响设计结果。设计者可能对项目的制造要求不明白，因此生产工程师可能改变原来的设计，以使产品符合成本参数。较早阶段还需要考虑采购，以确保按合适的成本获得材料和组件。

☐ 项目管理和所有利益相关者之间的有效沟通是必要的，以确保实现项目目标，并且按期和在成本参数范围内完成设计。

☐ 设计项目可能持续很多年，公司发生新的变动或涉及制造产品的设计尤其如此。在设计过程中，项目团队和项目的初始目标可能发生变化，竞争者的行为及客户的要求和期望的改变也会引起市场环境变化。在设计过程的每个里程碑处，需要考察市场、技术和价格等因素，以便评估项目的及时性和可行性。

用设计再造企业

□ 设计评估的方法围绕焦点群体进行，需要提供市场反馈以及来自分销商/零售商和供应商的信息。重要的是与项目的目标反复核对，以确认项目按目标进行并符合企业的经营目标。

本章关键问题

1. 绘制设计过程的草图，识别出从提出想法到实现产品和服务所经历的主要阶段。企业经营活动的哪些方面与设计过程的有效运营有关？

2. 哪些因素可能影响到设计过程管理的成功或失败？

B 整合设计管理

正如我们在上一章看到的那样，设计并不只是一两个专家的事情，无论他们具有多高的天赋，而是需要许多人的共同努力，汇集各种各样的观点和知识，这样才能将好的想法成功地变为现实。

在本篇中，我们将讨论组织内的一些关键方面，以及它们与设计过程的密切关系，这些关键方面包括：

战略。我们在第 1 章中已经看到，设计是一种关键的战略资源，但要达到好的使用效果，就必须清楚了解它在公司未来计划和愿景形成中所起的作用。设计本身不是经营战略，但它有助于形成经营战略，特别是在差异化至关重要的竞争性市场条件下。第 4 章将研究这一问题，并阐述通过设计与其他业务方面相整合而带来成效所面临的战略挑战。

营销。成功的产品或服务设计要求对市场的需求和偏好（通常是隐藏着的）有详细的了解，需要具备发现这些需求和偏好的技巧，并将它们清楚地介绍给其他人。同时，要有一种能够预测人们是否和为什么会采用某种新东西的能力，在此基础上，有效地开发新产品或服务。第 5 章将探讨与此有关的关键问题，并分析有助于确保整个组织了解客户需求的一些工具和技巧。

运营管理。如果设计是一个过程，那么就有必要像对待创造和推销产品和服务的核心过程那样来管理这个过程。协调和管理资源的配置是运营管理者的任务，与设计有关的资源和活动也如此。对不同部门的关系的管理和相关工具（如计算机辅助技术、制造和流水作业设计之类的新方法、质量功能展开等）的使用是非常重要的，第 6 章将讨论这一问题，并指出目前设计在运营管理者的规划中的重要性。

组织行为。设计本质上是人的创造力应用于发现和解决各种问题的过程。了解组织中人们共同工作的方式，以及使用相关程序和系统建立及加强对环境支持的方式，是设计管理的另外一个重要方面。从个人创造力和动力的问题、有效任务和跨边界团队的有关问题，到组织内各种系统和结构的处理问题，都反映出设计依赖于对组织行为原则的了解和使用。人力资源管理和组织开发对好的设计管理而言是必不可少的。第 7 章将对有关的关键问题进行全面探讨。

财务。无论设计的新颖程度如何，它都是一个消耗资源的过程，预测和管理风险，以及确保有效的财务计划与控制，对设计成功都是非常关键的，弄不好就会导致设计失败。许多技术上伟大的设计，如协和飞机、RB211 引擎，虽然很壮观，但结果都失败了，主要原因就是财务管理、控制与设计过程的整合不充分。第 8 章将探讨从财务角度进行设计过程控制而不损害设计创造力的方法。

法律。设计涉及到创造新的东西，在知识经济时代，这种资产需要精心保护的事实越来越明显。了解与知识产权保护有关的法律问题以及设计知识共享和使用的条件，对设计管理是很关键的。除非个人或企业感觉到他们的创新努力能够带来优势，否则他们就不愿意从事创新工作，因此，设计过程的法律方面的有效管理特别重要。第 9 章将对此进行深入研究，探讨建立保护的不同措施，以及确保在整个设计过程中进行知识产权保护的重要性。

用设计
再造企业

4

设计是战略方法

戴夫·弗朗西斯 (Dave Francis)

设计者给战略带来了活力，他们找到前进的方法，
这些方法是可能流传开的，而且前景广阔，我们比以前
任何时候都需要他们的创造力。

[戴夫·弗朗西斯]

学习目标

□ 探索设计与战略的关系；

□ 调查设计对战略形成的贡献；

□ 识别战略形成的不同方法（定位、惯性、敏捷、跟随）和设计在价值创造中的机会。

4.1 设计是战略资源

我们从三篇短文出发，来探索战略和设计之间的关系。第一篇是关于珍妮·克拉奇 (Jennie Clutch) 的，她是 Majestic Motors 公司的设计负责人；第二篇描述贾森·索莱 (Jason Sole) 生活中的一天，他是设计鞋子的专家；最后一篇介绍萨曼莎·图姆 (Samantha Tomb) 的世界，他是 Cosmic Video Games 公司的软件开发负责人。在每个案例中，我们将主要观察他们在星期一的工作生活。

珍妮·克拉奇星期一做的头一件事情是在设计主任的办公室召开会议，她听取关于 ZX17 的营销理念的汇报，这是一种三年后将下线的新型汽车。营销人员说，这种车应该是"关心都市时代的显著象征——为喜欢街舞和考虑循环使用的人而设计的一种男女通用汽车"。会议结束后，珍妮·克拉奇拿着厚达 108 页的营销说明书朝她的办公室走去，在路上，她将说明书复印了五份，分别交给坐在各个小房间里的那几位高级设计人员，经过他们的办公桌时，她被这些人的不同工作风格吸引住了。有些设计人员正在观看摆在崭新桌子上的大型显示器，而另外一些设计人员营造出一种类似学生设计室的环境，成堆的草图、汽车部件模型和彩笔摆满了整张办公桌，桌子附近的地板上也到处是这些东西。

珍妮站在设计室中间，引起了他们的注意，就像她以前多次做过的那样，她哼唱着一首名叫"我的路"的歌，那些设计人员也都跟着哼这首歌。她说："有

事做了，我们今天在健身房开一个午餐会，你们能在中午前看一下这份新的营销材料吗？我们将在游泳池旁吃午饭，同时讨论这份材料，你们好好考虑一下'都市关心概念'，看看它对于我们意味着什么。"

午餐时间到了，这些高级设计人员来到附近的休闲中心，订了一个包间，透过窗户看着小孩们游泳，啃着三明治，思考着那份营销说明书。他们开始了交谈，其中一位说："我18岁的女儿爱好街舞、俱乐部活动和生态学，但她不缺男子气，而且争强好胜、锋芒毕露，街舞里面有一些恶意的东西。"另一位说："这里面存在着矛盾，街舞是反对正流派的，但看起来丰富多彩，它属于幻想世界里的那种东西。"珍妮一边听一边问问题，并画着草图。会议继续着，每隔一小时就有新鲜的果汁送来。当他们感觉疲倦时，就跳进游泳池，打20分钟水球。快到下午6点时，珍妮说："我听了很多，也有许多好的材料，但都是二手材料，我们还不太清楚ZX17要卖给什么人，我想我们都得去俱乐部逛逛，我们有必要与20个具有这种生活风格的人居住，在洛杉矶、伦敦、柏林或许约堡等城市呆一段时间，秘密地干一星期，与街道上的小伙子和女士混在一起，然后找个安静的设计场所呆上几天，集中精力想想点子。谁去柏林？为了完成任务，我们的着装要恰当，你们可以穿上自己买的街舞衣服！我们自己必须感受到这种活力。"

整个星期一早上，贾森·索莱都在思考问题，他又看了一遍自己写的报告，他的办公室里有十双鞋子陈列在箱子里以备展示，下午2点将举行每季度一次的设计管理会议，整个下午贾森·索莱将同总经理和高层管理者在一起，向他们展示自己设计的新款鞋子，希望能获得批准并得到资源来开发他设计的一系列新鞋子，这些鞋子是为年纪稍大一点的妇女设计的，用他的话说就是让她们显得性感些，而通常卖给年轻妇女的鞋子才会考虑这个问题。他知道他必须证明自己创造性地使用了材料，他也相信在他设计的新款鞋子中已经将舒适和"精神高雅"结合在了一起。他花了一周时间来准备这份报告，用秒表进行过四次彩排，他知道要说服高层管理者是不容易的，因为他们认为30岁或30岁以上的妇女跨入了新的类别，不再愿意为了性感和轻浮而忍受不舒适，尤其是穿在脚上的东西。贾森确信，社会变化已经使得这种划分方法过时了，他认为时代变化在女性鞋类方面不再是公理。下午2点零5分，贾森被领进执行委员会办公室，样品已经做好展示的准备，上面盖了一块金色的布。他的发言持续了47分钟，比计划的时间多了2分钟，接下来就是评论和提问。下午3点45分，总经理说："贾森，你的工作很出色，问题是这样做正确吗？对我们而言正确吗?"然后高层管理人员发表了他们的观点，最后，贾森获得了开发这批新款鞋子的预算分配。但是，开这个绿灯是有条件的，总经理说："在完全答应之前，我们必须检验这种想法，应该有一个好的营销计划。"贾森蹦蹦跳跳地回到他的办公室，给帮助他开发新鞋子的设计顾问打电话："我们成功了!"他太激动了，以至于那天晚上花了两个半小时向他的妻子介绍所取得的胜利，直到妻子指出："你都给我讲了四遍了!"

星期一早上萨曼莎·图姆上班迟到了，11点左右才到。她坐在办公桌旁，喝着卡布其诺咖啡，她周围摆着4张桌子，上面放着计算机、操纵杆和装计算机软件的盒子。每台计算机旁边坐着一位男员工或女员工，正在玩计算机游戏。他们就像是艺术学校一年级课程的一个讨论小组，但他们中有三位已经是拥有几百万资产的富翁了。他们一起设计出过去十年中最成功的计算机游戏之一，小组中的两个人穿着显得很奇特，以至于每个月都至少会被警察叫住，搜查身上是否藏有毒品。他们把自己称为"烧亮—烧尽"（Burn Bright–Burn Out），并在墙上的米老鼠大钟下用霓虹灯打出了这幅标语。其中一个从椅子上跳起来，跷着二郎腿坐在桌子上，打着响指，长时间地发出嗡嗡嗡的声音，并宣称："这是神圣的OM的声音。"另一个说："萨姆（Sam），我觉得你的想法很好，那是寻求态度和性理智的做法。"萨姆微笑着说："我就喜欢这样。我觉得我要花几天做一个广告串联图板，谁愿意帮助我?"那个跷着二郎腿的设计者说："我参加。"萨姆回答说："好极了。"

4.2 规划战略

那么这些设计者星期一做了些什么呢？他们在制定企业战略，他们在人们的

74

购买决策受情绪、时尚和情景影响的领域内提出新想法、产品和产品定位。有趣的是，他们并不用科学家研究果蝇的客观方式研究市场，但他们力求做到其中一部分，他们是带感情的、开放的和兴奋的，正如他们自己认为的那样，这就是他们的贡献。

但这看起来不像战略规划，对吗？到游泳池游泳，与爱好街舞的人居住，考虑中年妇女对性感的愿望问题，研究禅宗佛教，"这些都不是战略"，我听到你说，"那是娱乐"。

确实如此，如果你去商务图书馆，在名列前十位的大部头战略书籍的索引中查"娱乐"这个词，那是绝对找不到的。为什么会如此？最主要的原因是，直到最近，战略才被看作是公司成就的顶点，而且主要是一种严肃的、带有智力挑战性的业务。企业的"将军"定期到遥远的郡里的静谧地方，制定战略计划，就像术士的集会一样，也许还获得了来自重要咨询公司的"主牧师"的帮助。他们的战略就这样形成了，然后在企业内向下部署和实施。

20世纪90年代，大多数关于经营战略的文章主张采用有官职的技术专家的方法，这种方法是必要的，所以人们主张对市场、竞争者、核心竞争力等进行深入研究，这样就能够发现机会，并作出评估，如果有希望，就可以配置资源，在正确的时间、正确的领域，以合理的价格生产满足用户需要的产品。

公平地讲，这种理性战略过程帮助许多公司变得集中而有效，但也有意想不到的困难，现实生活并不完全按这种方式进行，有一位高级经理将技术专家的战略规划方法比喻成按发射宇宙飞船的一览表来做爱。无论如何，在用技术专家的程序制定战略时，我们会降低热情和创造力。进一步讲，由于战略通常是由远离市场现实的人制定的，因此会失去亲密感。高层管理者会发现他们评估客户潜在需求的基础是高水平的市场统计分析，可能会出现这样的情况，在树叶茂盛的萨里郡的安静大厦里居住的中年人，试图确定洛杉矶青少年的潜在需求，这就需要非凡的想象力。

如今，一些活跃的企业将战略制定看作是对立双方的结缘。他们认为，具有洞察力的高层管理者的决策是在理性主义者和分析家苦恼时以及具有直觉及想象力的新想法的支持者驱使时作出的。哈默尔（Hamel）（2000）对这一观点作了很好的描述，他写道："制定战略的责任应该进行广泛的分派，高层管理者应该放弃其对战略创造的垄断，从这个意义上讲，如果没有政策上的创新，就不会有业务模型的创新。"

战略创造未来，这是战略的使命。未来不可能只由分析来决定，"战略"一词描绘出"创造未来的一系列决策所遵循的基本逻辑"。从决策角度理解战略的一种方式是仔细考虑你如何作出花费时间的选择，有一个例子能够说明这一点。我上大学时遇到 DC，他偶尔研究一下数学，而将大部分时间花在弹吉他和班卓琴上。我们经常去爵士俱乐部，并且还去乡下寻找能够教我们传统歌曲的村民（但我们没有找到）。DC 永远也没有成为数学家，但 40 年后，他随他的乐队一起到处旅游，在最好的会场上进行演奏。DC 每次逃数学课而去练习新歌时，都在进行战略选择。时间一长，就形成了一种模式，一种逻辑，他的未来就是这样创造的——这就是他的战略。

图 4.1 阐述了这种观点在组织中的应用，其中每个圆圈代表一种决策，可以看到随着时间推移，形成了一种变化方向明显居于中间的模式（这是一个"战略转折点"）。不管战略计划的内容是什么，箭头代表组织的战略。

战略需要资源的投入，这种投入以难以逆转甚至是不可逆转的方式改变着运营的性质。既然战略是关于投入的东西——看你做什么而不是说什么，那么战略、创新和运营这几个概念之间的界限是模糊的，也许是不存在的。

没有战略决策与存在战略决策同样有力。考虑这样一个例子，有家利用自己的商标销售体育服装的零售商，生意兴隆，但潮流变了，"设计者"运动衣不再流行，但这家零售商继续卖有自己商标的系列服装，结果生意越来越冷清，最终以关门的形式收场。该零售商采取的战略没有改变其运营以适应环境，也许它不承认这一点，但它赚钱的方式就好像是把它的业务重新定位成为博物馆供应古董式的运动设备一样。爱德华·费拉普（Edward Wrapp）观察到，战略可以在相对一

图 4.1　战略方向

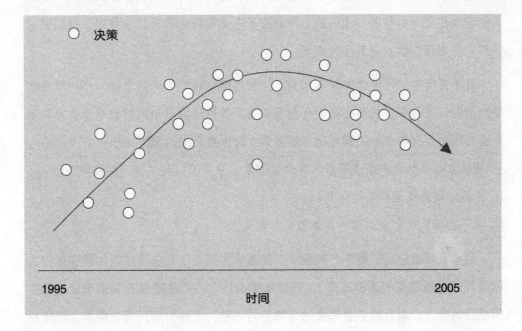

般的环境中形成。

当我们把战略看成是一系列资源投入决策时，定义设计产品和服务的那些人的作用就变得简单一些。设计者在为企业提供决策所需要的原始材料方面发挥着关键的作用，如果他们发挥了自己应有的功能，那么他们就开启了"机会之门"，他们帮助决策者探索未来的各种选择，其任务是发明、发现、交流一些方法，这些方法能推进企业关于下一步做什么的集体意识。

设计者在开启"机会之门"方面发挥着三种作用，这些作用关系密切。首先，设计者延伸了经理们关于什么可能的想法；其次，他们通过将原始的想法转变为建议（如构造一个原型）来证实那些可能性的存在；最后，他们为经理们的想法而奋斗，从而在管理决策过程中引入功能磨损［参见 Coser（1956）关于社会冲突的作用的讨论］。

这一任务比通常归属于设计者的那些任务更加庞大、重要。当 Cisco 的创始人设计第一批计算机系统时，他们并没有遵照说明书，他们创造了一种看待世界的新途径，从而使计算机能够容易进行交流，这些设计在思想上是创新的。设计者能够将抱负变为可能，他们的工作着眼于企业获得的外部机会空间，他们确定并抓住可能性，然后将其变为现实。

并不是所有的可能性都是有用的，一种可能性转变为许诺之前，必须具有创造价值的较大几率，从而提高企业的竞争力。各种经营竞争的对象是什么？答案总是相同的，存在三个关键而独立的因素，即生意兴隆的原因在于：

□ 想要或需要购买产品或服务的客户足够多，并且买得起这些产品或服务。

□ 产品能够提供显著的边际利润。

□ 客户选择从这个企业而不是其他企业购买。

设计者帮助企业了解客户的需求，创造价值概念（有时通过提供潜在客户实际看到后才想购买的某种东西）。他们希望设计出的产品或服务其累积成本低于所获得的收入，而且给企业带来的东西不同一般，能够引起兴奋、仰慕、愿望和忠诚。他们更新、拓展、创造各种机会，企业在此基础上决定生产的产品或提供的服务。设计者是企业战略团队的组成部分，无论他们是否知道这一点。

设计者并不是孤立的，企业往往要开发设计风格，索尼公司有效地做到了这一点。设计的风格不仅是营销说明书的良好体现，在设计过程中，企业的个性、经历都与客户发生着直接的沟通，我不仅是喜欢我的索尼 Minidisk 录音机和 OM4 照相机，而是爱这些东西，每次使用时我都感到与生产这些产品的公司很亲密，在这种情况下，企业的战略在我持续使用产品的过程中得到了完美体现。

设计风格有助于（但不能确保）形成一种能够取胜的竞争战略，即以持续的投入获得的各种优势，这些优势迫使足够多的客户选择你的公司而不是你的竞争对手。竞争战略需要同时做到以下三点（好比保持三个球同时飘在空中）：提供超额价值、赢得足够的客户和搞好成本管理。这个定义中隐含着时间的概念，正如史密斯（Smith）等人指出的，竞争战略是"与时钟进行的一系列赛跑"，以确保企业能够生存和赢得优势。我们可以用一个简单的图形来表示上述思想，见图 4.2。

图 4.2　设计的关键平衡因素

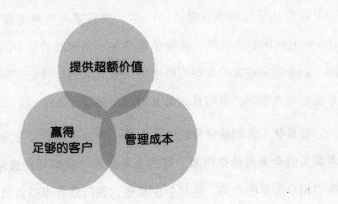

在阅读本篇的其他部分时，请记住这一思想。

4.3　制定战略的四种方法

人们去商学院学习竞争战略时，学习的是复杂的框架，并学会一些分析工具，通常教学的媒介是案例研究。学生将自己当作决策者，考虑如何应对一次性尿布生产行业面临的竞争者，或者为巴西的制鞋商考虑如何应对正在减少的盈利，他们用到产业分析、市场细分、核心竞争力组合、价值创造模式等方面的知识。战略分析的目的是帮助企业获得持续的竞争地位，使企业以较低的成本来创造价值。

这听起来有点容易，不是吗？企业要做的事情就是发现市场，创造比竞争对手更高的价值，并维持较高的创新速度。

但是，企业创造的价值是什么？对企业创造的价值的定义基本上是瞬时的，当客户说："好，我就要那个了"，这一刻价值就创造出来了。决定客户购买动机的因素很多，包括从逻辑分析到一时的兴致。从企业的角度讲，尽管了解客户的逻辑很重要，可以学会如何吸引下一个客户，但客户为什么购买某种产品是无关紧要的。

对大多数产品或服务而言，客户有一种选择——有时是迷惑的选择，企业只创造某种有价值的东西是不够的，它必须创造出一种产品，使得至少一些客户认为其价值优于其他企业提供的产品。战略家将这种现象称为"差异化"［波特(Porter)，1998］。当然，差异化本身并不是取胜的竞争战略，仅有差异也是不够的，企业必须按客户觉得有吸引力的方式实施差异化，有的企业生产的产品或服务虽然与众不同，但糟糕的是其市场份额却在下滑。

差异化不是创造价值的唯一方式，例如一袋食盐并没有差异化的特点，购买者购买时会考虑价格因素。有的企业采用"成本领先战略"，就是以较低的价格提供用户需要的产品，这些企业希望达到门庭若市的效果。

还有第三种战略，这就是所谓的"聚焦战略"，即企业将其产品用于满足特定细分市场的需要，这样企业就会赢得竞争优势，因为企业的产品销售目标明确，不会引起在大的市场范围内竞争所带来的成本。

理解差异化、成本领先和聚焦有助于战略制定，迈克尔·波特首先采用了这一方法，这种战略方法给设计者提出了三项任务，他们需要：

□ 使他们的企业能够在产品方面进行差异化，以及/或者

□ 使他们的企业能够以低成本优势提供产品，以及/或者

□ 使他们的企业能够将其产品用于满足特定细分市场的需要。

另外，考虑企业制定战略的方式是有用的。在最近出版的一本书中，明茨伯格(Mintzberg)等人识别出 10 种思想流派，根据我们的研究目的，这里介绍其中四种基本方法，称之为定位(Positioning)、惯性(Momentum)、敏捷(Agile)、跟随(Me too)。我们将简单了解这几种方法，并考虑设计者在每种情况下所发挥的作用（参见图4.3）。

4.3.1 定位方法

定位就是企业高层管理者事先确定他们在某些特定市场中希望处的位置以及为达到这一目标而发展必要的竞争力。例如，汽车制造企业可能会说："我们想为高档消费品市场开发一系列 4x4 汽车，并成为这一细分市场的第一或第二位。"

图 4.3　战略形成

这就是一种清晰的战略——该企业试图得到确定的产品—市场定位。

采用定位战略的企业将会：

□ 聚焦于特定的和/或潜在的市场；

□ 对所需要的竞争力构建一种组合；

□ 设计出在选定的市场上有竞争优势的产品；

□ 在选定的细分市场上以至少同对手相同的速度进行创新；

□ 提出有助于强化产品—市场定位的新技术；

□ 向选定的市场发出信号以表明其能提供优越的价值。

对于采用定位方法制定竞争战略的企业，设计者的作用（至少高层管理者所关注的）就是设计出具有所有必要特色而又有额外的强制性特色的产品，这样目标客户就会被迫购买这些产品。在这种情况下，设计者扮演着雕塑家的角色，他/她对要设计的东西有一个概貌，然后应用一套独特的技能来完成任务，正像关于珍妮·克拉奇的故事所阐述的那样，存在许多创造时刻，但大部分工作是辛勤、常规而又琐碎的，进入市场的速度是驱动设计过程推进的无情的力量。设计者对至关重要的设计作出贡献，在复杂的项目管理过程中，也许还需要数以百计的其他人的协作。

4.3.2 惯性方法

惯性方法就是企业高层管理者事先确定他们要发展什么竞争力，并投资于为获得这些竞争力所必需的活动上。有些企业可能会说："我们得在制造能力中发展有效的设计能力，以便提供能够用于很多目的的产品开发线。"这些企业将自己的战略集中于能力的发展，有的人将这种能力称为核心竞争力。这种方法背后的行动的基本理论就是军事战略中的闪电战，如果你拥有资源和冲劲，你就可以克服许多（也许是全部）障碍。

采用惯性战略的企业将会：

☐ 聚焦于发展确定的竞争力；

☐ 选择能为要创造的价值提供基础的那些竞争力；

☐ 以至少同对手相同的速度发展竞争力；

☐ 开发有助于强化企业的竞争力组合的技术；

☐ 利用竞争力生产优良的产品。

在这种方法中，设计人员成为企业的关键资源，例如，考虑 Black& Decker，他们几代以来在动力工具方面都具有创新能力，并且将业务扩展到花园工具、厨房工具等领域，Black&Decker 并没有设计者来专门从事特定项目的设计工作，而是建立了一个设计动力车间，一旦得到指令，就能为各类市场生产低成本的、创新性的设备。许多医药和软件产业的企业采用这种战略。设计不是被看作一个项目，而是企业的动态资源。

4.3.3 敏捷方法

敏捷方法就是企业高层管理者及时确定他们要发展或暂时获得什么竞争力，以及要利用什么样的机会。许多娱乐和时装行业的企业采用这种战略，其目的是有利、投机、柔性，快速响应客户，为了特定的项目将资源整合在一起。

采用敏捷战略的企业将会：

☐ 聚焦于创造和实现机会；

□ 只有当它们需要时才获得或租用竞争力，不再需要时就自动放弃；

□ 发展反应快的和作为倡导者的组织。

在这种方法中，设计者是战略团队的一部分，也许是团队的领导。采用敏捷战略的企业典型地具有倡导性，不是在顶层，而是在多个方面，新想法、灵活的知识组合、发现利用稍纵即逝的需求的意外方法，这些都是取胜的要素，这种企业中的设计者提供具体的选择方案（"为什么我们不这样做呢？"），这些方案一旦被采纳，就成为短期的战略。例如，电子行业的企业常常这样做，狂热突然暴发（记住电子宠物），也会很快消失，竞争优势本质上就好比冲浪冠军，波浪来的时候就尽可能地冲上去。

在这种企业中，设计者不是战略的奴隶，而是战略的主人。成功的秘诀在于在其他企业之前以合适的产品满足客户的紧急需要，这一点不难认识到，拥有快速的过程是战斗胜利的一半，但提供合适的产品是至关重要的，正是在这种情况下，设计者成为了中心，他/她提供想法，使这些想法充满活力并付诸实施，简而言之，使战略意图成为现实的可能性。

4.3.4 跟随方法

跟随方法就是高层管理者利用率先进入某一业务领域的其他企业所提供的丰富机会。这有点像是在骗人，如果看一些战略方面的书，就会发现成功的最好办法就是做独特的事情，换句话说，就是力求销售别人无法生产的东西。很明显，独特的产品属性能形成暂时的垄断，从而产生丰厚的盈利，有些医药公司、流行乐队和足球队就做到了独特性（至少是持续一段时间），并赚了很多钱，他们的银行经理的笑容就足以证明独特性战略取得了成功。但是，许多企业做不到这一点，少数出租车公司、马路边的旅馆或卖长卷毛狗的商店能够做到明显与众不同，虽然它们能成为同类中的好例子，它们的战略是从别人那里吸收新想法并付诸实施。

在我们使用的这个名称里面还隐含着许多东西。如果一个企业的总经理在会议上站起来自豪地说："我们许诺采用跟随战略"，那么听众就会混乱起来，因为他的发言没有感染力，但如果同一个总经理说："我们的竞争战略就是采纳别人的最好的实践"，那么听众就会鼓掌欢迎。跟随战略可以给企业带来盈利，毕竟市场是经过检验的，而进入成本又低。在这种战略中，设计者作出有区别的贡献，他/她采用已有的想法，进行再造、提升，也可能是改善成本结构，实际上，设计者不是原创者，而是改进者。

采用跟随战略的企业将会：

☐ 让其他企业处于首先行动的位置；

☐ 挑出可以采用的新产品和过程；

☐ 改进想法而不只是照搬；

☐ 利用较低的进入成本，制定较低的价格。

跟随战略可以应用得很好，尤其是当新的竞争者能够对现有产品进行改进时。20 世纪 60 年代，施乐公司在静电复印机方面占有垄断地位，结果使该公司成为世界上赢利最多的公司之一。日本的佳能公司产生了新的想法，该公司正确认识到，低成本、小型、可靠的静电复印机存在巨大的未开发市场，公司的竞争战略是开发一系列静电复印机，通过提供价廉物美的产品与施乐公司相抗衡。然而，这一战略可能只是一种抱负，除非拥有科学家和设计师来推出新的产品，这些新产品要采用"蛙跳"技术，制造成本低，而且公司要具有避免侵犯施乐专利的能力，结果佳能公司做到了，曾经是股票交易宠儿的施乐公司几乎因此而倒闭。

4.4 战略和设计

设计者、构想者、概念开发者及创造性人才往往是战略所忽视的人员。我曾经坐在一家国际玩具公司的大房间里，同公司中拿高薪的经理们交流，我们都感到迫切需要开发新的产品，但生产什么产品呢？那些战略家并没有提出建议，而正是公司的设计者，在豪华的地毯上紧张地汇报他们的想法，成为新战略的真正组织者。他们阐述了如何将新技术融入到具有由来已久的吸引力的产品概念中，

创造出新的玩具，他们称这种新玩具具有后现代主义玩具猫的吸引力，尽管听起来有点不可思议，这一想法最终还是被成功地开发为产品线。

我相信，现在是建立决策者和创造者之间平等的伙伴关系的时候了，战略开发需要想象力，像概念、意图、含义、逻辑和特色等无形的东西，都是想象力的关键组成部分，这就意味着设计者需要把自己当作战略团队的成员。下面是七种帮助设计者实现其战略作用的指导原则：

（1）认识到自己有时可以成为企业中的思想领袖。组织中的高层人员可能有几十年的经验，但他们可能不能想象到公司未来的产品或服务，也许你能做到这一点，他们需要听取你的意见。

（2）需要经历挫折。你的工作就是极力主张你认为可能的东西，你可能处于孤立无援的境地，但这就是你的工作，极端的情况是你可能错了。战略是在冲突中诞生的，前进两步，后退一步。过程可能是漫长、辛苦、困难和令人疲惫的。不确定环境下的力量来自于个人能力，这种能力更多地是从柔道馆而不是图书馆学到的（也许这就是日本公司希望它们的经理成为军事艺术专家的原因）。如果你没有经受过挫折，你就不能足够激进。

（3）彻底。凭空产生的想法就如同妙计一样会成为幻想，彻底才能成功。研究各种方案，用你的细心去感染其他人。

（4）广泛听取意见。想法常常来自组织的深处，与客户的每次接触、雇员、系统、输入都能成为智慧的源泉，组织是"分布式系统"——才智到处都有，设计者的任务是收获别人的想法，同时自己也产生想法。

（5）愿意想那些难以置信的东西。设计者应该带着信念、价值和假设去考虑问题，这一点说起来容易做起来难，我们对待事物都有想当然的倾向，怀疑是必要的，因为正统的东西都有它的弱点，要注意自我批评。

（6）赢得朋友。设计技能并不只是创造力，同时也是说服力，所有的设计都是"政治性的"，需要说服有影响力的人，并得到他们的积极支持（通常这就意味着打开了他们的账簿）。卓越的想法可能会夭折，因为它们是不能出售的。如果我们低估了政治和个性的重要性，好的工作也可能软弱无力。

（7）灵活多变。设计就像玩空手道一样，常常需要对新的情况作出快速反应。设计者必须对出现的机会和威胁作出反应，也许是利用微小的机会。善于反应被广泛地认为是不光彩的，但这是不正确的。我们错误地相信每件事都是可以进行计划的，对未来有确定把握总是可能的。正如东方人常说的："事物都在发展变化——精明的人遇到风会弯腰，具体情况具体处理。"

这七点中包含的设计观点与一些学术论文中主张的屈从适应环境是不同的。我认为设计者需要忠实于自己的原则并认识到自己的战略作用，这就要求设计者加入到企业中坚力量中去，但不是纳入其中。

4.5 结论

☐ 设计者应该努力帮助他们的企业赢得竞争。当企业开发新产品时，竞争者并不是在睡觉，他们看了同样的书，利用了同样的咨询者，确定了同样的目标市场。尽管有产业情报人员和竞争者分析专家的言论，企业至多也只能猜测竞争对手未来会提供的产品和服务，这就意味着开发新产品所面临的竞争环境是不确定的，虽然这种环境可能比预期的要好一些。运气有时是会微笑的，但常常是对有准备的人才会微笑。

☐ 设计者需要分享不确定性和关注意外发现的东西。透明是重要的，设计者可能会说："我认为我们能够设计一种会自我维护的信号处理计算机芯片"，于是可能会开始生产一种产品。当然，采取决策的时候是不存在自我维护的计算机芯片的，有人（希望具有专家知识）相信在要求的时间范围内能做到这一点。这些预测中的一部分注定是错误或过分乐观的，但这并不全是坏事，时间一长，对立面就出现了——突破发生了，事情比预想的进展得要快，或者研究与开发带来了意想不到的利益。新产品开发的过程走的是一条未知的路，就像参与者所说的，他们谈论的话题是陷阱、隐蔽的胡同等，这是探险者的语言，这种不确定性应该共享，以便使企业中的许多人找到方法来帮助

设计者。

□ 组织有两种主要的探险者，即营销人员和设计者，两者都生活在可能性世界里，只不过生存方式不同：营销专家力图知道人们如何选择花钱的对象，而设计者提出想法（可以是潜在的）并予以实现。

□ 回忆本章一开始给出的例子，珍妮·克拉奇是 Majestic Motors 公司的设计负责人，她得到的是一份自由的设计说明书，她带领她的团队对想法进行深入探讨，触及它的含义和可能性。对珍妮来说，无论表达得多么考究，仅有概念或口号是不够的，她必须提供一条清楚路线，将理想化的蓝图转变为体现那个概念的产品。

□ 贾森·索莱提供了另外一个关于探险者的例子。他开发了一个与系列女鞋有关的概念，这个概念适应了变化着的社会条件，贾森·索莱还将新技术融入到这一系列鞋子中，他让企业的高层经理接受了这些新想法，但下一次他的报告可能会遭到拒绝。如果探险者总是正确的，那就不会有问题，但探险者不会总是正确的，就像到西印度地区的参观者一样，当他们看地图时，观察到东印度地区并不像发现者所想的那样围绕那个角分布，而是相距半个地球之遥。企业高层经理应该做什么呢？如果他们对任何事情都说"不"，那么企业将变得僵化；如果他们对某些事情说"对"，而对另外一些说"不"，那么他们就会支持他们不完全理解的事情，而拒绝好的想法，因此设计者需要帮助经理们进行更好的决策。

□ 萨曼莎·图姆证明了在某些情况下，设计者能够成为企业战略的来源。计算机游戏公司的战略比较简单，他们要做的事情就是设计和分销游戏产品，而且这种游戏能吸引成百万人的想象力。那不是火箭科学，但困难之处在于要设计出带有新颖而有吸引力的概念的游戏。这种情况类似于小说家的情况，每年有数以万计的人在写小说，但只有几十个作家的小说能买几百万本，取胜既有天赋的因素，也有战略的因素。

□ 从本章介绍的小故事中还可以学到其他许多东西，难道这些故事没有充满生活气息吗？珍妮送她的员工到时尚之都去学习都市街舞，贾森将他的创造力用于向公司高层领导呈递的报告中，萨曼莎带领她的团队从事以前从来没有尝试过的冒险，都让人感觉到"我想成为其中的一部分"。设计者为经营提供激情，也许比其他任何小组都多。

□ 战略能够适时出现，用这种方式看待战略的术语是"自然发生的"，这就意味着，灵感和信息开放地流动，有权力的人在特定时间、具体情况下进行决策，它可以改变明天、下星期或者今天下午。每时每刻，我们都在规划战略和执行战略，战略的出现受从事创造活动的设计者和其他人的激情、辉煌、坚忍不拔、对细节的关注等因素的影响。不是所有的战略都是这样出现的，也存在有意的分析和辛勤的计划。相信自发应该代替才智是错误的，相反，创造力应该用于丰富计划，企业需要有头脑和心计的人，就像设计者一样。

总之，设计者给战略带来了活力，他们找到了前进的方法，这些方法是可能流传开的，而且前景广阔，我们需要他们的创造力，也许比以前更需要。

本章关键问题

1. 设计者在企业战略制定中发挥三种作用，即拓展、替代和奋斗，用例子说明他们如何发挥这三种作用。

2. "无论设计者是否知道，他们终究是企业战略团队的成员"。设计如何对战略作出贡献？战略又如何影响设计？

3. 企业如何通过对设计的战略性应用来产生和维持竞争优势？

4. 波特提出了企业用来产生竞争优势的三种一般战略。考虑你熟悉的企业，讨论设计如何影响这些一般战略的选择和实施。

5. 本章提出了战略制定的四种模型，即基于定位、惯性、敏捷性和跟随的方法，在每种方法中，设计如何作出贡献？

6. 设计者、构想者、概念开发者及创造性人才是被战略忽视的人。这种理解如何才能被改变？设计在经营战略开发中能发挥什么作用？

5

设计是营销资源

玛格丽特·布鲁斯 (Margaret Bruce)

现在我们必须在消费者身上进行投资……，光有销售数字是不够的，我们必须了解消费者的态度、兴趣和偏好。

[鲁滨逊 (Robinson)，1987]

学习目标

☐ 了解设计和营销的关系；

☐ 识别设计管理技能和营销专业人员所需要的专业知识；

☐ 为营销专业人员提供设计管理中使用的工具和技巧；

☐ 为营销专业人员定义一种设计管理的过程模型。

5.1 设计与营销共生

设计和营销有一种共生的关系，"营销组合"的经典"4P"（产品、价格、地点、促销）中的每个要素都与设计专业知识有关。设计需要营销信息来探究趋势、定义用户需求和提供成本参数，但是，营销人员对设计活动的管理知之甚少，对营销人员来说，与图形专家一起创造信笺抬头，或者与产品设计者一起为女性目标市场创造一种不同类型的小汽车，或者同室内设计者一起为单身生活的人建造一间房子，都是如此。

无论是来自服务、零售还是制造公司，营销人员大部分时间都是与设计者一起工作的，这些设计者可能来自不同的设计领域，如图形设计、产品设计、室内设计、网页设计等。为了及时和在预算范围内完成设计，设计管理人员需要掌握恰当的设计专业知识，同时还要对这些知识进行协调和计划。来自制造、服务和零售领域的营销人员，以及管理新产品生产、新商店或饭店建造及宣传品推销的人员，都面临着类似的设计管理问题。

5.2 营销和设计

营销界越来越认识到消费者所指的或渴望的"生活风格"的重要性，而且用设计要素来体现这些风格，例如，积极的、带运动特色的"生活风格"往往与服装、化妆品和美容产品相联系，并且与汽车或度假相匹配。时尚的房子为顾客提供了家庭用品，这是传统品牌在感觉、色彩、质地、意象方面的延伸，使得产品与拟议中的生活风格相协调。

案例研究 5.1　BMW GB 公司

宝马 (BMW) 在英国是最成功的汽车制造商之一，过去 10 年的销售增长率达到 8%，无可争议地成为欧洲最主要的汽车制造商之一。BMW GB 采用英国特色的销售和营销战略，包括管理英国商人的特许经销权网络。营销和客户服务一直是 BMW 的品牌战略的重要内容。本案例将考察该公司在 1998 英国国际汽车展览会上对 3 个系列汽车的营销和促销过程。会展营销是 BMW 的一种特殊实力，本案例分析营销战略及其背后的产品开发过程。

项目信息

1998 英国国际汽车展览会项目的计划开始于 1998 年 3 月，1998 年 11 月完成，该项目管理的负责人是伊萨贝尔·瓦斯克思 (Ysabel Vazquez)，他是 BMW GB 公司的国际事务经理，总共有来自 BMW GB 营销部的 4 个人承担了这项工作，另外，该公司的 65 个员工在台上工作，加上雇用的 12 个只在展览会期间工作的促销人员。

参与项目的代理和 BMW GB 公司员工

1998 汽车展览会涉及到的员工很多，搭建展台用了 2 个建筑师，他们来自公司设在德国慕尼黑的建筑机构 BFM，与 BMW AG (在慕尼黑) 的项目经理也保持联络，以确保 BMW GB 品牌价值与 BMW AG 品牌价值联系在一起。BMW 公司配送中心的 12 个汽车准备人员也参加了这个项目，同时，还有给养、鲜花布置和电子元件等方面的供应商。一个重要的代理是拉塞尔组织 (The Russell Organization)。展台搭建的承包商都是德国的，包括 Winkels MKT 和 ICT，并通过展台建筑师进行管理。

说明书

　　BMW GB 为这个项目发布了很详细的说明书，这里给出了它的压缩版，包括竞争者分析、品牌目标、市场目标、市场研究分析等。说明书的附录包括 11 个部分，涵盖了 1998 年的品牌价值、品牌形象、细分市场分析等方面的详细信息，重点是反映 BMW 在市场上的竞争情况、对销售增长的监控以及从 1996 年到 1998 年展台规模的增长情况。另外，细分市场的增长也得到仔细监控，尤其是注意估计哪些新竞争者模型会在展览会上占主要地位。

1998 英国国际汽车展览会展台设计说明书

背景

　　英国市场（将 1997 年与 1996 年相对比）

　　增长的部分

　　下降的部分

　　BMW 在市场上的定位

　　BMW 品牌定位

　　积极的品牌联合

　　体育的、设计良好的、时髦的、高质量、高科技、现代化的、驾驶员的汽车

　　竞争者的活动

　　消极的品牌联合

1998 展览会的总体目标

品牌目标

(1) 不断提升 BMW 在性能、质量、技术和专用性方面的品牌价值，尤其是将重点放在品牌核心上。

(2) 确保在展台的所有地方保持同一种声音与顾客交流。

市场目标

(1) 成功启动新的 3 系列汽车，向公众展示能进行订购的汽车的说明书。

(2) 将 5 系列作为同等级汽车中的领先者推出。

(3) 形成 M 型汽车的特色，特别是 M5 型和双门汽车。

交流目标

(1) 让参观者感到该公司是英国最受尊敬的服务提供商。

(2) 使顾客进一步认识到 BMW 产品是被渴望的、有价值的。

(3) 创造一种环境，使走上展台的参观者感觉到很受欢迎，使他们感到与 BMW 交往是值得自豪的。

(4) 继续在顾客心目中灌输 "智能车轮" 是 BMW 所独有的一种思想。

(5) 贯彻 "驾车快乐" 的精神。

设计方面的建议

☐ 展台设计表达驾驶信息的动态感觉。

☐ 给顾客提供最多的与展台交互的机会。

☐ 如果可能，避免给展台提供支持。

☐ 确保接待区给人一种开放的感觉。

说明书的编写过程

BMW GB 与他们的所有代理商建立了长期的联系，他们相信长期关系能够带来富有成果的伙伴关系，这就意味着，对德国建筑师在德国使用的说明书应该详细地进行编写，而对英国的代理则进行非正式的、非书面的指导，针对项目的特定部分使用特定的说明书。这样编写而成的说明书被送给建筑师和 BMW AG（在德国）的项目经理，以及负责展览会各个方面管理的代理，从人员配备、给养到鲜花布置等。

项目评估

这是 BMW GB 的项目中最困难的方面，公司使用了由多种方法构成的流程。首先，从所有销售媒介上检查线索的数量，这些媒介包括展览会上留下的细节，如展台工作人员在手工做的问讯簿上留下的情况，以及通过多媒体系统、有偿回答优惠券等得到的情况。然后 BMW GB 在展览会结束后进行为期长达两年的跟踪，因为初始线索转变为汽车销售可能要花很长时间。BMW GB 也与到过展台的部分参观者一起进行研究，以及在展览会上整天与参观者接触的展台工作人员中间进行定性分析。通过对这些线索的监控及研究，就可以作出展览会成功与否的评估。

跨部门团队

跨部门团队用来反映展览会上涉及的所有业务领域，所以营销部门需要与生产部门、售后服务部门和财务部门一起工作。营销部门又分为产品营销、会计、汽车配送中心、关系营销等小的部门，各个子部门也协同工作。

项目中的品牌考虑

BMW GB 对每个项目的品牌方面都进行了仔细分析，这是营销战略的重要组成部分，对于品牌的重要性，无论怎么估计都不算过分。

品牌考虑是必要的，这是我们的生命线，永远也不能忘记。我们的目标是让生产的每种产品都有品牌，从准备汽车的方式到员工的形象以及咖啡的质量。

[伊萨贝尔·瓦斯克思，BMW GB 的国际事务经理]

BMW GB 认真对待他们的品牌，品牌是所有营销活动的核心，公司十分注意从顾客的角度来开发和培育品牌。关注细节是 BMW GB 创建品牌的基石，展览会是营销部树立品牌的关键时刻，品牌并不只是有关汽车及其性能方面的东西，BMW 品牌的目标是使顾客感到拥有一辆 BMW 汽车是与众不同的，在 BMW 上形成一种情感性的附属物，确保顾客不想购买其他品牌的汽车。

通过展台向顾客传递品牌价值

品牌价值是通过展览会这个平台传递给顾客的，这方面的例子包括：

☐ 展台上材料的抛光：皮革家具用的材料与汽车上用的材料是一样的。

☐ 如果需要，结构的质量可以达到永久性结构的标准。

☐ 制服是一种与 BMW 联系在一起的设计者的品牌。

☐ 展台上的花瓶是按顾客的愿望设计的，以反映 BMW 的工程传统。

☐ 选择工作人员时考虑了他们的服务水平和经历。

☐ 汽车准备过程花了两周的时间，每种类型的汽车都订购两辆，以便使 BMW 能够选择设计最完美的模型，并且交换两辆车的部件以得到一辆完美的展车。

☐ 所有的员工参加一整天的培训，向他们说明展台的每个方面内容，同时，他们还要经历关于汽车和竞争的彻底的产品培训，这样他们就能与权威人士进行交谈。

☐ 给展台上的汽车配备的员工都是从 BMW GB 中挑选出来的，他们了解品牌的各方面情况，每天都开 BMW 牌的汽车，都是完整意义上的品牌倡导者。

　　另外，技术是 BMW 品牌的一个重要部分，营销部门确保技术能够在展台上体现出来。

　　技术和创新是与品牌相联系的重要东西，所以我们采用最新的技术向顾客提供信息，例如用交互式触摸屏取代静态的方形底座。

[伊萨贝尔·瓦斯克思，BMW GB 的国际事务经理]

BMW 的目标市场

　　有趣的是，BMW GB 对他们的目标市场的看法并不狭隘：

　　我们想把我们的信息告诉每一个人，无论是目前拥有 BMW 汽车的人还是潜在的购买者，今天的青年人就是明天的 BMW 汽车的主人。我们还打算在其他制造商中维持我们较高的信誉，让它们感到 BMW GB 是本行业内负责的、充满爱心的制造商。

[伊萨贝尔·瓦斯克思，BMW GB 的国际事务经理]

　　BMW GB 认识到，目前 BMW 汽车的主人处于某一年龄和收入水平，未来的主人可能与现在不相同，但同样是重要的，BMW GB 有长期的战略构想，愿意花时间将信息告诉每一个人，不只是把这种信息告诉目前的目标市场，而是告诉所有的人。

BMW 的品牌价值

　　BMW 的品牌价值是：

☐ 专用性；

☐ 技术；

□ 质量；

□ 性能，驾驶总是处于汽车品牌的核心。

价值不只是口头上说些好听的话，而是在营销部门所做的每件事中和所有BMW GB员工中彻底开发和逐渐灌输所形成的。例如，专用性是通过BMW提供的一对一服务来实现的，BMW推出一种三年内免费的专用紧急服务，并保证修好车子或为你提供一辆新的BMW汽车，如果顾客在国外，BMW要么让顾客乘飞机回国，要么提供一辆新车，总之，公司会使顾客顺利回国。通过这种方式，BMW的顾客感觉到他们受到公司的关怀，也感到他们属于一个专用的俱乐部。

BMW的使命陈述

BMW的使命陈述要达到的目的是：

……成为英国最受尊敬和钦佩的服务组织。

[伊萨贝尔·瓦斯克思，BMW GB的国际事务经理]

值得注意的重要一点是，BMW力图成为一个"蓝筹股"服务组织，BMW已经认识到服务是BMW品牌包装的一部分，BMW的顾客不仅购买技术和"驾驶经历"，同时也希望得到一种"服务经历"。另一个值得注意的方面是，BMW不再只是将他们自己与其他汽车制造商相对比，同时也对与其他服务组织相对比感兴趣，这样就确保他们在任意行业中提供最好的服务，而不只是局限在汽车行业中。这就意味着，BMW已经认识到他们的品牌不仅是"功能品牌"，而且也是"情感/服务"品牌。

举办汽车行业营销展览会的缘由

有人要问的最重要问题之一是，BMW为何花时间和成本去举办这种展览会，这可是一个既耗时又费钱的过程，伊萨贝尔·瓦斯克思这样解释BMW的哲学：

这是在我们完全控制之下，给客户提供完全的3D品牌经历的唯一机会，通过这种方式，我们可以使BMW品牌营销知识发挥最大的潜力。

展览会也是给BMW GB的员工提供同客户面对面接触的机会的一种有效方式，这种方式对营销部门有效创建品牌是很重要的，同时，展览活动对开发"驾驶"信息也是

重要的。

　　有一些信息，如驾驶 BMW 汽车，你只有在身临其境的情况下才能获得，我们的哲学是，如果我们能让客户体验产品，他们就会购买这种产品。

[伊萨贝尔·瓦斯克思，BMW GB 的国际事务经理]

总结

　　很明显，BMW GB 清楚规定了展览会的营销过程，他们将项目的某些部分分包给专业机构，使用详细的说明及评估准则。有趣的方面包括这样一种想法：BMW GB 将信息告诉所有的人，而不只是告诉目前的目标市场。根据沟通策略，公司采取了一种长期的战略观点，另外，长期的密切关系也给公司带来很多实惠。最重要的方面是品牌和相关的东西，BMW 的营销策略并没有什么异乎寻常的东西：例如，展台上使用的皮革与汽车上使用的相同；订购两辆汽车以确保向客户提供条件最优的汽车。总的印象是营销部门能够深入分析公司的品牌，并为顾客详细记录下这些信息。

[Vazquez and Vazquez, 1999]

5.3 设计和营销组合

　　经典营销组合的 4P 与设计有密切的联系，具体如下：

　　(1) 产品 (Product)。设计影响产品的质量、功能、可用性和外观。设计有助于形成产品特色，从而为客户增加产品价值。设计对产品特色的影响包括性能、可靠性和风格等方面，对于服务公司，设计的有形方面的影响方式是相似的。支撑某种产品的公司文化应该是连贯的，并向顾客传达服务的好处。通过提供值得回忆的公司身份，设计可以用于产生形象差异，这些身份可以用包装、商标、文具、网页、制服、环境、为组织创造视觉上的协调效果等来实现。

　　(2) 价格 (Price)。产品可以在材料、能量、制造方面设计得节省些。通过增加一种特色，如毛巾和床单上添加刺绣，电话机上安装呼叫记忆设施，就可以达到提升产品的效果，并影响产品的价值，从而以更高的价格出售。

(3) 地点 (Place)。分销方面的考虑可能影响设计，因此产品包装可能采用便于储存和摆放的形式。对于针对快速移动消费者的商品 (FMCG)，架子是关键的。因此，诸如色彩、图解、形状等设计要素是很重要的。食品零售商布置商店往往考虑使消费者的购买欲望达到最大，并给人以质量好、新鲜的印象。零售商的产品和服务组合越来越关注"物以类聚"，于是食品零售商可能存储一些能吸引更多消费者的所谓的专家食品，例如有自己专用的陈列柜的美食家食品。

(4) 促销 (Promotion)。大多数促销活动依赖其视觉上的质量来传递公司的信息。包装、促销和销售文化、所有形式的媒体广告、销售展示点和零售环境，都涉及设计者的技能。

5.4 建立设计和营销之间的联系

市场变化通常导致对设计的投资，下面的例子考察了营销和设计的这种相互作用关系：

□ 一家巧克力公司为复活节设计了一种新的巧克力产品，公司聘请精通包装设计的图形设计师，以便产生产品的视觉吸引力，如意象、色彩、形状和品牌，并确保在合理的成本范围内制造这种产品。

□ 开发了一种新的电视遥控器的一家电视机制造商，利用机械、电子及本行业的具有人机工程学知识的设计师生产出一种产品，这种产品不仅实用、易于使用，而且进行大规模生产的成本较低。

□ 一家食品零售商应用室内设计和图形设计技术营造出一种愉快和有吸引力的购物环境，鼓励购物者进入它的商店买东西。

设计与组织的不同部分都是有相互作用的，但它尤其与营销和制造/运营最为密切，了解目标市场和制造或运营的方法，对设计有启发作用。(例如，提供竞争性定价的信用卡或抵押证书的新网站的公司身份，需要面向大规模的市场，这种市场为年轻女性这样的目标客户提供不同信息，以便与"空闲的农民"形成

鲜明对比。) 戈尔 (Gorb) 和杜马 (Dumas) 造了 "沉默的设计" 这个词，用来指组织中其决策影响设计过程 (如市场研究决定目标市场) 的非设计专业人员。营销专业人员可以充当 "沉默的设计者"，这样的话他们就需要意识到他们的决策是如何影响设计过程的。因此，营销专业人员需要意识到他们可能给既定项目带来不同的设计知识，以及意识到与设计专家交互所需要的营销信息的范围。

设计者需要有关目标市场的信息，并且考察影响消费者购买决策的因素，进行竞争者分析，了解组织开展某一项目的目标。例如，如果营销目的是重新定位一种产品，并把它推向市场，那么为了在产品中融入恰当的视觉线索，以及在信号变化中反映产品文化，设计就需要知道上面这些东西。Skoda 是大众汽车将其品牌重新定位为乐观和可靠的一个好例子。雷诺公司使它的 Clio 与设计线索相渗透，以便传递一种性感和友好的形象，而这种形象受到了女性目标市场的青睐，公司的这一做法是绝妙的。

5.4.1 设计和营销之间的沟通

营销和设计之间沟通不流畅会引起一些重要问题。通常项目失败不是因为想法不好，而是对设计工作和市场实现不能作出全面的预算，没有为设计、分销渠道和制造程序提供足够的目标市场信息。在彻底了解存在的问题、与营销进行互动以确定说明书以及在项目团队中灌输想法的有效设想方面，给予设计的最后期限可能是不现实的。设计一次又一次地作为营销或技术活动的输入，但可能没有成为项目团队的合作者。这就意味着设计只是作为第二位的活动，从而导致说明书可能是错误的，规划只是一个窃窃私语的过程，而没有对设计进行直接规划。

在英国的一个家用纺织品制造商中，设计团队在 9 个月的产品开发周期中花了 2 周的时间来考虑说明书、提出大量的概念并不断修改，然后在最终艺术品形式中确定要选择的概念，并交给生产团队。由于错误经常发生，主要设计者就和购买者一起到国外工厂进行参观，检查样品，并当场进行修改。这样会增加产品成本，而且使设计处于被强迫的地位。如果创造性设计工作的时间稍作延长，就可以避免错误发生。这个问题发生过多次，因为营销部门不懂设计过程，他们力图从总的产品开发周期中为自己挤出时间，要知道，设计有助于销售产品，在家用纺织品市场上尤其如此。

对于从规划、概念开发到样品生产的所有阶段，在设计过程中引入 Web 技术将有助于改进营销、设计和生产之间的沟通。例如，美国的服装品牌 Liz Claiborne 在设计、营销和生产各环节之间就有内部网相连，这样可以将设计到生产的周期从 8 周缩短为 4 周，也拉近了设计和市场的距离。

从营销的角度看，设计是有风险的。设计是一种创造性活动，因此一开始并不可能知道其结果如何，那么，营销人员如何控制创造性设计，使得其产出符合客户的利益，以及在成本和时间方面满足他们的期望呢？

营销人员可以采用下面的方法来降低风险：

□ 获得恰当的设计人才；

□ 了解设计者拥有的技能；

□ 与设计人员一起工作，达成设计预算和设计进度；

□ 将设计尽早融入说明书编写和概念开发阶段；

□ 制定清晰的项目目标；

□ 提供设计所需要的市场信息；

□ 通过快速产生设计信息来支持设计。

5.4.2 设计活动的市场动力

产品计划、市场研究、竞争者分析和预算控制属于营销专业人员的工作范畴，这些营销问题也会对设计产生影响。营销是设计变化的动力，例如，市场份额的下降可能引起对产品组合的思考，从而导致设计修改和促销活动的发生，以便刺激销售。

表 5.1   市场变化对设计的影响

市场目标	设计结果
公司试图第一次在市场上推出某种产品	新产品开发
公司试图增加市场份额	设计促销网站
公司试图重新获得失去的市场份额	产品改进
公司试图实施多样化，进入新产品市场	产品扩张
公司试图实施多样化，进入新产品市场	包装和促销材料

表 5.1 展示了市场变化如何引发不同的设计类型。

小型案例研究 5.1   为一家小公司开发 dot.com 品牌

Wisemoney.com 是一家小公司，它的金融服务搜索引擎提供了一种互动的网站，客户可以进行贷款、抵押和保险的免费在线报价。对于一些较小的业务，互联网品牌开发是有疑问的，因为转变传统的广告方式需要较高的投资。通过协同和认可建立信誉，以及拥有一个好的域名，都是很关键的。为了实现成本有效性，根据经验，公司的总经理推荐了以下广告方法：

1. 会员或口碑，称为"病毒营销"；

2. 搜索引擎；

3. 新闻组；

4. 公共关系，包括竞争；

5. 拥有许多与公司核心品牌名称有关的域名。

为了增加品牌意识和市场份额，也可以考虑各种战略方案，Wisemoney.com 最近率先发起了一项活动，为在它的网站上注册和购买产品的客户提供免费的股票，产生了相当大的影响。

因为几星期前我们举行了提供免费股票的活动，到网站注册的人数大约增加了 300%。

设计和顾客化

随着竞争的加剧，差异化变得越来越重要，对于 Wisemoney.com，不断开发设计良好的、易于了解网站界面的新产品是非常关键的：

网站必须能够快速下载东西、易于浏览，达到引人注目的视觉效果，不幸的是，在金融服务方面存在着许多问题，有许多表格需要填写，这样怎么能给人带来方便呢？

起初由一个网页设计机构负责网站的设计，但是现在网站是由公司内部雇用两个人进行维护的，网站的开发花了一年时间，以保证设计和内容正确，从而使网站正常运转。网站还需要为消费者提供反馈、评论、抱怨和提问的机会，这是了解消费者意见和改进网站的关键方面。网站每天都进行改变，这样做的原因通常是继续学习的需要和采纳消费者的建议。

[Dye and harun 2001]

设计可以看作一种营销资源，它可用于处理决定一种产品的价值和质量的决策。无论是强调技术性能、风格、可靠性、安全性、易使用或若干属性的某种组合，产品设计都能提供质量和价值，在顾客的眼中这些就是金钱。在使顾客得到满足和不断取悦顾客方面，设计是营销能力的关键组成部分。产生愿望和需求是设计专家的技能，他们还能够通过在产品、环境或促销活动中加入"X因素"来达到这种效果。消费者的领悟力和购买意愿受产品设计结构和传递不同于竞争者的价值的能力的影响，另外，独特的设计能够使消费者产生购买的愿望（Pokémon玩具就是一个例子），从而有助于提高公司的竞争力和促使公司获得经营上的成功。

对消费者来说，他们在诸如家具、卧具、地毯、窗帘、新衣服或新汽车、大学学位或抵押等方面的投资是有风险的，也是昂贵的。如何减少他们认识到的风险呢？设计在这方面可以发挥作用。通过创造满足消费者愿望和价格期望的产

品，消费者购买、感到满意或向其他潜在购买者推荐这些产品的可能性就越大。向销售人员和终端消费者清楚地解释产品或服务的好处的支持性文献，对营销/设计的组合是至关重要的。

设计糟糕的产品或服务，以及没有向目标用户讲清楚它的好处，都可能导致失败，也许更坏的情况是变为城市神话，典型的"设计过头"的家用产品是洗衣机和录音机，试想，有多少人付了钱却只使用了所提供功能的一部分？通过提供只包含基本核心功能且成本较低的产品，一些公司获得了成功。easyJet 的低成本航线是建立在"没有不必要的装饰"的基础上的。

在市场定位中，设计是一种资产，例如 Alessi 提供有吸引力的家用产品，并将自己定位为溢价供应商。没有跟上市场趋势和没有设计高质量、有竞争力的产品可能会威胁到公司的生存，Rover 和 Marks & Spencer 是最好的例子。

小型案例研究 5.2　Marks & Spencer 公司的零售互联网战略

Marks & Spencer 建立了自己的互联网网站，作为提供诸如年度报告、招聘信息和公司历史等公司信息的信息网站。后来，公司将其发展为交易网站，随着公司的邮件订购目录的出现，公司将网站与现有的客户服务集成在一起，例如，为客户提供了一种在线购物工具，客户可以通过网站订购商店里已经缺货的商品，然后借助公司的网站检查订单的处理情况。顾客到商店购买商品之前，可以先在家中浏览公司提供的各种产品，这就意味着公司不用关心客户通过什么渠道选择购物。物流方面，作为拥有仓库、配送系统和呼叫中心的零售商，公司能有效解决一些初创公司碰到的满足顾客需求的问题。

Marks & Spencer 的核心见解是围绕四个中心原则来设计的，它们是：产品可获得性、易于使用、可靠性和速度。例如，存货的可获得性信息在顾客订货时就知道了，如果一种产品已经缺货，这种产品就不会出现在网站上，如果产品存量正在下降，用户就会得到警示。客户还能够对在线购买的商品进行退货，或者更换为其他商品。关于定价，公司考虑到，网上提供的商品价格比其他地方的商品价格低是有问题的，这样客户就不愿意购买传统商店里的商品，因此公司对所有渠道销售的商品的定价是相同的，体现出价格的一致性。

Marks & Spencer 利用了它的品牌长期建立起来的质量和信任形象。公司考虑到，他们提供的商品非常适合在网上销售，因为客户对公司的产品非常熟悉，客户将明确知道他们得到的是什么产品。品牌在沟通信任方面所体现的优势有助于消除客户对信用卡安全的顾虑。

作为公司营销沟通的一部分，公司打算将其网址放在店铺前面和购物袋子上。为了加强与客户的联系，公司打算实施一种系统，使得它的每个销售商店都能在全国性网站上管理自己的信息，鼓励用户给当地的分店主管发电子邮件。公司的特色就在于它将邮政订货、商店购物和网上购物有机地结合在一起。

[Murphy and Bruce, 2001]

5.5 公司身份

要区分主要金融服务公司，或汽油零售商，或各种化学公司的产品的质量差别，实际上是不可能的。公司及其品牌不得不在情感基础上而非理性基础上彼此进行竞争，如果一个公司的身份具有如下特点：实力最雄厚、一致性最好、吸引力最强、实施最好、最显著，那么它必将在竞争中处于领先地位。

[奥林斯 (Olins)，1990]

一个公司要想在市场上充满竞争力，或者甚至只是维持生存，就必须拥有与众不同的身份，并向外界传达这种身份。公司在公司身份规划方面投入大量资金，目的就是形成一种身份，并向客户、零售商、股东和其他可能的利益相关者表明这种身份。"公司意见"、"公司个性"、"公司信誉"等词汇强调公司需要表达它的独特性，并把自己与市场上的其他公司区别开来。

公司沟通对有效的营销是必不可少的，营销需要与公司沟通结合在一切，以确保关于产品、商品、销售材料特点、网站、环境等方面的有力、清晰和统一的信息能够表达出来。要做到这一点，营销和设计也要协同工作。有些组织设有专

门管理公司视觉识别系统的团队，这样就引起了与组织中处理沟通的部门的互动，如营销、公共关系、公众行动和交流等部门。本节讨论公司沟通的主要方面，以及营销和设计在公司沟通中所发挥的作用。讨论视觉身份概念的基本假设是，这方面的好的管理将：

☐ 对公司的清晰的身份证明和形象有贡献；

☐ 对视觉上连贯的企业有贡献，无论是对内部还是外部。

对组织身份的任何视觉上的表现都需要互相协调，以便在小册子、传单信笺上端的文字、制服、产品和环境等方面得到视觉上的加强。麦当劳是对公司身份进行有效管理的典型例子，由于它在曼彻斯特、莫斯科和曼哈顿岛使用一致的商标、制服、颜色、包装和环境，你很快就能认出麦当劳。

弱的或含混的身份会损害公司的市场定位，BA 公司的公司身份规划从传统的、严肃的身份根本改变为有国际化感觉的身份，但是飞机尾翼带民族图案的喷漆花了至少 8000 万英镑，新的身份与 BA 公司没有明显的联系。为了增加乘客数量，BA 公司试图将自己重新定位为一家国际航线承运公司，但这种努力却失败了。1999 年，公司不得不在另一项改变公司身份的项目上投资，最终回到了英国国旗所用的蓝色、白色和红色搭配方案上来。

5.5.1 内部沟通

公司身份的另一个方面是它在向雇员传达组织价值时发挥着一种内部作用，公司向员工灌输其核心价值，并希望员工的行为方式有助于强化这些价值。例如，专业的、可信任的邮政工人，Clinique、Chanel 和其他化妆品批发商店中易接近的、训练有素的广告人员，等等。

小型案例研究 5.3 **超越石油（Beyond petroleum）？**

BP 最近重新设计了它的标识语，并且正在出售代表超越石油（Beyond Petroleum）的 BP 这一点子，事实上，BP 已把资金投入到环境领域。BP 作为经营能源而非石油的公司已经有一段时间了，它已成为能源替代品和清洁能源的主要投资者。

但是，人们一般还是将它看作石油公司，因此，为了提高 BP 公司对环境保护承诺的意识，它的从事太阳能开发的分公司 Solarex 与 BP 公司的服务站网络紧密合作，其结果是给公众树立起这样的形象：一方面太阳能的经济可行性正在提高；另一方面，BP公司在加快太阳能开发中发挥着重要作用。如今，世界上每一个新的 BP 服务站都正在装配以太阳能为动力的服务站天篷。

BP 已经形成了若干太阳能研究小组，所以剩下的问题就是如何使用这些小组，从而从减少对远古生物所形成的燃料的消耗和自己的服务站照明使用的能源的成本当中获利。除了给 BP 带来经济和环境的优势外，这些小组还向潜在的客户展示使用这种技术是多么简单，尤其是在城区，同时，也促进 BP 公司成为一个对环境负责的公司。这样就有望强化最近重新设计标识语所形成的形象，使大家认识到公司的做法并不只是一种练习。

该项目需要 BP 公司的两个分公司（太阳能开发分公司和服务站）进行大范围的密切合作，因为有分布在 9 个国家的大约 200 个服务站参与了这个计划。他们利用公司内部网来加快交流的速度，这种体验对他们来说是相对新颖的。另外，太阳能开发分公司外的许多人必须学习产品的有关知识，这样有助于在公司内部改变人们对环境的态度。

除了节约成本，服务站照明使用可更新能源已经在员工中产生了良好的影响，员工经常感到为公司工作很有动力，因为公司有较高的环境和伦理标准。虽然这些因素是难以量化的，但它们确实能够提高生产率和员工的满意度，同时有助以形成较好的公众关系。

[设计委员会，www.designcouncil.org.uk]

有些组织设有身份团队来管理组织的身份，英国皇家邮政也是如此，在这个组织中，公司身份是与整个沟通计划相关联的，并且与组织的所有政策和实践集成在一起。该组织的身份团队具有一种教育作用，它向员工和供应商（图形设计者、公司制服制造商、印刷工等）宣传需要信奉的公司价值。公司身份的核心在于价值：有目的的、创新的、成功的、可靠的、关心的、国际的和专门的，这一

切都必须渗透到组织视觉表象的各个方面中，包括汽车、制服、邮箱、传单等。皇家邮政的新的公司形象（即 Consignia）考虑了品牌遗产和重新定位，下一个案例展示了这一点。

小型案例研究 5.4　"Consignia"：英国邮政的新的公司身份

作为英国持续时间较长的机构之一，英国邮政将它的名字改为 Consignia（意思是"托运人"），公司的解释是，英国邮政这个名字已经不能充分反映它所从事的业务。

由于公众十分关注这件事，公司的总经理约翰·罗伯茨（John Roberts）很快指出，可以看到的变化很小，公司的主要品牌名称和商标仍然是相同的，送信上门的邮政工人仍然为皇家邮政工作，包裹由环球包裹邮递公司（Parcelforce Worldwide）采用客货两用车发送，当地邮局仍然采用大家所熟悉的标识语。

但是，公司的这一变化很快遭到本公司工人的反对，英国通讯工会发誓为反对这个决策而斗争，并抱怨这一决策正在抛弃 350 年的传统。副秘书长约翰·基吉（John Keggie）相信这一做法是"仓促而欠考虑的"，他说："我们应该依靠英国邮政的全世界公认的声誉来做生意。"更改名字的动力是公司决定成为国际物流配送业务的领导者。新名字基于如下理念：托运（Consign）就是委托照料。

"我们并不认为英国邮政与 Consignia 具有相同的实力"，公司主席内维尔·贝恩（Neville Bain）说，"公司将缩写为 BPO，品牌顾问认为，能够辨认且又能反映所经营的业务的公司名称，比用名字开头的大写字母构成的多种经营的大公司更好"。我们发现"英国"和"皇家"这两个词不受欢迎，其他名字已经被注册或者在其他语言中的含义是不可接受的。

公司称，邮政局是一个一般化的词汇，不能受到法律保护，这就阻碍了公司的国际扩张计划。外国人必然将公司称为英国邮政，以区别于它在当地的竞争对手。

英国邮政面临着传统的在英国的信件垄断遭受快速侵蚀的问题。在过去 2 年时间里，英国邮政花了 5 亿英镑来购买外国的物流和包裹公司，这些公司主要来自欧洲大陆。罗伯茨先生说，英国邮政对国外以及与它有大量业务往来的大公司将采用 Consignia 这个名字，如果公司进入新的市场，也会考虑使用 Consignia 作为品牌名称。公司的经理们强调，公司的业务正在发生快速变化，在 75 亿英镑的营业收入中，有 12 亿来

自国际业务，而且在未来几年内国际业务的收入比重还会增加。公司也转向了一些新的业务活动，如呼叫中心、仓储、物流和网络订购商品的集散中心等。

[Bannister, 2001]

5.5.2 形象

在表现公司像什么和有望如何行动方面，公司文化的形象规划发挥着重要作用，因此，当客户从一个组织购买产品或服务时，对期望发生的事情就有印象了。"棒极了的大不列颠 (Cool Britannia)"是托尼·布莱尔 (Tony Blair) 政府正在准备树立的形象，目的是向选民发出政府将改变形象的信号，以及在外国人面前树立起令人兴奋的、时尚的和年轻的英国形象。

个人会对他们接收到的信息进行解释，他们不是信息的被动接受者。人们在看到、听到、学到或体验到的东西的基础上建立起对一个组织的印象，这就意味着公司在介绍自己的情况时必须清楚明了。

公司的形象受事件和报道的影响，而这些并不是公司的交流平台，例如，报纸或杂志可以对公司进行报道，报道的内容有些是真实的，有些可能是虚假的，然而，读者所形成的对公司的印象既依赖于公司的宣传，也依赖于报纸的报道或暗示，这样公司对自己形象的形成只能做到部分控制。对组织而言，缩小身份和形象的差距是随时存在的挑战。当梅赛德斯于 1998 年启动其小型汽车——A 型车时，是由一位汽车新闻记者进行测试的。该记者发现，当他按正常的速度驾驶时，汽车回转时行驶不正常，这一事件自然就在报纸上刊登了，梅赛德斯的形象受到了损害，在这一案例中，梅赛德斯否认它生产的汽车存在毛病，并试图起诉那位新闻记者，但梅赛德斯的做法引起了激烈的争论，梅赛德斯最终不得不承认那位新闻记者是对的，汽车模型是不稳定的，于是只得召回售出的汽车，重新进行设计。这一事件损害了梅赛德斯在国际上的质量形象，对组织来说，出现这种情况时需要花相当大的投资和相当多的时间来进行挽救。

108

5.5.3 身份和文化

公司身份与文化问题有关，身份的视觉表达就是文化象征，其中就包含特定的意义，并且其构成与社会有关系。象征可以强调力量和威胁，例如"纳粹标志"与种族主义有联系。身份给人的一种感觉就是"知道你是谁，你属于哪里，以及你与其他人的关系"。组织有自己的历史和"集体记忆"，如果市场发生变化，这些因素会影响到组织向新环境转变的能力。有些组织为它们的历史感到骄傲，并且成为它们目前身份的核心方面，如 Church 的鞋子、Levis 的牛仔裤、Tate 和 Lyle 的糖浆，这些产品上都有国家许可的标志。

身份可能会发生变化，例如雷诺 Clio 在吸引女性购车者以及按客户性别对产品进行定位方面取得了巨大成功。组织可能会面临"身份危机"：在失去忠诚客户基础后，Marks&Spencer 公司正在进行投资，让设计者带领建设次级品牌，以吸引新的客户。

当组织合并时，必须对公司身份和文化价值进行处理，例如 Asda 被沃尔玛收购时，必须与供应商、员工、客户和股东进行沟通，考虑是否用另一个组织的身份包容一个组织的身份，或者同时保留两个身份，还是创建一个新的身份，这是需要进行决策的。Whirlpool 决定逐渐从它的白色系列群产品中撤除 Philips 这个名字。普遍适用和见效很快的规则是不存在的，新成立的公司必须创建一个身份，这种身份与它们想要向"公众"（即股东、员工和客户）传达的价值是相称的。新的网络公司正在进行大规模投资，用于身份建设和创建品牌，以吸引客户访问它们的网站，这一难以置信的增长率和争夺客户的竞争反映出一个问题，即网络企业必须树立强大的身份（参见小型案例研究 5.1）。

总之，组织水平上的"身份"概念是指：

☐ 作为一个组织，我们是谁（即核心业务、战略概念、公司特征）；

☐ 什么东西使得组织具有独特性（即它的竞争优势、与范式和价值相联系的文化）；

☐ 具有什么样的目标和由来（即使命、愿景和历史）；

□ 组织的发展方向是什么。

5.5.4 身份战略

公司必须管理它的沟通计划，并作出战略决策。奥林斯（1990）识别出三种不同类型的身份，组织必须决定用哪种身份为沟通计划的基础。这三种身份是：

□ 整体身份；

□ 认同身份；

□ 品牌身份。

整体身份是指产品和公司的名字是同义的，例如 ABB、西门子、Alfa Laval 等。许多公司在转向消费品市场时也采用整体身份，如爱立信、摩托罗拉、IBM 等公司。爱立信公司试用了一种产品品牌身份，但在实施全球扩张计划时仍然采用爱立信这个名称。整体身份也可用于服务公司，如 ASA、英国航空公司、KLM 航空公司等。

认同身份是指公司的名称是众所周知的，公司把这一名称用作不同的产品或服务的品牌。通用汽车公司使用 GM 品牌表示不同的汽车品牌，如卡迪拉克、Pontiac 等。在零售业中，零售商创建自己的品牌（通常看作私有的商品）已经成为普通的事情，这些品牌身份与零售商的身份是联系在一起的，时装品牌方面的例子如 House of Fraser 公司的 Linnea、化妆品品牌方面的例子如 Boots 公司的 No.7。

品牌身份是指产品的制造商是消费者或顾客不知道的。这种战略在消费品行业用得非常普遍，宝洁公司和联合利华公司都是使用这种战略的众所周知的例子。宝洁公司使用了不同的品牌身份——玉兰油（Oil of Olay）和维达—沙宣（Vidal Sasson）。

5.5.5 从营销角度看公司身份

公司用身份作为可信赖的市场沟通的基础，从营销角度看，公司必须在深入

分析和了解公司身份的基础上选择所要沟通的东西，必须确定它的定位。

定位

公司的定位是一种受控制的和有意选择的对公司的描述和陈述，包括作为一个公司"我们是谁"，"我们希望别人如何看待我们"。定位是指公司身份的这样一些方面：在公司身份中是独特的，通过不同的媒介和设计要素有意识地进行交流的。定位包括能够承载这种陈述的所有视觉要素，设计过程对其具有中心作用。在有关设计管理的文献中，这些视觉要素分为四类：

☐ 产品设计——核心产品；

☐ 信息设计——有助于识别产品或公司存在性和含义的所有视觉要素，如商标、小册子、制服、标志和卡车等；

☐ 环境设计——用于产品制造、销售和购买的所有视觉要素和周边环境，如办公室、工厂和零售等；

☐ 行为——员工的行为方式和对待客户的方式属于视觉特性，会影响人们对公司身份的理解。

公司对自己进行有意识的描绘的结果就是形象，也就是在接受者脑海里形成的图画，在营销领域，市场定位和品牌创建是这种活动的关键方面。

创建品牌

商标是识别和表示公司身份的一个要素，也是品牌的一种象征。阿克 (Aaker) (1991) 将品牌定义为"一种分辨名称和 (或) 象征，旨在识别一个商家或多个商家的商品/服务，并且将那些商品与它的竞争者的商品区别开来"。

品牌名称、象征和标语是品牌的必要成分，通过产品属性及其解释，以及在产品设计、绘图、包装和促销设计方面的强化，品牌创建得到了诠释。

在很多情况下，品牌已经成为公司身份的标志，对大多数公司来说，品牌管理已成为一个战略问题。一些零售商创建了自己的品牌，实际上这些品牌是从母公司分离出来的，例如 House of Fraser 公司的 Linnea 和 George 公司为英国连锁超市 Asda 生产的系列时装正在被用来创立新的公司。其他零售商抵挡住了这种诱惑，创建了次级品牌，如 Marks&Spencer 公司的"Autograph"系列产品就属于这种情况。金融服务公司已开始促进网站品牌建设，例如 Prudential 公司的"egg"和 Co-operative Bank 的"Smile"。

"盲目模仿品牌创建"是一个大问题，尤其是在英国，廉价商品借助"灰色市场"的渗透不断加剧，有的商家通过巧妙应用设计要素，使得这些商品与名牌商品看起来很相似。产品制造的技术障碍和设计视觉要素的表现正在被用来抵制"盲目模仿者"，例如，研究与开发形状像金字塔的茶叶袋子花了 4 年时间。公司可以利用不同的媒介来宣传自己和创建品牌，对于像可口可乐公司这样的公司，商标是最重要的象征，广告是最重要的创建品牌的媒介。对于像 Bang Olufsen 这样的公司，产品是最重要的身份象征，为了创造最大的品牌价值，该公司决定对分销渠道进行控制，并拥有自己的商店，这样，在创建 Bang Olufsen 品牌过程中，就可以把零售设计添加为一种重要的宣传自己的手段。

5.5.6 设计管理

营销人员需要应用设计专业知识来实现目标，满足公司客户的期望。在公司沟通的领域内，设计或身份经理和营销人员一起管理"那些有意义的战略，应用这些战略可以生产产品、提供服务和进行公司沟通，目的是使客户满意度和业务成功实现最优化"（Bruce and Cooper, 1997）。

就公司沟通而言，需要将营销集成到这项活动中来，以确保视觉设计要素是一致的，并向公众提供连贯而清晰的信息。

如果公司发生变化，如合并、改变业务或提供新产品/服务，就会影响到公司的身份，公司需要将这种变化传达给内部和外部的有关人员，设计专业知识有助于形成这种变化的视觉表现。针对公司沟通的设计活动的管理过程包括准备说

明书、项目管理、实施、展开和评估等阶段。

按照皇家邮政的做法，身份经理的作用如下：

> 我们是身份的保护人，并承诺将设计的管理作为一种经营资源。我们负责身份、品牌和资源的管理，是专门的资源经理，能把公司内部和外部的人和资源整合在一起，最终实现公司的目标。

从设计的角度看，一个组织是由它的名称、产品和其他可以看到的东西来刻画的，名称、商标是公司的象征，这些具体的身份证明也是公司设计策略的基础，也就是计划和指南，它们告诉经理们应该沟通什么以及怎样进行沟通。因此，设计经理的任务之一就是从身份角度进行组织分析，并通过不同的设计要素将分析结果的有形和无形方面体现出来。有些公司，如 Braun 和 Bang Olufsen，具有阐述清晰的策略，并将设计原则作为公司的行动纲领。

Braun 公司应用于 Multimix 的 10 项工业设计原则

（1）有用性。产品的性能是其存在的主要原因，公司决定将汽车的发动机、排挡和附件放在同一垂直方向上（竞争产品的发动机在水平方向上，而附件在垂直方向上，这就要求有复杂的变速箱），产品的形式随功能而定。

（2）质量。Braun 公司的设计者强调质量的 4 个方面，第一，产品的多种用途保证能够完成烹饪所需的各种任务：混合、掺和、捏制和剁碎。第二，较高的机械效率和 7 种调速使得产品能有效地完成各项任务。第三，具有许多独特的安全特性，阻止其与活动部分接触，从而防止事故发生。第四，先进的过程技术的应用使得很多集成要素能够放在一个铸模中，公司开发了一种复杂的生产铸模工具，使得一个浇铸步骤就可以产生 2 个护盖。

（3）易于使用。公司十分强调"人类工程学"，以保证 Multimix 使用方便、舒服，易于清洗。

（4）简单。Braun 公司的工程师主张用最少的方法达到最大的效果：相关的东西应该强调，多余的东西应该省略。

(5) 清楚。公司特别强调消除复杂的说明：Multimix 控制装置"为自己说话"，例如，附件的自动嵌入能够设置恰当的行驶速度。

(6) 顺序。产品的所有细节应该有逻辑性和含义。没有任何随意的或巧合的东西。

(7) 自然。Braun 公司的设计者力图避免任何强制的、勉强的或人工的装饰因素，公司遵循"低调和谦逊"的原则。

(8) 审美观。在产品开发过程中，尽管美学质量不是设计者追求的主要目标，但通过关注细节、客户对顺序和自然性的要求，来达到美学要求。

(9) 创新。Braun 公司许诺，其设计具有长久的吸引力，因此对于像 Multi-mix 这样的新电器的生产，需要提出多种创新并将它们整合在一起。

(10)真实性。Braun 公司遵循的一个原则是，"只有诚实的设计才是好的设计"，因此极力避免利用人的情绪和弱点的企图。

设计者应该象征性地传达出公司的独特性、优势和信誉，商标的设计相当于公司的个人签名，苹果计算机公司的创始人史蒂夫·乔布斯 (Steve Jobs) 请求保罗·兰德 (Paul Rand) （IBM 商标的设计者）创造一种现代的签名，这种签名具有可识别、值得回忆、典型和持久等特点。

销售人员必须确保品牌的视觉属性与市场形象保持一致，索思盖特 (South-gate) (1994) 建议销售人员针对品牌的含义和个性进行交流，加上其他目标，如目标市场（将吸引力从 35 年延长到 44 年)，使它显得更加珍贵。

设计工具（形状、质地、色彩、印刷样式、相片、说明）在创建品牌过程中发挥着积极作用，销售人员和设计者必须确保一起工作，利用这些要素向目标市场有效地传达品牌价值。

5.5.7 设计要素

公司具有传达其视觉身份的不同要素和媒介，制造公司的视觉身份以其制造

和销售的实物产品为基础，而服务公司则把重心放在其工作的自然环境上。有些消费品公司的视觉身份主要以沟通为基础，在这些公司里，包装设计、广告、促销材料等都是关键要素。通过网站进行在线促销是公司可以采用的另一种方式，Fashionmall.com 在它的网站上推销主要的时装品牌，并认为与通过印刷品进行推销相比，这是一种廉价和目标更明确的销售方式。基林 (Keeling) 等讨论了"在线"和"离线"品牌的关系。

奥林斯认为，营销人员把广告看作是建立和交流身份的主要工具，他写道：

这是一个危险的想法，首先是因为它降低了身份混合中产品、环境和行为的力量；其次，它阻碍组织内各类人员进行真正的和真诚的合作，如产品设计者、图形设计者、建筑师、管理开发人员和沟通人员，这些人员对身份负有集体责任。

在这方面，有说服力的例子是生产产品的公司，在这种公司中，产品本身反映了公司价值，是组织身份的一个关键要素。奥林斯以索尼公司为例阐述了这个道理，他写道：

当你想到索尼时，你首先回忆起什么呢？不是 Morita 先生，他是公司的总经理，曾徒步游历、讲英语、发表演讲、写书。当然也不是公司的广告和销售其产品的电器商店货架。如果你能记得，那么也不是公司的象征和商标。你想到的会是种类繁多的创新性产品，特别是随身听，索尼公司的身份主要是由它的产品来决定的。

5.6 针对营销的设计管理

库珀和普雷斯 (1995) 认为，计划、组织、实施、监督和评估对设计管理是至关重要的。为了有效使用设计的专业知识，营销专业人员需要考虑：

□ 如何使设计与他们的业务相适应；

□ 使用哪些设计专业领域；

□ 设计对他们的业务所能作出的贡献；

□ 培养获得、描述、联系和评估设计的技能。

管理设计的细节随设计内容的不同而不同，同时也依赖于设计是在内部进行还是外包出去。图 5.1 阐述了设计过程和营销专业人员与设计者一起工作时需要管理的若干问题。设计过程基本上可以分解为 4 个类别——规划、进化、转移和反应：

□ 规划涉及到识别设计需求和进行问题定义。

图 5.1 设计过程的四个阶段
来源：Bruce and Cooper (1997).

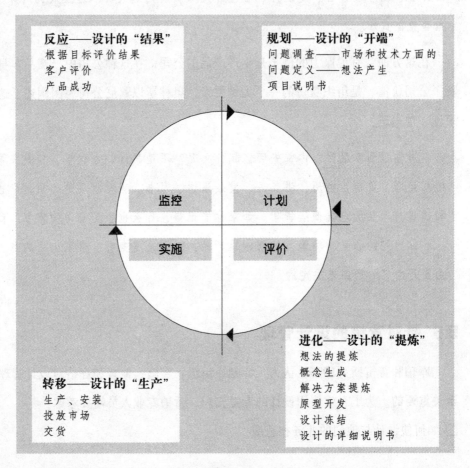

□ 进化处理想法、概念和详细设计的生成。

□ 转移涵盖了设计的实施。

□ 反应致力于设计的结果，如顾客的接受。

营销在设计管理中的作用

营销在所有四个阶段中都能发挥作用。规划指早期计划和需求识别，可以通过不同的因素来促进，这些因素来自市场缺口或技术进展（如新材料的出现）。项目定义是由市场激活的——有必要开发新产品/服务吗？怎样才能获得更多的客户并借此扩张品牌？怎样才能把品牌引入到互联网中？怎样才能降低价格并提供优质的产品/服务？目标市场和产品/服务的宗旨是什么？竞争者正在做什么？所有这些问题都会影响设计投资的经营决策。

接下来，一位经理（通常是营销方面的）负责确定如何获得和管理设计及开发。获得设计是一项主要的任务，通常许多公司都有自己喜欢的设计供应商的花名册，每隔半年或一年审核一次。对于创造性而言，在客户和公司之间建立信任和开放的氛围是必要的，有些公司和设计公司形成了战略联盟，因此这些公司与设计团队保持着密切的联系，可以获得产生持续创新所需要的资源。

于是项目说明书就产生了，它应该包括进行设计的基本原理，还有市场和技术方面的信息。项目团队中的专家和其他人负责创造符合说明书目标的概念，一旦选择了一个概念，设计想法就确定下来了，并且形成更详细的说明书。在转移阶段，概念就用于制造（产品）和实现（沟通/环境），这会带来很多技能。例如，对汽车生产来说，项目团队一般包括150个成员，由工效学家、工程师、电工、生产工程师、材料专家、采购人员、技师和五彩画家组成。

项目团队的关键成员要检查模型和原型，以确保它们满足说明书的要求，符合成本和时间进度的规定。可以让客户参与原型的测试，以便获得反应和反馈，开发团队也可以了解这些反应和反馈。一旦项目结束，营销部门就规划投放市场和大量生产的问题，对汽车而言，这种活动至少在汽车开始生产之前一年就开始了。此外，还需要开展准备促销材料、获取销售信息、培训销售队伍、组织交易展览等方面的工作。项目评估是应该进行的，但往往被忽视了。销售数字表明市场接纳产品的情况和项目是否获得成功，但这不能反映哪些东西吸引了客户，设计方面也需要这种比较模糊的信息，以便识别出使项目运转或不能运转的因素。

5.7 市场研究与设计

营销有三个领域与设计过程有联系，它们是市场研究、设计获得和设计说明书的准备，这里将详细讨论市场研究。

客户的期望变得越来越苛刻，客户要求高质量的商品和服务，这些商品和服务必须是可获得和便利的。因此，为了满足这样的期望，制造商和零售商面临很大的压力，它们不仅要考虑价格，还要关注产品的创造性、质量和耐用性。由于市场需求是难于确定的，客户又不能以抽象的方式清楚地表达他们的要求，因此公司有必要进行持续的产品开发，就像蒂德 (Tidd) 等指出的："渐进式创新要求对客户的需求有深入的了解，因此与客户保持紧密关系是有益的。"

从规划到概念测试，再到评估，在设计的整个过程中，市场研究都能发挥重要作用。市场研究活动从不同来源获得信息并进行加工，这些来源包括竞争者、用户和分销商，这种信息会影响未来产品设计的决策。也有这样的情况，没有经过什么市场研究，就开发和生产出成功的产品，如 "Phileas Fogg" 这样的零食，其生产就没有经过定性或定量的研究，这种产品的制造商 Derwent Valley 食品公司坚信，对高档零食而言，存在着市场缺口。

市场研究不能取代有灵感的产品构想，但有助于提高产品成功的机会。消费者可以按照产品团队设想的不同方式来使用产品。在进行市场研究之后，市场研究的结果应该以设计和产品开发团队容易获得和理解的形式表现出来。但

是在设计领域仍然存在对提供的市场信息的类型、质量和对信息传递的方式不满意的现象，设计专家需要客户、产品使用和性能、产品使用的环境等方面的信息。

小型案例研究5.5　一种新的墙体遮盖物

对想法的介绍

　　一家墙纸制造商聘请一个市场研究机构对其研发部门正在开发的一种新型墙体遮盖物进行研究，这种想法是发明一种不用浆糊而直接能贴在墙上的新型遮盖物。

收集背景信息和建议

　　首先，收集有关所有墙体遮盖物的客户、竞争者、现有产品和市场趋势的背景信息，然后该机构就应该生产什么产品提出自己的建议，在这个建议中，给出了研究阶段的计划。但是，从需要的时间和成本来看，公司仍然怀疑这个研究过程的好处，因此他们采用了逐步推进的方法，正如该市场研究机构评论的："这个过程不是能够用石头进行雕琢的东西。"

目标市场取样

　　一旦委托人同意开展这项研究的第一阶段工作，这个市场研究机构就抽取目标市场（DIY狂热者）的样本，以检查这种概念是否存在潜在的市场。

开发概念

　　委托人和该机构决定继续研究之后，就组建一些创造性小组，进一步开展开发概念的工作。这些创造性小组集中了解两类影响者背后隐藏着的动机，他们是用户和购买者。在这些小组内，使用了诸如泡沫图画和抽象拼贴画这样的刺激物，还采用了保护性技术，如联合。

内部产品使用测试

　　研究的下一个阶段包括初始产品测试，以确认产品是否满足客户的要求，该市场研究机构征招了100个家庭，让他们各自装饰家里的一间屋子，尤其希望是厨房和浴室，这样做的目的是确保这种墙体遮盖物是持久的，进行这种内部试验也是为了收集有关装饰整个房间而不是房间的一部分的经验的信息，例如使客户体验如何围绕窗台进行切割。

大厅测试和面谈

一旦内部使用测试完成，就采用定量和定性两种方式进行测试。要求回答者填写一张问卷调查表，然后两人一组进行讨论，目的是收集用户和购买者这两方面的信息，也就是收集装饰房间的"疼痛障碍"和"外伤"方面的信息。消费者面临的主要问题是剥墙产生的脏乱，而又不一定马上贴上新的墙纸，因此，"尽量不要带来脏乱"的卓见就成了公司沟通战略的卖点。接着，又开始新一轮的定量和定性研究，这一研究采用面谈和问卷调查的形式对产品进行评估，包括可能的价格、沟通、购买倾向、设计、名称和广告，此外还包括色彩和范围。

产品投放

经过两年的开发和研究，这种产品最终投放到 DIY 大型超级市场，这种产品构想也卖给零售商，作为它们"自己的品牌"来进行传播。

人们已经发现，成功和不太成功的公司（无论是零售、服务还是制造）之间在市场研究方法上存在着差别。总体上讲，比较成功的企业倾向于广泛收集市场信息，并将这些信息用于计划和设计过程中，它们使用来自销售人员和客户的反馈，进行市场调查，监视竞争者的产品，同时还组建用户小组。相反，不太成功的企业倾向于依靠销售人员的反馈，采用非正式的和特殊的方式收集客户方面的信息。

5.7.1 设计使用的信息的市场来源

□ 客户反馈/询问/抱怨。

□ 服务报告/担保要求。

□ 交易会/展览会。

□ 技术/交易文献。

□ 市场调查。

□ 相关产业的发展。

□ 竞争者的产品。

□ 用户群/客户小组。

□ 工程师、营销人员、客户和用户参加的研讨会。

根据不同的目的，可以采用不同的市场研究技术，例如，聚焦群可以用来探索建立新概念和方案，以显现未来的产品方向。伦纳德-巴顿开发了一种不同技术组成的类型学，以确定什么程度的市场研究技术能够用于不同的设计目的（见图 5.2）。

图 5.2　设计专家使用的市场信息

来源：Leonard-Barton (1991).

市场信息： 用于指导设计	现有客户的明确愿望	现有客户未明确的需求	主要用户的愿望	未识别出的未来用户的愿望	对可能的未来市场的设想
收集信息的过程	市场研究：如调查	开发者或技术工人对客户的访谈	市场研究：如聚焦小组，专家对市场的说明	移情设计：在技术和用户环境中筛选专门技能	未来派对社会的想象

时间	现在				将来

5.7.2 获取用户的需求

许多问题与获取客户对新设计的需求有关 (Bruce and Cooper, 2000)。从事研究时，从抽象的角度看，用户不知道他们究竟想要什么，正如爱尔兰 (Ireland) 和约翰逊 (Johnson) (1995) 所建议的：

在现实生活方面，消费者当然是最有资格的客户，但在他们的未来生活方面，他们不一定是可靠的权威……因为人们不能可靠地设想如何使用新产品，他们对问题的回答往往是不可靠的。

罗尔 (Lowe) 和亨特 (Hunter) 也强调："对于全新的产品，终端用户在他/她有机会使用之前不太可能表达有用的意见。"在概念的早期开发的不同阶段，市场研究机构使用的工具和技术包括：

（1）办公桌研究。办公桌研究是一种好的出发点，它有助于识别趋势和市场变化，描述市场结构和识别缺口。这种方法可以在国内及国际舞台上对消费者的趋势（例如逃避现实、个人主义、环境保护论）进行回顾，也可以对竞争者行为、相关市场和新技术发展情况进行研究。市场计划和品牌定位可以利用办公桌研究方法进行分析。

（2）群体讨论。群体的优势在于，如果你正在分析未来的某件事情，如产品开发或者对特定概念的反应，那么群体成员之间的交互是很强烈的。可以采用不同方法来刺激讨论，如：

□ 围绕概念产生感觉和动机的"辩证的"方法。使用这种方法时，故意将对立的观点放在一起（在一个小组内），彼此进行挑战，在这种交互中会出现不同的理解和不同的心理愿望。

□ 群体博弈。在内部可能发生头脑风暴，产生简单的概念。

（3）创造性工具。包括试图引起与新产品有关的感觉和行为的投影技术。这里面还有许多方法，例如：

□ 陈述：委托人和机构可以作出许多陈述，例如"医生推荐你每天早餐吃一条巧克力"，让消费者围绕主题进行思考，激起他们的兴趣，并提出更广泛的暗示。

□ 设想：让回答者想象他们处于某一特定条件下，看会发生什么。例如，让消费者想象在"不可能的梦"或"噩梦"中会发生什么事情。

□ 标题：让消费者围绕主题进行思考，并就某个特定话题发表评论，例如，"杰贝科 (Gerbeco) 赢得了创新性新饮料国际奖"。

□ 讣告：让消费者把一个概念或一种产品同已故的人联系在一起，要求他们为与一种产品有关的那类人写一份讣告。

□ 联系：消费者将一种品牌或产品与其他某种东西进行联系，例如，问他们这种品牌代表什么动物或汽车，或者它可能是什么类型的内衣。

□ 化身：将产品与一个人相联系，例如，问这样的问题：什么名人能够概括这种品牌，或者这种产品是否是活跃的、年轻的、动态的或古老的。

（4）视觉刺激。在群体博弈情况下，视觉刺激和创造性图画可以用来产生想法。有些人可能会发现，绘制他们的想法比用语言描述这些想法要容易。用得最普遍的一种视觉刺激是"情绪图板"，泡沫图画、情节串联图板和抽象拼贴画板用得少一些，但是它们都被不同公司认为是产生概念想法的工具。视觉刺激的使用使得概念"看起来更加有形"，同时帮助我们阐明和提炼概念想法。

所有这些方法使得消费者、委托人、设计者和不同的专业人员混合在一起，发表他们的意见，围绕想法进行讨论，这有助于激发想法的创造，并将反应转变为概念。这些活动应该融入到设计中去，以便深入了解消费者的思想。

5.7.3 进化：转化市场研究

产品概念需要转化为初步的产品设计，我们可以利用模型来检验产品概念的功能。这一步可能会涉及到实物模型的构建，与原物大小一样的模型或缩小比例的模型可以用来检验属性、购买者的反应，或者仅仅提供所提出的产品的一种视觉表示。

在概念开发的早期阶段，许多技术可以用来提供有关消费者对一种新产品将作出的反应的信息，以及关于概念的可能的接受/吸引情况，正如德邦特（de Bont）解释的："针对概念测试的主题提出概念/刺激物，其目的是为了获得对消费者的反应的评估，这种反应是它们未来行为的前兆。"

在将市场信息转化为用户能够联系和评论的概念时，设计专家的作用十分关键，在许多公司里，尤其是那些一直使用传统技术的公司，市场研究信息倾向于以定量的形式呈现给研究与开发、设计和工程等部门，虽然这种信息可以翻译成图形形式或者产品使用设想的描述，但许多设计者（特别是在面向客户程度高的环境中工作的那些设计者）喜欢拥有有关终端用户和产品所要求的属性的定性信息。

用来有效交流这种信息的一种普通技术是主题板，通过主题板传递市场信息是一种了解设计与营销的方法，同时，对阐明产品的美观性和功能属性也是有用的。将简单的视觉蒙太奇放在一起，就有可能精确描绘为其设计产品的那些人的类型，他们驾驶的汽车的式样、他们可能穿的衣服或者他们就餐的饭店，都提供简单而可靠的目标用户的印象。同样地，由产品（它们有相同的特征、色彩或规划的工作环境）形象构成的画板也能提供一种高度有效的方法，这种方法会表明需要什么类型的产品，但不是按技术细节，而更多的是按感觉、风格和个性来达到这种目的。对于"设计"是产品的中心的场合，如时装、纺织品和小型家用电器，主题板已被频繁地使用。

了解消费者行为对设计者来说是很重要的，在许多情况下，设计者自己进行"市场研究"，正是认知的、感官的和情感的问题以及这些问题的发展变化引起设计者的兴趣，并帮助设计者为消费者的未来要求而不只是现实要求创造出产品构想。这也能防止设计者把太多的个人经历反映到产品设计中去。

另一种传递市场信息的普通方法是类比。把一种产品描绘成类似于 Land Rover Discovery，另一种类似于 Lotus，就可以清楚地把这两种产品区别开，而且第一种是坚硬、可靠、易于维护且安全的，而第二种是圆滑的、快速的、复杂的和昂贵的。虽然汽车通常是最好的类比，因为它们是人们最容易识别的产品，并且具有明显的目标市场，但是，其他诸如颜色、风景或者甚至人物也是同样有效的。

还有另外一种确定产品概念和传递市场信息的有效方法，那就是使用隐喻作为定义。克拉克（Clark）给出了本田公司使用的一个例子，该公司这样描述它的 1990 款 Accord 的特征："一位穿着晚礼服的橄榄球运动员"，这种隐喻抓住了项目的个性，并被转化为像"粗糙但干净的"、"为社会认可的"、"文雅的"、

"有运动员精神的"、"坚固而安全的"、"整洁的"、"令人喜爱的"、"明亮而雅致的"这样的关键属性。这些属性反过来又转化为特点：如"友好的"变为柔软的格调，"强硬的"变为较大的引擎，并可以在极端条件下改进可靠性。因此隐喻可以用来在整个开发过程中获得产品的感觉，也可以用来开发产品说明书，从而把产品团队的所有人联系在一起。

一些公司探索有关动机的信息，目的是了解用户想要的东西，采取的方式是：通过让用户参与产品开发过程，诱导出他们关于产品改进和开发的想法，例如，要求客户提出特定类型（如为残疾人设计的汽车）中喜欢的产品的"愿望清单"。

对于设计过程的下一阶段即概念开发的成功而言，有效转化市场要求和其他利益相关者的要求是至关重要的，这是设计者将这种信息融入到设计开发的环节，因此，规划阶段是设计活动的"源头"，它涉及计划团队、挑选设计者、开发设计说明书和利益相关者的要求。

5.7.4 审查和检测概念：转移阶段

一旦概念已经开发出来，研究工作就转入到定量阶段，以便审查和识别出最有希望的概念，对产品的各个方面进行提炼，如定位、包装设计、定价和广告，都在这种审查之后展开。审查是贯穿开发程序的连续性过程，正如一个市场研究者所描述的："存在一些不同的点，在此我们拒绝、抛弃或限制了这个过程中的某些东西，在很多情况下，你可能到头来什么东西都没有得到。"（个人面谈）该研究者还解释说，公司有更正式的定量技术用于这种目的："我们有一种快速审查概念的方法……它是一种判断赢家和输家的方法。"（与市场研究者的个人面谈）

一旦概念已接受检查，剩下的有希望的概念就被带入下一阶段，这一阶段使用的技术包括"大厅检测"，即检测和验证许多要素，例如，对价格的检测也许可以通过单一价格检测或品牌价格权衡进行。"大厅检测"（把竞争性产品放在一间屋子或大厅中，邀请消费者来评估这些产品）用来检测产品概念图板、包装概念、价格、购买倾向和沟通要素，同时，大厅检测的更高一个阶段也在进行，即专门研究设计（色彩和范围）、名称和广告。

对一个概念必须进行彻底的探索，这样才能评估相应的想法或产品是否达到消费者心目中存在的潜意识的标准。无论是探索概念名称、概念的理念还是包装要素，这个识别恰当的概念的过程可能要经过多次循环，以便过滤出概念的细节。

我们可以使用名为"概念捕获"的过程，这是一种"通过标准化的评估进行的面向未来的稽核方法"，用来识别概念名称、产品特点、潜在消费者、风格问题、竞争优势、交货机制和资源含意等。这些可以在聚焦小组中进行检测，以便识别出最有希望的方案，然后通过更严格的市场研究，采用一套诸如大厅检测、内部布置、电话采访的技术来验证和检测。家庭访问能够使研究者观察消费者，并对概念进行实地评估，喜欢、不喜欢、委屈等方面也能进行评估（见案例研究5.5）。联合分析方法也可用来评估某种属性的重要性和特殊消费者的偏好。

5.8 获得设计和设计说明书

挑选设计者

☐ 确定挑选设计者的准则。

☐ 确定技能要求。

内部获得

☐ 评估他们的劣势和优势。

☐ 确定对额外设计建议的需要。

外包

☐ 给出候选设计者的名单。

☐ 实施基本策略。

☐ 草拟挑选准则。

☐ 会见设计者。

□ 草拟合同/设计说明书。

□ 确定作用和责任。

　　如果决定使用设计顾问或自由设计者，那么就经常出现这样的问题："我们使用谁？到哪里找这些人？"简单的方法是询问同事，并且只与出现的第一个名字保持联系，但是，如果设计者没有恰当的技能，这样做也会带来一些问题。在头一个例子中，必须决定所需要的设计专业人员的类型，例如，图形学、室内装饰、时装方面的设计者或跨学科的团队。草拟一个如下形式的需求清单常常是合适的：

□ 设计者必须具有什么样的经历？

□ 需要什么类型的视觉和风格说明？

□ 设计者的作用是什么？

□ 期望什么类型的关系？

　　利用需求准则作为评估设计者的基础，给出候选人名单并与设计顾问进行面谈是一种有效的获得设计的方法。设计者经常被要求表达——开发他们的想法，与其他设计顾问进行竞争，帮助委托人选择他们喜欢和谁一起工作，这可能是一种比较设计小组的恰当方式，但这些活动往往是在不进行支付的情况下进行的，这就鼓励那些能够花时间和成本免费推行想法的人和不能这样做的人之间展开不公平的竞争。

　　另外一种方式是在委托人和设计提供者之间建立一种有效的和谐关系。布鲁斯和叶夫纳克 (Jevnaker) 强调人际融洽关系和对长期关系进行投资或形成"战略联盟"的重要性。有了设计者—委托人的伙伴关系，设计提供者就能够了解公司的文化和公司的活动，从而开发出恰当的解决方案。钟爱设计以及了解设计的输入，在项目团队中反复灌输设计并管理设计专家，对成功使用设计是至关重要的。一旦项目团队已经选定，很重要的一点就是与设计顾问一起拟定一份合同，这份合同规定了项目计划、里程碑、结账的阶段，并确保其得到执行和项目得到管理。

在供应链中，伙伴选择和设计管理是一个问题，将创新带到整个供应链中，并将技术与设计进行集成以创造新产品，这是不容易完成的事情。供应链中如何管理设计是一个正在探索的领域。小型案例研究 5.6 介绍了一家纺织品公司如何将技术知识贯穿于供应链，并将其融合到新产品设计中。设计者必须在他们的专业领域内拥有某种技术知识，纺织品设计者需要了解染色和精加工（化学）以及纤维（物理）方面的知识，并知道如何将技术融合到他们的产品设计中去。设计者需要与他们公司内部的技术专家进行交互，也需要与供应商进行交互。图 5.3 给出了小型案例研究 5.6 中讨论的纺织品公司所需要的关键沟通模式。

小型案例研究 5.6　纺织品供应链中的设计管理

一家中型纺织品公司设计和制造纺织品，为签订了合同的家具行业生产火焰延缓剂、防土织品以及墙体涂料。该公司生产印刷的和编织的织品以及墙体涂料，尽管编织产品和墙体涂料的制造已经外包出去了。公司的客户包括宾馆、保健行业和班机，在按照客户提出的说明书进行生产的同时，公司每年还自行生产五批产品。下面的过程集中在为 QE2 生产的一系列织品上。

设计过程

☐ QE2 的内部设计者与代理商接触，为舰队组织设计。

☐ 代理商向 QE2 展示挑选出的多种织品。

☐ QE2 的内部设计者决定将两种设计组合在一起，并给出了最终期限的细节。

☐ 代理商与设计经理接触。

☐ 设计经理与资深设计师接触。

☐ 资深设计师和设计者制作出纸制的工艺品，送回给代理商。

☐ 代理商将它展示给客户以获得客户的同意，然后与设计工作室联系，要求提供印刷的织品样品。

□ 设计者根据纸制的工艺品制作出幻灯片。

□ 工作室的技术经理将幻灯片接合在一起，然后将其送给审查部门。

□ 审查部门对其进行拍摄，然后将结果送给工作室的技术经理。

□ 工作室的技术经理按照尺寸要求进行削减，返回给审查部门。

□ 审查部门印刷样品，送给代理商以获得同意。到此为止，设计过程花了 2~3 周的时间。

□ 代理商将样品展示给 QE2 以获得同意，并与设计工作室联系。

□ 设计工作室进行颜色分离并与审查部门联系。

□ 审查部门作出生产审核，并与生产部门联系。这两个阶段花 2 天的时间。

□ 生产部门印刷这些织品，这项工作花一天时间。

图 5.3 给出了供应链以及有关各方之间的不同沟通途径。

图 5.3　纺织公司供应链的设计管理

来源：Bruce et al. (2001).

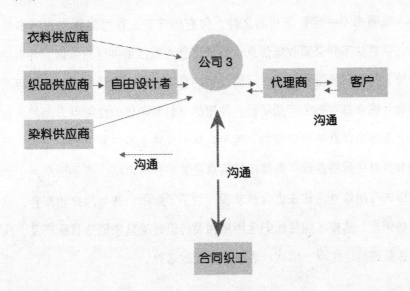

说明书

管理设计说明书的编制，团队应该：

□ 组织一个能反映需求的过程。

□ 为了对设计进行解释，需要了解市场研究和利益相关者的要求。

□ 确保共同了解该说明书。

设计说明书是对设想的项目的一般目标和要求的陈述以及对设计委托人的观点的明确，这一点已经在第3章中作了强调。考虑不周和结构不良的说明书会导致错误，对其进行矫正成本较高，而且费时。

一份典型的和良好的说明书（见案例研究5.1和第3章）包括某些关键要素，例如：

□ 公司的背景；

□ 公司战略及其与说明书的关系；

□ 消费者和市场信息；

□ 时间段。

说明书不一定是很长的文件，但它的准备工作可能要花相当多的时间和精力，需要从不同来源收集信息。背景信息为项目提供理论依据，并有助于确保设计项目与公司价值相对应，反映公司的总体战略。设计问题也许可以看作是一般问题，或者具有有关产品属性、使用的材料和期望的性能等方面的大量细节。消费者和市场信息是有价值的，因为它集中反映了客户的类型、公司目标市场的类型和项目的价格参数。即使市场信息是关于目标市场、竞争性产品、价格和分销方面的有用信息，往往也会被忽视。为了了解用户并与用户相配合，设计者需要这些信息，这样才能使他们应用最相关的设计工具来创造目标产品，这种设计工具包括材料、色彩、形状、表面和功能的选择。

5.9 结论

□ 营销和设计具有密切的关系，经典的营销组合的每个要素——产品、价格、

地点、促销——都涉及设计方面的专业知识。产品是为目标客户设计的，设计者的心目中有一个价格点。产品要获得成功，就必须使潜在消费者感到兴奋和有趣，包装、销售材料和品牌都是围绕看得见的提示来完成的，目的是使产品或服务能够马上被识别出来，并且具有吸引力。

☐ 营销人员必须了解设计者在帮助他们完成目标方面所发挥的作用，他们需要知道如何获得恰当的设计专业知识，如何作出概要、计划和预算，如何与设计者一起工作，以实现产品，并将产品价值传递到目标市场中。营销人员必须熟悉设计管理的关键过程——获得设计、编制说明书、进行项目管理设计。本章介绍了设计管理过程和工具，并给出了一些例子。

☐ 对于正在设计的产品或服务来说，支持营销和设计的市场研究应该表达生活风格和潜在的使用模式。设计经常可以得到有关市场趋势、客户情况的基本信息，这种信息可以作为出发点，但可能不够详细。市场研究方法可以按照它们为设计提供的信息质量来进行分类，例如，设想和投影技术有助于所有新产品的创造，而调查能够反映使用当前产品的频率和类型。

☐ 营销决策影响项目的结果，项目可能由于变化的市场环境而突然终止（例如竞争者提出了更好的设计），正如本章所讨论的，项目的成功不仅取决于设计，而且取决于对市场的广泛了解，如目标市场的识别、有效的预算、市场研究等。营销人员参与到设计管理的关键活动中，通过这些活动，能够认识到设计需求、恰当的设计技能的获得、清晰而详细的设计说明书的准备、监控设计、设计预算和进度安排，以及设计结果的评估。

☐ 公司身份是公司借助情感基础进行竞争的领域，公司产品、货物、网站、销售材料和零售环境等方面都需要丰富、清晰和统一的信息。公司身份的视觉要素必须协调一致，以便强化公司身份。麦当劳是有效管理公司身份的一个典型例子，以至于通过对商标、制服、颜色、包装和环境的一贯应用就可以很快识别出该公司。

□ 公司身份能够用来在公司内部向员工传递公司的核心价值，通过员工的活动，又可以强化这些价值。总之，公司身份可以传递组织所代表的东西——它的核心价值、使它独特的东西、它的当前目标和未来目标、使命和愿景。

□ 创建品牌是通过名字或符号在市场上实现差别化的方法。商标是品牌的签名，可口可乐的字体和红色是品牌的完整部分。品牌已成为公司身份的标志，在英国，零售商自己的品牌很强大，House of Fraser 的 Linnea 品牌，George、沃尔玛的英国流行标志，都是这方面的例子。对想要保护其品牌所有权的制造商来说，仿造品牌是一个主要问题。随着因特网的发展，在线和离线品牌的关系是目前人们正在探索的一个领域，消费者如何看待在线的和离线的品牌？在不同的媒体中如何强化品牌的价值？

本章关键问题

1. 针对金融服务公司、网络公司和食品零售商，解释设计如何影响营销组合。

2. 列出营销和设计之间沟通不畅的原因。这一问题如何影响地毯制造商和餐饮连锁店的产品或服务开发？如何解决这方面的问题？

3. 讨论产品设计（如时装或汽车）如何影响消费者的购买决策。考虑设计因素在购买决策中的相对重要性（例如与价格等进行权衡）。

4. 一家国际航空公司决定改变它的公司身份，如何管理这个过程？这个过程中关键的利益相关者是谁？可以使用什么评估准则来反映该过程的有效性？

5. 一个巧克力品牌的销售正走向衰败，品牌经理必须决定是否对品牌身份的革新或者价格促销规划进行投资。你能为这个品牌经理提供什么建议？

6. 一个在大街上经营的零售商进行了一项投资，它开展了一项网络业务，也就是成为在线零售商。对于这项新的网络业务，有什么主要要求？如何达到这些要求？

7. 针对 45~60 岁的用户群在体育馆内使用的系列运动服，开发一份设计说明书。

8. 为一种面向女性市场的高性能汽车或一种以时尚为吸引力的信用卡设计一份市场研究计划。

9. 概述适合于评估和跟踪产品设计项目的一种项目管理过程。

6

设计是运营过程

保罗·考夫兰 (Paul Coughlan)

公司要想在新千年里生存，就必须进行创新，生产好的产品是不够的，这些产品必须是精巧的、独创的、设计良好的和创造性地销售的。

[安德鲁·萨莫斯(Andrew Summers), 设计委员会的 CEO, 设计委员会, 1999]

学习目标

□ 了解在较短开发提前期内可销售和可制造的新产品和服务流量增加的贡献者。

□ 回顾构造设计过程时所面临的选择。

□ 考虑开发过程中不同的功能性能力的整合。

本章主要讨论四个特定的问题：

(1) 在可制造的新产品和服务的开发中，配置什么专门的工程资源？

(2) 在开发过程中，什么时候配置这些工程资源？

(3) 可制造的新产品和可交付的新服务的成功实现与这些工程资源的配置方式有关吗？

(4) 新产品和服务的实现与这些工程资源的配置方式之间的联系同开发的具体背景有关吗？

这些学习目标集中在新产品中与可制造性有关的绩效、新服务中与可交付性有关的绩效和开发过程中工程资源的配置的关系上。这些问题在开发的目前背景下是适当的，在开发过程中，可制造性和可交付性是关键的竞争变量。

6.1 设计整合在运营过程中

用运营的术语讲，正在进行的经营是一个谜。一方面，它是一个明显可以观察的实体，在这个实体中，人员和设备在不停地连续工作着；另一方面，业务单元既不会自愿地正确出现，也不会自愿地正确停留在原处。下面几个问题的答案并不明显：

□ 什么使它像现在这样运转？

□ 按目前的形式，它还能运转得更好吗？

□ 要取得同样的结果，可以采用哪些不同形式？

□ 哪些市场、内部或环境的变化会给运营的工作带来巨大麻烦？其影响是什么？

在竞争性环境中，业务的增长和发展将依赖于管理那些着手解决这些问题的方式，以及按客户的期望处理订单、以赢利的途径转换一整套订单、投资于瓶颈（运营的或组织的）以使生产量达到最大的方式。最终，这种增长和发展将受管理能力的限制，这种能力就是通过设计、经营和改变运营等方式，以较少的投入获得较大的产出。在产品和服务开发领域，减少开发时间及生产或交货成本，同时增加性能，这些都是管理关注的主要方面。

这些关注并非没有被发现。进入市场的时间晚会导致市场份额和收益的损失，而提前启动会由于时间压力的原因没有得到解决而导致高成本、产品召回、服务终止和债务增加，有利可图的生产或交付的能力依赖于一整套技能、实物资产、程序、组织规程、价值和范式，这些东西使得业务单元能够将人员和技术组合起来，而且比竞争对手做得更好。作为响应，经理们正在调查产品和服务开发过程，探索如何通过对活动、决策和对市场的反应作出改进，以赢得竞争优势。他们正在用他们构造、运营、评估和改进这个关键过程的方式来确定选择方案。

本章将从三个不同的研究领域分析一系列文献：

□ 通过实证分析得出的新产品成功和失败的决定因素；

□ 制造工程功能及其在新产品开发中的作用；

□ 新产品开发过程中对设计和制造进行整合的不同方法。

本章将从运营管理的角度探索下列领域：

□ 用运营的术语看待经营活动；

□ 开发成功和失败；

□ 产品开发的过程；

□ 设计一制造整合；

□ 为制造和一致性而开展设计；

□ 目标成本法；

□ 评估产品开发过程。

6.2 用运营的术语看待经营活动

为了解释绩效是否有利，每位经理都需要探索运营的运行情况与产出的特性之间的关系，挑战是将对运营活动的了解简单归结为少数必要的、敏感的交互，这些交互使运营活动进行下去或者终止。假定业务运营将偶然地运转良好是没有道理的，为客户提供服务和产品不是一件常规的、自动发生的事情，而是一种主动地、有意识地面对和解决问题的管理的结果。

在客户订货期内，在不同阶段以不同形式出现的问题是：

□ 如何将客户的要求转化为能够带来满意结果的清晰指令；

□ 如何做到只联系那些有必要联系在一起的系统元素；

□ 如何保持对自然界中的不确定性和供应及需求的时间选择的恰当反应；

□ 如何分配责任；

□ 如何评估和综合对绩效的不同的和往往是冲突的观点；

□ 如何获得连续改进的压力和克服变革的阻力。

在试图解决这些问题和改进为客户提供服务和产品的运营方面，管理面临着一系列挑战，这些挑战是：

□ 通过处理客户的订单并观察出现的问题，观察业务运营的现有结构（布局、工作、流程、信息）的可操作性。

□ 通过解释就标准和目标而言所存在的浪费，推断出现有结构的可管理性。

□ 评估业务按照这种结构运转的可行性。

□ 识别改进的领域，找出下一步要优先处理的事情。可采用的方法有两种：一种是从目前的条件出发，寻求改进的途径；另一种是从目标出发，力图形成最优解，从这个最优解返回来考虑现实状况。

但是，问题的解决方案通常只是暂时的，不久又会出现新的问题，所谓的"答案"实际上是在资源的一个要求者和另一个要求者之间进行折中，这种折中可能对两个要求者都是有利的，也可能都是不利的，在极端情况下，没有一方可能已经事先认识到：

☐ 确切地说这些折中到底是什么；

☐ 是哪些人或哪些东西之间的折中；

☐ 有关各方能期待什么好处；

☐ 怎样才能注意到这种折中或讨价还价的不可避免的失败，以及谁注意到；

☐ 什么有助于或阻碍下一步的改进。

6.3 开发成功和失败

30 多年来，研究者一直在探索开发成功和失败的决定因素，重点放在导致成功的关键因素上，并将产品和服务的成功与失败进行比较。尽管这些研究在框架、数据和分析步骤等方面存在差异，但许多研究得到的结果却是相似的：影响成功或失败的因素不只一种，开发成功或失败与项目的市场和技术环境及可控制的行为之间的适合程度有关，这里所说的控制的主体是项目或高层管理，如内部沟通、绩效要求的明确性、开发过程的协调和特定技术活动的绩效。

作为一种活动，产品或服务开发是在战略背景下发生的，例如，企业是否正在采用首先进入市场、第二个进入市场、晚进入市场或市场分割战略。在新产品开发项目的不同阶段，来自一些功能领域的技术资源在不同程度上发生相互作用，在这些相互作用中，针对实现不同里程碑或项目目标的责任优先原则在不同部门之间传递。各部门发挥的特殊战略作用可能受到开发项目所处的战略环境的影响，这些作用对部门内的技术资源的配置有启发性。例如，许多新产品项目开发可能作为一系列相关产品或产品族中的一种来完成，而不是在与任何过去或未来产品无关的个别产品的背景下来完成。

一种新产品或服务的成功可以用纯粹的财务、技术、运营或商业的术语来定义，这种差别的基础在于这样一种期望：不同的因素导致不同的成功类型。因此，一个项目可以同时是成功的和不成功的。作为新产品绩效的一个维度，可制造性取决于项目技术和运营从设计转变到制造运营所采取的方式。新产品项目的计划和进度安排对可制造性也是很关键的。许多不同的特性都可以用制造来表示，包括制造工程、生产、计划和控制、物料管理和维护，这只是很少的一些例子。同样地，要达到新服务的绩效，易于交付也需要受到类似的关注。

新产品开发项目可能影响这些制造特性，但在新产品开发过程中，这些特性所强调的阶段和含义是不同的。例如，兰戈维茨 (Langowitz) 研究了新产品开发过程中制造管理如何以及何时强调可制造性，她发现，一般来讲，随着开发过程中给予可制造性的优先权的提高，初始商业制造的平滑程度也会增加，尤其在技术性项目中，清晰的项目定义和共同所有权使制造更容易融入到开发中去，制造给工厂的产品设计所提供的反馈有助于将可制造性和质量融合到产品里。

6.4 开发过程

新产品或服务的成功极大地取决于产品开发和生产的过程。萨恩 (Saren) 将创新过程的模型进行了如下分类：

☐ 转换过程模型。

☐ 部门—阶段模型。表示该过程涉及很多部门，如研发、设计、生产、营销等部门。

☐ 活动—阶段模型。该模型识别出不同类型的活动，以及分配到每一活动阶段中的时间和努力的比例变化。

☐ 决策—阶段模型。将创新过程分解为阶段之间的一系列决策，一个活动阶段的终点代表一个清楚的决策点，在这个决策点上，清晰的准则能够确定一种产品是否适合于进入下一阶段的开发。

☐ 响应模型。

在其中的很多模型中，开发过程由顺序的或重叠的阶段组成，每个阶段都有

一些特定的活动在进行：技术活动包括初始概念的技术可行性审查、产品开发、原型构建和测试、试生产和大量生产；管理活动涉及到技术人员的选择、开发、保留和有效使用，这些人员一般来自企业的不同职能部门，从这些人员的特征看，他们的功能是不同的，具体体现在新产品的成功对每个人所要求的资源、经历和技能方面。从事和省略什么活动，每个人的侧重点的多少，以及每个人如何行动，对产品或服务的命运都是很重要的。对于什么时候技术或产品方向是适合和及时的，每个模型都提供了指导，对于上述活动，有些模型还给出了获得成功所要求的熟练水平。

核心和"便能"过程（enabling processes）

开发是一个过程，而不是一种功能，它包括将产品或服务概念转变为在市场上提供给客户的商品所要求的那些活动、决策和反应。把开发看作过程能提供一种框架，帮助经理评估、检测和改进这一领域。系统的开发过程能导致改进的开发绩效，这种绩效的评估涉及针对产品或服务所设立的目标，并按照产品或服务绩效以及客户满意度来进行度量。

例如，为了把产品开发作为一个过程来探索，我们可以按照核心和"便能"过程来定义它的范围，在这里，产品开发的核心过程是由领导、资源配置和恰当的系统和工具的使用来激活的，我们将交替讨论不同的核心和"便能"过程。

产品开发的核心过程由 5 部分构成，即产品开发、团队工作和组织、过程开发、市场聚焦以及向制造转移：

□ 当企业将一个新产品概念或基于开发、测试和制造的产品提升转变为市场启动时，产品开发过程定义和构建每个阶段的活动和输出。

□ 团队工作和组织是一个过程，借助这个过程，一群人开发清晰和共享的目标、选择领导、达成计划并定义从事这项工作的个人责任、技能和资源。

□ 过程开发确保对现有生产过程的改进以及连续引入和实现能够带来新产品的新过程。

□ 通过市场聚焦，企业能监视其竞争地位以及市场和计划的变化，向客户传递其产品和服务，并评估其绩效。

□ 从开发到制造和后续的分销转变，是通过转移过程实现的。

另外三种过程激活产品开发的过程是领导、资源配置以及恰当的系统和工具的使用。

□ 领导关注管理如何为产品开发设置目标和优先权，支持为实现产品开发的"最好实践"过程而进行的努力，创造和保持创新氛围。

□ 通过资源配置，管理能确保企业获得充足的、恰当的、高质量的人力资源，以及产品开发过程所需要的资金。

□ 信息系统和工具的应用以及正式方法使得团队能进行工作，并且更有效地整合它们的跨部门知识。

类似地，为了把服务开发作为一个过程来探索，我们可以按照服务蓝图来定义它的范围，对于开发者识别交付过程、孤立失败点、建立时间结构和分析赢利性，都提出了挑战。

6.5 开发的串行方法

每个新产品或服务开发项目都有生命周期，具有可识别的起点和终点，这个周期包括了从项目开始到最终完成的所有开发阶段，阶段之间的交互很少能清楚地分开，除非正式授权将其分为两个阶段。新产品开发过程中整合不同部门和学科（如设计和制造）的方法可以分为两种基本类型：

□ 串行方法。由不同阶段来刻画，首先是设计，接下来是工程师和制造。

□ 重叠方法。由并行产品和过程设计来刻画。

在新产品开发的串行方法中，项目按逻辑、逐步的方式经过不同的阶段，例如概念、可行性、定义、设计和生产。概念决策、产品设计和测试是在制造系统设计、过程规划和生产之前进行的。在项目的每个后继阶段，都会产生新的和不同的中间结果，一个阶段的输出形成下一个阶段的主要输入。只有当前一个阶段的所有要求得到满足时，项目才进入下一个阶段。每个部门有望发挥特定的和有限的作

用：工程部门设计产品，制造部门生产产品，营销部门销售产品。这种方法的串行特点阻碍了产品和过程设计的整合，即使可制造性被认为很重要时也如此：

> 这种结果不是最满意的制造系统设计。
>
> 非最优性使得不必要的时间、努力和资金花在解决制造问题上，这种状况应该在最早的地方通过恰当的产品设计加以避免，即使在问题已被消除并作出工程上的改变（通常代价相当大）之后，先进的制造技术仍然达不到提供期望的利润的目的，因为它们与正在制造的产品可能不匹配。
>
> [Stoll, 1986, p1357]

总之，串行方法会导致一些问题，如缓慢的产品启动、高制造成本、较低的初始产量、混乱的工程变化。

开发的重叠方法

> 从那些通过更好的设计显著改善制造绩效的公司的经验中，可以得出两种方法：减少部件的复杂性和将过程设计与产品设计整合起来。
>
> [Hayes et al., 1988, p.173]

在开发方面胜过其他企业的那些企业，倾向于采用广泛的阶段重叠和在低水平上连续的双向信息交换来管理它们的项目。重叠既可以发生在相邻阶段的交界处，也可以拓展到多阶段之间，在各阶段内，存在着专业部门的同时协作，这些部门包括设计、营销、工程、制造工程、质量工程和测试工程。与作为孤立实体运营不同的是，这些部门一起工作，以便协调活动，整合技术的和商业的信息，使用彼此的技术，这种整合性创新涉及到被称为"合作开发者"的技术使用者，而不是技术的接受者。

并行工程涉及下列活动：
□ 新产品设计的改进，目的是降低制造成本；
□ 考虑柔性问题；
□ 先进处理技术的规划和实现；

□ 在现有过程中融入新技术。

这种方法与较早介绍的串行方法形成对比，当为达到可制造性要求而在设计中较早考虑制造时，这种对比最明显。一方面，由于并行工程在项目的早期就涉及到制造，使得开发速度较快，柔性和信息的共享程度增加；另一方面，并行工程增加了管理开发过程的复杂性，这是因为开发小组中存在模糊、紧张和冲突以及具有不完全设计信息的制造的可获得性问题。

并行工程在延长产品开发和规划阶段的同时，能够比串行方法更早地向客户提供较高质量的产品。此外，如果不同的功能小组从一开始就进行有效的沟通，那么争论（如过度的公差）就能在开发过程走得太远之前得到解决。质量和测试工程不能解决的问题可以放到最初的设计中解决，而不是放在接下来的工程改变中。

在许多开发项目中，开发团队学会了按照反映公司设计哲学的方式来应用设计学科知识。团队成员学会了如何通过创造非正式的沟通网络为这种哲学作出贡献。但是，这种知识包含在这些个体中，对公司而言，随着团队的解散或个体的流动，这些知识就会丢失。进一步，尽管有设计学科知识，团队仍然必须面临对每个项目的折中决策，如在成本、特点和交付之间进行权衡。与这些决策有关的压力和约束经常规定了产品设计的许多方面，使得企业不可能追求最好的实践或达到最好的设计。因此团队需要逐步进行的管理程序或方法来指导交互，并让成员做好每个新开发项目中突然出现的这些折中决策。

在许多项目中，给出了可持续管理方法的要素，公司缺少的通常是对体现在项目团队中的管理经验加以利用和进行形式化处理，并在较短的开发时间内获得同样效果（没有来自高层管理的集中输入）的一些方法。

6.6 设计—制造整合

在开发过程的早期，将设计和制造或交付的观点进行综合是必要的，这一点已成为共识，特别地，制造工程部门的较早介入可以对可制造的新产品投放

市场作出改进。当许多公司试图在不改变新产品开发管理方法的情况下整合设计、制造工程和营销时，就碰到了困难。整合这些部门的障碍包括场所、背景、教育、预算实践和绩效评估系统等。跨部门团队已成为绕过这些整合障碍的最有效的方式，这些团队既包括来自设计和营销部门的代表，也包括来自制造工程部门的代表。

6.6.1 制造工程（ME）的组织形式

制造工程（ME）是制造中的关键职能部门，它有责任将产品设计说明转化为简单的工作指令和标准，供生产人员生产产品时使用。在基本形式方面，ME 总是出现在各种地方，然而，即使到了 20 世纪 60 年代早期，制造行业也没有对该领域给出一个标准化的名称，它可以被称为生产工程、工具和运营规划、制造过程工程、方法工程和生产过程工程。

在大企业中，ME 活动在团队中被分割为多个部分；在小企业中，可能一个人就能完成这项工作，对一些人来说，制造工程师就是生产工程师，对另一些人而言，ME 是过程工程师、工业工程师、过程规划者或者设备工程师。ME 活动可以由若干部门来完成，包括制造工程、过程工程和工具工程。ME 可以这样来划分，或者包括工业工程部门，或者作为工业工程部门的一部分。相关的部门如方法和设备部门既可以包括在 ME 部门中，也可以不包括在 ME 部门中。最后，ME 的员工通常代表许多工程学科，但工业工程师占主导地位。

6.6.2 ME 活动的焦点

ME 的目标、任务和成功因素与制造战略和竞争优先权有直接联系，在机械工厂环境下，履行 ME 的责任所需要的活动早些时候被称为"典型的制造工程部门"。人们识别出的这些活动包括生产计划、过程工程、工具设计、工具库管理、设备工程、工厂布置、物料处理、生产分析、制造标准、工作标准/方法、再生产和记录。

到 20 世纪 70 年代早期，ME 的焦点和 ME 的相关活动得到了拓展：

□ 从工具设计和制造拓展到设备和测试装置的设计和制造。

□ 从原型的可制造性评估拓展到原型构建和评估，从文件颁布和分发拓展到按程序进行的操作员的指令。

□ 从定期的运营研究拓展到变化的影响分析。

ME 在计划、装配和制造过程中正发挥着相当大的作用，它的最大贡献之一就是通过不断设计的方式和方法来降低成本，价值工程、先进制造技术和方法的开发、设备维护和处理都属于 ME 活动的范围。

20 世纪 80 年代，ME 在成本降低和运营改进方面的作用扩大了，开始在一些领域开展可行性研究，如新的或不同的产品与现有设备的整合，旨在改进产品质量和降低制造成本而进行的新制造方法、技术、工具和设备的开发。这种过程开发、支持和改进的发展包括对产品开发的支持，ME 将产品设计说明转化为简单的工作指令和标准，以便使生产人员知道生产产品时应该做什么。但是，在准备这些工作指令之前，ME 决定如何生产产品、需要什么和需要谁来生产产品，以及生产进度如何。这些指令准备好之后，ME 就不断地设计降低成本、改进质量和处理柔性的方式和方法，或者确定什么竞争优先权对运营的成功是重要的。

由于对产品部件的外部供应商的依赖性在不断增加，履行这些职责是非常复杂的，有些学者将 ME 的这些变化所隐含的东西表达为：

世界上首要的制造商（如 IBM 公司、通用电气公司、丰田公司）将它们自己的制造工程师派往它们的供应商那里，帮助它们改进其过程，改进设计、改进质量、降低成本、改进进度的灵活性。如果一家企业在它自己的工厂内从事这些工作的制造工程师很少，那么它怎么可能为它的供应商中的 20 或 200 个来做这些工作呢？

[Gunn, 1987, pp.106–7]

6.6.3 管理制造工程

有明显的迹象表明，ME 的活动范围在发展，与此同时，ME 长期内会与特定的其他部门发生相互作用，这种相互作用的管理可以通过不同的方式来实现，并影响新开发的产品的绩效。

制造成功很大程度上归功于变革管理，特别是在资本密集型过程背景下的变革。这种变革的管理需要较高水平的技术方面和管理方面的技能，用于改变、补充和取代现有的制造过程，其中的许多技能可以在 ME 部门中找到或进行管理，表 6.1 按照 ME 活动的焦点（产品或过程）和重点（开发、支持或改进——后两个针对常规制造）对运营维度进行了总结。

6.7 制造设计和一致性设计

6.7.1 制造设计

制造设计 (DFM) 是一门设计学科，它由管理工具和技术、设计的基本原理和方法以及设计整合和"全局"优化的理论体系组成。DFM 的应用有助于从开发到生产的顺利转变，但是 DFM 和跨部门团队只代表设计与制造整合所必需的三个条件中的两个，第三个条件就是遵守规则的管理方法。

作为一种理论体系，DFM 在设计和制造之间形成了实现可制造性的共同语言基础。为了帮助在产品设计过程的早期就考虑产品的可制造性，它对许多以产品为核心的基本原理、规则和指导方针按系统和编纂的方式进行了阐述。此外，像"装配设计"这样的定量评估方法使设计者能够对他的/她的设计的可制造性进行定量评估。

DFM 理论体系的实施与人们对产品的设想、设计、生产和在市场上销售与服务的方式有密切联系，所采用的机制如下：

□ 设计制造团队；

□ 使团队成员通过设计决策的规定的管理程序；

表 6.1 按焦点和重点描述的制造工程活动

ME重点	过程	产品
开发	生产计划	可制造性评价
	工具设计	
	工作标准/方法	价值工程
	设备说明、开发、安装和启动	原型构建
	工厂布置	
	制造标准	
	操作者培训	
	文件	
	先进技术	
	设备规划	
	测试装备开发	
支持	生产计划	
	工作标准/方法	
	设备布置	
	再生产/记录	
	工厂布置	
	制造标准	
	工具库管理	
	设备	
	维护	
	安全	
改进	工厂布置	
	工具设计	
	工作标准/方法	
	设备	
	持续改进	
	制造标准	

□ 设计和使用工具的普通 CAD 系统，以及工程上的多面手，如新的、高度专门化的制造和先进制造工程师，他们处理新材料、加工和产品制造设计方面的现代化问题。

DFM理论体系的实施还与"并行工程"的使用有关，在这种重叠过程中，关键设计、工程和制造方面的人员在产品设计的早期阶段就提供和整合他们的输入，这种输入可以减少下游环节的困难，从一开始就考虑质量、成本和可靠性。产品和过程设计并行且在同一时间背景下发生，使得过程约束能作为产品设计的一部分来考虑。

小型案例研究 6.1　　雀巢 Polo 薄荷糖——带孔的薄荷糖里还有小的带孔的薄荷糖

　　Polo薄荷糖是英国历史悠久的著名品牌，这是一个相当家庭式的名字。正是因为基于这种优势的地位，雀巢公司才决定冒险进入品牌扩张。公司的开发团队感觉到一种无糖的、呼吸清新的薄荷糖具有一定的市场，这就是所谓的Polo高级薄荷糖，其质量只有传统Polo薄荷糖的十分之一，但与它的大小相比，薄荷油的含量却是四倍。

　　公司对这种高级薄荷糖的口味、尺寸、包装和外表作了大量市场研究，通过使用与原来的薄荷糖相同的外表形式，以及采用众所周知的较大的塑料包装形式，可以提高这种新薄荷糖的品牌认知。

　　较小的薄荷糖意味着开发新的机器，这种机器能以压榨较大薄荷糖的同一精度来压榨微小的薄荷糖，另外，必须增加速度和能力来满足市场的需求。这种高级薄荷糖的销售超出了所有期望，通过品牌创新以及在 Polo 薄荷糖包装形式的基础上添加有趣的要素，再加上体积较小而薄荷味较浓所带来的极大便利，这种薄荷糖吸引了大批年轻消费者。

　　从一开始，营销和生产工程就紧密联系在一起，以确保初始概念在技术上是可行的——薄荷糖的尺寸意味着必须满足特别严格的说明书。

[www.designcouncil.org.uk]

6.7.2 一致性设计

企业投资于运营不仅是为了生产产品，而且为了提交和分销能带来利润的产品，通过这些投资的管理，形成了一种包括以下部分的运营结构：

☐ 物理位置和设备的布置；

☐ 通过系统的流；

☐ 人们必须从事的一整套工作；

☐ 控制/监督系统。

如果企业的运营基于错误的设备、人员、位置或系统，那么在幸运的情况下它会多年面临问题，如果运气不好，企业就只得倒闭，这种风险是真实的，是客户、银行家和雇员不能原谅的。这种构造交付系统的行为体现了运营管理的精神：对成功的进取心、运行该系统时对运营经理所能做的事情的限制、一次只集中于一点的必要性、不可避免的折中、对系统的松弛性的渴望。可赢利产品或服务的交付能力依赖于广泛的技能、实物资产、程序、组织常规、价值以及使企业比竞争对手更好地完成这些活动的范式。

业务单元通过达到以下两种一致性来交付服务和产品：

☐ 外部一致性：产品概念与客户期望之间的一致性。

☐ 内部一致性：产品概念与业务运营结构之间的一致性。

试图按外部一致性设计交付系统时，设计者需要将两种观点联系在一起：

☐ 作为针对未知客户的经营理念，产品概念基于这样的假设：在实践中可以可靠地产生产品概念。在这里，设计者可以问这样一些问题：营销建议是什么？对于产品所能做的事（例如绩效和功能），产品概念意味着什么？产品概念是什么（包装、结构、主要部件）？产品概念意味着什么（特征、形象、感觉）？或者它为谁服务（例如目标客户）？

☐ 作为与客户的协议实现的结果的质量，这是"花钱换价值"得以体现的基础。

试图按内部一致性设计交付系统时，设计者需要进一步将两种观点联系在

一起：

□ "供应规则"，作为从定性的产品概念到业务运营为生产和交付其结果所做的事情的定量转变。这种转变是通过使业务运转的子系统来产生的，如指令、基本系统和反馈系统。供应规则预测未来客户的满意度，确定未来产品的性能，代表产品—服务概念和业务运营结构之间的联系。

□ 生产过程本身作为设备、人员、技能、工具的集合体，它形成业务单元，并按照过程说明将手头的订单转变为交货。

这四个方面的关系描述了运营作为客户服务产生或交付系统的模型，设计者可以询问该过程本身如何反映过程说明，可以考虑如何从过程本身解释产出的属性，例如，按照客户化、定价、交货速度、个别订单的质量。设计者可以考察过程本身为什么没有提供结果的质量，以及结果的质量没有实现产品—服务概念的原因。

当设计业务运营的结构时，很难将布局、工作、流程和信息（L-J-F-I）彼此的个体相互作用或者对运营绩效的集体影响分割开（见案例研究 6.1）。会计系统产生的成本情况可能不能刻画或预测这些变量之间的相互作用，设计工程师可能不会同开发中涉及到的制造工程师、营销人员或其他人进行直接沟通，然而，正是通过对设计的了解才使我们能确定可赢利的价格及包含的成本，预测未来几年内客户的期望，使客户的需要内部化。

那些在业务运营方面积累了经验和对结构维度方面的微小变化敏感的生产者需要系统特征（如可靠性、柔性、质量和经济实惠）之间的一致性，业务运营达到客户服务和生产率的期望水平的总体程度是系统一致性的一个评估指标。

案例研究 6.1　快速食品——供应规则的发源地

　　在餐饮行业中，较好的快速食品店把它们的产品—服务概念定义在个别店铺的背景下，它们为客户创造自己的产品，将价值与驱动因素联系在一起，这些驱动因素包括质量 (Q)、服务 (S)、清洁 (C)，通过营销，它们判断对 Q、S、C 的相对侧重点，相信这是客户要购买的东西，这一结果可用公式表示为：

$$V = e_1 Q + e_2 S + e_3 C$$

为了经济地交付上述公式中的供应物，运营方面构建了布局 (L)、工作 (J)、流程 (F) 和信息系统 (I)，它们包括以下内容：

☐ 布局：将生产过程的相对位置、工作方式、客户遇到的可见性直线合并在一起。

☐ 工作：定义和规范训练手册，以便包括所处的位置、客户参与的程度、处理变化的方式。

☐ 流程：避免水平生产人员到处走动，做到毫无浪费地处理恰当的批量。

☐ 信息：能产生控制，这种控制是可视的；清楚显示部件组装结构、过程步骤和顺序、需要的时间和基本系统。

现在，餐馆面临一个共同的困难：L–J–F–I 对这种运营产生约束并使其运转起来，反过来又对客户得到的东西产生约束并实现交付。较好的餐馆提出将 L–J–F–I 作为复合装置的设计思路，当面临需要使其工作 (或干涉其工作) 的变量时，如客户需求模式、客户参与、雇员技能和态度、管理重点和供应商的可靠性，这种装置是相互支持的。

经营较好的餐馆时，L–J–F–I 的设计仍然成立 (它并不只是以特殊的方式来运转)，它们通过稽核来评估设计和系统的运行状况，这种稽核反映了初始供应规则的重点。

总之，较好的快速食品店阐述了对产品—服务概念与运营结构设计匹配的五种主要考虑：

☐ 它们将产品—服务概念转化为供应规则，如 $V = e_1 Q + e_2 S + e_3 C$，这种定义十分清楚，它的实现是可以度量的；

☐ 它们设计了运营结构，提出关于工作动机、客户接触和参与、信息 (控制)、能力以及生产量和流程的观点；

☐ 通过这样的转变和设计，管理任务就充分清楚了，因此可以对绩效进行解释，并采取行动；

☐ 如果出现问题，它们可以追溯到 L–J–F–I；

□ 如果没有出现问题，它们仍然能学会如何进行改进。

所以，当公司设计自己的生产或服务交付系统时，它们是在创造复合的 L-J-F-I，客户、雇员和技术将与 L-J-F-I 一起工作，以陈述它们的供应规则，帮助销售产品和传递价值。

6.8 目标成本法

在许多产品领域中，消费者意识到企业提供了多种竞争性产品，他们的品牌忠诚度不高，喜欢将品牌转移到技术上最先进的产品上。相应地，企业面临着小批量、快速和高质量生产的挑战，这种生产能力要求企业不断增加产品功能，同时为了竞争又要维持原来的价格。然而，较短的产品生命周期使得企业开发成本恢复和利润产生的机会降低了，此外，企业也没有足够的时间来通过再设计以使产品更具赢利性。

目标成本法是一种多功能、结构化的主动方法，该方法考虑到必须生产具有特定性能和质量的产品，又要在期望的售价下产生所希望的可赢利性，据此确定产品的成本。为了确保产品的价格、质量和性能符合企业的利润目标，所有主要职能部门（包括营销、R&D、工程、生产、会计）的观点都有必要反映到开发过程中，它们通过事先制订产品价格、质量和性能，一起确保产品的可赢利性。目标成本来源于这些变量的相互作用，而不是其他方式。与此相对比，成本添加的定价方法是从企业期望的制造成本出发，在此基础上加上企业期望的边际利润，从而确定出产品价格。

作为一种异类的（适应性的）方法，目标成本法比同类的（单一的）方法好，该方法的恰当应用取决于 4 个因素：制造的产品的特性；服务的客户；企业对部分供应商和转包商的影响；企业的竞争环境。

目标成本法不是一种单一的技术，它包括多种帮助企业到达利润目标的技术：

□ 价值工程；

□ 设计分析；

□ 功能分析；

□ 生产率分析。

价值工程：它是对影响产品成本的因素进行系统的、跨学科的诊断的方法，该方法的目标是设计一种方法，使得在目标成本下达到所要求的质量和可靠性标准的特定目的。在实际中，企业确定影响产品的各个主要部件的制造成本的设计和装配活动，通过将总的产品分解为部件和组件，价值工程能够导致部件、装配和产品过程的再设计，其结果是对产品设计和产品技术的修改，以便增加部件的可制造性和达到目标成本。在最有效的情况下，价值工程可以应用到从概念设计阶段到最后一个步骤的整个开发过程。

设计分析：它是一个过程，通过这个过程，企业可以按照可制造性评估设计方案和性能变化，其目标是在不超过目标成本的前提下改进质量和性能。这种方法有效地将设计过程的焦点扩大到设计的早期阶段。

功能分析：这种方法将一种产品分为几个功能，然后针对每个功能部分制定目标成本，该目标成本是现实的但可能又是较难达到的。目标成本系统确定整个产品的成本，而功能分析则帮助确定每个部件的目标成本，当所有部件的目标成本确定以后，将它们相加就得到产品的总的期望成本。把该期望成本与目标成本相对比，如果期望成本太高，就需要降低部件的成本；如果期望成本太低，就可以增加产品的性能。

生产率分析：在这种方法中，对提出的组件分析生产过程的主要步骤，然后将它们的成本之和与该组件的目标成本相比较，当期望成本太高时，制造工程人员就需要为每个步骤确定成本降低的目标。

多数高技术产品和装配式产品的特点反映在性能变化上，这些产品将从目标成本法中得到好处。但是，对于大批量生产的、标准化的和成熟的产品来说，不需要模型变化，因此目标成本法在设计阶段显得不太重要。

小型案例研究 6.2　XGel

在一位父亲注意到传统处理方式所造成的惊人浪费之后，剑桥的一家小公司开发了一种生物所能分解的尿布。用聚乙烯醇取代了外层的聚乙烯，这种材料放在水中就会消失，因此可以用在袋泡茶和可分解的洗衣袋方面。

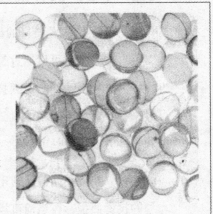

这种尿布在技术上是可行的，而且具有市场潜力。当它在电视上展出时，一周内就有 12 500 个电话打到接线总机处。公司生产这种产品前，在进行概念宣传时犯了一个错误，将大量媒体和消费者的兴趣吸引到一种不可能获得的产品上。这种产品使用的原材料成本比传统的产品高 15%，分销受到来自大的竞争对手（如宝洁）的激烈竞争的阻碍。公司试着通过邮购的方式销售，取得了一定的成功，此外，还通过小药房来出售产品。但是，相对于价格而言，这种产品的体积意味着零售空间用于赢利性较高的商品比较好。

因此该公司将生物分解的基本原理和经验应用于不同产品上，例如卫生巾、月经棉等。注意到患失禁疾病的男性购买许多卫生巾，公司也正在开发针对失禁的产品。

公司发现消费者愿意为生物所能分解的产品支付额外的费用，公司在许可证下进行销售，而不是自己制造，这意味着保护知识产权是极为重要的——公司从北美市场上获得了 500 万美元的报酬。

利用公司的生态友好证书进行扩张。公司注意到浴室水珠是由凝胶组成的，就像饭食补充胶囊一样。这导致了 XGel 商标的开发，这是一种基于纤维素的载波胶片，它能形成液体、糊、悬浮液和粉末等形式的胶囊，它不仅能供动物使用，而且比白明胶还通用。

公司雇用了 9 个人，形成了有利于带来最大创新的结构——扁平化的组织结构，在任何决策中，没有任何人完成两个以上的步骤。这个团队是多技能的，能够处理任何需要处理的任务。公司感觉到创新的最大障碍是诸如外部官僚作风的因素——每年为工商局填写表格仅仅是为了告诉他们没有发生什么变化。

[www.designcouncil.org.uk]

6.9 评估产品开发过程

对新产品开发项目的绩效的实证研究已识别出区分新产品成功和失败的因素，这些因素是可以通过管理进行控制的，并且是与条件和环境有关的。产品开发作为一种活动，涉及到技术人员的选择、开发、保留和有效使用，这些人员一般来自企业的不同功能组，从其特点看，体现在新产品开发所需要的资源、经验和技能方面。

可以使用不同的准则来评估新产品开发的成功或失败，这些准则包括不同类型的投资回报、在当前市场中竞争地位的保持、成功进入的新市场、启动的新产品数目。这些准则对新产品开发过程涉及的功能而言是外部的，个别功能的绩效对项目成功的影响与具体的功能有关，需要与功能有关的成功度量指标。

6.9.1 成功和失败

运营成功和失败是一个感觉的问题。一家公司可能造成财务损失，但仍然具有"好的"运营；相反，一家公司可能获得了利润，但具有"差的"运营。对成功或失败发表意见就是要回答这样的问题："这个系统工作良好吗？"对成功或失败做某件事情就是要回答一系列不同的问题："这个系统能工作得更好吗？"或"有成功的机会吗？"运营经理可以通过检查、控制、构建和管理这个系统来试图获得、评估和维持绩效。但是，每个方向或方法都涉及定义问题，即产品开发团队的根本任务。

定义的必要性暴露出一些影响运营绩效的领域，在这些领域里，企业经常是在没有认识到它们已经作出了选择的情况下来进行选择，也就意味着企业没有认识到怎样改变这些选择。质量是运营或商业绩效的关键贡献因素，在公司中，清晰定义的质量概念是不会自然发生的，它包括回答下面这些根本问题：

☐ 质量是什么？

☐ 谁对质量负责？

☐ 如何获得质量？

☐ 应该在什么地方对质量进行度量？

☐ 如何才能维持现有的质量？

　　每个人都在使用质量这个词，但常常没有完全了解这个术语的深层次含义或者它的获得相应地意味着什么。质量必须是针对某人而言的——要么是终端客户，要么是与价值链后端有联系的人。例如，消费者将质量与个人偏好联系在一起，看作是喜欢的、不喜欢的、优秀的、出众的、重大的或好的某种东西，这种描述既是主观的又是抽象的。相反，分析者和技术专家把质量作为依照清楚的、预先确定好的规范进行评级或分类所得到的度量指标，这些类型的评级力图做到客观和具体。

6.9.2 识别困难

　　识别质量问题的最明显的方式是在生产过程的末端检查产品，剔除有缺陷的产品，当然，那就要假设检查员知道"有缺陷"的含义是什么。在制造过程中选定的某个点上测量产品的关键属性需要很复杂的操作，但是，运营的综合特征通常意味着失败的原因无处不在，包括过程中存在的未计划到和不可预测的变化。

　　跨部门团队通过以下方法预测失败时，开发和应用基于概念的质量定义将面临挑战：

☐ 认识制造和使用产品的环境。

☐ 考虑客户、制造、检测和服务之间的利益（通常是冲突的），在提供服务的地方，对于商品的即时接收者来说质量意味着不同的东西，而这些接收者在如何向客户传递质量或他们自己吸收质量优势方面可以有多种选择。

☐ 考虑组织图上可能通过将质量设计到其中而受到影响的位置。

☐ 注意将质量设计进去所采用的方法的商业实用性，即在成本表述中质量显露出来的可能性。

　　开发团队必须从外部和内部的观点了解质量的定义，在将质量设计进去之前，利用不同类型的证据（通常在常规的报告中找到，如工程变化记录、不合格品、返工、抱怨）：

□ 关于早期产品的定量数据：客户退货；处于标准之上却被拒绝的产品；推迟交货；相对于目标的实际产出；相对于目标的实际利润；旷工；员工更替。

□ 关于早期产品的定性数据：经理对工作实践失败的意见；系统的闲置或劳动力的觉醒；来自客户的轶事一样的反馈。

6.9.3 采取行动

不幸的是，由于过程中存在未计划到和不可预测的变化，提供质量保证往往是不可能的。Ishikawa 图有助于评估和隔离原因，提供客观现实而不是责备第一个明显的犯错误者。要采取行动，当局者就必须负责找出原因，知道要做什么并且很可能感觉到自己的责任。但是，运营的综合特点往往意味着失败的原因无处不在，而且，对质量问题采取行动常常意味着某个地方绩效不好，因此导致潜在的贯穿整个组织的政治反响。

在开发过程中，开发团队可能面临着一个与产品原型有关的选择，方案的讨论能够增进对原型所能发挥的作用的了解，以及对不同原型方法在特定的组织和战略环境下可能或多或少适用的原因的了解。原型决策使得我们可以检查产品开发过程如何在一致性和绩效两个维度上影响产品质量。

原型战略应该反映产品开发中现有的优先权，每种原型方法都能按照下面这些制造战略变量进行描述：

□产量；

□设备；

□技术；

□垂直整合；

□劳动力；

□生产计划；

□质量；

□ 组织。

例如，原型方法可以对产品设计者的要求和制造运营的损害作出较好的响应，作为选择，原型方法可以增加与过程有关的数据的数量，这两种原型方法之间的折中似乎就是设计过程中的柔性和产品启动上的一致性质量。柔性的价值与围绕开发过程的输入或输出的不确定性的程度有关，但是，并不是开发过程中的所有柔性都可能在追逐绩效质量时消耗掉，有些柔性可能在后面阶段的设计问题上"浪费"掉，这些问题是早些时候就应该纠正的。因此，企业有可能在开发过程中放弃一定程度的柔性而又不降低其绩效质量。用于解决那些早些时候就应该解决的问题的柔性不会增加价值，甚至会破坏价值，所以，在开发周期的后期消除不必要的设计返工能使企业改进绩效质量和一致性质量。

案例研究 6.2　Ventilux

Ventilux是一家爱尔兰国有企业，它设计和制造各种各样的应急灯，产品面向国内外销售。该企业在都柏林开发和制造产品，从班布里销往英国市场，企业拥有近100名员工。

企业平均每年开发或再设计三种产品，产品的开发要求企业整合产品设计和电子设计能力，所有的产品是通过"IDEAS"阶段回顾过程进行管理的，这是一个"阶段关卡"开发过程，由7个阶段组成：

阶段	焦点
0	想法产生
1	产品定义和计划
2	概念开发
3	详细设计
4	原型测试
5	启动
6	生命周期管理

Ventilux 使用多个团队，团队由来自材料、生产和销售部门的代表组成，此外还有来自 R&D 的代表。最近的两个项目代表了他们的首创精神，VISION 是作为一个成本

157

更加有效的替代设计来开发的，而 SCOUT 是作为产品数量日益增加的市场上的一种差别化产品来设计的。

VISION

目标

该项目的目标是生产一种低成本的受 IP65 保护的应急舱壁发光体。

市场概观

应急灯市场从传统的专业基础慢慢发展到商品市场，随着世界范围内的市场竞争的加剧，顾客正不断压低舱壁灯价格。

产品的主要特点

☐ 易于组装和安装；

☐ 设计简洁、坚固；

☐ 成本低；

☐ 大批量生产。

计划销售量

年份	以第 3 年为基准的销售比重（%）
1	66
2	77
3	100

分销渠道

☐ 批发网络。

☐ OEMs。

发生了什么

VISION 通过正常的、反复的设计过程，最终于 1996 年成功启动。开发主要是成本驱动的，为制造而设计的思想的实现使得他们密切关注制造细节。它所取代的 Ventilux 产品的装配需要 13 分钟，而 VISION 只花 4 分钟就可以装配好。这种降低成本的做法使得 VISION 产品的销售情况良好，超出了预想，第 2 年和第 3 年的销售量都达到原先预测销售量的 2 倍。

SCOUT

目标

这个开发项目的目标是生产一种时髦的、高度规范的、双聚光的发光体，安装在主要考虑美观质量的地方。SCOUT 的设计目的是将传统的双车灯产品转变为流行的应急发光体，并以合理的价格进行生产。

市场概观

很多年来，照明商品市场稳步发展到更加有设计意识的领域，尤其是在公共建筑物内。新的装置不再按标准配备荧光模单元，新千年的新装置需要创新性的、创造性的灯具，并且是对内部设计/建筑趋势的补充。

产品的主要特点

□ 双灯、完备的应急壁灯；

□ 时髦的、异常美观的现代设计；

□ 优雅、简洁的设计；

□ 具有独特的审美观。

计划销售量

年份	以第 3 年为基准的销售比重（%）
1	33
2	66
3	100

分销渠道

□ 建筑。

□ 工程咨询。

□ 项目工作。

□ OEMs。

发生了什么

SCOUT 项目通过了 Ventilux 的 "IDEAS" 阶段回顾过程，概念阶段就成功产生了这种产品，该产品在 1999 年举行的汉诺威世界灯具展览会上得以细化和启动。这种产品受到了消费者的极大欢迎，特别是受到咨询业/建筑业的欢迎，因此达到了主要设计目标。但是，这种产品的生产情况有所不同，生产工人抱怨说这种产品难于制造，进一步的调查揭示了一些关键内容。产品在允许的时间内制造出来，因此带来了期望的利润，但是，完成装配的时间标准与制造要求的好设计混淆在一起，因为表述得较好的一套指导方针和注意事项在复杂的组装方法下有所曲解。

[www.designcouncil.org.uk]

6.10 结论

□ 企业所承受的压力越来越大，因为它们必须更加频繁地推出产品，同时，企业面临绩效需求，这就要求整个开发生命周期内的决策的紧密整合。制造或服务运营工作只是因为有人在无情地推动它这样做，事物不会自愿地正确出现。在这方面，运营经理在战略目标和运营现实之间坐立不安，他们个别地和集体地提供商业目标和运营活动之间的联系，如设计、产品开发和制造，但那种联系不会自愿地正确出现。相反地，为了解释运营隐含的东西，运营经理需要不断地将上游的设计和开发活动与期望的产出的性质相联系。

□ 通过应用不同的工具和实践，整合的产品开发创造性能够提供减少提前期、改进质量、降低成本和避免工程变化的潜力，这些工具和实践的目的在于将上游的考虑（如制造、销售、服务和客户方面的考虑）整合到下游的营销、产品和过程设计决策中去。因此，目的就是要扩大开发者群体，并使他们从一开始就通过处理来考虑产品在其生命周期内的所有要素，这些处理包括质量、进度和客户要求。但是，整合化开发的潜力不会自愿地实现，管理必须了解开发过程中的潜在交互，以敏感的态度对开发的环境、工作的愿望、不确定性的开放性、结果的焦点作出反应。这种注重实效的方法不仅要包含管理个体的行为，还要包含管理整合的组织本身的进化的行为。管理在这些领域发动、应用和评估其努力的方式，将影响个别项目和产品族的绩效，并且为创造、维持和停止企业的产品设计和开发能力提供服务。

本章关键问题

1. 在产品开发领域，减少开发时间间隔和生产成本，同时增加产品性能，是管理要关注的主要内容。请问如何做到这一点？

2. 本章一开始提出了 4 个问题：

   (1) 在可制造性产品的开发中，要部署什么专门的工程资源？

   (2) 在新产品开发期间，何时部署这些工程资源？

   (3) 可制造性产品的成功实现与这些工程资源的部署方式有关吗？

   (4) 可制造性产品的成功实现与这些工程资源的部署方式之间的联系取决于开发环境吗？

   使用本章讨论的主题，你如何回答这些问题？

3. 制造设计这个术语的含义是什么？它如何才能对设计过程的更好运营作出贡献？

4. 本书前面讨论过 NPD 成功的一个关键因素，试解释该因素为什么重要以及如何实现它。

5. 由于企业发现它们在进行时间方面的竞争，缩短产品进入市场的时间越来越重要。并行工程的基本原理如何用来帮助减少总的提前期？

6. 本章指出，产品开发的核心过程是由另外三个过程带动的，即领导、资源配置以及适当的系统和工具的使用。

   (1) 领导关注管理如何为产品开发设置目标和优先权，支持为实现产品开发的"最好实践"过程而进行的努力，创造和保持创新氛围。

   (2) 通过资源配置，管理能确保获得充足的、恰当的、高质量的人力资源，以及产品开发过程得到所需要的资金。

   (3) 信息系统和工具的应用以及正式方法使得团队能进行工作，并且更有效地整合跨部门知识。

   解释这三个过程如何发挥作用。

7. 比较 NPD 中使用的重叠和串行方法。

8. 现在质量被认为是想当然的东西，但它并不总是如此，而往往是一种折衷。我们怎样才能确保将质量设计到产品中并产生效果？

9. 参考本章给出的快速食品案例或其他你熟悉的案例，解释如何实现一致性设计。

用设计
再造企业

7

从组织角度看设计

尼克·奥利弗（Nick Oliver）

设计出现一个错误，那么运营就会把这个错误扩大

一千倍……

[阿农（Anon）]

学习目标

□ 向读者介绍对思考组织设计和开发过程有用的概念。

□ 考虑项目团队的动态性和用来鼓励有效团队的策略。

□ 研究适合创新活动的组织形式。

□ 阐述组织文化对设计和开发的重要意义。

7.1 设计是组织行为

在这一章中，我们将研究设计和开发过程中组织和个人方面的问题。我们的意思是：参加设计过程的个人、小组和组织是相互协调、可以控制的。就像本书中其他地方一样，我们可以广义地理解"设计"，并不局限于有"设计者"这个正式头衔的那些人的活动。我们所说的"设计"这个词汇既包含创新过程又包含新产品开发过程。

本章描述管理设计和开发活动所涉及的组织挑战，这些挑战包括：管理开发团队及他们中的动态性、作出设计决策、确定有助于鼓励创新的组织结构、建立恰当的文化氛围、处理好与环境（包括供应商、合作伙伴及其他要素）的关系以及了解公司必须面对的经营环境。

7.2 从组织角度看设计

本章从组织的角度来考虑设计过程中的问题，并且主要应用组织行为学中的概念。在大多数管理项目中，组织行为是一个核心主题，它涉及管理过程的"人"的方面。组织行为最初是从社会心理学和产业社会学发展而来的，本学科的特殊兴趣和急需解决的问题集中在相互依赖的管理方面。

任何有组织的活动都是由参与者和群体组成的，他们的活动需要协调和控制。从个人角度来说，涉及的问题有个人的态度、技能及动机，用实际中使用的术语来说，就是工作设计、薪酬和激励制度，以及培训和发展规划。从另一个角度来说，存在着群体动力学，它关注的重点是个人之间在常规基础（群体的规范、作用、决策制定和权力）上进行交互时必须解决的问题。鉴于高级经理把他们大约85%的时间用在各种群体上，所以对群体动力学的问题的了解是重要的。对于设计和开发活动来说，产品开发团队成员一起工作的效率、共享信息的效率以及融合他们的知识的效率，对产品本身的品质有巨大的影响。

宏观组织问题包括组织结构和文化的问题，这两者对于创新来说是至关重要的。例如，我们将在本章后面看到有些组织结构是怎样阻碍创新的，比如，在有森严的官僚制度结构的组织中进行创新常常是很困难的。不过，官僚结构通常起因于一个目的，即决策一致性的需要，仅仅实施这样的结构（借此解决创新的问题）可能产生很多其他困难。同样地，人们早已认识到，某一文化能够阻碍或推进创新。惩罚风险和错误的高度保守的文化是不可能培育创新行为的，而这样做在本质上恰恰又带来了风险。然而，创造培育创新活动的文化环境是一个较大挑战，因为这样做可能会减少像成本控制和一致性这样的渴望获得的特征。

这些只是所有问题的一部分，通过解决这些问题来理解组织概念，对管理设计和开发过程的人员是有帮助的。当然，我们在这一章不可能考虑组织概念的全部范围——就组织概念来讲，需要一整本书来介绍。我们的目的是从组织的视角来阐述与管理产品设计和开发过程有关的关键问题。

7.2.1 组织的设计挑战

为什么设计和新产品开发是主要的组织挑战？这其中有很多原因，其中包括新产品开发没有例行程序可循、做新的或不同的事情所固有的高度不确定性，以及许多不同领域的专家都要参与设计过程，营销、采购、工业设计、许多工程学科和生产方面都需要对设计作出贡献。由于各职能部门之间高度的互相依赖，迫切需要协调配合——设计者做出的选择对其他职能部门（如制造部门）的同事会产生巨大影响。

学科之间在时间安排、工作风格和目标方面的不同定位都可能导致冲突。非常普遍的冲突是负责基础研发的人员和负责商业开发的人员之间的冲突。与从事长期的、不确定性的基础研发业务的人员相比，公司的商业开发人员比较注重短期行为，每个人都有可能屈服于其他人的毫无益处的陈规陋习。商业部门人员可能把研发看作脱离现实、没有实际利益或应用价值的工作。研究开发人员可能认为商业部门的人员过度短视、过分强调现在，从而损害了长远打算。当然，这两种观点都是合理的，两者之间的冲突尽管在当时令人不快，但也不一定毫无益处。

相似的冲突经常发生在设计与运营的分界面处，在这里，缺少沟通可能就意味着开发出的产品和服务难以制造或交付，因而给工厂或服务部门带来问题。设计者可能认为运营缺少弹性和想象力，为了节省成本和简便，宁愿牺牲产品的美感和其他特性。另外，尽管两种观点都合理，但是，应该强调哪一方面，要看产品在市场中的定位。对于以预算为目标的产品，忽视成本问题可能导致产品定价本身与市场脱节。对重点产品，忽视风格、美感和其他产品独特性的品质，最终会对产品的品牌产生危害。

小型案例研究 7.1　面向制造的设计？

捷豹汽车有显著的品牌形象，强调风格和性能。公司的产品开发部主任尼克·巴特（Nick Barter）描述了公司制造新的"S"型捷豹汽车时，如何作出一项有活力的决策，以制造一种具有特殊风格和形状的发动机罩盖（防护罩）。尽管设计中包含了许多难以制造的弧形和角度，但是为了保持车身造型与捷豹的品牌价值相一致，这些代价是必需的。

虽然已经多次描述过在设计过程中较早考虑制造问题的重要性，但是与我们合作的这家高级音响制造商固执地认为这样做不一定是件好事。在高级音响市场上，产品的风格和音响性能是至关重要的。虽然公司知道设计难以制造的产品会有问题，但是他们认为在设计中较早考虑制造问题本身就具有风险，因为这样做会鼓励生产可制造性强的产

品，而在美感和音响效果上作出让步。在这家公司里，这些危险由于制造部门主任的强烈个性而加剧，因为他能对产品设计者施加相当大的影响。

当从组织的角度来考虑设计和开发过程的时候，有很多层次可以考虑，每个层次都有自己要处理的问题，这些层次总结在表 7.1 中。

表 7.1　分析创新和设计过程

分析层次	例子	问题
个体"设计者"	时装设计师、工程师、"沉默的设计者"	培育创造力；打破自治和控制之间的平衡
设计和产品开发团队	某一特定产品的开发团队	项目管理，群体活力
产品计划	普通平台的产品范围，比如，汽车公司的模型范围	管理复杂性；管理并行工作的团队之间的学习；获得充分的共性以便降低成本，而又不影响产品的个性
公司	个体公司，用来管理设计和创新的过程	管理产品投资组合；开发允许创新同时又传递连续性和控制力的控制结构；建立创新环境
企业群	硅谷、意大利北部、巴登-符腾堡州、科技园	聚集关键性的企业，培育地区性合作
国家	英国金融服务和生物技术，美国在高科技方面的优势，德国在精密工程产品方面的优势，以及日本在电子和自动化产品方面的优势	特定地区的国家的优势和劣势；促进关键地区的关键企业

在个体设计者层次上，存在着怎样培育创造力的问题，同时要保证风格和形象在产品系列内的连续性和随着时间推移的连续性，这也常常成为自治和控制的两难境地。在设计和开发团队层次上，存在着项目管理和领导的问题。为保证成功的最佳机会，应该怎样组建和运转团队？下一个层次就是产品计划，它一般包括围绕普通平台制造的一系列产品。大多数组织都有这样的计划——面包公司有特殊的面包，汽车公司有一系列按照普通平台开发的模型，或者学院或大学里有围绕共同核心的一系列学位课程。在所有这些情况下都存在两难问题：不同团队中的学习管理、达到充分的部件共性来降低成本，同时为了保证产品的多样性，每个衍生产品中都要保留足够的独特性。

在公司层次上，问题包括按照最优设计和开发的标准来管理产品投资组合和决定把资源投向何方。培育（或者说至少不过度地阻碍）创新的组织结构的产生也是至关重要的。

当我们考虑企业群或者国家时，仍然存在组织问题。众所周知，世界上有些地区非常善于创造新产品——位于加利福尼亚北部的硅谷就是一个例子，该地区擅长制造 IT 和电子类产品；另一个例子是意大利北部擅长生产纺织品和机械工具。在更有计划的基础上，科技园带着明确的目的来模仿这些特性。在国家的层次上，一些国家有特殊的实力，例如德国在精密工程产品方面的高超技能，以及日本在电子和自动化产品方面的统治地位。这就提出了一个有趣的问题：这些国家怎样发展到这样的实力，为提高国家的创新效果，政府应采取什么样的创新政策。对这些问题的探讨已超出了本章的范围，但重要的是我们要记住，任何国家的个体创新者和设计者的行为都明显地是——至少在某种程度上——国家创新模式的反映，并且我们也应该这样理解。

因此，组织问题渗透到创新活动的每个层次中，从而渗透到设计和开发过程中。在接下来的几节里，我们将介绍有助于思考这些问题的概念，首先从管理有创造力的个人开始吧。

7.3 管理有创造力的个人

组织行为方面的文献包含大量关于工作动机、工作设计和薪酬制度这样的主题的资料。在这里对这些资料进行综合评述是不恰当的，我们只是强调一些重要的选择和困境。

管理参与创造性活动的个人主要面临两个挑战。首先，和许多其他专业人员一样，有创造力的个人可能善于自治、崇尚较高的工作决断力，并且感觉他们（而不是高级经理）被最好地安置在进行产品和服务特性方面的决策的位置上。

其次，前面已经提到，是创造性活动本身的特性。处于工作中的许多人的行为受到很多因素的限制，这方面的例子包括：

☐ 提示检验助理在办理一项交易时下一步必须做的事情；

☐ 在工厂中决定着必须做什么及何时做的设备；

☐ 规定必须怎样完成任务的规则和程序手册（比如，麦当劳公司有一个非常详细的手册——这是该公司用来保证在全世界销售的快餐的一致性的许多策略中的一种策略）；

☐ 直接监督，以确保人们工作时做应该做的事情；

☐ 加强规则的一致性及处罚违规行为的奖赏和处罚制度。

这样的制度无处不在，并且它存在的理由很充分——如果组织中每个人都做他自己想做的事情，不考虑整体目标，那么将会极端混乱，在对产品和服务的绩效要求非常高的情况下，这将是一个突出问题。从本质上讲，像太空旅行这种对安全性要求极高的服务或者精密制造的产品，如果要高效一致地运转，就需要严格的规则。实际上，为确保控制和一致性，有很多将工作进行结构化处理的方法。在极端情况下，工作人员可能认为这样的工作非常消极、枯燥、琐碎，甚至会贬低身份。

对于有创造力的个人来说，强加给他们一个高度结构化的制度，可能会出现很大的问题——这样的结构可能会遭到反对，并且可能会排挤创造力所依赖的思想和行动的灵活性。但是，对成本和时间的控制是极为重要的，否则开发项目将永远不会结束，并且花掉大量经费（就像有些项目那样）。在平衡这些考虑时，有关各方可能会感到不满意，一方面，设计者可能认为受到时间、成本或两者的限制；另一方面，管理人员可能认为他们没有很好地控制设计过程，开发是一个无底洞，对其倾注了大量资金而结果却没有多大保障。处理这一问题的诀窍就是用控制来平衡自治。

7.4 项目团队

团队和合作已经成为管理词汇中非常时髦的词语，以至于不管目前的任务是什么，很多人都不会去想"为什么使用团队？"这样的问题。本节所阐述的关于团队的观点是：团队本质上不能用好或者坏来衡量，它只不过是为了完成工作而有意识或无意识地建立的机制。对设计过程而言，项目团队只不过是关于解决专门化、协调和控制问题的方式的一种表达。

在组织结构和创新部分，我们已经确定了划分一个组织的整体任务的各种方法——按功能划分、按产品划分，等等。功能形式的好处是让经验丰富的专家在特定的领域发挥他们的技能，但专家之间的沟通并不总是那么容易。另外，在许多组织中，可能同时开发很多新产品和服务，因此明了谁应该负责什么可能是一项重要的任务。如果职责确定不清晰，那么责任和成本控制就难以实现。确定具体的项目并给这些项目分派指定的人员是实现这种控制的一种方式。

每个团队被授权的自治程度可能差别很大。图 7.1 给出了产品开发中团队类型的一般区别。

项目团队在规模和范围方面有很大的不同。在对汽车行业新产品开发的研究中，克拉克和藤本发现，在汽车行业中，数百位工程师受雇于开发新车型的新产品开发团队中，并且这些人仅仅是直接参与新模型项目的人员。从公司整体看，会有更多的人参与到新产品的启动、准备制造设备、销售和营销等工作中。如果把参与

图 7.1　团队还是职能？

对职能的强调程度高 ↑ ↓ 对职能的强调程度低	工程师专门从事某项职能。个人不需要对整个产品负全部责任。通过规则和程序、详细说明、共享的惯例及会议来进行协调。 "轻量级"项目经理通过联络人协调开发活动。项目经理较少直接接触项目参与者，与职能经理相比，他的权力比较小。 "重量级"项目经理负责开发活动。他或她在组织内的地位通常比较高，要对产品计划和概念开发负责。联络人可能是地区项目负责人。 团队成员的所有时间都倾注在项目上。他们（暂时）离开他们的职能区域，并向项目团队负责人汇报工作。团队成员承担团队内的各种责任，并且可能是协同承担这些责任。

产品启动的其他人也计算在内，如供应商和经销商，那么人数将达到上千人。这与生产比较简单的产品的公司中的产品开发团队形成了对比，比如食品公司，在配方只有较小变化的情况下，公司的产品开发团队可能只有两三个人。

　　团队在设计过程的管理中发挥着重要职能。正如我们将要在组织结构部分看到的，团队（尤其是跨部门团队）代表着一种重要的协调机制。团队把设计和开发新产品所需要的资源整合到一起，并把这些资源分成更容易协调的单位，而不是分散于公司内部许多职能部门的员工中。当然，团队有其自身的问题，如设计选择的冲突、竞争目标、内部对手和外部压力。不过，它们通常都形成一个自然的组织单元，设计活动就集聚在该单元内。

7.4.1 了解团队

　　关于组织行为中群体活力的文献很多。本节从这些文献中挑选出一些重要概念，并将其组成一个关于群体效率的简单模型。我们这样做的目的是为分析设计和开发团队所面临的问题提供一个框架。

　　群体效率的基本模型在查尔斯·汉迪（Charles Handy）的著作中已描述过。汉迪把他的模型分为三个层次——假设、干扰因素和结果（图 7.2）。模型中的假

图 7.2　群体效率模型

来源: 根据 Handy (1993) 改编。

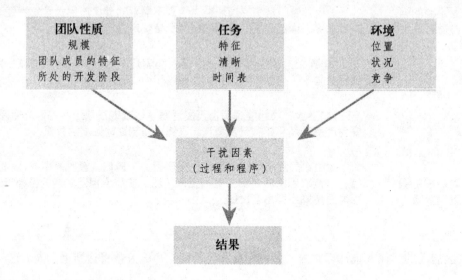

设包括团队的性质、任务和环境；干扰因素包括过程、程序和领导；结果指的是团队完成目标的程度。我们将按顺序分别进行阐述。

团队本身的特征包括团队的大小、团队成员的特征及所处的开发阶段。团队的大小受设计及开发任务的规模和范围的影响极大。正如我们所看到的，像机动车辆这样的复杂产品可能需要由数百人组成的设计团队。虽然整个团队可能很大，但这种团队有时太大了，以至于不能作为单个实体来有效运营，因此，在汽车产品开发团队里，汽车被分成一些特定的子系统，如汽车的底盘、传动系、汽车内设等等。虽然团队之间要进行联络和沟通，但是较小的团队负责各个子系统，子系统团队内需要更进一步的专业化。

对于面对面的解决问题的活动，由 5~7 个成员组成的团队通常工作得很出色，即使团队的主要职能是传递信息（虽然有些交互的目的是澄清问题），比较大型的形式可能是恰当的。这里存在的真正困境是打破一种平衡，即所有对某一特定设计问题感兴趣或具有相关技能的人员，与确保相关人员的合理参加水平和保持整个事情可以管理之间的平衡。因此，对团队成员采取一种包容性的方法是

有好处的，但这会导致大型会议以及大多数与会者的低参与程度。注重小范围讨论的团队制定决策的速度比较快，并且有较强的责任感，但缺乏比较广泛的拥护者的支持，这是一个寻求恰当平衡的问题。

另一个关键的团队特征是团队构成。从纯粹的技术角度来看，包括所有相关的技能背景（如营销、工程、销售、制造、采购等）是重要的，必须保证用恰当的技能背景和知识去影响团队制定的任何设计决策，不过，同样重要的是，这种多样性也保证了设计问题的不同方面都得到充分的显示。小型案例研究 7.2 阐述了开发过程中缺少一个关键的声音时将会发生什么。

小型案例研究 7.2 缺少的声音？

> 在一个与我们合作的公司里，我们首先看到的是一个模型开发项目，相应的产品是一种电子安全产品，是对公司现有产品系列的扩展。公司为这个项目引进了一种电子项目控制系统，在这个项目开始时，有关各方坐在一起进行商讨，对关键阶段达成了一致意见。考虑到难以预料到的情况，此系统还包括意外缓冲处理。项目按计划顺利进行，没有超过成本预算，项目团队成员之间也很少有冲突。产品投产时，公司对此项目非常满意，还把它介绍给我们，作为好的实践方面的案例研究。
>
> 六个月后，当我们再次参观该公司时，情景就很不一样了。该产品的市场反应并不好，销售量远远低于预测值。当我们查找原因时，情况很快就清楚了，这个项目的"营销"决策是总经理的直觉想象，在早期阶段，只是将它看作一个假设。不足为奇的是，普通团队成员不愿意对总经理的直觉提出异议，结果是在开发过程的任一阶段都没有市场检验，公司完全按计划和预算生产出没有什么需求的产品。

[奥利弗，未出版]

在《刀口上的管理》这本书中，帕斯卡莱认为组织内部的冲突非常有作用。帕斯卡莱引用一些公司作为例子，例如本田汽车公司，该公司工程部门和营销部门之间通常会出现很大的冲突，他得出的结论是：冲突是非常有必要的，因为它表明设计问题的不同角度都经过了彻底的辩论。由工程部门主宰而营销部门声音微弱的公司，会遭遇如下危险：生产出造价高昂、过分设计的产品，这种产品很难适应市场需求。过分强调可制造性的公司面临的风险是生产出乏味的、容易制造的产品，这些产品可能造价低廉、质量优良，却缺乏灵感和吸引力。开发团队组建的方式是能否获得这种创造性冲突的关键性决定因素，也是对冲突（不管它显得多么不舒服）具有重要作用的认识。

第三类特征与团队的开发阶段有关。虽然有时候团队成员第一次聚到一起就有效地工作，但这种情况不经常发生，更为普遍的情况是，团队经过一段时期的冲突和协商，各个团队成员确定出他们在团队中的特殊作用，并开发出一套所有团队成员普遍接受的做法。汉迪识别出团队从事开发时要经历的四个主要阶段：形成、风暴、规范和行动。

第一阶段即形成阶段是很明显的，是指建立团队的阶段。团队开始认真工作不久，第二个阶段即风暴阶段就开始了。在这个阶段，团队成员逐渐认识到自己和同事之间的偏好存在差异，这些偏好可能是指针对实际产品的决策，或者团队的规范和工作安排以及权利和影响的模式。

虽然期望任何人在任何时候对所有问题都能达成共识有些天真，但是团队面临的重要挑战是建立一套最低限度可以接受的工作安排，以使团队能着手工作。分歧比较大的团队在风暴阶段可能会遇到阻碍，永远不能就什么将为后续工作提供基本平台达成一致。过分强调和谐的团队可能永远不会经历一个恰当的风暴阶段，并且他们以后也可能为此遭受痛苦。随着开发过程的进行，成本变化和偏差也会显著增多。如果产品开发团队没能及早地对基本假设进行讨论，那么以后会遭遇难以达成共识的危险，到那时，解决分歧的财务成本将会更高，并且由于团队成员在特定的行动过程中投入了大量精力，因此就更不愿意作出更改。

风暴阶段结束时建立了一套约定的规范，如果规范适当，团队就真正开始行动了。当然，建立规范的任务并不容易，尤其是当开发团队是由来自不同职能部门的人员组成时，即使这些成员具有相同的国籍，他们也可能使用完全不同的语

言。设计团队中的跨文化差异会进一步增加这种困难。

人们已经开发出一些方法来帮助团队度过这些困难的早期阶段，比如，杜马 (Dumas)（1994）研究的"图腾学"方法，专门供设计和开发团队使用。

7.4.2 图腾学

图腾学是一种方法学，它帮助设计团队成员在设计过程的较早阶段探讨不同的产品概念。图腾学的重要象征是图腾柱，图腾柱给团队成员提供了一种方法，使成员以一种其他人能看到的方式来表达自己的思想，因此称之为图腾学。团队成员通常在辅助机构的指导下，用一系列可视图像来描述他们对一特定产品的想法。

不用语言符号（文字），而应用视觉符号来描述产品概念的重要性有两层含义。首先，一旦人们开始用文字描述一种现象，就不可避免地对它强加分类。尤其是当其他团队成员使用的不是同一词汇时，这种文字描述将会毫无帮助。设计师和工程师之间的交谈就是这样一个例子。

其次，直观表示可以建立难以用文字表达的图像。例如，产品包装设计可以运用其他物体的形象（如汽车、葡萄酒、艺术品等）来描述，这种描述可以说明包装是正式的或非正式的、古代的或现代的、先锋派的或保守派的等等。重要的是列出一系列丰富的形象，它能帮助团队成员清楚地表达出他们认为产品应该是什么样子，或不应该是什么样子。这个过程的关键是要避免过早结束对产品概念的讨论，同时保持各成员之间的积极沟通，这不是一项简单的任务。

7.4.3 任务特征

在我们的群体效率模型中，第二组假设是任务特征。这里的问题是将团队的特征与任务的特征进行匹配，同时按照鼓励团队成员和其他人员承担义务的方式来确定任务。明晰、重要的任务能激发团队成员加倍努力，反过来，看起来不重要或琐碎的任务一般具有相反的效果。因此，公司里看待一个特殊开发项目的方式可能对开发团队的活力有着深远的影响。产品开发文献中到处都是这样的例子，产品团队克服了明显难以克服的困难，因为他们相信他们的项目能够真正地与众不同。

有时候，重要、明晰的任务能引起组织中传教士般的热情。在 20 世纪 80 年代，相对于其他电脑制造商来说，苹果电脑公司处于全盛时期，公司宣称自己的任务不仅仅是为股东赚钱，而且作为一项使命，即通过鼓励形成"每人一台电脑"这样的制度，来实现"每人每次都在改变世界"的目的。当然，公司使命的陈述通常是对平凡的和利己主义的目标的修辞性注释。不过，如果陈述的使命是名副其实的，那么这种陈述对于组织中所有层次的人员来说是一个鼓舞人心的目标——因此体现出产品开发团队中像显著性、重要性这样的因素的重要意义。清楚也是重要的，与一开始就具有清晰、明确的目标的任务相比，含糊或模糊的任务更容易引起冲突和误解。

深刻影响产品开发团队活动的第三个任务特征是时间压力，团队成员就是在这种时间压力下进行工作的。与产品开发提前期非常宽松相比，如果产品开发提前期非常短，那么做出的决策就可能具有较强的指令性和专制性。对速度的要求使得自上而下的决策合理化，在这种情况下，一般出现这样的现象：随着时间压力的增加，决策集中到越来越少的人手中。这也就意味着，在匆忙地到达最后期限时，人们听不到潜在的好想法，合理的争论也被权威所强加的"一致"压制下来。谈到电子行业消费品的短开发提前期，我们曾采访过的一位开发经理说："受（开发）速度损害的是意见一致性和检测，因为你不得不去做其他的事情"。

第三组因素是开发团队工作的环境，这里我们指的是组织环境，尤其像公司内部不同团队之间的关系、公司项目的地位和威望以及项目经理的威信和影响这样的因素。

很明显，在公司里被认为重要且有趣的项目比那些被认为不重要、平淡无奇的项目有相当多的优势。部分优势来源于前面提到的任务的显著性。如果得到支持的项目被认为是值得的，那么要得到大家的支持显然就比较容易。正因

为这个原因，产品拥护者和高水平的开发项目赞助商与项目成功有密切的关系。为避免项目缺乏资源或由于其他障碍而陷入困境，产品拥护者要努力为项目争取资源。

开发项目延期的最普遍的原因之一是，名义上分配到这些项目中的员工，被"借出"去帮助其他延期的紧急项目。就像拆东墙补西墙一样，如果本来准时的项目的人员由于其他用途被"挖走"，那这个项目不久就会开始落后于计划。产品拥护者在这方面是非常重要的，因为他们操纵着组织的资源分配，因此会防范对项目资源的掠夺性索取。如果开放资源由部门主管控制，而部门主管不负责所提到项目，因此不愿意放弃他们的资源，这时产品拥护者在开放资源方面的作用也是重要的。这些因素强调了新产品开发的政治策略和得到对重大项目的支持的重要性。

在沃马克等人所描述的本田汽车公司的产品开发过程中谈到了"大项目经理"的重要性，这在日本汽车工业中发挥了重要作用，主要指重量级项目经理拥有开发新型汽车的资源和权力，因此可以克服跨部门问题带来的障碍。在这个体系中，项目管理系统中存在着职能结构，因此项目的进展不依赖单个部门的运转，这是确保有兴趣、有才干的人员加入项目管理队伍的重要方式。

群体效率模型中的假设，对判断一个特定的开发团队是否有可能成功大有帮助。然而，即使所有基本条件都具备，但没有恰当地融合在一起，项目仍然会出问题，这些问题就是模型中提到的"干扰因素"。这些干扰因素包括允许信息在团队内部流动的过程和程序，解决争端、记录信息和学习的方法，以便在同样的决策反复进行的情况下，知识在设计过程中得到积累而不是丢失。项目经理在这方面的作用是至关重要的。

把假设、过程和程序结合在一起，对解释设计团队的行动方式和原因大有帮助。尽管该模型不是详尽无遗的，但是它为思考团队效率提供了一个简单的判断框架。

小型案例研究 7.3　微软的项目团队

在《微软的秘密》这本书中，科索马罗和塞尔比（Cusumano and Selby）描述了微软用来管理他们的软件开发团队的很多原则。随着软件产品规模的扩大和复杂性的增加，开发这些产品需要更多的人员。例如，Windows 95 由 110 万条代码组成，是数百人经过三年的努力才开发出来的。这就产生了一个可怕的问题——为了创造一个好产品，怎样把很多人的工作、很多独立的子系统融合在一起。微软通过 7 个原则做到了这一点：

☐ 清晰明确地限定项目的规模和范围，尤其是时间段，以确保开发过程按计划完成。

☐ 根据特性和子系统对产品结构进行模块化，以便实现并行工作。如果项目进度落后于计划，也不推迟产品启动，可以在以后增加特性。

☐ 项目结构也按照各团队负责特定的特性的原则进行划分，整个项目被划分成具有明显阶段性的子项目。

☐ 采用一些严格的规则来实现协调和同步。软件开发工程师必须在每天的特定时刻之前检测他们的代码，如果出现程序缺陷，就必须马上进行修正，这样就能马上发现错误并作出纠正。

☐ 大多数执行团队都是小型、多功能的，有较强的自治性和责任感，但团队中具有定义非常清晰的指导方针。Window 95 测试小组的前任领导是原以色列军队坦克指挥官，据说微软的产品团队坚持基本规则，就好像微软是以色列军队一样。

☐ 部门和团队之间存在密切的沟通。在微软的案例里，通过单一地点工作和使用共用语言来降低这种沟通的难度。

☐ 存在一定的柔性，以便对未知事件作出反应。尽管在开发过程的起始阶段总是有清晰的产品形象，但是当团队成员了解到更多的发展产品的信息时，可以修改产品说明书。

科索马罗和塞尔比认为，这些规则的实际效果就是，微软的大型产品开发团队既能获得很多较小团队的优势，又能应付大规模的项目。

7.5 组织结构

组织的整体构造或结构是其创新能力的重要决定因素，这方面的研究可以追溯到很多年前。20 世纪 60 年代早期，伯恩斯和斯托克 (Burns and Stalker) 注意到，位于苏格兰"硅谷"的公司在抓住上升时期的电子工业所带来的机会的能力方面有很大不同，具有相对刚性的结构的公司，强调从上到下的沟通，严格且清晰地确定员工的角色，很难进行创新。相反，有效的创新者对员工角色的确定不太清晰，强调（部门与部门之间的）直接的水平沟通，而不是坚持"通过渠道"进行沟通。伯恩斯和斯托克将这两种组织称作"机械的"和"有机的"。

组织结构指的是组织中的工作的规则性。这样的规则性以集体行为的任何形式出现，最早的合作活动就是按这种规则性进行的。组织结构包括很多方面，但最基本的两点是：

☐ 谁做什么，以及怎样对不同的活动进行分组，这是劳动分工的问题。

☐ 怎样把个人、小组及其他成员的工作整合在一起，以实现公司的整体目标，
　　这是协调的问题。

组织任何过程的挑战在于把多样性和一致性的竞争压力结合在一起。多样性压力起源于劳动的专业化分工的优势，当组织必须处理的技术或环境比较复杂时，尤其如此。个人、小组及部门在特定的领域里发展他们自己的专业知识，逐渐地，创造一种产品所要求的知识的深度和广度超出了通才的能力范围，创造产品方面的技术知识如此，立法要求、市场和消费者方面的知识也如此。

专业化劳动分工并不只是局限于单个企业内部，它可以延伸到企业之间。汽车公司多年来一直认为，它们不可能掌握制造现代化汽车所需要的全部材料和技术，如塑料制品、金属材料、铸造技术、电子学和流体学等。如果要设计和制造一辆达到最新技术发展水平的汽车，所有这些知识都是重要的。因此，当汽车制造商开发新型汽车时，不得不利用供应商的设计技能。日本特别擅长开发和利用供应商的设计技能，在 20 世纪 80 年代后期，日本制造的汽车的 60%以上零件的详细设计不是由汽车制造商自己完成的，而是由供应商完成的，这一比例在欧洲

大概是 30%，在美国只有 16%。

尽管专业化有很多好处，但是也存在弊端。专家倾向于实现他们的特定目标，而这些目标并不总是与公司比较模糊和遥远的整体目标相一致。专家小组发展他们自己的语言和行话，便于与同行专家沟通，但这让不同领域专家之间的沟通变得更加困难。小组之间的冲突就是这样一种现象，尤其是在设计过程中，当不同小组的竞争优先权出现时，这种矛盾就更加突出。

在决定什么样的结构是一个特定组织的最佳结构时，我们将会面临很多问题，以及解决这些问题的方式的一系列选择，这些问题和选择包括：

☐ 灵活性与一致性；

☐ 自治与控制；

☐ 集权与分权；

☐ 活动分组。

下面我们依次加以讨论。

7.5.1 灵活性与一致性

对于工作设计问题，当需要灵活性时，要求产出具有一致性的组织结构不一定是最好的组织结构，因为一致性的本质是在做事方式上要求某些刚性，我们可以用非常简单的产品（如桌子）的设计和制造来阐述这一点。如果桌子的不同组成部分——桌腿、桌面、桌架等——的职责由多个人来承担，那么每个人对他所承担部分应采取的恰当生产方式的判断力是有限的。如果他们确实这样做了，那么最后可能不能恰当地组装在一起，或者，即使能组装在一起，单元内部和单元之间可能会不一致（同一张桌子的桌腿形状不一致，桌子与桌子形状不一致等等）。

解决不一致问题的主要方法是对组织成员必须做的事情给予准确的引导和指导。以服务设计为例，为保证呼叫中心的使用者得到一致性的服务，客户服务代表遵循着标准的手势和问候，计算机屏幕显示的内容可以提示代表询问某些问

题，或者在某些数据还没有得出和输入之前，禁止继续进行提问。销售人员有标准的价格表，设计者有设计手册并且需要遵守设计规则，工厂操作员有标准的操作程序可以遵循，等等。

从管理的角度来看，这种对人员活动进行高度结构化处理的最令人苦恼的问题之一是灵活性不够，这是设计和产品开发活动中存在的一个特殊问题。大多数设计过程是由创造性思维和问题解决的活动组成的，在这个过程中，将会遇到很多无法预料到的意外，因此需要事先作出规定。另外，紧紧控制成员活动的遵循规则的组织意识（这些组织可以被描述为"官僚主义"组织或"刚性"组织）常常打消人们"思考外面的世界"的念头，而这一点对创新来说恰恰是非常有用的。

7.5.2 自治与控制

组织结构问题的另一个方面是自治/控制的困境，简单地说，任何一个组织都要在相对高级和相对低级的成员的自行决定权之间作出选择。如果组织给予较低级成员高度的自治，那么就意味着高级成员在制定影响整个组织的决策时，要给予低级成员相当程度的自由。例如，设计工程师们可能被要求按照一种特定房子的风格来设计一种电子产品的线路布置，他们可能只得到一份性能说明书，允许按照线路板的结构作出自己的选择。高度自治的环境可能会受到一线人员的欢迎，这些人员喜欢对工作作出真正的自行决定，但是，这种自行决定却以减弱一致性和控制力为代价。因此，某些领域的自行决定必须受到限制。另外，自治和控制之间的界限通常不是清晰界定的，可能需要组织成员之间的协商和再协商。

7.5.3 集权/分权

组织结构方面的另一个关键选择涉及到允许谁制定哪些决策。跟自治与控制一样，存在有力的证据同时支持集权和分权。当组织中的决策实行集权方式时，就意味着很多决策——甚至相对次要的决策——都要提交到上级那里进行判断和决定。我们在一家德国汽车制造公司中找到一个设计决策集权化的极端例子，在该公司中，喇叭声调的最终决策由董事会制定，其理由是，喇叭声调是汽车品牌身份的关键部分。在实行分权的组织中，决策的制定比较靠近问题存在的地方——例如，由个别工程师和设计师，而不是由高级经理制定决策。

集权/分权问题与前面的自治与控制问题紧密相连。虽然设计师可能认为他们设计的产品特性受到控制，但是在某些情况下，总是必须考虑组织的宏伟蓝图，这就是很多开发项目需要与设计过程本身联系不紧密的外部人员进行定期检查的原因之一。这些检查通常带来紧张、焦虑的场面，设计团队可能认为这是考虑成本最小化、脱离实际工作的高级管理人员来给团队的"家庭作业"打分。如果标准不是在项目开始时就声明的，而是后来才提出的，或者纯粹因为考虑到成本和一致性而放弃具有想象力的设计，那么这种做法就特别容易挫伤人们的积极性。当然，在实践中，很多标准都得到声明并贯穿过程始终，上述情况只是一个反面的例子，但这也说明了所谓的"沉默的设计者"的重要意义。指出项目超过预算的会计人员可能要负责去掉产品的一些特性，以便符合成本目标。通常没有人会认为会计人员是设计者，但是，他或她对最终产品的影响是不可否认的。

集权和分权代表困境的信号。决策高度集权化的优点是：

□ 决策是按照总体的"宏伟蓝图"制定的，这种决策对整个公司来说极有可能是最佳的。

□ 决策是按照一套相互一致的标准制定的。

□ 主要决策者有机会学习到某种情形下起作用的知识，并把这种知识应用到其他情形中。

集权式决策的缺点是：

□ 决策可能是由对问题的细节不熟悉的人作出的，这可能导致低质量的决策。

□ 如果同一个决策者必须制定太多的决策，那么他将会变得疲惫不堪。因此，决策在等待制定时被延误了，而当决策者拿到决策问题时，不得不仓促地作出决策。

□ 挫伤一线员工的积极性，使他们认为他们的自行决定受到限制，这会导致一

种依赖性的"请示"文化。

□ 集权式决策的质量对于相对少量的决策者的质量非常敏感。

分权式决策的优点和缺点与高度集权化正好相反。在实行分权制的组织中，离行动最近的业务单元有很多制定局部决策的自由，也就是说，可以按照当时情况下关于什么行得通和什么行不通的详细的局部信息（通常具有默许的特点）来快速制定决策。由于组织成员认为他们对目标有一定的控制力，所以这可能使人产生授权的感觉。

分权的缺点是，从局部来看对公司有利的决策对于整个组织来说可能并不理想。例如，给予设计团队高度的自治，可以创造出具有创新性、高度的内部设计完整性的产品，然而，综观全部产品，这种自治可能导致开发工作重复、部件再利用率低，以及风格不一致和其他可能损害整个品牌形象的特性。地方性业务单元可能喜欢较近的供应商，因为这便于沟通，但这可能会与总部决定的"优先供应商"的压力背道而驰，这些供应商可能拥有一流的技术能力，并且从他们那里可以获得数量折扣。

7.5.4 活动分组

怎样对活动进行分组是组织体系结构的至关重要的选择，也是决定管理设计和创新的方式的重要因素。在企业家创业阶段，活动分组可能不是问题——创业者做任何需要做的事情，劳动分工主要由个人好恶和技能来决定。随着公司的发展，普通的划分方法是一部分人负责"运营"（对于制造公司，包括开发和生产），其他人负责外部问题，如销售和营销。在这个例子中，企业内部环境和外部市场环境之间的一个关键分界面，以及两者之间的有效协调，都极大地依赖于承担这些责任的个人之间的关系的质量。

随着公司的发展，提高专业化程度的压力也在增加。公司的内部运营可能逐渐分离出来，成为不同个体和群体的特权。不久，一种简单的结构即职能结构可能就会出现，如图 7.3 所示。

图 7.3　简单的职能组织形式

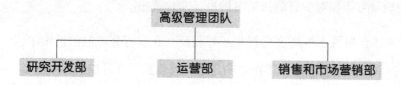

开发新产品时，所有三个主要职能领域都必须提供它们的技能和知识。在小企业里，大部分协调可能非正式地发生在每天的交互过程中。随着公司的发展和产品生产线的扩张，问题就会开始出现，这就产生了通过同样的部门来安排许多产品（和项目）的工作的问题。另外，随着产品产量（以及可能的技术复杂性）的提高，支持越来越多的专业化员工就成为需要和可能。因此，图 7.3 中的简单职能结构就发展成图 7.4 中的比较复杂的职能结构。

这种专业化的性质在各个公司之间会有相当大的差别。例如，一个纺织品公司的开发部门中，专家小组可能由纤维和染料方面的人员组成，设计者可能会专门研究特殊的产品类别和/或市场细分。在制造性质的公司里，可能会有很多不同的工程专业——机械、电气、化学、材料等等。其他职能部门也会重复这种模式，采购部门的人员可能会侧重于供应商的划分，销售和营销部门的人员可能会划分顾客或产品，如此等等。

图 7.4　复杂的职能组织形式

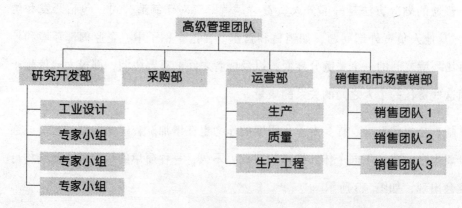

对设计和开发部门来讲，日益增加的专业化和复杂化带来了很多挑战，尤其是当它伴随着增长经常带来的产品增值时，这种挑战会更多。尽管很多人都在对设计过程进行投入，但是许多投入都不清楚设计过程中其他参与者的作用——或者极端的情况是对此没有任何考虑。另外，不同产品数量的日益增多意味着通过专家来安排工作会带来更大的问题。一个部门的工作延期，首先意味着活动依前一个部门的完成情况而定的其他部门的工作暂时停止，然后是出现惊慌，就跟所有的技术编辑的情形一样。

在人们所知道的组织的信息处理观点中，加尔布雷斯 (Galbraith) (1974) 认为，组织执行能力的关键性限制因素是其"处理"信息的能力，也就是组织为了协调和控制的目的而运用信息的能力。在高度不确定性导致难于提前计划的情况下，这是一种特殊的挑战。例如，为不稳定的市场设计产品和服务的组织，需要高度的响应能力以应付不确定性，获得这种灵活性需要付出很高的代价，如闲置的生产能力，工作已经开始而当环境变化时又改进工作（或放弃工作），等等。

新产品开发活动的特性就是高度不确定性，创新越根本，不确定性可能就越高。不确定性和复杂性以倍增的方式相互作用，也就是说，两种因素中任何一种因素的增加，都可能导致处理信息的需求以指数形式增加。

不确定性和复杂性同时都很高的设计任务的例子主要是航空航天技术项目，如 20 世纪 60 年代协和超音速飞机的开发或美国航天飞机的开发，有很多人参与了这两个项目，他们的工作是互相依存的，因此必须进行密切协调。另外，由于其根本性的创新性质，这两个项目都不可避免地要遇到难以预料到的问题——如果开发者正在从事的是以前从未做过的事情，那么结果就不可避免地具有不可预知性。这是一个计算机建模能够发挥特殊作用的领域。托姆克和藤本描述了像波音、克莱斯勒及丰田这样的公司如何通过建模，有效地把设计过程中的问题转换到一个更容易解决的角度来处理——一种被称作"前加载问题解决"的方法，因此减轻了设计过程后期的协调负担。

当难以预料的事情发生时，就必须修改最初的计划——某个子系统中的设计者可能不得不根据其他子系统中的调整来修改自己的计划。如果没有对调整的性质和时限进行有效沟通，那么各种各样的问题会接踵而来——设计配合不当、产品性能差、工作需要返工等等，正如小型案例研究 7.4 中的情况那样。

小型案例研究 7.4　互相依赖需要协调

设计汽车时，发动机的大小与发动机安全罩的大小是相互依赖的。在雪佛兰蒙札 (Chevrolet Monza) 2+2 的设计中，当雪佛兰决定不采用旋转式发动机，而是代之以 V-8 发动机时，有人在设计发动机机舱的过程中忘记考虑这一点。因此，雪佛兰在生产汽车时，为了改变 8 个火花塞中的其中一个，必须卸下并稍微提起发动机。

[普费弗 (Pfeffer)，1978，P26]

当然，有许多应对不确定性和复杂性的策略。我们可以用以前的设计作为模板，但是这样做限制了新颖性，因此也降低了设计团队面临的不确定性，所以是以限制创新为代价的。我们也可以应用设计规则，把风险控制在可以管理的水平上，但是这样也限制了设计者自行决策的自由，例如，如果组件密度、工作温度及其他参数超标，那么笔记本电脑的很多性能都要被去掉。然而，如果产品在测试阶段出现问题，或者更糟糕的是，产品一投入市场就大量出现故障，那么就有可能导致以后对设计的改变。

加尔布雷斯将应对不确定性和复杂性的组织策略总结如下：
□ 使用宽松资源；
□ 产生独立的任务；
□ 采用垂直信息系统；
□ 采用横向沟通；
□ 矩阵式结构。

对于由许多相互依赖的活动构成的设计过程，需要理解上述每一种策略，其中许多策略已经在前面提到过，例如对新产品的创造都有投入的不同领域的专

家。另外，我们认为大多数设计过程都是在一系列特定的限制条件下进行的，例如，预定的提供服务的日期，可能是为了与市场上的竞争者相竞争（或打败竞争者），或因为市场的季节性特征，或因为其他类似的机会之窗。由于每个小组不可能完全准确地预测他们所承担的设计和开发工作将花多长时间，所以在项目计划阶段就必须进行某些估计。

当某些活动计划开始或计划完成时，这样的估计可以体现在甘特图或项目计划中。如果一切都按照计划进行，那将是令人满意的，但是，如果某个小组遇到困难，因此延迟了完成活动的时间，那么整个项目就有可能出现问题。对于营销小组来说，收集有关市场的数据所用的时间通常都比预计的时间要长，尤其是当竞争者比较活跃，一直都在推出新产品时。因此，设计小组收到产品需求的信息的时间就会延迟，这就给他们施加了压力，要求他们更快地完成工作，以便符合原来的启动日期。这样的过程在设计过程的许多接合点处都会重演。如果设计部门在完成产品说明书时延期，可能会使采购部门在选择和确定供应商时感到有压力，同时制造部门在组织工具和生产布置时也会感到有压力。在这些情况下，组织必须能够把计划的偏差传达给可能受到影响的所有各方，证明调整是有可能的，然后修正计划并保证所有各方都清楚新的时间表。这是一项了不起的组织任务，但是，如果不能有效地完成，那么将会导致相当多的混乱，并且常常会推迟产品启动的时间。

使用"宽松资源"是一种应对不确定性的策略。通常，新产品开发项目都包含应急储备——可能是时间方面的，也可能是成本方面的。产品开发确实需要更多的时间，这样就可以在不调整整个计划的情况下处理未预料到的问题。同样地，如果证明确实有必要，可以使用额外的预算资金去获取额外的帮助，或者，如果发现难以符合原来的成本目标，可以允许成本超支。宽松资源对于组织的重要性是允许开发过程的要素"松散地耦合"在一起。但是，如果这种宽松没有包含在制度中，那么就需要极其准确的协调，并制定相应的计划。为此，可以采取项目管理资源的形式，如联络员，或采用 IT 系统。这些系统的作用是保证各个团队坚持计划、把计划传达给其他团队，以及当出现问题时，保证采取纠正行动。

垂直信息系统是另一种策略。垂直信息系统的例子是通用数据库，例如所有需要设计信息的人员都可以使用计算机辅助设计（CAD）数据库，它可以节省交换设计信息所用的时间，减少信息由一个部门传递给下一个部门时必须重新输入的信息的错误。项目计划工具是另一个例子，它使所有参与者都能看到项目的进度，以便尽可能快地发现并修正偏差。当然，这种信息系统只是和输入其中的数据一样好，尤其是存在压力时，人们不可能完全遵守给系统输入更新过的信息这样的要求。但是，作为鼓励所有人"协调一致"的方法，这样的系统具有相当多的优点。

另外一种策略是横向沟通。横向沟通在实践中的一个好例子是一支跨部门、协同定位的产品开发团队。当工程师和设计师密切合作来创造一种新产品时，其中一些人的活动不可避免地会侵害其他人的活动。例如，设计一辆汽车时，在原型开发过程中存在一个问题，即穿过发动机机舱的电线对排放系统造成热侵袭。这个问题可以通过很多方式来解决：可以改变发动机机舱的形状，这样热废气就不会与电线离得太近；可以改变排气系统的形状，这样就可以改变排气路线，问题也能得到解决；可以改变汽车的线束，从而将电线从排放系统附近移开。在每种解决方案中，某些部门中的某些人必须从事一些额外的工作，可能要为成本或他们的子系统的设计完整性达成妥协。如果负责每个子系统的人员在管理上和地理位置上相距很远时，那么要花费很长时间才能解决问题，尤其当问题具有政治色彩时，花费的时间会更长（如果对于任何群体存在重要的财务牵连，就会出现这种情况）。

在这些情况下，设计团队位于同一地理区域内是有优势的，这样就能在重要资源被交付之前（例如工具安装），及早发现问题并进行处理。类似地，如果不同子系统的工程师被安排在一个共同的开发团队内，受项目团队领导的控制，那么也可能存在处理这样的冲突的现成机制，因为项目团队领导将插手，并从全局

的角度来制定决策。不论是哪一种确切的干预形式，都是基于横向沟通的基本原则——设计者便于直接相互沟通，从而加快了问题的解决。

另一种策略是产生独立的任务，这种策略也可以采取很多形式。可以对产品的结构和接口及早制定决策，典型的例子是模块设计，个人电脑就是采用这种方式。尽管个人电脑是由许多不同的部件组成的，但是这些部件之间越来越多地使用具有共同通信协议的一系列标准接口进行通信。在实践中，这就意味着不同子系统的设计者在一定程度上能够相互独立地工作，只要他们操纵的设备的输出符合标准的协议，这样就为并行工作（所谓的并行工程）提供了广阔的空间，同时保证不同子系统能组合起来，作为一个完整的系统来运行。

对于这种策略，系统中的松弛性是很重要的，台式电脑的模块化比笔记本电脑的模块化要容易得多，因为台式电脑对于设计者来说有更多的工作空间，因此，如果变压器设计者设计的元件比原先预料的大，那么这也没什么问题，因为这个元件不必要去"借用"其他元件的额外空间。然而，对于限制空间的设备，如笔记本电脑或移动电话，元件设计者之间的交互就可能比较频繁，因为任何元件超过限定的空间都将不可避免地影响到其他元件。

独立任务具有重要意义的第二个领域是整个公司。很明显，我们在图7.4中所看到的典型的职能结构在职能专业化方面具有很多优势，但是也存在增加协调的需要所带来的成本。另外，职能性组织可能缺少市场焦点，可能遭受部门间的对抗和钩心斗角。解决这种问题的一种方式是建立相对独立的或基于产品的结构，如图7.5所示。

基于产品的结构是通过创造不同子单元内相对独立的活动分组来发挥作用的，更像大单位里的微型公司，这样就带来大企业所不具有的小企业的许多优势（如易于协调、非正式或产品所有权清晰）。由于组织规模较小，产品焦点较集中，所以设计过程中各个职能部门（如研发、销售和营销、制造等）之间的沟通就很容易，市场响应速度也比较快。然而，这样做也是有代价的，主要是部门之

图 7.5 基于产品的组织形式

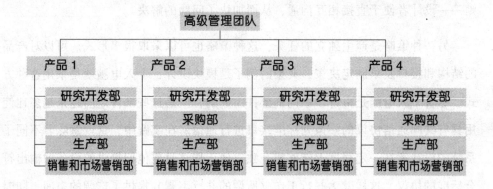

间的工作的重复和专业技能的损失，另外，鼓励这样的子单元之间的相互学习也很困难，因为一个部门的研发单元中产生的想法可能会被囤积起来，而不是传递给能够把这些想法有效地运用到工作中去的其他部门。

有些公司试图通过开发矩阵式组织结构而达到两全其美的效果。典型的矩阵式结构由一个基本职能组织结构组成，但是还要加上一个产品或项目管理结构，这样公司就可以为进行专业开发而保留专业职能，不过，当开发新产品时，产品或项目经理可能由隶属于他或她的各个职能部门的员工来任命。产品经理负责协调不同职能部门，以保证及时推出好的产品。职能部门经理负责本部门员工的专业发展，确保获得恰当的专业知识，并在企业内部进行发展。在某一特定项目的生命周期内，员工可能专门跟随本项目的产品经理，也可能受到不同的产品经理的领导，为多个项目作贡献。

矩阵式组织隐含的理论是，通过以产品为基础的相互协调以及产品所有权属性这样的职能形式，矩阵式结构提供了专业化优势。然而，矩阵式组织面临的最普遍的问题是，由双重负责制引起的权威的模糊性——产品开发团队成员既要对部门主管负责，又要对他们的产品经理负责，这就可能造成冲突，尤其是在资源稀缺时，更容易造成冲突。

7.6 文化、设计和创新

从 20 世纪 80 年代早期开始，管理方面的文献就对组织文化进行了深入探讨。推动组织文化研究的重要著作之一是彼得斯和华特曼（Peters and Waterman）合著的《追求卓越》，该书于 1982 年出版，其内容主要基于他们对美国大部分成功公司的研究结果。他们根据独立的财务数据识别出"成功"的公司，然后对这些公司进行采访和观察，希望能发现一系列共同的特征。他们发现了高绩效公司所具有的几个共同特征，其中一个特征尤其受人关注，那就是拥有"浓厚的"公司文化。无论对错，《追求卓越》灌输给人们的思想是，浓厚的组织文化与经营成功有关。带来的结果之一是，很多组织开始尝试根据有目的的、鼓舞人心的使命来确定它们的活动，公司使命陈述的扩散就是一种证明。

文化的定义各不相同，不过大多数评论家认为文化代表一种共同意义的体系，或一种共同价值和信仰的体系。这种价值和信仰主要反映了人们对世界及其运转方式的基本设想，它支配着团体内成员的行动和表现，能跨越个人和集体层次，是某一文化范围内的成员之间协商的结果。因此，在一个特定团体内，文化代表"做事的方式"。然而，彼得斯和华特曼在谈到他们研究的卓越公司的文化时，认为文化并不仅限于此。他们认为这些公司的特征是"浓厚的"文化，也就是说，它们拥有经过清晰界定、广泛分享、深刻理解的价值。他们认为，经过洗脑的极端的宗教或政治宗派中的成员，与其说是遵守基本信仰的墨守成规的人，还不如说是卓越公司的员工。因此，一些评论家就把这些组织描述为"传教士"组织，这些组织的一个特征是他们的员工愿意付出不同寻常的努力。

根据我们前面讨论的组织的协调和控制问题，及其与非例行活动（如设计过程）的创新、管理的明显相关性，我们知道文化在很多层次上是重要的。首先，浓厚的组织文化有可能解决典型的自治/控制的困境。当组织成员对一些基本信仰和优先权达成一致意见时，他们就可以在最小的外部干扰条件下安全地开展他们的工作——当然，前提是他们理解自己的作用，并具有必需的技能。这立即就可以节省代价昂贵、常常遭受怨恨的以及与密切监控有关的设备。在管理创新时，这一点尤其重要，因为许多外部控制机制（如规则和程序）常常削弱创造力和灵活性。

浓厚文化对于创新的另一个优势——假设文化所包含的价值是恰当的——在于创新本身可以依照组织的价值体系极大地得到促进或阻碍。因此，在回避风险的组织里，冒险做事的人员有可能明确地或者是隐含地受到惩罚，创新就不可能繁荣。同样地，向内看的组织，以及对在组织边界上表现积极的个人（如与客户、用户和供应商打交道）不进行奖赏的组织，也会发现要保证创新所依赖的新思想在组织内畅通无阻是困难的。

7.6.1 诊断文化

将文化当作概念的垃圾桶，把其他理论所不能解释的现象都往里放，这是很容易的事情。如果组织变革的计划没有产生期望的结果，往往就会把失败归于"现有文化"。为了能进一步理解概念，我们需要诊断组织文化，也就是说要知道到哪里去寻找文化的指示器。文化主要以三种方式存在：

☐ 语言符号——故事、神话、传说、传闻及笑话；

☐ 物理和材料符号——建筑、办公室布置、服装代码；

☐ 例行习惯——团结的主张和共同价值、决策协议等等。

例如，如果研发部门被转移到场地边缘的一个临时组装的办公室，那么这就暗示新产品开发在组织内被认为重要（或不重要）的程度如何。同样地，如果设计者很少参与对未来产品计划的重要决策，那么这足以说明公司是怎样解释和理解他们的地位的。正如我们将要看到的，高级经理的行为在形成这些价值，从而决定创新产生的氛围和基调方面的作用是至关重要的。随着时间推移，这些价值也将在组织的正式程序和过程中得到体现，其中晋升体制就是最有说服力的例子之一。如果获得组织高层职位的许多人是支持主要产品创新的人员，那么就预示着对这种活动会赋予较高的价值；当高层职位人员大部分是财务会计人员时，这

也会传递一种有说服力的信息，说明组织将优先考虑哪些事情。

7.6.2 文化的决定因素

决定一种文化的独特品质和倾向性的因素可以从实用的角度分为一般原则和具体策略两大类。与创造浓厚文化有关的一般原则反映了能够培育任何相对同质的社会系统的事物，包括高选择性的招聘、高级成员建立角色模型的有效性和一致性、新成员的密切交往，以及传达有关组织内应该受到奖励的行为类型（因此是有价值）的一致性信息的奖励和晋升标准。鼓励浓厚文化的具体策略包括：

☐ 鼓舞人心的使命，它能激励人们把他们精神上的、感情上的和体力上的能量投入到组织活动中。

☐ 非分割的结构，它促进对目前任务的聚焦，而不是为争斗和自卫提供温床。我们在组织结构部分讨论过的基于产品的结构，至少在单个经营单位内能促进"非分割"方法。正如我们已看到的，部门间的信息共享在基于产品的系统中是困难的。

☐ 开放的、非正式的沟通，以保证内容丰富而频繁的信息交换。这不仅能进一步阻止次文化的形成，而且还是一种非常有效的机制，通过这种机制，关于未来产品的想法可以非正式地在组织内传播，在传播过程中，通过增加有关顾客需求和技术可能性的额外信息，使这些想法不断得到丰富。

☐ 职能部门间的员工轮换，这样员工个人效忠于整个组织，而不是效忠于特定的子单位。

☐ 排除可选择的参考点。这是一个可能引起争议的观点，因为它认为过分强调专业忠诚对整个组织是没有帮助的。例如，如果专业设计者主要将设计团队内的其他成员作为与他们同等的人和参考点，这样就会阻碍与其他组织成员的融合。当然，这也适用于其他职能部门的员工，如人事、制造、采购等部门。这里的关键点是专业价值有时会与公司价值相冲突，设计者所追求的可能是获得最新设计奖，这一点可能获得其他设计者的认可，但是，如果这种设计者认为有价值的属性与团队优先考虑的对象不一致，那么就会给采购部门、制造部门以及销售和营销部门的同事造成严重困难。通常这是一个平衡问题。

毫无疑问，到目前为止的讨论隐含的假设是，"浓厚的"文化是一件"好"事，对这个假设需要认真进行思考。尽管浓厚的文化能够极大地减轻单位之间的沟通和协调问题，但是浓厚的文化具有任何相对的同质社会系统所具有的缺点，也就是说，它们可能缺少必要的观点多样性和反对的声音，而这些常常是引起重大创新的火花。在《追求卓越》这本书中，IBM 作为一个典型的具有浓厚文化的公司被反复提到，然而，就在这本书出版仅仅几年之内，IBM 就陷入了相当大的困境中，因为大型计算机市场一蹶不振，而个人计算机却开始普及。具有讽刺意味的是，此时对 IBM 的困难的许多分析认为，IBM 处于困境的原因之一是公司的浓厚文化，当周围的世界改变时，浓厚的公司文化却使他们难于作出改变。

7.7 结论

☐ 本章介绍了一些有关管理设计和开发过程的关键组织问题。不幸的是，对于必须管理（或处于）这个过程的人员面临的许多困境，很难找到简单的答案。设计和产品开发是特殊的挑战，因为它们必须把如此多的、在许多方面又是逻辑对立的属性整合到一起。"设计者"——记住我们非常宽泛地来定义这个群体——在问题解决和设计活动中都需要具有创造力，同时在工作中必然受到成本、现有品牌形象、与其他产品的后向和前向兼容性等因素的制约。

☐ 实施这些活动的组织需要在其活动中同时具有一致性和控制性，还要具有灵活性，以应对未预料到的事情。管理设计过程的人员所面临的挑战是选择应对这两类需要（通常具有竞争性）的策略。

本章关键问题

1. 讨论在管理具有创造力的个人时，自治和控制之间进行平衡的必要性。

2. 描述产品开发团队中不同专家之间的冲突的主要方面。怎样有效管理这些专家之间的分界面？

3. 哪些因素决定团队的效率？在设计和开发项目的早期阶段，产品开发团队可以采用哪些方法来改进它们之间的交互？

4. 阐述组织结构和文化是怎样促进或阻碍创新的。

用设计
再造企业

8

财务与设计

比尔·尼克松 (Bill Nixon)

设计不仅仅包括设计者和设计顾问，还包括工程师、研究人员和所有的高级经理人员以及——我能这样说吗——对创新过程和新产品开发有贡献和有影响的财务主管和会计人员。

[柯里（Currie），1997，p.1574]

学习目标

☐ NPD 团队中对会计人员角色的主要影响，以及他们怎样充当涉及所有 NPD 参与者(包括顾客和供应商)的"本地话"。

☐ 设计对产品创新的贡献的回顾性评估中存在的主要困难，以及公司不愿意回顾性地去衡量设计的好处的原因。

☐ 影响定量、定性量度与设计工作之间平衡的因素。

☐ 哪些管理会计及 NPD 技术、概念有可能更好地整合在一起。

☐ 什么是目标成本以及为什么说它是一种有效的设计工具。

8.1 引言

众所周知，管理多学科团队的能力是与有效的产品创新联系最紧密的特征之一。然而，相对于全球网络和由计算机、远程通信和传媒产业聚集形成的环境中出现的虚拟实验来说，即使是传递顾客和股东价值的融合性很好的团队，也可能处于竞争劣势，这一点正变得明显起来。这些发展增加了新产品设计和开发 (NPD) 过程中的技术和市场的不确定性。

会计有助于评估 NPD 循环中每个阶段存在的风险、机会和选择。虽然会计过去在 NPD 中具有极其次要的作用，而且通常是来得很迟的作用，这种作用往往表现为创造性所需要的自由和财务实力所需要的控制之间的冲突，但是，这两种职能之间存在较紧密的联系是有几种重要原因的。

8.2 对多学科团队的需要

产品设计者必须是多功能的、多才多艺的人员，能迅速地克服技术、心

理和财务上的困难。

[格勒克 (Glerke)，1996, p.178]

在一定程度上，由于技术扩散的加速和保护知识产权的难度的增加，使得竞争压力加剧，从而促使具有创新能力的公司按照市场决定的目标价格，而不是简单地加上一个边际成本，去进行预测和设计。通过产品特性保持很长时间的竞争优势的困难，意味着在概念定义和设计阶段就必须预测和引入基于价格的竞争。戴姆勒—奔驰公司是适应这些压力的一个好例子。众所周知，1993 年，在销售额骤减的情况下，梅赛德斯的总经理海姆特·华纳 (Helmut Werner) 认识到，公司生产的汽车的发动机马力过大，价格太昂贵。为扭转这种局面，梅赛德斯采取了根本措施，在产品开发过程中采用"目标成本法"，也就是根据估计的市场销售价格目标，倒过来确定新产品的成本目标。

一旦确定了设计，产品生命周期成本的绝大部分就确定了，设计阶段之后的成本削减将会极其困难，并且代价昂贵。例如，通用汽车公司估计制造卡车变速器的 70% 的成本在设计阶段就确定了，这与福特汽车公司近期的经验是一致的。面对日本公司进攻性的基于价格的竞争，福特汽车公司全面削减它的 1997 型 Taurus 车的成本。这对于 Taurus 车的顾客来说并不明显，比如，福特的工程师重新为 Taurus 车门上的合页设计了一种钉子，这样每辆车节省了 2 美元。他们还借鉴林肯大陆的经验，对座位下面的金属片进行了加固，这一项节省了 1.50 美元。经全面调查，零售价为 17 995 美元的汽车的总成本只不过减少了 180 美元。

市场速度的压力促使从单个产品的设计和开发到整个产品系列的开发技术平台的转变。同基于时间的竞争和基于平台的产品开发有关的管理实践和文献大部分都与质量开发和利润管理相脱离，尽管所有这些实践在适当的情形下是有价值的，但是，当采取整合方法时，它们的"基本"贡献是增加的。

整合多维产品设计和开发活动的任务已经变得更加繁重；依次产生好几代产品的产品系列开发平台在早期阶段需要管理会计的信息，目的是快速集中想法，并把这些想法与产品组合、技术、竞争和公司战略结合在一起；管理会计信息也帮助 NPD 团队确定与产品功能、形式和工效有关的设计因素；顾客的质量、表现、价格和生命周期成本要求之间需要相互平衡，并且还要与公司的盈利要求相平衡。

即使概念已经明确，会计也必须重视顾客需求变化对于产品生命周期的相对重要性。早期的设计决策都需要管理会计信息，例如，为适应产品生命周期内的快速、经济的重新设计而保持设计柔性所带来的成本和价值的决策，以及与外包、维持和模块界面的安排有关系的模块化程度的决策。基于价格的竞争迫使人们对不同的设计和方案带来的利润影响作出早期评估，比如，开发费用超支、进度拖延、单位产品成本超支或价格降低对利润的影响。

企业从技术和组织角度将会计和财务功能很好地结合在一起，以便采用一致的方法把产品设计和开发整合为业务流程。然而，把会计功能包含在 NPD 中的原因很简单：如果不这样做，高级经理人员就会怀疑财务计算，低估会计对整个 NPD 过程所能作出的贡献。

8.3 NPD 团队

一般认为 NPD 的关键功能依次是营销、研发 (R&D) 和制造。即使假设工业设计活动是营销功能的一部分，并且设计工程包含在制造中，NPD 团队的这种观点还是低估了设计在联系目前的和潜在的顾客需要与技术能力方面的关键作用。

NPD 的最近趋势（尤其是避开"大冲击"，一次只设计一种产品）是形成一种这样的过程：产生一系列富有价值的产品，突出早期设计决策的巨大竞争性和财务方面的重要意义，这些决策涉及的内容包括系统特性、产品结构以及允许在产品投放市场的后期阶段作进一步开发的柔性——也就是所谓的"延伸设计"。设计具有界面管理的作用，它连接着顾客、供应商和所有其他的内部职能；管理会计支撑着设计的中心阶段，并且对收益、成本、现金流方面的设计决策和设计

选择具有明确的影响。

管理会计和会计在 NPD 团队中的明确功能在很大程度上取决于两个因素。

第一个因素是不同设计参数对于公司竞争力的相对重要性。例如，如果将产品开发的观点假定为"质量第一，价格其次"[劳斯莱斯公司的亨利·莱斯(Henry Royce)]，那么会计就不太可能在开发中起重要作用。相反，如果价格和/或生命周期成本对于顾客来说是主要的竞争优势，那么管理会计人员就可能是核心产品开发团队的成员。

第二个因素是组织过程和组织文化。例如，公司的结构、体系和管理风格可能是鼓励岗位轮换，让员工从事多个方面的业务，它们也会鼓励职能重叠，以及用智囊库来控制交叉职能部门的交流和合作。例如，如果管理会计懂得设计和开发过程、存在的控制和机会、用来管理多维设计和开发活动的技术，那么管理会计人员就非常有可能在 NPD 过程中起中心作用。

同样，懂得价格驱动性竞争和管理会计技能的设计者，也会理解早期设计阶段的会计信息和利润管理的价值。实证研究表明，管理会计的作用和重点随着开发生命周期的不同阶段而变化，从产生构思和概念确定阶段的战略和风险评估、期权价值和机会成本的评估，到原型和前期制造阶段制定出成本目标，逐级演变。

8.4 了解 NPD 过程

NPD 过程继续发展——从多个方面发展，那些没能保持最新的 NPD 实践的公司，将会遭遇越来越多的显著的竞争劣势。

[格里芬 (Griffin)，1997，p.429]

设计一个支持新产品设计和开发的管理会计信息系统的前提是，确定目前的新产品设计和开发过程需要改变的程度，可能是因为基于时间的竞争压力、NPD 管理实践的趋势，或者，简单地说，发现了过程中的弱点。例如，在过去 10 年中，大多数公司不得不采用并行开发方法和所谓的"精洁产品开发"方法，来代替既费时又费钱的线性的、延迟的团队技术。"下一代"产品创新反映了研发、设计和新产品设计开发过程中的管理的其他变化，一旦对现有的、最佳的 NPD 过程达成一致意见，管理层就能决定会计系统应该集中于这个连续统一体的哪些方面，以及它是否应该对当前的 NPD 过程提供更多支持，还是促使其产生变化。

确定 NPD 过程的任务远远不是直截了当的，从某种程度上讲，是因为这个过程涉及到公司的每个职能部门及供应商和顾客；困难也归因于这样的事实，即公司并不总是对主要的"阶段关卡"决策制定出明确的标准。作为 NPD 早期的"模糊前端"，长时间的、迂回的讨论在许多例子中反映出的组织特性同固有的技术和商业不确定性一样多。

虽然最近强调多学科团队的并行开发，但是，大量调查和试图去模拟这个过程的经验表明，在同一个组织中流行着不同的有关 NPD 项目的战略重要性和开发过程本身的观点，这些观点在很大程度上取决于组织水平和个人的功能。即使是对于同一个公司的设计功能，工业设计者和设计工程师经常对公司设计的本质、目的和价值表现出极不相同的理解。这些不同观点部分归因于这样的事实，即同一设计的不同设计维度常常被分割成工程功能和营销功能。NPD 团队参与者的观点常常在以下方面存在差异：

□ "阶段关卡"何时开始/结束，何时需要作出决策以及每个阶段的标准是什么；

□ 公司的风险管理策略；

□ 三类相关的成本的相对重要性和关系，这三类成本是：开发产品或产品系列的成本、制造产品或产品系列的成本以及对顾客而言的产品生命周期成本（参见图 8.1）。

在一个组织内部，针对如何及何时确定设计、概念定义与设计开发阶段的关系达成共识也是困难的。如果公司的政策是尽可能长时间地保持设计的开放性（这能降低投产后期改变要求的昂贵成本的风险），并且故意重叠概念确定、设计和开发阶段，那么这项政策就要求一定水平的沟通、合作、协调以及支持快速改变的产品结构。例如，在有些情况下，如果需要提前期较长的昂贵设备，那么在

图 8.1 目标成本的主要分类

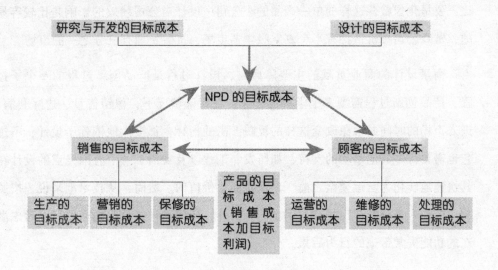

着手开发之前，就必须及早确定一个稳定的目标来清晰定义概念。

对早期的概念定义和设计阶段了解较好的管理会计信息，有助于确定最好的解决方案来满足绩效、质量、成本和利润要求，加快作出设计选择的决策，还有助于对新产品和产品开发平台的建议作出评估，帮助确定适合每个 NPD 关键成功因素 (CSFs) 的绩效评估和标准，并且还考虑到公司的主要利益相关者（包括客户、供应商以及联盟伙伴）的利益。

8.5 评估设计绩效

在设计上花钱是有回报的，不过重要的是及早谨慎地花钱。典型的新产品开发的设计阶段要承担 15% 的预算费用，不过至少与 80% 的成本有关。

[布拉德利 (Bradley), 1997, p.424]

确定具有好的设计的创新性产品是相对容易的，例如，在英国千禧年产品奖计划和刊登工业设计优秀奖 (IDEAs) 获得者的《商业周刊年刊》上，就能找到这方面的信息。确定设计的生产力，或者确切地说任何单一职能的生产力，通常具有较大的挑战性。当然，与拥有许多产品系列或者几百个产品模型的公司相比，要量化像戴森这样的单一产品的小公司中设计对公司绩效的影响是比较容易的，戴森公司按价值拥有半个真空吸尘器市场，按数量拥有三分之一的市场。

衡量设计的商业贡献的主要障碍是，设计过程是产品创新过程的一个子过程，产品创新过程需要多个学科的合作；在特殊情况下，像销售量、边际利润、进入市场的时间或形象改变这样的反映产出的指标，都极大地依赖于设计，不过它也需要许多其他活动的支持，如研发、工程以及营销。一个有闪光点的设计在其快速地转化为营运模型之前，是没有商业价值的。然而，从技术上来说，按照相应的投入来分配产出是非常困难的。另外，任何这样的分配都需要仔细考虑潜在的功能失常带来的行为后果。

然而，在严格的财务控制情况下，尤其是在现在所突显的支出如此重要的情形下，对设计价值的信任需要设计生产力和效率方面的证据支持。相对于产品美学、身份、性能和工效学而言，决策者更关心市场占有率、现金流量、生产成本和利润，为了向这些决策者传递设计的价值，"需要的不仅仅是口号"。

对设计绩效评估所进行的有限研究表明，大多数度量都是定性的和非财务的，关于设计投资和有效设计管理给企业所带来的回报，实际上直到最近也还没有可利用的定量信息。以 8 个案例研究和针对 46 个设计经理的问卷调查为基础，赫特施泰因 (Hertenstein) 和普拉特 (Platt) 的研究识别出 16 个财务的和 27 个非财务的指标，用于评估设计活动的绩效。

本书作者的案例研究表明，设计绩效的定量和定性衡量的平衡取决于：

□ 设计的本质。例如，与工业设计项目相比，设计工程项目的目标和评估指标更具有定量的特征，工业设计项目与产品身份有关，大部分评估是定性的。

□ 无论设计是创新性的还是渐变式的，不确定性越大，评估指标就越具有定性的特点。

□ 产品生命周期所处的阶段。两种项目的数据表明，当不确定性减小时，随着

时间推移，存在着从相对软的信息和战略标准向更加可靠和操作性更强的评估转变的趋势。

作者的研究还表明，越来越多的公司（部分是为了增加顾客的关注和加强价值管理）正在将研发和设计这样的活动转变为分布式利润中心，以便使它们能作为公司的独立业务进行运营。虽然现金流显然是利润中心绩效的一个衡量指标，但它关注的是短期目标，有必要考虑利润中心的知识和智力资本的变化。影响筹资和组织地位的一个最重要的标准是高级经理人员关于活动对竞争利益和公司战略的贡献的看法。在外包决策方面，这种评估通常受内部和外部设计者的对比的影响，受内部设计者的记录的影响，以及与外部企业相比，受到他们的关于公司技术和运营的深层次知识的影响。

8.6 领先和落后评估

前瞻性和/或回顾性设计绩效评估的程度似乎取决于多个因素，包括产业特点、固有风险，以及高层管理者对绩效评估的可靠性及价值的看法，尤其是关于产品设计和开发团队在组织结构、管理过程和薪酬系统方面是否比个别功能（如研发、设计和营销）重要的看法。

本书作者所做的研究表明，事先的设计绩效评估有助于项目目标的实现，因此，CSFs 的定义早于绩效评估。例如，由于较高的技术和商业的不确定性，除了采用很一般的方法外，开发新产品的工程公司在原型开发之前不能确定工程参数，只知道要开发一种用来生产具有明确的图纸、传导性和氧气特性的铜棒的机器。一旦有客户介入，不久就会增加进一步的要求，关键的问题是，这种机器不仅能够生产具有某种精确质量的铜棒，而且每吨铜棒的直接成本要满足特定要求，然后就按照支持完成这些目标的要求来构建评估系统，这种系统需要克服原型阶段识别出来的问题，即：

☐ 熔炉的熔化率不够；

☐ 压铸时间不够；

□ 与铜棒撤出有关的机械/电力问题;

□ 生产速度太慢;

□ 自动装置的控制问题;

□ 每吨产出的生产成本太高。

类似地,如果一家计算机公司希望为其产品系列设计出有凝聚力的和独特的身份,以便把它生产的计算机同竞争对手生产的计算机区别开来,那么在精确定义公司产品身份的要素之前,就需要在公司内部以及同顾客群进行广泛的咨询,这些要素包括市场、产品、用户地位以及被认为是对获得每种地位起关键作用的质量。例如,用户地位的关键质量是人机工效学(特点是不证自明的,并鼓励互动)、健壮性(产品反映出质量和耐用性)和价值(设计吸引用户对价值的感知),一旦针对设计目标和 CSFs 达成了协议,就可以按照支持完成目标的要求来构建评估系统,同时针对达到总体产品身份目标所需要的正确行动提供反馈。

8.7 设计绩效的事后评估

设计委员会的调查表明,按照降序排列,设计给英国企业带来的好处依次是:

□ 改善公司身份;

□ 改进产品质量;

□ 较好的客户沟通;

□ 增加利润;

□ 在进入新市场方面取得较大成功;

□ 降低成本;

□ 改善内部沟通。

但是,对这些好处进行量化的措施相对较少,将这些好处分摊到设计过程所包含的不同学科上的尺度甚至更少。的确,有很好的实际原因来解释为什么不能试图回顾性地衡量单个学科的贡献,这些单个学科的效率主要依靠彼此之间的亲密合作。例如,由于各种原因,小的工程公司(公司 A)和上面提到过的大的跨

国计算机公司（公司 B）都不会针对设计功能对项目结果的贡献进行事后评估。公司 A 的总经理认为，任何对某项职能的正式的回顾性的评估，都对成功的项目管理所需要的完全不同的学科之间的整合产生不利影响。就像日本工业制造商小松制作所（Komatsu）的经理所说的，公司 A"不会一次只衡量一个部门的成功。他们知道市场不会酬谢一个突出的部分，只会酬谢一个突出的整体设计"。

公司 B 也仔细地评估工业设计对产品包装战略的潜在贡献，产品包装战略是赋予公司许多产品系列凝聚力和身份所必需的。此外，一旦开始执行项目，绩效评估就集中在该项目上。公司 B 的评估制度的重点是"前馈"，而不是"反馈"。这种方法在计算机产业的"激烈竞争"环境中比较适用；公司 B 的绩效评估、投资评估以及管理会计系统的假定是，相信公司为了避免价格骤然下降，必须快速引进新产品。公司 B 的评估系统采用项目聚焦的一个相关原因是，高层管理人员在努力改善跨部门的合作，尤其是营销部门和工程部门之间的合作。

8.8 评估 NPD 的费用

在过去的 10 年中，管理人员、经济学家和会计人员达成广泛共识，传统的资本投资评估技术，像现金流折现法（DCF）（定义 8.1）和回收期法（定义 8.2）有很多歧视创新性开发项目投资的局限性。对 DCF 方法最普遍的批评是：

☐ 偏爱当前现金而不是以后的现金，导致短期倾向。

☐ 没有考虑不投资的后果——机会成本概念。例如，如果一个公司在保持相关的新兴技术方面的支出不足以支撑它的核心技术，那么该公司可能很快就失去基于技术的竞争优势。

☐ 把没有价值归因于像技术开发平台这样的项目支出所产生的选择。

☐ 它隐含的假设是，决策现在或永远都不会和递增的、降低风险的过程相一致，管理人员采取这样的过程来对付创新项目所固有的不确定性。

定义 8.1 现金流折现法（DCF）

现金流折现法是一种用贴现率表示未来现金流的资本成本，从而考虑资金的时间价值的方法。这种方法给出了未来现金流的净现值（NPV），如果净现值超过一个项目的资本成本，那么这是应该投资的初步证据。

另一种计算贴现现金流的方法是，在将初期投资与将来现金流入等同的基础上建立一种贴现率，这就引出了内部收益率（IRR）。如果内部收益率比公司的资本成本高，那么这就预示着此项投资将为公司创造价值。

定义 8.2 回收期

回收期是资本投资的净现金流入量等于初始成本所需要的时间段。回收期核算要回答这样的问题："需要多长时间，我们才能收回投资？"对这种简单而又非常流行的方法的批评是它忽略了资金的时间价值，要克服这种局限性，就要用贴现现金流量的净现值来计算贴现偿还期。

认识到现金流折现法的局限性后，这方面的许多批评家主张使用期权价格理论（OPT）（定义 8.3）方法，该方法用于处理牵涉到大量不确定性以及主要目的是保持谨慎和延缓约束的那些决策。作者的案例教学研究表明，OPT 和 DCF 方法是互相补充而不是互相排斥的。在概念定义、设计和开发阶段，当不确定性还很高时，机会成本和 OPT 概念是量化和评估预算成本和收益的比较合适的方法。不过，在接近市场、处于制造前面的阶段，当许多技术和商业不确定性已经减少且约束也比较大时，现金流投入比较可靠，DCF 核算既恰当又重要。

定义 8.3 期权价格理论（OPT）

期权价格理论认为，投资决策通常跨越一系列阶段，每一个阶段都有期权，直到最后达到"勿失良机"的关键点，并且必须停止或提交决策。当不确定性高时，期权所提供的弹性（即在未来采取行动的权利而不是义务）是有价值的。在非金融产品，

也就是所谓的"实际期权"的情况下，OPT不仅仅是一种用来衡量财务选择的技术上的定量模型，更是一种思考方式。虽然把价值归因于实际期权可能是一种非常近似的应用方法，然而，它是一种需要确定的价值，以保证既保持弹性又不失去机会。

在平衡财务力量所需要的控制与创造和创新所需要的自由之间的紧张关系时，期权价格理论和现金流折现法混合使用的情况比单独使用要多一些。理解设计和开发的目标、参数和过程后，就可以运用评估方法和管理会计信息，以便平衡新产品设计与开发决策所涉及到的所有维度和方面：顾客和公司需要、战略和运营、核心技术和新兴技术、定性和定量之间的各种平衡。

8.9 管理会计对设计过程的支持

成功建模的第一个关键因素是用跨部门的团队创立经济模型（为新产品设计开发提供建议），第二个成功的关键因素是财务部门的有效参与。财务人员不仅有可能在定量分析方面做出最好的工作，而且在保证（经济）模型的可靠性和各项目之间模型的一致性方面，财务人员也起着关键作用。

[赖纳特森 (Reinertsen), 1997, p.38]

产品形式、功能和装配的变化影响产品的设计和开发、生产、操作以及维护的成本（见图8.1）。当目标是设计和开发一系列产品的平台时，这种相互作用的复杂性就会增加；顾客的表现、性质、成本和价值需要与公司的贡献和现金流需求之间要达到平衡，而时间压力增加了达到这种平衡的难度。有效的新管理会计和NPD方法正在研究这种复杂性，但是，它们所需要的数据和信息超出了任何一个单一职能部门所能提供的能力；它们也需要密切的沟通和合作，从原有的顺序和接力队的方式转变为具有功能边界和思想趋向的NPD，还需要很长时间。

成本会计，包括生命周期成本法（定义8.4）和目标成本法（TC）（定义8.5），只不过是会计将顾客需要整合到NPD活动中的一种方式。像作业成本管理（ABCM）这样的技术（定义8.6和8.7）有助于在执行决策之前确定和明确不同设计的管理费用。战略管理会计概念，尤其是涉及顾客盈利能力、竞争者分析和投资评估的概念，也可以毫无疑问地支持NPD中许多独立的参与者之间的沟通和合作。当用整合的方式应用现有的支持NPD的战略和运营的许多管理会计技术时，它们就具有相当大的协同优势。

定义8.4 产品生命周期成本法

传统的管理会计对产品生命周期的理解主要集中在生产和营销阶段的追踪预算/实际成本和收益上。然而，尤其是在过去十年中，这个有限的焦点得到了延伸，相对而言更加强调设计和开发阶段，以及操作、维修和处理成本。随着公司放弃逐个产品的开发方法，而是倾向于几代产品系列的开发平台，产品概念也在相应发生着变化。

定义8.5 目标成本法（TC）

这是一种确定成本的系统方法，在这种方法下，具有明确特性的计划产品必须生产出来，按预期的销售价格产生期望得到的盈利水平。然而，目标成本不仅仅是一种简单的确定成本目标的方法，它让顾客（而不是产品）确定价格，并且把产品和过程设计看作成本管理的基础。

定义8.6 作业成本计算法（ABC）

由于认识到根据直接劳动和机器工作时间分配产品的管理费用不再合理，这种成本管理方法在19世纪80年代后期受到人们的重视，与以往的方法不同的是，作业成本法根据生产产品所需要的活动分配产品的间接成本。

定义8.7 作业成本管理法（ABCM）

ABCM是由ABC发展而来的，它根据ABC所关注的产品成本来检验活动成本和

它们与实现战略目标的关系。这种方法也被称为作业管理法（ABM），并且还包括作业预算法（ABB），ABB有助于把业务战略转变为行动，而不仅仅是转变为实现战略所必需的传统资源。ABC和ABCM是辅助实现业务流程重组的有力工具。

然而，也许开发和提高管理会计价值的最大领域在于，将现有的概念和技术与已经被设计者用来管理NPD过程的那些概念和技术作进一步的融合，例如，质量功能展开（QFD）、面向制造和装配的设计（DFMA）、故障模式与影响分析（FMEA）以及价值工程（VE）等技术（定义8.8~8.11），目的是确定针对性能、质量和成本的最优设计。参数成本估计模型使用成本数据库和基于计算机的新技术，例如，旨在告诉设计者产品属性的变化如何影响产品成本的制造和设计评估（MADE）（定义8.12），该模型包括庞大的成本和财务子模型，这需要所有的NPD参与者密切合作。同样地，使用计算机辅助设计和快速原型法的最近开发成果必须有成本和风险评估的信息，而它所需要的数据是单一学科无法提供的。

定义 8.8 质量功能展开 (QFD)

质量功能展开是一种工具，用来准确清晰地说明客户需求，确定、协调这些需求之间的冲突，寻找满足客户需求的方法。质量功能展开跨越整个生命周期，并且集中于从概念开发到最终客户这个供应链上的许多"客户"和供应商的作用。

定义 8.9 面向制造和装配的设计 (DFMA)

DFMA是许多"针对X的设计"（DFX）方法中最普通的一种方法，这里"X"可以对应一种质量标准，例如可靠性、健壮性、可服务性、环境影响或装配。

定义 8.10 故障模式与影响分析 (FMEA)

故障模式与影响分析是一个过程，目的是预测可能的产品设计故障、这种故障可能对产品功能发挥产生的影响，以及降低故障率或减少对产品功能的影响所能采取的措施。是提高可靠性的好方法，应用于依靠新兴技术或相对新颖的技术的创新设计时，尤其有效。

定义 8.11　价值工程（VE）

VE 也称为功能分析、价值分析和价值管理。VE 需要对影响产品成本的因素进行系统的跨学科的考察，以便设计出一种方法，按照目标成本来达到所需要的质量标准和可靠性。

定义 8.12　制造与设计评估（MADE）

MADE 是航空航天产业针对生命周期成本开发的一种软件程序，它能支持复杂产品结构设计的决策。这种技术的基本假定是，主要成本类别（设计、开发、构建和操作）之间存在着相互关系。MADE 旨在快速确定设计变化所带来的财务变化，然后评估各设计参数之间的折中问题，例如，为了减少燃料消耗而减轻飞机的重量，可能需要进一步的开发，并增加制造成本。

许多产业部门的激烈竞争迫使设计者超越 DFMA 原则，按市场销售能力来进行设计。通过估计为获得一定的市场份额、边际利润以及容许的或目标成本所需要的产品销售价格，目标成本方法将顾客成本和价值需求与产品设计结合起来。要理解为什么许多 NPD 参与者反对像目标成本法这样的会计方法是很容易的，因为它把市场给公司带来的成本压力分散到整个 NPD 过程中。

目标成本方法是一种利润管理的主要方法，旨在解决一个简单的问题，即"产品设计怎样影响产品从开始到最后销售的所有成本？"因此，目标成本法跨越了一个产品的生命周期和它所涉及的所有活动（见图 8.1），不仅包括生产，还包括仓储、分销、营销、维护和回收。

生命周期概念，计算的是产品整个生命过程所涉及的生产者和顾客的全部成本，强调了时间对于成本管理和设计的重要性。许多实证证据表明，越接近投入生产，要影响产品的总成本越困难，做任何改动带来的成本也越大。不过，在它们产生收益的情况下，必须考虑成本。麦肯锡公司的一项研究发现，开发成本超支 50%，只会使税后利润减少 3.5%，但投放市场的时间晚 6 个月（对于一个生命周期为 5 年的产品来说），其代价却相当于总利润的 33%。

例如，通用汽车公司在 1982 年引进了雪佛兰，一年后福特汽车公司的塞拉投放市场，据估计其代价是损失了 10 亿美元的利润。以平衡、连贯的方式限制 NPD 过程中的时间和成本，不仅需要一系列广泛的设计和会计方法的支持，还需要所有 NPD 参与者的广泛和集中的讨论；会计可以作为一种整合的"本地话"，把不同的学科联系起来，以便根据贡献和公司的现金流需要，平衡顾客、质量、性能和价值需要。例如，会计人员能把顾客的直接运营成本需求转变为非财务度量指标，如直接劳动时间、机器运行时间、材料和能源使用率，这些对于设计工程师来说是可操作的东西。

由于目标成本是根据市场销售价格倒推出来的，所以这种方法实际上只适用于投放于成熟市场的产品，不适用于半成品，这一点也常常引起人们的争论。例如，丰田运用 TC 方法开发雷克萨斯与梅赛德斯、宝马和捷豹进行竞争，这种做法已得到广泛宣传。对于没有相近替代品的真正的创新性产品，TC 是没有多大帮助的。TC 过程的思想只集中在一个因素上，即销售成本，而忽略了相关的设计和开发成本及顾客成本（见图 8.1）。

在前面提到的工程公司（即公司 A）的案例中，选择铜模机器是一个相对大的铸造工程，其成本是其他机器的很多倍，这种机器的潜在顾客表示他们对购买价格（也就是介于 50 万英镑到 100 万英镑之间）有相当强的判断力，不过，这种机器应该生产质量和成本能够同大的铸造厂商相竞争的铜条，这是绝对必要的。因此，为了符合每吨铜条产出的特定成本要求，这种创新性机器的操作成本就成为关键的设计参数。这个成本目标要求公司 A 将许多手工操作转变为自动化操作，开发回收废料的方法以减少材料成本，设计和开发更有效的熔炉以降低能量消耗，重新设计部件和模块以降低维修成本。降低顾客操作成本的措施增加了设计和开发成本及生产成本。

计算改变设计对不同成本类别的影响，是满足顾客和竞争性要求过程的一个关键部分，它要求技术和财务信息的快速融合，这种融合只能来自于所有 NPD 参与者的非常密切的合作，尤其是设计者和管理会计人员之间的密切沟通。把未来竞争基础对成本和价值的要求嵌入到当前设计中的任务，依赖于这种整合方法。

8.10 结论

□ 会计人员、新产品设计者和开发者可以通过合作来提高公司的竞争力，理由是，影响产品生命周期成本的最佳时机是早期的概念定义和设计阶段，"好的设计能够显著增加产品价值、提高销售量、开拓新市场以及巩固现有市场"。

□ 作为有效合作的前提，管理会计人员必须理解 NPD 过程和所要求的设计决策的作用和本质；对话有助于达到这样的程度，即 NPD 团队中的非会计人员理解会计人员在设计和开发管理过程中所起的作用。

□ 在过去的十年中，管理会计从强调削减成本到强调顾客价值、股东价值和组织创新转变，这种转变意味着管理会计正在得到很好的运用，以支持技术能力和市场机会相匹配所带来的复杂风险和财务计算。

□ 管理会计工具使得将顾客需求融入新产品所需要的沟通变得更加容易，也使得为适应变化的市场需求而进行重新设计所需要的沟通变得更加容易。像 TC 这样的工具，能使一个设计团队绕过个别功能所产生的噪音，识别出市场所发出的信号。

□ 管理会计也有助于将运营活动、投资项目组合的细节以及更广泛的战略问题联系在一起。当今 NPD 过程的技术和经济模型是如此复杂，以至于很少有公司能够承担起从提出想法到在市场中实现所需要的所有活动；部件生产经常外包给其他公司，然后再将它们组装到一起。经常在市场份额竞争中获胜的团

队，正是最强大的团队。管理会计有助于塑造一支强大的、有凝聚力的团队。

本章关键问题

1. 识别管理会计在哪些方面支持 NPD 团队。对 NPD 而言，哪两个因素影响管理会计的准确功能？

2. 设计者应该重视价格驱动的竞争和管理会计技术吗？这种理解将怎样影响他们向决策者传达设计的价值的能力？

3. 哪些会计方法可以用来指导与创新性开发项目有关的投资决策？像现金流折现法和期权价格理论这样的方法的好处和局限性是什么？

4. 怎样评估顾客需求和公司现金流需求？像作业成本管理这样的成本会计方法的好处和局限性是什么？

5. 解释生命周期概念对设计和 NPD 项目的成本管理的影响。

设计
创造企业

9

设计与法律

大卫·班布里奇 (David Bainbridge)

不同寻常的是，因为我是一个设计者，所以我也作为许可的一部分，在最终产品的设计中提供我的服务。我是在许可一种营销建议，而不仅仅是出售一项新技术。

［戴森（Dyson），1997，pp130-1］

学习目标

☐ 介绍与设计的法律方面有关的问题。

☐ 思考设计保护的范围。

☐ 讨论商业开发和专利保护方面的问题。

9.1 引言

"知识产权"这个词用来确定合法权利，这些合法权利用来保护创新、新作品的创作和发明。知识产权是无形的权利，不过，它们可以被创造、转让和许可，就像某个人可以拥有一片土地，转让所有权或者授权其他人拥有这片土地的所有权，比如许可其他人在某一段时间拥有这片土地的所有权。知识产权的应用领域与人类智力活动所创造的成果有关，包括各种新发明、外观设计、文学或艺术作品、公司名称和商标的创造和开发。知识产权的重要性常常得不到创造和开发新设计的人员的重视，直到全部艰苦的工作和投入被其他人在没有许可的情况下轻易地拿走了，这时就太晚了，也只有在这个时候，设计者才开始意识到他或者她早就应该采取措施，充分重视和运用这些权利，最大限度地防止盗版。许多竞争者窃取其他人的劳动成果而得不到惩罚，因为其他人忽视了运用知识产权法对成果加以保护，并运用这种保护达到最好的效果。

本章将介绍各种知识产权，着重强调它们与设计的关系。本章后一部分是关于设计权利的开发，以及有效利用设计所需要的一些基本法律要求，不遵守这些要求，就会给所有权人和被许可开发设计的人带来严重的后果。

9.2 知识产权和设计

许多知识产权的现代形式受到英国的严重影响，这些权利并不是法律方面的新生事物，而是可以追溯到过去某个时候。例如，发明专利的起源可追溯至12—13世纪，英国在都铎王朝时期就已经制定了著作权法。不过，近年来，英国人保护这些权利的兴趣少得可怜。当一个人只是估计这些无形产权的价值时，这简直是一件令人悲哀的事。他们对吸引力进行保护，只要这种吸引力有助于销售那些按新设计生产的产品，因为这些设计不仅新颖，而且从美学上来说是令人满意的。他们保护能创造一项新设计或改善功能物品的现有设计方面的工作。如果没有有效的保护，那么这样的新设计和花费在创造设计中的劳动和投入，将被竞争者免费使用。竞争者的优势太现实了，如果没有产权保护，他们很容易就能获得设计，而不必花费他们自己的时间、劳动和费用去创造一项新设计，因此，需要知识产权保护，需要设计者和新设计的代理人认真对待并有效利用这些权利。这两种方式都很重要，它们不仅可以防止其他人获得新设计，而且还形成一种有助于新设计发挥全部潜能的机制。

在过去的几百年中，随着脑力劳动相对于体力劳动的优势越来越得到人们的重视，知识产权也在不断地发展和完善。人类脑力劳动的成果所产生的新设计、发明和营销方式与已知技术的机械应用相比，应得到更高评估。商业成功的两个目标应与好的设计携手并进，太多的商业失败就是因为它们忽视了设计的重要性。然而，给予设计本身足够的保护并不是成功的秘诀，在很多情况下，不能有效保护和利用新设计将导致经济成就受到阻碍和商业失败，这是人所共知的道理。

这些知识产权是什么？尽管懂得知识产权的人相对较少，但大多数人对这些知识产权的名字是很熟悉的。它是一个存在曲解和误解的法律范畴，那些创造新设计，并且对自己的创造进行投资的人，往往最容易忽视保护自己的权利，这是一件非常遗憾的事，因为这不是"律师的法律"。知识产权是一个法律范畴，可以充分利用它来形成一种保护机制，提供一种商业开发体制。支配争论的并不只是法律，在这个领域里，律师为之而奋斗，就像秃鹫争夺很久以前死去的生物尸体的残余物一样。

我们先简单介绍一下知识产权（IPR）。知识产权包括著作权、外观设计权

（注册和非注册的）、专利权、商标权和保护商业信誉的假冒。其中一些权利有正式手续的管制，主要管理权利的获得、转让和其他与权利有关的行为。专利权、注册设计和商标权就是这样的权利，有时被称为"硬知识产权"。这些权利的产生取决于所有者的申请过程。其他的权利会自动产生，比如，著作权和非注册设计权，它们被称为"软知识产权"。这些权利也很重要，自动产生并不意味着所有者可以满足于现有权利。有许多方法可以使这些权利得到更好的保护和加强，在下一章中我们将介绍这些方法。现在只须说明的是与这些权利相关的一个经常出现的问题，即确定两件作品中哪一个是首先被创造出来的，哪一个是根据另一个复制而来的。

许多知识产权在保护一项独特设计时可能是重要的。例如，如果这项设计具有新颖性和创造性，那么就需要保护专利权。设计的形状或构造特点属于设计权，如果设计具有艺术性，那么还要考虑著作权。如果设计的物品以特定的商品名称或标志销售，那么，将要受到注册商标的保护。设计正处于开发阶段，按此设计制造的物品未公布之前，保护商业秘密这样的类似权利的保密法，就具有适用性。保密法不仅对雇主和雇员之间的关系是重要的，而且可以防止非法泄露专用制造技术。

尽管知识产权主要应用于民法领域，但是非授权使用，比如盗取受保护的设计，在有些情况下可能导致刑事处罚。例如，盗印有著作权的作品会导致高达两年的刑期。有些非授权使用商标的行为可能导致高达10年的刑期。

9.3 著作权

著作权是一种内容非常广泛的知识产权，它保护许多类型的作品。虽然它最初是用来保护文学作品免受非法复制，但是它已经得到了很大发展。著作权所保护的作品类型包括文学、戏剧、音乐和艺术作品、录音、电影、广播和有线电视节目以及文学、戏剧和音乐作品的印刷版式。设计中特别注重的是艺术作品类。

艺术作品包括许多类型的作品，如书画作品、摄影、雕塑或抽象拼贴画，如果不考虑其艺术质量，建筑或建筑模型等建筑作品也属于艺术作品，此外还有工艺品。另外，"建筑"包括所有固定的结构、建筑物或固定结构的一部分，"书画作品"包括所有绘画、图片、示意图、地图、图表或设计图，以及所有的雕版图、蚀刻版画、平版画、木版画或类似的作品；"摄影"指记录光或其他的发光物通过介质所形成的图像或者由这种图像所产生的其他图像，并且这些图像不是电影；"雕塑"包括为雕塑制作的铸件或模型。需要指出的是，第一组作品不需要艺术性。尽管没有在这些美术作品种类中明确地列出来，但是很明显，版面也是一种美术作品。目前大多数版面以软件形式存在的事实应该不会引起任何问题，我们所讨论的以数字形式创造及存储的作品，也不会引起问题。

美术作品的范围是很广的，例如，且不说显著的条件，如果基本条件具备，那么应用于壁纸、窗帘或其他织品的设计，将会受到某种程度的著作权保护。在有些情况下，这样的设计也可以成为注册设计，以提供更有效的保护。

工艺品需要具备某种形式的品质——名字本身就表明了这一点。这样的作品包括珠宝、儿童的手工木制玩具、"设计者商品"、时尚服装、手工家具等。

文学、戏剧和音乐作品要拥有著作权，作品必须用文字或其他方式加以记录。1988年颁布的著作权、设计权和专利权法案中，著作权的定义很宽泛，因此运用信息技术是没有问题的，例如，一个代表某种设计的图片是运用计算机辅助设计系统创造的。有些美术作品也可以被认为是文学作品，比如一个具有很多书面说明或细节的电路图，当要印刷与之相一致的电路板时，就需要"阅读"电路图。

一件作品拥有著作权的另一个条件是具备著作权资格。在实践中，这将会引起一些问题。简单地说，如果一件作品的作者是英国公民或者这件作品第一次出版是在英国，那么这件作品就具备英国著作权资格。另外，国际著作权公约保证大多数国家给予其他国家的国民相同或类似的权利。

9.3.1 著作权的实质

尽管著作权法是一个复杂的论题，但是我们可以相对简明地阐述这项重要权利的基本运用过程。著作权是一种无形财产权，作品一旦被创作出来，著作权就存在了，并且著作权首先属于作品创作人（也就是作品的"作者"）。关于所有权的基本规定也有一些例外。作品是一名雇员在其被雇佣期间创作的，那么当作品第一次被创作出来时，与基本规定相反，雇主将是作品所有者。关于所有权还有其他的例外，比如，国家著作权、议会著作权或者属于像联合国这样的国际组织的著作权。然而，必须强调的是，一个自然人，比如，自由作家或其他的自由职业者，受另一个人委托，为其创作了一件具有著作权的作品，那么，除非有法律条款规定著作权属于委托人，否则，自由作家或其他自由职业者将是著作权所有人。有必要强调这条简单规定的原因是，普遍存在这样的情况，即委托人没有对受委托作品的著作权归属提供有效的规定，这会引起严重的问题，并且常常以法律诉讼而告终。

更复杂的情况是，在有些情况下，著作权和设计权之间可能会有重叠，并且有关设计权归属的基本规则稍有不同。当出现重叠时，除非采取恰当的措施，否则，著作权所有人和设计权所有人将会是不同的人。

由于著作权完全是一种财产权，所以可以像处理其他形式的财产权一样来处理它。例如，可以转让所有权，授权其他人使用作品。著作权甚至可以被用来做抵押品。在本章后面，将介绍提高这些交易的效率的实用方法。

著作权在保护方法上非常注重实效。大多数作品都受到著作权保护的前提条件是，这些作品至少是一定的技能或判断力的成果。例如，一张简单的铅笔素描，只要它不是从别人的图片或绘画中复制而来的，都很有可能受到著作权的保护。文学、戏剧、音乐和艺术作品必须是原作，但这并不是说要求它们在任何方面都具有新颖性。判断"原作"的最好方法是，作品是作者创作的——它是作者自己的作品。也就是说，两个作者可能独立地创造出类似的作品，每人都拥有他自己的著作权。很平凡的东西将不受著作权的保护，例如，像"Elvis"和"Tarzan"这样的名称，或者只有一个圆的图片，都不受著作权保护。不过，一张排列了许多元素，并且决定这些元素的大小和空间分布的图片，将会受到著作权的保护。

著作权的保护期限相当长，并且文学、戏剧、音乐和艺术作品的著作权从作者去世那一年的 12 月 31 日开始，到第 70 年的 12 月 31 日终止。需要注意的是，即使作者不拥有或者不再拥有著作权，保护期限也取决于作者的寿命。

9.3.2 著作权所有者的权利

著作权赋予著作权人很多明确的权利，最明确的一项权利是复制权。不过，还有其他权利，总括起来，这些权利是：

☐ 复制作品权；

☐ 公开出版发行复制品权（这一项权利仅仅适用于特定复制品的首次出版发行，并且著作权人要允许复制品的后续出版或销售）；

☐ 向公众出租或外借作品权（这项权利从 1996 年 12 月 1 日起生效）；

☐ 在公开场合表演、展示或播放作品的权利；

☐ 通过广播播放作品或者在有线电视节目中播放作品的权利；

☐ 改编作品的权利；

☐ 与改编作品有关的上述任何一种权利。

改编包括翻译文学作品并且只把它应用于文学、戏剧或音乐作品中。

任何人在没有著作权人许可的情况下，不管是直接地还是间接地，以上面所提到的方式使用作品的大部分内容，都将侵犯著作权，并且有可能受到著作权人的起诉，要求停止侵权行为，给予损害赔偿金（对著作权人遭受的损失给予经济补偿）或者损害赔偿金的另一种方式——利益补偿。有些情况下，侵权行为极其严重，这时法院也可能判定额外赔偿金——这实质上是处罚手段。法院还有其他权利，比如，要求停止对著作权的侵犯，并销毁侵犯原作品的复制品。

当侵权人运用商业手段处理（包括进口、销售）或分发复制品，以至于严重损害著作权人的利益时，侵权人将受到刑事诉讼。当事人知道或有理由认为是侵权复制品时，还需要某种形式的证据才能对侵权人定罪。后一种验证是客观的，并且所有的诉讼想要表明的就是，在当时的情况下，任何一个懂道理的人都有理由认为复制品是侵权复制品。

9.3.3 道德权利

文学、戏剧、音乐以及艺术作品的作者（以及电影导演）拥有作品的道德权利。这些权利可以用来确认作品的作者（或电影导演），还可用来阻止损害作品权威的行为。不管作者是不是著作权人，这些权利都适用。在实际中，如果作者不拥有著作权，而是其他人拥有著作权，那么这些权利将不包含法律义务。确认作者的权利必须由作者宣布，作者也可以放弃这些权利。作者把著作所有权转让给其他人时，就要求作者放弃这些权利。人们也有权利拒绝拥有那些被错误地归属于他们的作品。

9.3.4 许可行为

有非常多的行为都是许可性行为——这是指没有著作权人许可，但在不侵犯著作权的情况下，任何人都可以做的事情。这方面的例子包括为研究、自学以及评论而合理使用作品。某些特定的许可行为适用于计算机程序和数据库，比如，在严格控制的情况下，可以反编译（反向工程师）计算机程序。设计方面的两种许可行为相当重要。

许多设计，包括运用计算机辅助设计软件创作的设计，首先是以图片或其他设计文件的形式出现的。设计的特征与所设计的物品的形状和结构有关，通过制造应用此设计的物品来复制设计，或者复制应用了此设计的物品，都将不侵犯任何图片或其他设计文件（及模型）的著作权。在这样的情况下，设计所有人就必须通过非注册设计权来保护他或她的设计，而不是通过图片的著作权来保护，等等。不过，对于这样的代表某种设计的图片以及类似的图片，著作权还是能提供一定保护的。例如，如果某人在没有许可的情况下，复制一幅代表一种设计的图片（比如，制作照相复制本或用电子方式传送一份相关的软件文件），这样做将侵犯图片、计算机数据以及其他图像的著作权。

当应用某项设计制造的物品超过 50 件，或者代表此设计的商品已经批量生产，而不是手工制造，比如，一种基于某种设计的物品，从首次在英国或其他国家市场上成批销售的年份算起，已经超过 25 年的时间，那么，此后仿照这种设计生产物品，就没有侵犯著作权。这一条规定不适用于某些类型的作品，而是主要适用于工艺品。因此，在这种情况下，著作权的有效期缩减为 25 年（尽管从技术上讲著作权仍存在），而不是通常的作者的寿命加上 70 年。作出这项规定的原因是，工艺品所涉及的类型通常是注册设计，而注册设计的最长保护期是 25 年。

9.4 设计权

虽然著作权在保护某些类型的设计方面仍具有一定的作用，尤其是工艺品的设计，但是还是有两种具体的法律形式来保护设计的某些特性。一种形式是注册设计，它已经有相当长的历史，并且就像它的名字所表示的，是通过正式注册来保护设计。另一种形式是设计权，这是在 1988 年颁布的著作权、设计和专利法案中提出的，它和著作权有很多相似之处。尽管这两种权利之间有相当多的重叠部分，但是在很多情况下，同一项设计可能受到两种截然不同的法定权利的保护。可以说，注册设计制度主要是保护有吸引力的设计，而非注册设计主要保护功能设计。

9.4.1 注册设计

对设计进行注册能够使设计的所有者（也称业主）在 5 年内享有该设计的某些专有权利，根据更新情况，保护期最长可达 25 年。这是一种成本低廉的保护形式，对一些简单的案例稍加留意，我们就会发现，设计人应该亲自去办理注册手续。专利局发布了关于知识产权的很好的指南，正式申请注册设计之前看一下这种指南将会很有帮助。对于其他情况，应该从专利代理人或专业律师那里寻求专家的建议。另外，在所有权转让以及许可协议方面，也应该寻求专家的建议。

从一开始我们就必须强调的一点是：注册设计的申请必须在设计公布之前递交到专利局设计注册处，原因在于必须是新设计才可以注册。如果同一物品或者其他物品在这一设计以前已经注册过，或者这项设计与以前的设计不同，但这种不同之处是以前就为公众所知晓的，比如差别在于不重要的细节方面或对交易中广泛使用的特征的改变，那么这项设计将不被认为是新设计。

在任何谈判中，比如与潜在的投资商、制造商、销售商谈判，如果谈判发生在申请注册之前，那么要保证看到设计的每个人都意识到这种设计是保密的，这一点至关重要。本章末尾的一个案例研究强调了这一点的重要性。不过，当设计注册程序相对容易时，在让其他任何人看到设计之前就申请注册会更安全。由于在申请注册时已经鉴定过新颖性了，所以从那时起，我们就可以及时地向其他人展示设计，或者展示按此设计制作的物品，以及在不影响新颖性的情况下，销售这种物品。

关于泄露机密有特殊的规定。如果以保密方式给一个人展示过某项设计，而这个人向其他人透露了此项设计，那么这将会影响设计的新颖性。关于在经过国务秘书批准的展览中展出的设计，也有相关的规定。如果打算以这种方式展示设计，那么就应该寻求专家的建议。

如果整个申请进展顺利，并且获得注册，那么将会得到专利局设计注册处颁发的证书，注册日期为申请注册的那一天。也可以申请注册一套物品的设计，比如，设计一套包括刀、叉、匙的餐具的把手。

交代过申请注册之前保守设计秘密的重要性之后，下面我们将考虑设计权的基本特性。

经过修订的 1949 年颁布的注册设计法案，是关于注册设计的主要法规。该

法案把设计定义为"……经过任何工业过程加工，产品所具有的形状、构造、样式及装饰方面的特征，这些最终产品的特征具有吸引力，并能通过肉眼加以判别……"。因此，作为一条普遍性的规则，设计被应用于三维和二维产品。例如，设计可以是电热水壶、计算机键盘、移动电话以及椅子的新形状，也可以是应用于织物、地毯的一种新的花样图案，或者是应用于面包片加热器的边缘的一种条形花纹。壁纸、亚麻制品以及纺织品的设计都可以注册。能够获得注册的产品设计的范围是非常广的。公正地讲，要求有吸引力是一个较低的门槛，应用于塑料消毒瓶以及某些食品包装的新设计都已经获得了注册。

吸引力要求本身就是从美学观点来定义的。如果应用了某项设计的产品的外观不重要，那么这项设计将不能注册。如果人们通常获得或使用相关产品，或者在特殊情况下，不考虑产品的外观，那么外观就不重要。下面几个例子可以更好地解释这些要求。

□ 例1

一种应用于便携式收音机或 CD 播放器的新设计。大部分购买这种类型产品的人，肯定都在一定程度上受产品外观的影响，我们就很容易将产品外观看作人们为什么购买（以及使用）这种产品的重要因素。因此，产品必须满足视觉吸引力的要求。

□ 例2

一种应用于厕所消毒容器的新设计。这种容器具有与众不同的、惹人喜欢的形状。尽管人们并不总是抱怨这类产品的外观，但是，他们发现这种独特的设计具有吸引力，并且这也是人们使用（以及购买）这种特制的消毒容器的一个很好的理由。因此在这个特殊例子中，外观非常重要。制造商在设计包装材料和容器时，必须考虑的一件事是要认识到在很多情况下吸引力是一个重要因素。

□ 例3

一种应用于洗衣机机桶的橡胶密封圈的新设计。它的外观并不重要，因为购买它的人并不在意它的外观，在意的是它的性能。顺便提一下，注册的设计必须应用于或打算应用于一种商品，按照这项法案的要求，当一项设计被认为不会转变成商品时，那么这项设计将得不到注册（后面我们将会看到）。

虽然对可注册设计的基本要求范围非常广泛，但是一些例外情况略微缩小了这种范围。在很多情况下，这些注册例外并不烦琐。构造方法或原理方面的特征不可能作为设计特征得到注册。如果产品的形状及结构是由产品必须具有的功能所决定的，或者取决于设计者（法案中称为设计的创作者）打算用于组成一件完整产品的另外一种相关产品的外观，那么这些形状及结构也不可能作为设计特征得到注册。有时称这两种例外为"必须适合"和"必须匹配"的例外。设计权方面也有相似的例外。如果产品的形状及结构是由产品的功能决定，或者产品的形状是为了与其他产品互相连接，那么这种设计就不能注册。产品的其他方面的设计将很容易得到注册。

关于"必须适合"的例外情况，扳手头（扳手的其他特征，比如扳手柄，只要满足视觉吸引力条件，并且设计是新的，就可以注册）是一个例子。"必须匹配"的例外方面的一个例子是更换车身镶板（虽然这种更换零件的设计不能注册也可能是因为不能转化为商品，下面我们将讨论这一点）。

设计必须通过工业过程应用于产品。产品的定义为"……任何制造的物品，包括该物品的任何部件，只要这个部件是单独制造、单独销售的"。英国国会上议院规定，商品是指具有独立生命的商业产品，而不仅仅是作为产品的磨损或者损坏零件的替换物。因此，作为汽车的替换物的车身镶板就不是商品，而新设计的合金车轮就是商品，因为人们购买这样的车轮，并不只是替换损坏的车轮，更主要的是美化与车轮相适合的车辆的外观。

设计的工业应用是指，设计必须应用于50件产品以上（这50件产品不能是单独一套产品），或者应用于批量生产且不是手工制造的产品。手工制造的产品也要超过50件，因此，对于一项单独的木制玩具的设计，制造51件就足够了。

注册设计所有人（业主）的专有权就是制造、销售应用了该设计的产品。制

造、进口的目的必须是为了销售、出租，或者出于贸易或商业目的。另外，非注册设计和注册设计的保护并没有实质性的差别。

在没有设计所有人许可的情况下，任何触犯专有权的人，都将会侵犯此项设计。对要制造的相关产品有利的任何行为也会侵犯设计权（比如，为一个压铸玩具制造模铸），如果制造的零件用于组装受所有权保护的产品，这种行为也属于侵犯设计权。

注册设计所有权人是创作设计的人。存在两种主要的例外，一种情况是，设计是在被雇佣期间为雇主创作的，这时雇主是设计所有权人；另一种情况是，设计是按照经济委托而创作的。例如，一个自由设计者受他人委托，创作一个设计，那么，委托人将是设计所有权人。要注意这条规定和著作权的相应规定的区别。

另外，注册设计是一种财产权，可以被转让，或者用其他方式处理，比如，通过所有权人授权许可第三方实施设计。

9.5 非注册设计权

这项权利是在 1989 年作为建立合理的设计权的一部分而提出的。以前，实用设计（不需要具有吸引力）通常是由代表设计的图片的著作权来加以保护的，保护期为从作者生前延续到作者去世后 50 年（著作权保护期的原有规定），然而，1949 年颁布的注册设计法案规定，具有吸引力并且可以注册的设计，不管是注册保护，还是著作权保护，在当时其最长保护期都是 15 年。人们认为实用设计应该具有更多的限制性保护，因此，非注册设计权的保护期演变为 15 年，不过在实践中，商业性开发的最长期限为 10 年。当然，实用设计和有吸引力的设计具有同样多的优点，人们对功能设计中合法权利的风险高度关注，导致了人们不希望看到长期垄断，特别是备用部件的长期垄断。

设计权在许多方面与著作权相似。设计一旦创作出来，设计权就自动产生，不需要正式手续来保护设计权。不过，注册设计制度也存在相当多的重叠现象，许多受到注册保护的设计，也将受到设计权的保护。但是，有些注册设计并不受注册权的保护，外观装潢是上述重叠现象的最明显的一个例外。

设计权存在于整个产品及产品的任一部件的形状或结构（不管是内部结构还是外部结构）的任何方面的设计中。因此，设计权可以存在于设计特征中，这些特征在通常的使用中是看不到的，它不像注册设计制度那样，依赖于吸引力这一重要因素。跟注册设计一样，也有许多不属于设计权保护的方面，设计权不保护构造方法及原理，也不保护"必须适合"和"必须匹配"方面的特征。外观装潢也不受保护，也就是说，只有当设计应用于三维产品时，才具有相应的设计权。

设计权的另一个重要的条件是，设计必须具有原创性（从著作权角度来说），但是，如果设计在其所处领域内被认为只是平常无奇的作品，那么此项设计就不具有原创性。尽管这与注册设计的新颖性要求不完全一样，但是它要求设计具有与以前存在的设计有某些与众不同之处。在一个关于设计权的重要案例中，有人对"平常无奇"作了如下解释：设计不应该是"过时的、无价值的、普通的、陈腐的，或者不能引起人们对相关艺术品的特别注意的东西"。

设计权的资格要求比著作权更复杂。如果设计人既不是在雇佣期内，也不是在委托期内创作出设计，那么，设计人就必须是英国、欧盟其他成员国或其他适用这些规定的国家，或者提供相应保护的国家的公民或长期居住者。此外还有针对计算机创作的设计的规定，这种设计是在没有设计人员的环境中产生的，在这种情况下，如果设计者（安排创作设计的人）是这些国家的一家公司或其他的合法单位，那么设计就具有设计权。例如，如果设计是由计算机创作的，并且安排创作设计的"人"是一家英国有限公司，那么，因为这家公司是按照英国法律创立的，所以这项设计将具有设计权。

如果设计是在被雇佣期内创作的，那么设计权人是雇主，而不是设计者。一项委托设计的设计权人是委托人，比如委托人是一位德国公民或者法国公司，所以委托设计肯定具有设计权。但是，如果设计不具有设计权，那么获得专门授权的人把应用了这项设计的产品投放到英国市场，实际上也就是在欧盟国家第一个

销售这些产品的人，就具有了设计权。

所有权规则是严格按照这些限定条件制定的，因此，如果设计是由一位自由设计者按照他自己的意愿创作的，而这位设计者是英国公民，那么他就是这项设计的第一所有人。如果这项设计是由一家苏格兰公司的一位雇员创作的，那么该公司将是这项设计的第一所有人。如果设计是在受一家西班牙公司的委托过程中创作的，那么该西班牙公司将是这项设计权的第一所有人。

设计权从创作设计那一年的 12 月 31 日算起，最长保护期为 15 年，如果在前 5 年内得到商业利用，那么，从被首次利用那一年的 12 月 31 日算起，保护期缩减为 10 年。商业利用是指，在设计权人许可的情况下，按此设计制造的产品在世界上任何地方都可以购买或租用到。

设计权人享有出于商业目的复制设计的专有权，复制方式既可以是按照设计制造产品，也可以是为了制造这样的产品而编纂有关设计的文件。保护设计的方式大体上是一样的。设计文件包括图片、文字描述、照片以及计算机中存储的数据，等等。在没有设计权人许可的情况下，任何侵犯所有者专有权的行为，或者委托他人这样做，都将侵犯设计权。不管直接复制设计还是间接复制设计，或者是介于两者之间的行为，都将侵犯设计权。

侵犯设计权的纠正法和侵犯著作权的纠正法一样，还有涉及进口或买卖侵权产品的次要侵权行为，不过，与侵犯著作权不同，侵犯设计权没有刑事处罚。如果著作权和设计权之间有重叠（这种情况相对少见），那么设计权将不再适用，将通过著作权法受理纠正诉讼。

要记住，设计权的商业利用期限不超过 10 年，这项权利的一个重要缺陷是在权利期限的最后 5 年可以得到许可，这也就意味着任何人都有权得到复制设计的许可。通常这取决于特许费，如果所有权人和想得到许可的人不能为许可条款达成一致，那么这些条款将由专利局、设计局和商标局确定。在这些情况下，典型的特许费用率是 4%~10%，具体多少取决于当时的情况，通常是根据意愿许可方和意愿被许可方可能达成的协议来确定特许费用率。尽管专利局确定许可条款的时间可能会超过一年，但是许可具有追溯力，可以追溯到向专利局申请确定条款的日期。在这种情况下，返回特许费将会得到支付。

在设计权保护期的最后 5 年内，如果被起诉人保证能获得设计权许可，那么纠正将会大大减少。在这种情况下，不会再颁布禁令，最高可支付的损害赔偿或利润赔偿将不会高于被指控侵权人获得这种许可需要支付费用的两倍。

尽管要对设计权作一些修改，但半导体表面的设计也受设计权保护。不过对于这样的设计，一般很难获得这种设计权的许可。

欧盟设计法的发展

整个欧盟修改设计法的提案很多。首先，注册设计制度与英国的制度尽管有些差别，但在方式上是一致的。逐渐地，也将出现基于注册制度和短期非注册制度的欧盟范围内的设计权。设计局采用的注册将获得在整个欧盟内有效的权利。

9.6 专利权

可以说专利权是知识产权最适合、最有力的形式。专利权起源于 12 世纪和 13 世纪君主赐予的垄断经营特权，后来，滥用专利权的危险变得明显起来，1615 年，专利权人被限制为任一种新制造方式的第一位真正发明人。专利权给予产品或方法发明人一种垄断的权利，垄断期限为 20 年（有些发明的垄断期为 25 年，比如医疗产品）。

由于专利权为垄断经营提供了这样有力的形式，因此，迫切需要颁布专利法和禁止滥用颁布的权利的规定。相对较少的设计能获得专利，但是，如果有可能获得专利，那么寻求专家的建议是很重要的，这方面的专家通常是专利代理人或专利律师。不过，必须强调的一点是，在申请专利之前，发明不能公之于众，即使是在非常小的范围内公开也不行，这一点是极其重要的。发明的任何公开，比如对潜在的制造商公开，都必须是秘密进行的，这一点应该很明确，依靠法律所

强加的保密义务来保守秘密是不安全的。

小型案例研究 9.1　发明的商业实施

Gorix是一种能导电、不必使用自动调温器就能调节温度的智能纺织品。它可以均匀、精确地散热，并且不需要电线就能达到恒温。它可以被裁剪、穿孔、缝制以及塑造为三维形状。这种织物的独特性质使得它的应用范围相当广泛，比如，潜水服、保暖早产儿的保温箱、电热毯、防火门等等。这种纺织品在 1994 年获得专利，并且随后的五项专利都与导电材料的基础技术有关。Robert Gorix 是这种纺织品的发明者，他的时间都用在了这种材料的商业实施上。他指出，"有意限定产品的范围对于所有的革命性概念来说是很普遍的。返回到持续发展的道路远非易事，因为花在适应可盈利市场的真正问题上的时间太少了。"

[个人观点，2000 年 12 月]

由于很少有设计适合于申请专利，所以有必要阐明授予专利的基本条件。1977 年颁布的专利法案规定了可以获得专利的发明要具备的条件：

☐ 新颖性；

☐ 创造性（也就是说，对于一个擅长艺术的人来说，这一要求并不明显）；

☐ 商业实用性。

此外，当申请的专利涉及如下方面时，就有很多不授予专利的例外，例如：

☐ 发现、科学理论或数学方法；

☐ 文学、戏剧、音乐以及艺术作品或者其他任何美学创作；

☐ 计划、规则，或从事智力活动、游戏、商业活动的方法，或者计算机程序；

☐ 信息的描述。

需要指出的是，美学创作（许多设计都被看作美学创作）不是专利法适用的对象。这些不适用对象的范围在英国和欧洲专利局产生了大量的判例法。我们再强调一遍，专家的建议非常值得借鉴。

233

其他不能申请专利的事项与发明有关，例如，通常会引起攻击性的、不道德的或者反社会行为的出版物或宣传品，所有种类的动物或植物品种，以及培养动物或植物品种的重要的生物过程（不包括微生物过程以及这种过程带来的产品）。对人或动物通过外科手术或疗法进行治疗的方法，或者在人或动物身上进行实践的诊断，这两方面的发明是不能获得专利的，但是，为使用这些方法而发明的材料或器械可以获得专利。

专利制度和注册设计及商标权一样，要确认发明的专利申请优先权，以避免出现同一发明已经由同一申请者在其他地方提出过专利申请的情况。例如，如果某个人申请英国的专利，那么她或者他有 12 个月的时间在其他国家申请专利，而不影响后续申请的新颖性。注册设计权和商标权的期限是 6 个月。在英国申请专利的一般方法是，首先向英国专利局提出申请，然后在 12 个月内向其他国家提出专利申请，超过这个期限的延迟申请就意味着后续申请是一项缺乏新颖性的不好的发明。

获得专利权有三种方式。第一种方式是申请英国专利。另外两种方式是向欧洲专利局提出申请或者通过《专利合作条约》向欧洲专利局提出申请。当申请人是英国居民时，这些申请要通过英国专利局办理。没有首先允许英国专利局对发明说明书审查就向其他部门提出申请，这种行为是一种刑事犯罪。欧洲专利条约缔约国包括所有欧盟国家以及其他一些国家——向欧洲专利局提出的申请必须指定三个或更多的成员国，并且当被授予专利权时，专利权人就获得了许多国家的专利。《专利合作条约》包括世界上很多国家，在某种程度上简化了在许多国家申请获得专利的程序。

专利申请说明书在首次填写 18 个月后予以公布。公布专利说明书之前，申请者可以撤回申请，并且不会影响发明的新颖性。一项专利要经过四个半月才能最终获得授权，这时专利权人才能对侵权行为诉以法律程序。专利说明书公布之前，在任何情况下，侵权行为所造成的具有追溯效力的任何损害都不能被裁定。申请人可以申请早日公布专利说明书，并且可以把调查和审查合为一个程序，这

样可以大大缩减授予专利权的时间。与其他知识产权相比,即使被授予专利权之后,专利权也容易受到人们的质疑,认为不应该授予专利权,比如,理由是获得专利的基本要件不符合。例如,一个被指控侵犯他人专利权的人,可能会想办法撤销专利权,理由是其发明不具有新颖性或不具有创造性。

用专利来保护发明是一种很昂贵的方式,而这种保护可通过本领域的法律诉讼来实施。许多国家都有保护发明的较简单的制度,称为实用新型或者小专利制度。这种较简单的制度很快就会传入英国,它提供一种更快捷、更便宜的保护发明的方法,可能特别适合于保护不具备完整专利所要求的高度创造性的那些发明。这种保护对中小型企业有吸引力,也将受到英国功能设计者的欢迎。

9.7 商标

大多数人都很了解商标的吸引力,并且注册商标是一项非常有价值的、对购买决策有重要影响的商业资产。对于设计有吸引力的产品,有特色的、为大众所熟悉的商标能大大增加其销售量。我们只需要想一想驰名商标的营销势力,比如,价值达几十亿美元的可口可乐,就能明白这一点。

商标的使用已经有几百年的历史,甚至有时候把罗马时代使用的商标作为商品起源的一种标志。不过,英国直到 1875 年才确立了通过注册来保护商标的制度,而其他国家,比如法国,就在英国之前确立了这种制度。没有通过注册来保护商标之前,是通过假冒法来保护商标的。在许多情况下,试图通过假冒法来保护商标,并不总是像对侵犯注册商标的行为进行起诉一样有效。不过,假冒法是非常有用的,主要是用来防止某些人假冒他人的产品或服务。我们将在后面叙述假冒法。

为了使整个欧盟内的商标法协调一致,1994 年,欧洲指导委员会对商标法作了大量修改。最近,欧盟范围内的商标制度得到了发展,它是一项统一的制度,在欧共体商标局(也称为欧共体内部市场协调局或者 OHIM)注册的商标在整个欧盟范围内都有效。在英国,这种制度和国内制度共同实施。因此,同一个符号或标记获得英国注册商标和欧盟商标是可能的。欧盟商标的注册标准和拒绝注册的理由与协调指导委员会的相同，因此，也和英国 1994 年颁布的商标法案相同。

可以注册的商标是"能够可视性地表示的任何标志，这种标志能够将一个企业的商品或者服务与其他企业的商品或者服务区别开"。这种标志包括但又不局限于文字（包括人的名字）、图形、字母、数字、商品的形状以及它们的包装。注册商标的首要目的是作为商品或者服务的来源的一种标志，也就是说，看到商标的人会把它所代表的商品或者服务，与制造这种商品或者提供这种服务的公司或企业联系起来。

首次注册商标的有效期为 10 年，并且可以再进一步延续 10 年。虽然一个商标可以注册多长时间没有上限的限制，但是最重要的条件是商标正在被使用。如果首次注册的商标在 5 年内没有使用，或者在没有正当理由的情况下，连续 5 年没有使用该商标，那么该注册商标将可能被撤销。按规定，34 类商品和 8 类服务可以申请注册商标。

有两种拒绝商标注册的理由。一种是绝对的拒绝理由。这些理由包括：不符合上面提到的基本标准；标志缺乏显著特征；名称只与商品或者服务的某些特性有关，如质量、用途或者地理来源。例如，只有"耐穿的鞋子"或者"意大利鞋类"这样的文字组成鞋的标志，将不能注册。其他的标志，比如已经成为当前一种习惯性语言，或者合法的习惯性用法，以及人们已经接受的商业方面的标志，这些都不能注册。不过，在上述情况中，如果一个标志在申请注册之前因使用而具有了显著特征，那么这个标志还是可以注册的。从这一点我们可以看出，跟专利和注册设计不同，在申请注册商标之前，不需要保守商标的秘密。

尽管商品的形状和容器可以注册，但是，如果商品的形状是由商品本身的性质所导致的，或者有必要达到某种技术效果，或者这种形状使商品具有实质性价值，那么这些商品形状就不能注册。其他的拒绝注册的绝对理由包括，与公共政策及普遍接受的道德准则相违背的标志，或者是带有欺骗性的标志，比如，如果

"奶牛场黄金"这个文字标志是用来说明一种合成的人造黄油，那么这个标志就带有欺骗性。另一个绝对拒绝理由是法律禁止使用的标志。有些标志受到法律保护，不能注册为商标，比如国旗。最后一个绝对拒绝理由是申请注册的标志带有民族歧视性。

拒绝注册的绝对理由是根据申请注册的标志和已经注册的商标或受其他方式（如著作权法或者假冒法）保护的标志之间的关系来确定的。因此，如果申请注册的标志和已经注册的标志是同一个标志，并且这个标志将用于同一类商品和服务上，那么申请将会得到彻底拒绝。在有些情况下，比如，申请注册的标志和已经注册的标志只是相似，并且打算用在相同或者相近的产品或服务上，那么，只有当存在的相似性能引起公众的混淆时，才予以拒绝。如果已经注册的标志不仅知名而且有声誉，申请的新标志的使用可能会不公平地利用或损害已经注册的标志的显著特征及声誉，这时，即使商品或者服务不相似，申请也会遭到拒绝。

对于侵犯注册商标的行为，也有相应的拒绝注册理由。例如，存在一些未经许可使用注册商标的刑事犯罪。对注册商标和专利以及这两种形式的设计权（注册和非注册设计）的保护是针对侵权事件所造成的毫无理由的危害而采取的措施。这主要（但并不是专门地）适用于一种情况，就是所有权人有证据表明侵害人正在从事违法活动，并威胁零售商或者经销商，将对其采取法律行动，而受威胁者会采取行动，所有权人将不得不证明其所有权具有法律效力，有权利起诉侵权行为。

小型案例研究 9.2　域名保护

一家拥有在英国注册的商标的美国公司，威胁一家英国公司，因为这家英国公司选了一个和这家美国公司相似的名字作为自己的网址。这家美国公司的名称为 Prince Sports Group Inc.，该公司曾经威胁说要起诉 Prince plc 公司，因为后者将 prince.com 注册为它的域名。法院宣判这种威胁是非法的，并且下达禁令，要求美国公司停止威胁。

以前，比较广告会侵犯注册商标，但是现在，如果对他人商标的使用与实际情况相符合，并且这种使用没有不公平地利用或者损害这个商标的显著特征或者声誉，那么就不会对此商标构成侵犯。法官似乎已经对此有相当坚定的看法，认为在相比较的特征中存在选择性，一定量的销售"宣传广告"是可以接受的。但是，比较广告中完全不真实的陈述是不能接受的。

对专利和注册设计的错误表示将会受到刑事处罚。违法行为不仅仅是这些，其他原因也可能导致刑事责任。有些诚实的人比较细心，对他们感到有疑问的地方会作进一步的调查，以查明其他权利没有受到侵犯，这些人不必担心会来自刑事法庭的麻烦。

注册商标和知识产权的其他形式一样，可以转让（注册商标所有权可以全部或者部分地转让给他人），还可以许可他人使用。通常对于其他的知识产权来说，转让的形式应该寻求适当的法律建议，并且许可协议一般包括其他一些条款，用来明确权利的使用以及保护当事人的利益。转让和许可协议中应该注意的事项将在本章后面介绍。

证明商标可以注册，并且被许多商人用来表明一些事实，例如表明应用了这种商标的商品满足某些质量要求。也可以使用集体商标，它们是商人协会使用的商标。比如，许多提供某一特定类型服务的独立组织可以共同使用一个集体商标。

商标的使用有很多方式，网站上也可以使用商标，实际上这是对商标的一种明智的应用。最近的一个案件表明，在网站的元标记符中使用他人已注册的商标也能构成侵权行为。这些标记符在网站的正常使用中是看不见的，只有当检查源代码（超文本标记语言版本）时，才可以看见。

申请商标注册时，商标必须公布，并且在公布的这段时间内，可能会遭到反对，主要是有相似商标的商人的反对，这方面的案例很多。申请商标注册之前，向商标代理人之类的专家进行咨询是很重要的。最好的商标往往在外观上非常有特色，构成商标的文字通常也很有效。

9.8 假冒

假冒法保护商人在用以表示他或者她的商品或服务的名称或"装束"上建立起来的信誉。尽管在可以注册的情况下，通过注册来保护商业名称或者标志通常很实用，但是，假冒法在保护尚未注册的商业名称或者标志方面可能特别有用。确认一种假冒行为必需的三项基本条件是：

☐ 名称或标志具有信誉；

☐ 被告人的不正当使用（比如，以欺骗性的方式使用他人的名称或者标志）；

☐ 对企业或者信誉所有人的信誉造成了损害或者可能造成损害。

在大多数消费者不会对商品的来源产生误解的情况下，使用他人的名称对信誉造成的"损失"现在可以认为是一种损害。"Elderflower 香槟"就是一个例子，这是一种售价为每瓶 2.45 英镑的软饮料。尽管大多数消费者会认识到这种软饮料不是真正的香槟酒，但是如果使用这个名称超过一定的时期，将会削弱香槟酒这个名称所代表的特色。

假冒的例子相当多，包括使用"Keeling's Old English Advocaat"、"西班牙香槟"以及"Elderflower 香槟"这样的名称。另外一个例子是使用盛装柠檬果汁的柠檬色塑料容器，这与 Reckitt&Colman 生产的"Jif"牌柠檬相似。

对于假冒诉讼，原告必须证明上面所提到的三项基本条件都具备，而对于商标诉讼来说，如果在没有许可的情况下，其他商人在相同的商品或者服务上使用与注册商标相同的标志，那么侵权行为就发生了，这是商标法的一个好处。在其他情况下，比如，商标相似、商品或者服务相同或者相似，原告就必须证明如果两种商标同时使用，公众就可能会产生混淆。不过，商标法还是非常有作用的，并且在这个领域的适用范围可能更广，它也可以应用于由于某种原因导致一个标志或者名称不能注册的情况。

假冒法一直应用于某个人注册的名称属于其他人的因特网域名这样的情况，这方面的案例很多。这样做的目的通常是把这些域名以高价卖出。这方面的例子

有 "harrods.com"、"bt.org"、"sainsbury.com"、"marksandspencer.co.uk"。尽管现在有域名争论的解决程序，但是，我们必须更加注意不要注册可能导致假冒诉讼或者其他国家的相同诉讼的域名。在这方面，必须记住因特网的全球性。过去，法官很少支持投机分子，因为他们把著名公司的名称注册为域名，然后希望把这些域名再卖给这些公司。

需要注意的另一个法律领域是恶意欺诈。它适用于某人贬低他人的企业、商品或者服务的情况。比如，谎称某个企业出现了财务困难，或者谎称他人的商品不合格。不过，为了起诉成功，原告必须证明谎称者是恶意的，但是要证明这一点是很困难的。

9.9 保密法

保密法的范围很广泛，不过在保护尚未公布于众的发明和设计方面非常有用。在正常情况下，想法、初步设计以及原型在申请注册专利发明、专利设计以及注册设计之前都应该保密。当然，保密是一回事，保密成功是另外一回事，而这正是保密法起作用的领域。如果申请注册的对象或者信息被泄露给其他任何人，比如，雇员、顾问以及可能的制造商、经销商和零售商，那么，这个人就有可能自己利用这些信息或者把这些信息告诉给其他人。为了防止这些事情的发生，或者至少是为了提供一些必要的法律补偿，规定保密的义务是很重要的。在有些情况下，法院将会默认保密的义务，比如，发明者或设计者和法律顾问之间交易的情况，不过，在其他大多数情况下，明确规定保密的义务是很重要的。

我们通过一个案例来说明泄密诉讼的实质。这个案例涉及一种新型机动脚踏两用车的发动机的设计，这种设计已经展现在潜在的制造商面前，在没有达成协议之前，发明者可以为泄密行为提出诉讼，以免制造商在不支付费用的情况下，就按照设计制造发动机。如果下列条件具备，就可以提起诉讼：

□ 信息具有进行保密所必需的性质；

□ 在保密义务的情况下，已经泄露了信息；

□ 在没有授权的情况下使用信息，对传达信息的一方造成损害。

也就是说，信息必须属于保密法保护的信息类型，并且在接受者有保密义务的情况下，已经公开了信息。最后，在有保密义务的前提下，接受信息的人违背信息所有者的意愿，使用或者进一步地公开了信息，或者打算这样做。

尽管就某种标准而言重要的信息可以称之为"商业秘密"，但是，这个领域的法律也保护了很多普通信息，比如，正常商业活动的信息、一系列实际和潜在的消费者以及他们的需求信息、业务扩张的计划细节以及未来的价格结构。

泄露秘密的最有用的纠正措施是禁令，它不仅可以防止使用信息，还可以防止进一步把信息泄露给其他人，并且最好是在信息泄露给其他人之前就采取快速、适当的纠正措施。主要的危险是，信息可能很快被大家所知道，并且无意间获得这些信息的第三方常常可以毫无阻碍地使用这些信息。泄密会带来损害，禁令是弥补损害的最有效的措施。

在雇佣合同期内，雇员有向雇主表示忠诚的义务，不过，当雇员离开时，情况就变得更加复杂了。法院必须权衡前任雇主的利益和前任雇员的利益，一方面要对前任雇主的信息保密，另一方面前任雇员又应该能够应用他或她的技能和经验为自己谋利益，或者为未来的雇主谋利益，当这些利益发生冲突时，公众的利益往往倾向于雇员一方。

在某种程度上，对雇主的机密信息的保护取决于信息的性质。在任何情况下，都不存在可以简要陈述的严格规则，下面只是一些指导原则：

□ 如果信息是真正的商业秘密，比如，关于工业生产过程的秘密，那么除特殊情况外，这种信息都应该受到保护。

□ 雇主应该告诉雇员信息的机密性质，然后采取相应的措施来保护信息，比如限制其他人使用信息。

□ 如果信息已经成为前任雇员的技能或经验的一部分，那么它将不受保护，除非雇员故意将写有信息的文件副本带走或者故意记住这些信息。

□ 针对前任雇员故意记住信息的情况，雇主可以通过签订具有商业约束性质的协议来制止雇员在一定时期内继续使用信息。但是，这些协议必须具有可实施的合理性，并且必须用来保护雇主真正的商业利益，而不仅仅是用来防止竞争。

最好还是在雇佣合同中就处理好保密问题。对于自由职业者，比如从事创作新设计之类的特定任务的顾问，合同中就应该包括保密问题的适当条款。雇员和顾问一样，他们应该确切地知道什么信息是机密信息，什么信息可以使用或者随后进行公开，如果可能的话，他们应该了解这些内容。

和潜在的投资者、制造商、经销商以及零售商打交道，依靠法律所规定的保密义务是不安全的。比如，如果一件按新设计制造的模型产品交给了零售集团中的某个购买者，那么就必须明确规定保密的责任。为了达到这种效果，一种办法就是签订一份书面协议。有一个案例是这样的：法院拒绝规定保密的义务，认为在这种情况下，购买者期望设计者已经采取保护设计的预防措施是合理的，比如，对设计申请了专利并且/或者申请了注册设计。

9.10 设计权的利用和买卖

最大限度地利用设计需要很多技能，这并不仅仅是指设计者在创作设计时考虑吸引消费者、获得市场占有率所需要的技能，实际上还应该包括其他技能，如制造、生产和营销技能。如果设计获得成功，几乎必然就会受到仿制。仿制品可能跟原作一样，也可能是粗劣的，或者仿制者为逃避法律责任，对仿制品作了微小的改变。虽然有些设计权不需要正式手续就可以自动产生，但是我们还是要指出，通过申请注册来保证获得适当的权利是何等重要。当然，并不是每项设计都可以获得专利或者得到注册，但是，如果有可能，还是应该高度重视，以保证获得这些权利。一项特定的设计有很多正式和非正式的权利。一个设计所或者拥有内部设计团队的制造商，或者雇佣自由设计者的人，都将建立与设计有关的知识产权组合。

像著作权和非注册设计权这样的非正式权利，一旦相关的作品或者设计被

创作出来，这些权利就自动产生了。这并不是说什么事情都不需要做，如果出现受任何一种权利保护的设计被仿制的情况，那么问题之一就是权利是何时开始存在的。被指控仿制他人作品的人声称他或她的作品是在其他人之前创作出来的，就是与此相关的问题。一种简单的办法就是，设计一旦被创作出来，就把设计的仿制品、相关图片和模型交给第三方，以证明设计已经在特定的时间、以特定的形式存在。另一种办法就是把设计的仿制品放到一个事先写好地址的信封里密封起来，然后挂号邮寄出去。如果设计后来才被仿制，并受到起诉，那么就可以在适当的时间打开信封，为证明设计在邮寄时已经存在提供有力的证据。这种方法也适用于对设计稍作修改的仿制。还有重要的一点是记住细节，包括图片和软件的创作日期。当然，软件的问题就是，它的创作日期可以毫不费力地修改。把磁盘的复制品交给第三方，比如律师保管，对这个问题可能会有帮助。最后，要记住仿制证据的重要性（对于不是专利权而又需要有获准使用原作的证据的著作权和设计权而言），我们有必要考虑引入蓄意错误以及多余材料，尤其是著作权方面。

假设已经注意并确保正确地记录了非正式权利，并且已经获得（或者申请了）正式权利，接下来的一个问题可能就是怎样对待这些权利了。严格说来，这些权利是一种财产权，处理任何一种财产权都需要小心，就像一个人在出售、购买或者出租一套房子时应该加倍小心一样，知识产权也会出现类似的麻烦。知识产权在规则上有些差别，尤其是非正式权利和正式权利之间，除了需要正式手续来保证交易有效外，还需要记录交易的细节。在一开始就必须阐明的一点是，我们必须遵循某些正式手续，以使处理非正式权利的做法在法律上是有效的。

所有权的转让和许可是知识产权最常见的两种交易形式。在研究更多的细节之前必须指出，任一种知识产权都赋予所有权人特定的权利。在有些情况下，所有权人可能获得很多权利。比如，著作权所有人拥有的权利包括复制权、出版权或者作品展示权、改编权等，并且，所有权人可以单独使用这些权利。知识产权的任何交易都需要对权利适用的地理区域或者持续时间作进一步的限定。

例如，一个独立设计者设计了一种手工的、木制的椅子。他或者她已经在英国和其他许多欧洲国家通过注册设计来保护这项设计，这项设计作为艺术品还受到著作权的保护。该设计者已经授权一家瑞士公司制造这种椅子，并且在瑞士、法国、德国和意大利销售。授权的条件是从授权之日起 5 年内，这种椅子不能出口到英国和斯堪的纳维亚。该设计者还把相关的权利转让（所有权转让）给了一家挪威公司，5 年之后，他或者她将收回这些权利。转让协议中限制了出口的国家，不过可以出口到英国。上面两个协议都规定只能制造与设计等比例大小的椅子，该设计者还授权一家苏格兰公司按照设计制造适合小孩子使用的这种椅子。

如果一家公司在不同国家拥有同一发明的许多专利，那么该公司就可以选择在其中一个国家使用专利，而把在其他国家拥有的专利权转让给其他人。

另外，如果已经提出申请正式权利，比如专利权或者注册设计权，但还没有被正式授予该权利，那么这种申请也可作为一种财产来处理。例如，专利申请人可以把申请权利转让给其他人。当然，专利获得人应该明白，专利申请有可能失败，这时他或者她就需要合同性的补救措施。应该支付多少费用和采取什么样的合同性补救，取决于个案的具体情况。可能出现这样的情况，新的申请权利拥有者同意根据产品销售量支付专利权使用费，但是当申请被拒绝时，将不再支付费用，已经支付的费用按一定百分比返还。

下面关于知识产权的特定类型交易的叙述，是为了告诉读者应该怎样做，并不是对知识产权交易的复杂性的全面描述。

9.11 转让（所有权转让）

法律详细规定了有效转让的要求。例如，当著作权人希望把著作权转让给其他人时，著作权人或者其代表必须签订书面协议。专利权和专利申请权的转让必须有双方或者双方代表的书面签字。有商誉和无商誉的注册商标的转让必须有转让人和受让人或者他们的代表的书面签字。

如果所有权转让发生在其他情况下，那么这些正式手续就不同了。比如，如果著作权人死亡，这时著作权按照遗嘱转让，或者按照相关的无遗嘱规则转让。

注册设计没有特殊的正式手续，不过当注册设计权人发生变动时，需要向注册管理部门提供相关所有权的证明。在实践中，证明转让的文件副本、影响或记录所有权变化的事项或者文件，连同交易的申请注册细节，都必须提交给注册主管部门。因此，大多数情况下，双方或者双方代表都要签订书面协议。

非注册设计权转让的正式手续和著作权转让的正式手续相同。

与假冒有关的信誉转让没有正式的手续，这是普通法方面的问题，转让法规几乎完全没有涉及。不过，即使如此，双方或者双方代表签订正式的书面协议也是明智之举。不管怎样，单方或者双方可能都希望附加其他的条款或者条件，而不仅仅是信誉约束下的知识产权的转让。

如果不按照上面的正式手续办理所有权转让，新的所有权人可能会遭受极大的损失。原来的所有权人在法律上可能还是所有权人，而新的所有权人只能指望公平来援助自己。如果正式权利所有人的利益没有注册，那么当权利受到侵犯时，将带来严重后果。

9.12 许可

知识产权所有人常常通过授权许可其他人使用权利，获得专利权使用费。许可就是所有权人授予他人做某些事情的权利的一种认可。例如，一种织物图案的设计权人可以许可制衣商使用这种图案，专利权使用费是制衣商销售产品所获得的批发价格的10%。

案例研究 9.1 商业实施和专利保护

詹姆斯·戴森——获得巨大成功的"双旋风式"真空吸尘器的发明者、设计者和制造者——在他的自传中对专利、许可和知识产权提出了许多非常宝贵的建议。下面是其中的一部分。

在着手寻找生产真空吸尘器制造商时，我所做的事情实际上就是，在某一段时间内、某个特定的地方，向制造公司提供我的专利和知识产权的专有权，作为回报，我获得公司销售利润的某一百分比……许可的所有条件都可以协商，因此，没有哪两个许可是完全相同的……所有的许可协议都是可以撤销的，并且如果获得许可的公司不能令你满意，比如没有尽最大努力生产和销售这种产品，或者用其他方式欺骗你，那么尽管这些情况会令人忧虑，但是你可以终止许可……最初，我希望得到年交易额的5%到10%，因为在英国或者欧洲，专利权使用费不低于批发价格的5%，大约需要预先支付40 000英镑……

不同寻常的是，因为我是一个设计者，所以，我也作为许可的一部分，在最终产品的设计中提供我的服务。我是在许可一种营销建议，而不仅仅是出售一项新技术……

[戴森，1997，pp.130，131]

预付款的确很重要……当你为一项许可交易进行谈判时，也就是在把你自己的技术交给他们去利用……产品投产可能至少需要2年的时间，而你获得第一张专利使用费的支票还需要更长的时间……合同中应该包括最低专利权使用费及其支付日期，这一点也是至关重要的。通过这种方式，当双方都希望产品能投入生产时，费用的支付就可以确定在某个日期，并且这也有助于说服被许可的公司履行协议中的职责，否则，他们将永远不投入生产，或者永不支付任何专利权使用费……

[戴森，1997，pp.142，143]

谈判协议的一部分涉及到"应付出的勤奋"……并且大量"应付出的勤奋"就是专利查找——被许可人要验证专利的实力，看它是否具有法律效力，有没有可能被实施。他所想到的最后一件事才是进行生产，这时却可能发现其他人已经生产出仿制品了……

[戴森，1997，p.145]

即使已经获得一项专利，也并不能代表什么，只不过说明符合专利局的要求罢了。但是，如果一个剽窃者能在你的专利中找到些什么，或者找到任何一点专利审查人员审查你的申请时所忽视的地方，比如一项"优先技术"，那么，他们就可以对你的专利提出质疑，并且有可能获胜。（"优先技术"只不过是你的专利创新中的一项技术，但是，事实上在你申请专利之前这项技术已经被公布过。这项技术不必与你的相同，只需要相

似，就可以使你的整个专利在法律上无效。)

[戴森，1997，p.145]

故事中的挫折

戴森公司曾经和安利 (Amway) 公司有一项许可协议。然而，安利公司却说，"这项技术不能实施，因此，他们不认可这项协议，撤回了他们的资金，然后，他们自己生产了一种双旋风吸尘器"。但是，由于戴森拥有法律保护，他可以以侵犯专利为由起诉安利公司，在美国，他还可以控告安利公司"盗用机密信息……因为戴森曾经把信息（以及图片和技术）秘密地交给安利公司，并且对他们充满信任……"（戴森，1997,pp.179~180）。如果没有法律保护，结果将会完全不同。

令人高兴的结局

1992 年 5 月 2 日，我开发出了第一台完全可以使用的、外观完美的戴森双旋风吸尘器……我们知道，它是一件非常了不起的产品。

[戴森，1997，p.208]

建议

不断地重新思考和改进产品各个方面的外观和功能，永不满足，直到解决了每个问题。这样做，你就一定能够始终可靠地超越竞争对手……这样做不仅能带来更高的消费者满意度，而且还能产生更多的极其重要的专利。一项专利仅仅能持续 20 年，但是实际上并不能持续那么长……我们看看 Qualcast 的做法……Flymo 的专利一到期，立刻就生产出 flymower。现在如果我停止开发我最初的发明，也将面临类似的风险。通过不断改进技术，我现在累计有 100 多项关于这种机器的不同专利，这些专利大多数都是旋风式技术方面的改进，它们将无限期地延长我们的专利期。

[戴森，1997，p.206]

9.13 结论

□ 我们已经讨论过与设计有关的知识产权。在这一章中，"知识产权"被定义为"保护创新、新作品的创作和发明的合法权利"。我们把这些无形权利作为财产权来讨论，它们可以被创造、转让以及许可。

□ 我们已经强调过，认识到这些权利并采取适当的措施加以保护的重要性。知识产权不仅可以防止其他人拿走新设计，还可以阻止他们形成一个构架，最大限度地利用新设计。

□ 知识产权包括著作权、设计权（注册和非注册）、专利权、商标权和保护商业信誉的假冒。如果设计具有新颖性和创造性的特点，那么就可以申请专利，如果设计构造的特征具有新颖性，那么就可以申请著作权。如果商品拥有独特的商标或者标志，那么就可能受到注册商标的保护。

□ 许可是利用知识产权的一种方式。知识产权的所有者可以授权许可其他人利用这些权利，条件是要支付权利使用费，比如，可以授权其他人使用一种独特的纺织品，条件是将所获得的收益的 10% 作为权利使用费支付给所有权人。

本章关键问题

1. 设计者怎样保护他或者她的知识产权？

2. 解释 "注册设计" 这个词。它不包括哪些设计领域？

3. 什么是专利？用专利来保护发明和商业

利用的效果怎样？

4. 许可协议的优点和缺点是什么？试举例说明。

用设计
再造企业

C 改进设计过程

大多数企业都会利用设计资源来开发公司文化、创造零售市场的氛围（对包装而言）、开发一种新的产品或对现有产品进行改进，或者创建网站。但是，对这种投资的有效性进行评估的组织很少，部分原因是直接度量设计对产品绩效的影响是比较复杂的，因为产品的成功还与价格因素、市场变化、竞争者的活动等有关。对顾客满意度进行研究需要花不少时间，成本也比较高，而且要求了解设计特性、价格、便利性、产品／服务的可获得性、品牌声誉等之间的权衡关系。但是，如果没有关于设计投资有效性的反馈，那么学习机制和对设计过程的改进一般是没法实现的。评估绩效的最简单的方式也许就是对项目的目标进行比较，当然，这些目标必须和设计结果一起包含在设计说明书中，这样可以得到一些即时的反馈，如项目是否符合预算、是否准时交付，相关的技能是否可以获得、是否出现项目管理问题，等等，从而可以对项目管理和跟踪进行改进。

设计标杆管理是第 10 章的主题，本章首先识别出与设计标杆管理有关的关键问题，然后针对企业从事标杆管理实践时应考虑的最恰当的标准提出若干建议。本章重点探讨产品开发，具体内容包括进入市场的时间、职能部门（特别是设计、营销、生产部门）之间沟通不畅的问题、质量保证、产品部件的数量、资源在不同活动中的分配等。

本章还描绘了标杆管理的框架，这有助于公司反思自己的实践，并找出对其流程和活动进行改进的领域。

设计的管理工具问题将在第 11 章中讨论，本章实际上为企业管理者提供了一套设计工具，在这套设计工具中，给出了对公司设计活动和能力的当前状况进行审计的方案，覆盖了产品开发过程和沟通的内容，包括一个可视化审计，揭示了企业能够作出响应的优势和劣势。公司可以改进知识管理的过程和"集体记忆"的开发，以及存储创造性想法的想法数据库。我们应该关注团队的建立和想法的产生，也应该认识到影响设计决策的人员（例如购买者等）对他们在这方面的作用的意识。本章提出的这套工具包括四个方面：设计规划、设计过程管理、资源和设计能力。所有的来自质量（QFD——质量功能展开）、战略（投资组合计划）、营销（产品生命周期）、工程（原型计划、产品平台计划）和设计（头脑风暴、水平思考）的现有工具都可以同这套设计工具联系起来，提出这套工具的目的是改进经营组织中的设计能力，不管这些组织的规模大小如何，也不管它们的主要活动是服务、零售还是制造。

10

绩效评估和标杆管理

尼克·奥利弗 (Nick Oliver)

只有能被衡量的,才能够被执行……

[阿农 (Anon)]

学习目标

□ 介绍一些适合设计和开发活动的绩效评估方法。

□ 鼓励在评估设计和开发绩效的困难上有批判性的思想。

□ 描述标杆管理的概念，说明标杆管理在设计和开发中的不同功能。

□ 利用最近在日本、北美洲和英国进行的一项新产品开发绩效的标杆管理研究
的数据说明上面提到的问题。

10.1 引言

设计和开发绩效可以用很多方式来定义。在整本书中，我们一直关注设计问
题的广义概念——设计被视为创造新服务和产品的过程，远远不只包括构思和计
划产品或服务的美学或基本概念，它包括其他活动，如得到详细的说明、组合多
项技术、开发原型产品和试用性的服务，以及为进入市场而准备这些东西。"产
品开发"通常更加为人所知，并且这个领域中的多数"绩效"研究都集中在新产
品开发绩效上。本章讨论设计和开发的绩效评估及其恰当性。我们评估了标杆管
理，并报道了一项关于新产品开发的标杆管理的国际研究项目的研究成果。

10.2 绩效是什么

仔细考虑"绩效"的含义，将其作为理解绩效差别的先导和改进绩效的杠
杆，这是很重要的。表 10.1 总结了判断设计和开发绩效的主要标准。

表 10.1 列出两种重要的区别："设计"和"绩效"问题之间的差别以及
"产品"和"过程"聚焦问题之间的差别。为了达到本章的目的，我们将设计看
作是与产品或者服务的基本概念化和规划有关的东西，并认为开发是将概念转变
成一种有形的服务或者产品并将其投放到市场的过程。当然，在实际中两种活动

的划分经常是模糊的，因为产品和服务很少以线性和顺序的方式从概念到现实顺利转变。

第二种重要区别在绩效的基于产品和基于过程这两个方面之间。这两方面代表不同的"透镜"或者"窗子"，透过它们可以看到设计和开发活动，每一个都强调创造新产品和服务的不同方面。

表 10.1　就设计和开发绩效而言的产品和过程标准

	"设计"问题	"开发"问题
产品聚焦	产品的美观性、新颖性、功能和整体性	产品价格、可靠性、持久性
过程聚焦	产生的概念的数量和质量；满足权益者需要的效率；对目的的适合性	进入市场的时间；开发所花的小时数；最后时刻更改的数量；制造或服务交付的舒适度；计划进度表和预算进度表；一致性

表 10.1 中设计/产品聚焦所对应的象限代表许多设计奖励实践明显光顾的区域，重点之处经常是关于这种产品的新颖性或者独特性，通常而言，正是基本概念或者想法的巧妙性占据了中心阶段。设计委员会千禧年产品奖励计划是这类计划的一个例子。设计质量由专家小组判断，其成员主要是设计专业人员。判断主要是基于产品的新颖性、唯一性、美观性这样的问题，或者考虑产品的优雅性，将其作为特定问题的解决方案。只要隐藏在它们后面的假设被认识到，这样的计划就是有价值的。

在表 10.1 的设计/过程聚焦所对应的象限中，强调较多的是过程的设计，较少强调产品或者服务自身。属于这个领域的大部分重要工作存在于产品创造过程的"模糊前端"，因此谈论"绩效"可能相当异常，因为这个过程的输入和产出是难以认定、解释和控制的。然而绩效方面的可辨别差异在众多公司中是存在的，例如，有些组织在下列方面特别有能力：

☐ 研究市场并且鉴定新服务和产品机会；

☐ 产生一连串富有新颖性、创新性的想法；

☐ 综合应用不同个体的创造性才能；

☐ 把这些转化成现实的说明和概要，可以借助于适当的设计和建模工具。

　　另外一种重要能力，虽然不是与设计本身典型地相关，但它是管理产品和服务的总体投资组合的才能。在资源稀缺的情况下，这是"挑选优胜者"和决定要支持什么项目的技能。人们经常将许多问题（生产进度变化是一个明显的例子）理解为项目管理问题，实际上这些问题是投资组合管理问题。这样，因为设计者和开发者在很多活动中的时间节拍可能被迫打乱，项目就可能运转迟缓。当我们允许太多的想法进入开发阶段，从而超出了系统满意地处理全部想法的能力时，这个（相当普通的）问题的起源可能就在于过程的开始阶段。

　　表10.1中"开发"这边涉及到把原先的概念转化成市场中的有形产品的那些活动。在关于创新绩效的文献方面，产品开发绩效比设计得到了更多的关注，或许是因为"绩效"在产品创造过程的后期阶段比在早期阶段更好评估。例如，产品创造的效力可能部分要追溯到这种产品本身，购买和维护要花多少钱？它是可靠的吗？它是笨重、庞大或者轻巧但功能或其他方面很强大的产品吗？这种产品能够持续多久？很多专家消费者杂志（例如主题是关于汽车和消费类电子产品的）的吸引力主要在于基于产品比较的特征（在特别的产品目录内，通常作出值得推荐的"便宜货"这样的结论）。更深刻的例子是英国消费者协会，它在杂志上定期地公布系统的产品比较结果。

　　生产者和消费者在相似的产品之间都进行比较。公司通过研究同类竞争者的产品，建立它们自己的产品的绩效水平和特征，确实能获得相当多的信息。这种比较的结果经过适当整理后，就能使好的产品广告制作如同金融产品和汽车一样变得与众不同，正如小型案例研究10.1所说明的那样，有时这种比较的结果可能是令人震惊的。

小型案例研究 10.1　使成本合理

20世纪50年代后期，英国汽车公司 (BMC) 推出了 Mini 型汽车，该公司的大多数竞争者获得了一些这种 Mini 型汽车，并将它们拆卸，目的是了解这种汽车所采用的技术和制造这种汽车所使用的方法。在这一分析的基础上，该公司外部仍然无人能理解 BMC 如何以那样的价格出售汽车并且获得盈利，因为人们认为 BMC 根本做不到这一点，该公司的估算成本过程是如此的差，以至于公司不可能在出售的汽车上赢利。

最后一个象限表示聚焦于产品开发的过程，关于产品开发绩效的大多数研究工作都集中在这里。在这个象限中，重点是放在产品开发过程上，典型的绩效评估包括：

□ 进入市场的时间（也描述成开发提前期或者概念启动时间）。

□ 开发努力的程度（设计和开发这种产品或者服务所用的工时数）。

□ 生产进度和成本执行情况（这种产品作好了在计划时刻启动的准备了吗？项目的成本与计划是否相符？就生产的产品而论，原料和劳动力的成本是否与允许的数量取得一致？或者是否超额，隐含着增加价格或降低利润？产品是为了制造的容易性而设计的吗？它是否遇到了工厂内高废料和高返工率的麻烦？）。

□ 晚期的更改（在过程的后期，是否对设计作了很多变更？如果回答是，那就意味着在过程的早期阶段没有发现问题并进行改正）。

在这种背景下，我们还要提及其他两方面的考虑。首先，令人吃惊的是，我们经常忽视产品和服务的盈利性，然而它是设计和开发效率的一种表现。产品是否有足够的吸引力，能以产生好的边际效益的价格出售？假设市场能接受这个价格，这种产品能否以足够低的成本进行生产以确保盈利性？投资在开发上的资源能够由产品所带来的收益补偿吗？其次，可能有与特殊开发相关的重要的非财务结果，例如将公司定位于新的市场中，或者发展在随后的开发中能利用的能力。因此，按照十分狭窄的一套标准，需要相当小心品牌项目"失败"。图 10.1 给出

图 10.1　产品和过程绩效

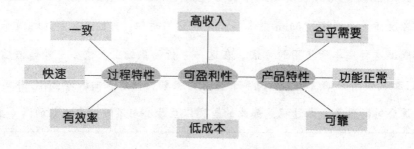

了一个广义的产品和过程绩效模型。

　　对于这个模型，应该加上"学习和能力开发"，从而得到图 10.2 所示的设计和开发过程。图 10.2 有一个的重要的假定：除了最后出现的产品或者服务，还有更多的产品开发过程的结果。组织可以发展新能力或获得随后的项目能应用的知识。虽然我们把不能满足目标的项目委婉地描述成能带来"微笑"的"一次学习经历"，但在这个表述中显然存在一些真理。

图 10.2　开发过程的输入和输出

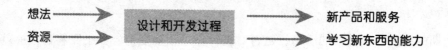

10.3 标杆管理

　　尽管市场最终会在质量、成本和交货这样的产品和服务属性方面提供反馈，但是这样的反馈通常是不精确的，并且来得太迟，以至于不能进行有用的操作干预。此外，产品可能在市场上成功或失败，其原因可能与生产产品的设计和开发过程没有太大的关系。这方面的例子包括：采用了错误的工业标准（就像索尼Betamax 录像机模式一样），享有（或者缺乏）市场支配地位、营销力量和策略，或者明显的政府干预。

但是，对于一个组织来说，经常看看外面的世界以及在绩效和内部过程方面与其他组织进行比较是有用的。标杆管理就是关于收集外部比较信息，在此基础上采取行动的方法。

"标杆管理"最初是一个调查员使用的术语，是指作为准星使用的一种标记。它表示采取措施的一把码尺或者参考点。随着20世纪后期计算机的出现，"标杆管理"计算机程序也在发展，这些程序包括一套可以在不同机器上运行以比较其绩效的标准任务。在20世纪80年代的后半期，标杆管理被列入管理词汇，作为描述业务和过程绩效比较的一种标签。施乐公司推广使用了这种活动，20世纪80年代，公司对它在美国的运营情况与在日本富士—施乐的运营情况进行了比较，然后将这些比较用于推动改进活动。关于标杆管理的定义有许多，包括：

它是一个测量产品、服务和实践的连续性过程，用来对抗最主要的竞争者或自己认为是产业领先者的那些公司。

[坎普 (Camp), 1989, p.10]

对能够导致优越绩效的较好实践的一种不断搜寻和应用。

[沃森 (Watson), 1993, p.4 [

在这些众多的定义内，主要有两种与产品开发相关的标杆管理，它们是：
□ 过程标杆管理；
□ 产品标杆管理。

过程标杆管理是指对离散业务或其他过程的比较。例如，制造过程可以按照收益率、投产次数和直接劳动生产率进行比较。仓库运营可以根据精选比率和它们能处理的产品线的数量等标准进行比较。像人力资源功能那样的间接功能可以在缺勤数、每个雇员的人力资源配置成本等方面进行比较。这样的比较可以在同一组织内的部门之间或在不同的组织之间进行。

就产品开发而言，广泛用作基准评估的许多方法已经在表10.1和图10.1中作了描述。产品开发提前期已经得到特别的注意，或许是因为产品进入市场时间对产品成功有着重要的意义，但是也因为提前期相对容易度量，特别是跟其他绩效特性进行比较，如设计质量和（或者）开发效率。不过，这里存在着某些风险：最容易度量的活动未必是最重要的活动。

产品标杆管理比较实际产品的特征和绩效。很多公司常常对竞争者的产品进行透彻的分析，目的是察看它们在设计、可制造性和其他特征方面有何区别。测试也可以在产品绩效特征方面进行，例如噪声水平、耐用性、可靠性、健壮性、能耗等，这样的比较可以形成逆向工程实践的基础。虽然达不到进行详细分析的足够熟练水平，但是独立的产品测试数据可以从公共来源中获得（例如贸易或者消费者杂志）。这种数据（通常具有较高的详细程度）也可以通过付费的方式从商业资料中获得。

标杆管理能发挥多种功能，采用的方法应该清楚地反映出个人研究所倾向的功能。典型的功能包括：

□ 一般而言，"意识提高"（外面正在发生什么事情？）；

□ 识别出好的实践并加以消化（"关于如何把 X 做得更好，我们从中学到了什么？"）；

□ 公司本身位置的确认（"我们做得跟预想的一样好吗？"）；

□ 更改的合法性（"看一看我们必须改进多少"）。

不管标杆管理试图发挥什么功能，在设计标杆管理的研究中，关键的困难是在比较的宽度和深度之间进行平衡。最强有力的比较应该能够揭示出提供具有高度可比性的产品或服务的运营之间的本质绩效差别。不过，在很多行业中，直接可比较的组织的数量很可能是非常小的，即使在美国或者日本那样实力强大的经济环境内也如此。这个问题表明，与按照严格的可比性进行的理想比较相比，许多标杆管理的研究被迫包括差别较大的单位。解释绩效差异时，我们就要为此付出代价。这样的差异是由那些我们能从中学到不少东西的不同实践造成的，还是由产品、市场或部门特性方面的差异所造成的？

人们逐渐提出了解决产出可比性问题的许多方法。一种方法是建造一个"最佳实践"的固定模式，运用标杆管理是为了检验这种固定模式是否存在，而不是为了采集实际的绩效数据。有几个行业的奖励办法就是利用了这种方法的变型。因此，这种方法不是收集指标（例如开发的提前期）的实际数据，而是集中于这样的实践：常规的智慧者认为一家"好"公司应该展现的东西（例如多功能团队、广泛的用户输入、运营的尽早介入、并行性等），然后检验是否符合这些要求。IBM／伦敦商学院审计工具是这种方法的一个例子。

这种标杆管理的方法是对差异的实际反应，但是存在许多缺点。首先，很多方面的最佳实践的固定模式在管理文献中得到了很好的表述，从而回答者可以声称，他们使用最佳实践的程度比现实中的情况还要宽广。其次，因为这种方法倾向于回避对结果的实际评估，所以实践和绩效之间的联系是被假定的而不是被检验的。

剑桥大学与设计委员会和《当代管理》联合开发了一种产品开发的标杆管理工具，下面我们来阐述这个例子。

10.4 国际比较

或许因为在设计和开发方面进行详细比较有困难，所以对绩效进行详细比较的工作相对少一些。这方面的工作中最著名的例子之一是 1991 年克拉克和藤本发表的《产品开发绩效》。这是一项对世界汽车工业的设计和新产品开发的研究，该研究对欧洲、日本和美国的产品开发绩效进行了比较。这项研究得到的部分主要结果见表 10.2。

克拉克和藤本在对美国和欧洲的汽车制造商进行比较时，发现日本汽车制造商进行新模型开发的提前期较短，使用较小的产品开发团队，而工程生产率水平是西方公司的两倍。他们认为有几个因素能解释日本的优良绩效，这些因素包括在产品开发过程中更大量地使用供应商、开发过程阶段的重复、领导多功能团队

工具箱 10.1

剑桥大学/设计委员会/《当代管理》的审计工具

"产品开发优秀奖"识别和奖励新产品开发方面的好的实践和绩效。剑桥大学的管理研究评论中心代表《当代管理》和设计委员实施了这项计划。

奖励计划在许多方面评估了公司产品开发的绩效，节选如下：

A2 请提供大约的销售额、购入材料的费用、营业利润 (或者损失) 以及与这次问卷调查相关的开发活动最接近的经营单位中雇员的数量。这应该是成本和收入的一个结合点。请提供过去 3 个财务年度的这方面信息。

	最近的财务年度	以前的财务年度	两年以前
所有产品的总销售额 (英镑)	7	11	15
购入材料的费用 (英镑)	8	12	16
营业利润/损失 (英镑)	9	13	17
雇员的数量	10	14	18

A7 请估计过去 3 年该经营单位的市场份额 (以价值计) 占国内市场的百分比：

a) 去年 (%)   45

b) 2 年以前 (%)   46

c) 3 年以前 (%)   47

A8 该经营单位在过去 3 年中注册了多少专利？   48

A9 该经营单位去年的销售大约有百分之几是来自于前两年推出的产品？   49

项目

在这个部分里，你应该选择最近已推出的一种产品，并回答与这种具体产品的开发有关的问题。最理想的是，这种产品应该已生产了至少 6 个月，因为问卷调查中包含了市场销售情况和制造绩效的相关项目。不过，产品启动比这里所包含的项目要晚，但请先把这一点了解清楚后再回答这些问题。

B5 把会议上首次提出概念的日期作为 0，请指出下列每一个事件在 0 之后几个月发生。

阶段	在原计划里的目标	实际成就
概念起初"正式"出现	0	0
需求定义问题	84	89
设计说明的确定	85	90
试验性生产开始	86	91
大量生产开始	87	92
项目持续的总时间（月）	88	93

B6 概念在会议上出现之前，"非正式地"存在了大约几个月？   94

B7 这种产品的推出与前一代产品的推出之间间隔几个月？   95

B10 打算推出多少种该产品的变型产品？ （每种产品选择计作一种变型）   96

B11 这种产品包含多少部分、成分或其他构成要素？   99

B12 这里面大约有百分之几是专门为该产品设计和开发的？   100

B13 部分、成分或其他构成要素中大约有百分之几用于前一代产品？   101

C1 这种产品每单位的预测成本是多少（英镑）？   104

C2 这种产品每单位的实际成本是多少（英镑）？   105

C3 总的来说，该经营单位中大约有多少工时投入到这种产品的开发？   106

C4 上述数字大约代表了总开发经费的百分之几？   107

C5 在设计说明确定之后，要求改变的次数是多少？   108

C6 请指出在开发和生产的早期产生的变化记录的数量。如果每条记录不只发生一种变化，请注明变化的总数。

阶段	引起的变化记录的数量	变化的总数目
在大量生产开始之前	109	112
在生产的前 6 个月	110	113
总数	111	114

261

C7 对于上面给出的变化，请估计满足下面条件的变化的百分比：

    a) 按照执行进度情况或成本没有暗示。   115

    b) 按照执行进度情况或成本有微弱的暗示。   116

    c) 按照执行进度情况或成本有明显的暗示。 117

合计   100%

C8 大量生产达到生产率的目标水平需要花几周的时间？   118

C9 工厂内部缺陷或发生率达到质量的目标水平需要花几周的时间？   119

C10 在生产的第一个月中，工厂内部缺陷或发生率是多少？   120

C11 随着产品的推出，在生产最终稳定下来后，内部缺陷或发生率是多少？   121

C12 产品推出 6 个月内的预测销售量是多少个单位 (请指明使用的单位)？   122

C13 产品推出 6 个月内的实际销售量是多少个单位 (请指明使用的单位)？   123

C14 产品整个生命周期内的预测销售量是多少个单位 (请指明使用的单位)？   124

C15 这种产品打算生产多少年？   125

C16 产品推出 6 个月内的外部缺陷率是什么 (即有缺陷的单位数达到百万分之几)？   126

C17 这种产品获得过消费者或贸易奖励吗？   是/否 127

C19 总的来讲，按照下面给出的 3 个标准，公司目前考虑的这项工程成功的程度如何？

	一次失败	不很成功	可以	十分成功	非常成功	N / A	
在新领域里树立公司地位	1	2	3	4	5	6	128
在财务方面	1	2	3	4	5	6	129
作为一次学习的经历	1	2	3	4	5	6	130

表 10.2　日本、美国和欧洲的产品开发绩效

	日本	美国	欧洲
已调整的提前期（月）	42.6	61.9	57.6
已调整的每个项目的工程小时数	1.2m	3.5m	3.4m
来自供应商的"黑箱"部分的比例	62%	16%	38%

的项目团队领导者有较高的地位以及开发和制造之间的密切联系。因此，克拉克和藤本不仅注意到产品开发的绩效差异，而且把它们与实践的模式联系起来，这是标杆管理的重要因素。

我们将详细介绍的绩效标杆管理的另一个例子是设计委员会赞助的关于英国、北美洲和日本的产品开发绩效的研究。该研究仿效了克拉克和藤本的研究，但是有两个重要的差别。首先，该研究特别地将英国产品开发绩效与国际标准进行了比较。其次，该研究打算在汽车产业以外的一个产业内来比较产品开发，且在这个产业内已经做了很多工作。

任何用标杆管理研究的关键挑战是可比性和匿名性问题。可比性是指参与比较的公司应该从事非常相似的活动——生产相似的产品、交付相似的服务等等，以实现真正的"苹果对苹果"的比较。当然，这与匿名性是相矛盾的，因为只有少数的公司生产多种类型的产品。如果国际比较构成了说明书的一部分，那么这些挑战就会变得更加严峻，因为这种情况下需要在国家之间识别出可比较的部门。

为达到这样的目的，在设计委员会与剑桥联合进行的标杆管理研究中，研究人员选择了音频产品，其原因很多（见工具箱 10.1）。由于研究的重点之一是新产品开发过程的组织，所以产品必须足够复杂，开发和生产这样的产品需要各领域专家的技能。音频产品的设计和开发通常涉及到电子、机械和声学工程师以及工业设计者，有些情况下还牵涉到软件工程师，因此有机会调查供应商参与开发过程的情况。音频产品相对复杂，并按合理的产量生产，因此能揭示"设计服务于制造"的问题。

10.5 产品开发绩效

正如我们已经看到的，在评估公司开发新产品的能力时，我们面临的挑战之一是，成功可以根据很多不同的标准来衡量。第一，它们本身存在"产品"——美观、技术绩效、价格和价值。第二，存在创造产品的"过程"——开发提前期、进入市场的时间和进入到产品创造中的效率（资源，例如劳动力和材料）等。美观这样的标准可能要与其他要素进行平衡，例如持续、大量地生产产品的需要。第三，对公司而言，这一过程存在许多结果。这种产品赚钱吗？它是不是使公司进入新市场而造成亏损的导火线？它是否已带来了有价值的教训，并促使公司去开发能在未来产生优势的新能力？

表 10.3 显示了该研究中应用的绩效评估方法。通过把实际销售情况与目标、产品奖励和保修请求相对比，评估了这种产品的特性——吸引力、性能和可靠性。

过程评估包括三个主要方面：速度、效率和控制。"速度"是指开发提前

表 10.3　关键绩效测量总结

关键绩效方面	关键属性	采取的措施
产品	吸引力	销售与目标相对比
	性能	在贸易评价中获得的奖励
	可靠性	保修请求
过程	速度	从提出概念到投入生产的时间 (周)
	效率	每个新部件的工程小时数
		每个新部件的成本 (英镑)
		使生产率稳定所花的时间
		达到稳定质量水平所花的时间
	控制	与进度安排的百分误差
		产品实际成本与预测成本的对比
		后期要求的改变
其他结果	产品的获利能力	产品成本占 RRP 的比例 (%)
		开发成本占毛利润的比例 (%)
		对成功的自我评估

期。"效率"衡量三个指标：工程效率、费用和这种产品转入制造的顺利程度。"控制"包括反映计划精确性的三个指标：进度、成本的偏差、对原始要求的改变数量。其他结果包括利润率、收入和对项目成功的自我评估。

表 10.4~10.6 和图 10.3 及 10.4 根据三套绩效评估指标体系总结了每个国家的地位。

10.5.1 产品绩效

将实际销售与预测值相比较可以发现，3 个地区的产品销售都明显超过了预测值，偏差大小在 20%~30% 之间（见表 10.4）。在一定程度上，这反映出市场接受了这种产品，但是与预测值的任何偏差都清楚地表明，在了解市场和产品计划的过程中存在着失误。日本产品超过销售预测大约 22%；英国和美国企业更好，或者更糟，这取决于你如何看待这个问题，销售超过预测值约 30%。

表 10.4 产品绩效

	日本	英国	北美洲
预测和实际销售之间的偏差	+21.7%	+29.8%	+28.7%
获得奖励的产品比例	75%	33%	41%
每种产品获得奖励的平均数量	2.7	1.0	1.4
保修请求的数量(百万分之几)	716	15 419	13 969

日本产品的 75% 获得了奖励，与之相比，西方公司的产品获奖比例只有 30%~40%，因此日本产品在专家音频报刊里获得了最多的认可。产品获奖的绝对数量日本也较高。

产品绩效的最后一个衡量指标是保修请求的数量。很明显，并不是所有这些请求都是产品设计不好造成的——产品退回可能是由于用户使用不当的错误、在运输过程中粗心引起的错误等等，虽然在某种程度上这些方面也可以在该系统之外进行设计。撇开这些局限性，当产品在用户的手里时，保修请求能表现出产品的可靠性，并很可能对"设计服务于制造"的努力特别敏感。正如图 10.3 所示，

图 10.3 保修请求比例（以百万分之几计）

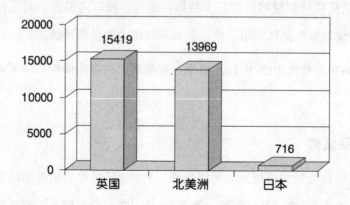

日本产品与英国或北美洲产品相比，退货比率非常低，差额大约为 20:1。

10.5.2 过程绩效：速度

开发提前期经常作为产品开发绩效的度量标准，日本公司以开发提前期和产品寿命周期短而闻名，特别是在汽车行业里。与这个固有结论相反，图 10.4 显示，日本产品的平均开发提前期比西方产品要长，日本为 84 周，而英国为 48 周，北美洲为 70 周。

英国公司较短的开发提前期令人吃惊，而图 10.3 显示出的较高保修请求同样也令人吃惊。因此，较短的提前期可能预示着在开发过程的较早阶段"走捷

图 10.4 开发提前期（单位：周）

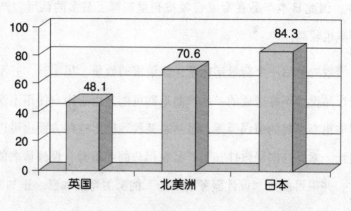

径"，其本身会在以后带来问题。

10.5.3 过程绩效：效率

过程效率的评估涉及到开发新产品需要多少时间和成本。与克拉克和藤本对汽车行业的有影响力的研究不同，本研究发现，与英国和北美洲的公司相比，日本公司在开发生产率的两个主要度量指标方面效率较低，这两个指标是新部件的工程小时数和新部件的开发成本（见表10.5）。

表10.5 过程绩效：效率

	日本	英国	北美洲
每个新部件所花的工程小时数	106.1	19.5	41.1
每个新部件的开发成本	3 723 英镑	1 057 英镑	1 846 英镑

开发效率/生产率的评估可以通过对比总工程小时数（对转包出去的开发工作要进行校正）和这种产品的新部件数而获得。新部件用来表示产品的复杂性和新颖性，这样做主要基于两个假设：第一个假设是，越复杂的产品其部件就越多，因此需要更多的开发工作，所以比较时需要考虑这一点。第二个假设是，越新颖的产品就越需要更多的开发工作。就电子产品而言，一种产品中的新部件数量被看作是反映它的新颖性的指标。

开发成本效率的评估基于相似的计算，只不过不是基于消耗的开发时间，而是基于创造产品所花费的成本（总开发成本）。开发成本和开发时间彼此之间表现得十分一致，如日本公司中每个部件的工程小时数是北美洲公司的2.5倍，是英国公司5倍以上。

反映开发效率的更进一步的指标是，一种新产品启动之后制造稳定下来的速度。显然，制造中生产率的下降或质量问题会对成本和产品到达市场的速度产生显著影响。

图10.5比较了3个地区的生产率和质量达到正常水平所花费的时间。对于

267

这两个指标，日本项目优于与英国和北美洲的项目。日本产品在批量生产开始后的 2~3 周内就达到质量和生产率的正常水平，并且如图 10.3 所示，外部缺陷率稳定在大约百万分之 700 左右。与日本产品相比较，英国和北美洲的产品通常要花费 2~3 倍的时间才能达到稳定状态，最终的外部缺陷率却高达 20 倍左右。

图 10.5　质量和生产率达到正常水平所花的时间（单位：周）

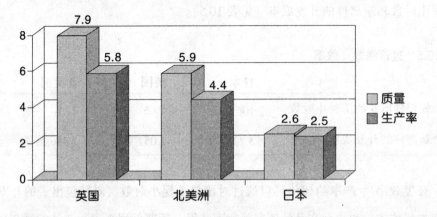

很明显，许多因素都能造成产品质量和生产问题。日本公司十分关注可制造性问题，在一个案例中，制造工程消耗了将近 50% 的开发时间，部分原因可能是日本制造商的生产量较大，这就意味着生产过程中的问题引起了较大的成本。另外，在日本公司内，工程和制造功能在管理和地理方面是倾向于分离的。在一些实例中，采用转包商来生产产品。从直觉上讲，这样做有可能要增加生产问题，但是这种分离迫使制造和开发之间产生非常有规律的相互作用——较高的产量与地理分离相结合，给"我们稍后能处理它"这样的想法留有很少的余地。

相反，在西方公司中，设计、开发和生产倾向于在相同的地方进行，这样就培养成一种风气，即制造问题有时在生产的较早阶段而不是批量生产开始之前就得到解决。设计和运营之间的物理接近是有利有弊的，一方面它使沟通更加容易，加速问题的解决；另一方面，正如小型案例研究 10.2 表明的那样，它可能导致一种对阻止令人讨厌的对发生的问题过度放松的态度。

小型案例研究 10.2   沉默知识的重要性

一个从事音频研究的美国公司按照传统的方法，在同一幢大楼里把生产和工艺紧靠在一起。后来又重新确定制造地点，放在成本较低的、与原来的地点不远的地方。与原位置的员工相比，操作新设备的人更加年轻、经历较少和工作时间较短，这就马上产生两种影响，第一种影响可归于以前员工的沉默知识的损失。产品开发的实践发现，存在着对产品设计的"撞击"作用，使其突然需要更加标准化，并且从制造的角度看应该一目了然。第二，在制造和工程之间发展和维持一种和谐及相互了解的关系变得更加困难，反过来会妨碍问题的解决。在这种情况下，由地理隔离造成的不利条件可能通过由视频会议这样的技术提供的机会得以弥补，但只是部分如此。

另一个方面是在开发过程的不同阶段之间分配开发时间。通过把开发过程考虑为包括四个主要的时间段，就可以搜寻信息，这四个时间段是：

(1) 从最初概念的提出到基本设计的确定；

(2) 设计确定到试验性生产；

(3) 试验性生产到批量生产；

(4) 批量生产的前 6 个月。

图 10.6 显示了开发时间在这 4 个时期的分配情况。

图 10.6   开发时间在不同阶段的分配情况

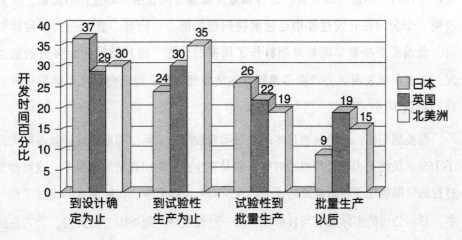

日本模式显示，大量时间花费在最前面，即产品计划和概念开发阶段，这与关于日本决策风格的其他报道是一致的，这种风格表现为相对大量的时间花在计划上，导致以后的实施更顺利。日本在试验性生产和批量生产之间的努力投入也比较高。我们很清楚，日本公司从试验性生产中学到了大量东西，并据此努力调整它们的制造过程，以便使批量生产能迅速而顺利地开始——这就是所谓的"垂直启动"。相反，美国和英国公司在最前面和试验性生产上花费较少的开发时间，而是把许多时间用在详细设计上，结果是在生产开始之后，不得不花费更多的时间用于解决问题。其中一个英国公司的生产管理者这样评论道：

> 我们从来没有考虑将整个事情作为一个过程……我们总是晚一些……我们不识别存在的东西和新的东西……将全部问题加起来，这就是它（开发）所花费的时间。

他接着描述他的公司通常如何招聘人员，这些人非常聪明，但是倾向于集中在他们的特殊领域内，而忽视整个系统的完整性。他用受挫折的口气叙述了这样一个结果，他知道，每100件产品装运出去，就有6件返回。

10.5.4 过程绩效：控制

在研究中我们使用了关于过程一致性和控制的3个度量标准，即实际进度与原先进度安排的偏差、实际产品成本（每单位）与目标成本的偏差以及根据产品要求进行的后期改变的数量。这些偏差度量部分地表明规划过程的质量，而且也表明一个公司在开发过程中迅速解决问题的能力。因此，就原先的项目计划而言，低偏差意味着早期就对项目作了周密的计划，而且预计到大多数的意外情况，这也可能表明该公司能迅速而有效地处理问题，因此使得项目能够按计划进行（见表10.6）。

与英国相比，北美洲和日本的项目运营较迟，实际提前期比预计提前期大约长了15%。虽然英国项目相对准时些，但是在生产后期出现的问题很多，这可能是在过程的早期忽视潜在困难所造成的。在所有三个国家中，实际成本都超过了预计成本，日本公司的实际成本与目标成本的一致性最好，而英国公司最差。公司在该指

表 10.6　过程绩效：控制和一致性

	日本	英国	北美洲
与进度安排的偏差	+15.5%	+4.6%	+15.4%
实际成本与预测成本的偏差	+0.9%	+4.3%	+3.1%
按要求进行的后期改变	4.8	1.1	0.8

标上的地位可能与提前期有关，日本公司付出极大的努力，力求在原先的成本目标内达到希望的产品绩效水平，从而导致较长的提前期。也可能是这样的原因，许多西方制造商的专家品牌身份使得它们在成本超额的情况下通过提高价格来维持边际利润，因而西方的企业可以在提前期和产品成本之间进行权衡。

与西方相比，日本按产品要求进行的后期改变高得多，在开发过程后期，项目的要求平均改变 5 次。初看起来，这与大家所接受的日本智慧相矛盾，即在开发过程早期的周密计划会给后期带来巨大的稳定性，一种解释是日本公司的产品在很多市场上销售，因此日本产品制造商经常从几个销售地区获得市场信息，这种多方面的市场需求就需要通过实质性的努力来到达一致性的产品要求，因此需要很长时间才能达到稳定状态。对于打算销往欧洲和美国的产品，这样的解释特别有道理，因为在欧洲和美国口味差别很大。一家日本公司描述了迎合来自这两个地区的对竞争产品的要求所面临的困难。相反，与日本企业相比较，西方生产商一般把产品的目标市场放在高保真音响产品上，并追求那种更注重设计的方法。大多数西方公司的经营思潮是生产与纯高保真音响产品价值相符的产品，然后把这些产品推出到市场上。当问到公司的销售策略时，一家英国公司的一位被采访者评论道：

　　　　如果总经理在他的起居室里想要一种产品，我们就制造这种产品。

10.5.5　其他结果

我们将考虑的最后一套度量标准是关于开发过程的其他结果，特别是每个产品和项目在财务方面的绩效。我们可以用三种方式来进行评估。第一个度量标准是产品成本占产品零售价的百分比，这是一个反映单位产品毛利润的指标，它是产品能够在市场上立足的价格（一个愿望指标）与该产品能在其水平上进行生产的价格（一个效率指标）的函数。第二个度量标准是开发成本占产品毛利润的百分比，这是反映开发"投资"的"回报"的指标。最后，要求公司主观评估项目的成功性。表 10.7 给出了这些结果。

与西方相比，日本产品成本占建议零售价的百分比稍微有点低，这表明与英

表 10.7 其他结果

	日本	英国	北美洲
产品成本占 RRP 的比重	21.2%	22.6%	25.9%
前 6 个月开发成本占毛利润的比重	19.5%	15.2%	21.7%
对成功的自我评价（1=不成功，5=非常成功）	4.2	4.1	4.1

国或北美洲公司相比，在考虑成本分摊之前，日本公司生产的产品的毛利润稍好。英国公司补偿开发成本的速度最快。

英国产品在推出的前 6 个月中，毛利润比开发成本高 6~7 倍，而日本和北美洲的产品则为 5 倍。有趣的是，尽管客观的绩效评估有着本质的差别，但是公司对其项目的主观评估却非常相似，这说明在标杆管理研究中，将自我评估作为成功的度量标准是有局限性的。

很明显，绩效数据与日本开发优越的公认说法相矛盾，但同样明显的是，无论有意与否，在开发绩效的不同要素之间存在着权衡，特别是在开发速度和效率这样的度量标准上及可制造性和产品成本这样的属性之间。这些权衡会因地区不同而改变，日本公司偏爱早期解决问题（但是允许长期的产品要求变化），并密切关注产品成本和可制造性。相反，英国公司开发产品非常迅速，在遵守生产进度方面做得较好，但是存在更多的质量问题，在过程后期不得不花更多的时间来

解决这些问题。

10.5.6 公司特点

虽然日本公司著名的原因是大规模的市场，而不是高端的音响设备，但许多主要的日本电子公司也提供这方面的高端产品。产品的推荐价格在三个地区非常相似，从每单位 2 200 英镑到 2 800 英镑不等，部分原因在于本研究所采用的取样方法，该方法在相似的价格范围内选择产品。三个地区的产品的寿命周期也是相似的，大约都是 4 年。

日本有一些规模小、独立的音响设备生产公司，虽然其中一些公司近年来一直在奋斗，有些公司已经被非日本公司兼并。这项研究涉及的所有主要日本公司的高端运营都划分为若干分公司，相对而言每个分公司都有自己的专家。与它们的母公司相比，这些分公司的规模较小，在很多方面与北美洲和英国的独立公司有可比性。即便如此，日本高端分公司的平均营业额大约是北美洲的独立公司的14 倍，是英国公司的 30 倍（见表 10.8）。

北美洲的公司显示出最强劲的增长率和最高的利润率，反映了 20 世纪 90 年代末北美洲市场的活跃状况。这项研究涉及的许多日本公司一直处于亏损状态，日本公司的平均销售利润率低于 1%。在三个国家中，英国公司显示出最高的出口比率，将近有 70%的产品用于出口。

表 10.8 公司特点

	日本	英国	北美洲
年销售额（过去三年的平均值）（英镑）	378 810 360	12 682 843	28 028 800
雇员的数量（过去三年的平均值）	1 082	115	174
利润率（过去三年的平均值）	0.9%	5.4%	6.5%
年平均增长率（前三年平均）	+2.5%	+9.1%	+15.4%
出口额的比重	59.2%	69.5%	43.4%

任何一个开发项目都处在一个更加广泛的创新系统中，这种系统既处于单个公司内，又处于整个国家环境内。这样的系统反映了投入到创新中的资源和实施创新活动所处的结构。表10.9显示了每个地区的公司的产品开发活动的规模。

表10.9清楚地显示出英国有相对较小的经营规模，特别是与日本公司拥有

表10.9 新产品开发模式

	日本	英国	北美洲
从事开发的人员数量	208	12	19
过去三年开始的开发项目数量	162	25	16
每个公司专利的平均数（过去三年注册的）	430.0	0.9	13.9
每个开发人员所拥有的开发项目数	0.7	1.8	3.0
研发支出占销售收入的比重	5.7%	4.8%	5.7%
过去两年启动的产品的销售额的比重	84.7%	68.8%	44.5%

很大的开发部门、大量的项目投资组合和频繁的专利活动相比。但是，与西方相比，日本开发工程师的开发负担实际上较小，在日本，每个开发人员所拥有的开发项目数少于一个，而英国是二个，北美洲是三个。给开发人员安排多个项目会导致你追我赶的竞争，但相应的危险是问题解决减少和进度变动，特别是在被认为不具有战略重要性的项目上。

在日本和北美洲，R&D支出占销售收入的比重是相同的，而英国大约落后这两个地区一个百分点。日本公司显示出更加积极的和以创新为导向的战略，销售额的85%归功于过去两年启动的产品——这个比例比英国高20%，将近是北美洲的两倍。

10.5.7 项目管理

表10.10显示了三个地区的项目团队的特点，这三个地区的一般情况是一致的，而不是多样化的。项目团队很小，但很紧凑，涉及的人员数量不多，通常为

4~7 人，这取决于开发过程所处的阶段。日本公司倾向于在开发过程的早期拥有更多人员，而在后期拥有较少的人员。

表 10.10 项目团队特点

平均数	日本	英国	北美洲
早期概念阶段涉及的人员数	7.0	5.5	4.4
核心队伍中的成员数	3.9	5.9	4.3
广泛团队中的成员数	8.2	10.0	9.2
每个团队成员的现有项目数	3.3	5.6	6.2
在公司中经历的年数	13.3	8.6	7.1
在行业中经历的年数	14.0	12.2	11.6

每个团队成员同时服务的项目数量在日本是较低的（每个团队成员的现有项目数是 3 个或是 4 个，而英国和北美洲是 5 个或 6 个）。日本公司和西方公司之间规模上存在的差异在这里是显著的。资源基础薄弱的小公司在大多数项目上必然投入大部分人员，因此，虽然日本公司整体上有较宽的项目投资组合，但是与西方开发团队相比，日本开发团队能以更加集中的方式将注意力投入到项目中。

长期雇用作为日本主要公司的特征，能够从开发工程师在公司中经历的年数反映出来，日本的水平是西方国家的 2 倍。不过，虽然西方的工程师与日本的工程师相比有较少的特定公司的经历，但是在音响设备产业里，他们的经历并没有这么大的差别。与具体产业的经历相比，许多公司中对特定公司的经历的价值是一个有争议的问题。开发人员中的员工流动意味着重要的沉默知识的损失，但是通过新想法和新视角的引入，有助于创造性的产生。

因此，总的来说，英国公司在开发周期内对速度和效率指标运营得很好，但是从启动后的问题来看，需要为此付出一定的代价。可能出现这样的情况，新产品开发项目的绩效从"侧面"看可能较好，项目的一些指标高，而其他指标低，即不是作为一个有机整体来考虑。

标杆管理使得国家和组织环境的差异大大减少。关于如何着手完成开发高端音响产品的任务，不同国家的公司有很多相似性，特别是在它们使用的开发团队的构成和规模方面。不过，差别也是存在的。由于日本一直存在长期雇用的传统，日本的设计和开发团队中累积的特定公司的经历比西方的团队多得多。就获得和保留沉默知识而言，这无疑会带来好处，并有助于将学到的东西从一个项目转移到另一个项目中去。但是，这给相对于流动性较强的西方模式的根本创新带来了障碍，在这种模式中，公司或行业之间的劳动力转移是很平常的事。在产品战略方面，那些把产品目标定位在大规模市场上的公司与专门集中在高保真音响产品市场上的公司表现出显著的差异。无论是技术推动还是市场拉动的战略，都有证据表明它们能按自己的方式获得成功。

第三，与20世纪80年代报道的日本在创新绩效方面的优势相比，至少在汽车行业中，有更多混合的情况。关于制造绩效的度量指标，这项研究中涉及的日本公司远远胜过西方的公司；它们出产的产品也非常接近于原先的成本目标。不过，在大部分开发生产率和速度的度量指标中，日本明显落后于它的西方竞争者，或许这必然导致一种强调价值和可靠性的产品战略。这也再次说明有必要将产品开发过程看作是受两难和权衡所困扰的过程——不同公司在不同条件下处理问题的方法是不同的。

最后，还有关于新产品开发的公司特定模式和国家创新系统之间关系的问题。这项研究以比较日本和西方在单独的公司内的实践和单独的新产品开发项目作为开端。不过，我们不久就清楚地发现，每个国家都存在着截然不同的模式，这方面很明显的例子就是公司规模。实际上所有西方的高端音响公司都是小型的和企业家性质的公司，但是大多数日本企业都是大公司的分公司。虽然在所有地区中很多人员是音响产品的热衷者，但是"沉溺于某种癖好的人"的心理在西方是很强烈的。

这些模式在很多方面反映了典型的西方和日本的创新方法。在日本，很多行

业的创新组织的形式是把大公司的员工分为 3 个或者 4 个部分。大型的、集中的研究与开发设施用来进行基础研究，工程和开发设施集中用于基础研究产生的想法的商业化方面，一旦这种产品开发出来，制造和销售部门就负责处理产品的生产和分销问题。这是一种进行创新的组合主义者和包容的方法。

　　一般来讲，英国和北美洲公司都是小型的、由企业家发起的，它们往往围绕特定的"温床"（大学或录音棚）来发展。这些企业为特定的专门购买某种商品的人进行生产，借助强大的品牌名称来开发和生产产品，这些品牌名称集中于有限的高保真音响产品市场。高增长率通常不是这些公司的重要目标。很显然，这些因素形成了一种创新活动进行的方式，当解释新产品开发实践时，这些因素进一步强调了识别环境和意外问题的必要性。

10.6 结论

□ 本章的目的是介绍与设计和产品开发绩效评估有关的一些问题，包括建立合适的绩效度量指标和标杆管理。我们使用一项新产品开发绩效评估的国际性标杆管理的研究结论，来阐述日本、北美洲和英国的一些不同的公司和国家模式，并借助绩效比较揭示这些模式。

□ 当然，虽然绩效比较是有趣的，但我们必须把它放在特定的背景下来看待和理解。我们能揭示绩效指标的情况，但是弄不清楚的东西同样很多，因为我们不可避免地会把注意力放在可度量的方面，而忽视微妙的、难以度量的现象。如果要评估设计和开发过程的绩效，这一点就显得尤其重要，正如文献资料所表明的那样，在设计和开发过程的绩效评估中，人们可能会把注意力集中在可度量的标准上，如提前期，很少关注不太切实的方面，如设计质量和完整性。

本章关键问题

1. 识别一些新产品开发过程的关键绩效度量指标，讨论这些指标的重要性和适合性。

2. "标杆管理"是什么意思？什么时候对新产品开发过程采用标杆管理是有效的？为什么？

3. 从本章给出的标杆管理研究中概括出对英国设计管理有用的主要经验教训。

4. 针对你熟悉的一个组织，以改进设计和开发活动为日的，阐述如何设计标杆管理的具体实施方案。

用设计
再造企业

11

设计工具

汤姆·茵斯（Tom Inns）

正是对风险的卓越判断能力，把企业管理者、明智
的个人与投机者区别开来。

[斯克瓦茨（Scwartz），1997]

学习目标

□ 为设计管理提供工具和技术。

□ 思索工具和技术如何工作。

□ 分析可用于审计设计活动的工具和技术，包括设计图框架。

□ 阐述工具在拓展设计活动的不同方面的作用。

11.1 引言

或多或少与我们所有人都有关的事情就是我们的个人健康。由于真正的关注，或受媒体形象的影响，大部分人都极力希望保持健康。有许多改善健康状况的常规方法，例如，我们可以着手实施锻炼计划、改变我们的饮食，甚至可以尝试改善我们的心态。其中有些方法对初学者是理想的，而其他方法则更适合于那些较为健康但又想进一步改善其健康状况的人。要想获得健康的身体，必须慎重选择适合个人需要的活动计划。

本章的目的是弄清组织如何完成改善设计的"健康"的过程，涉及的内容包括揭示设计的当前"健康"水平、在各种方案中选择合适的方案。就像选择改善人的健康状况的方案一样，确切的方案极大地依赖于公司的具体环境，适合于一个公司的方案并不总是适合于其他公司。

本书包括了成功组织如何处理设计活动的许多深刻见解，其中一些方法能直接引用到组织中。然而，重要的是要理解成功的原理，进而构筑符合个体企业需要的解决方案。本章的目标是通过介绍适当的工具，为开发设计能力提供一些策略上的指导。

本章首先研究哪些工具是组织在开发能力时特别有用的方法，以及为什么会

如此。

本章随后重点讨论用于设计思维开发的适当的组合工具的选择过程，此过程的第一步是对设计活动进行审计，本章讨论了对设计活动进行审计的不同层次，接着讨论许多能用于审计设计活动的框架，其中包括由英国设计委员会开发的一种评估工具，称为设计图，这种设计图包含了一个能用于评估企业计划、管理和执行设计活动的能力的设计审计工具。

本章的最后一节探讨用于开发企业设计能力的设计工具，其中许多工具已经在本书的前面几篇中描述过，本章将这些工具以一览表的形式给出，目的是展示设计能力能够发展的领域。

11.2 如何利用工具开发企业的能力

现代企业中，人们在不断努力提高活动的各个方面的竞争力和效率。有许多方法可以实现变革：组织与外部顾问的合作、招聘新职员、投资于新系统、开发现有员工的能力或与其他企业建立联盟。不管选择哪种方案，企业总热衷于采用新型的、改良的做事方式。

考虑业务改进的一个特别有用的方法是，根据贯穿于工具实现过程中的知识转移来思考问题。如果企业使用一种新的方法，那么这种方法必须转变为融入每天操作中的分步骤的指导方针，从本质上讲，这就是本章中我们所说的工具的含义：一套用于指导特定活动的方针，它能融合到企业的工作实践中去。

每当讨论这样的工具时，通常有两种类型的反应。一些人可能了解了工具，并且正在积极地使用它们，对工具的使用也比较有热情；另外一些人则由于偏见或者过去曾有过失败的经历，因而对工具产生了怀疑。工具是开发思维的一种途径还是一种障碍？简而言之，问题的答案依赖于企业如何清楚地描述使用工具的作用以及工具与个别群体的需要相吻合的程度。因此，我们首先用一般术语来讨论工具是什么以及它能给企业活动带来什么贡献，这是很有帮助的。

从本质上说，所有的工具都是有助于决策的。企业的大量决策必须以每天的实际情况为基础，为了做出这些决策，需要处理大量的信息，涉及到的人员也很多，决策历程促进了公司知识库的形成。

如果决策是在个人头脑中隐藏的信息的基础上通过交谈的方式口头制定的，那么就能很快地作出。然而，这样进行决策存在着一种危险，即至关重要的数据可能被忽视，总是不能解决关键问题，以及具有未来价值的信息会丢失掉。在企业活动的许多领域里，糟糕的决策的成本可能很高，在设计中尤其如此，就像我们在前面几章所看到的，新产品或服务的成本在设计过程的早期阶段就已经确定了。

如果我们有效地使用了工具，就能以多种方式促进决策的制定，这与个人和群体一起工作的方式息息相关 （在设计这样的领域内，这是一个特别复杂的问题）。厄尔曼 (Ullmann) 对人们解决问题的方式进行了很好的总结，他的分析集中在工具能发挥作用的五个方面：

1. **学习**。要详细地说明关于做事的一种特殊的新理论或新方式的优点是很容易的，然而，如果这种新方法不能被分解成一套指导方针，那么就很难将非常紧要的理论转变为企业日常活动中需要的实用的东西。而工具则有助于解决这样的问题，它能把理论分解为其他人学习其使用和实施方法的一套说明。布克 (Booker) 等人强调了这一点，他们认为，用逐步进行的方式来描述工具有助于促进学习。

2. **构造信息**。借助头脑风暴这样的简单经营工具，能够诱导想法的产生，并以预先确定的方式将其记录下来。把复杂问题分解成较小的部分来分析，将有助于解决问题，当多个人处理一个问题时，这一点尤其重要。对于争论一个复杂设计问题的群体，需要有一种结构来指导他们的工作，工具恰好能提供这种结构。

3. **对思维的提示**。有些工具提供了一系列必须优先决策的问题，例如下一节将讨论的设计审计工具。关于如何收集、处理信息，使之作为有效决策的平台，

其他工具提供了具体的指导。如果进行决策时没有采用提示，就容易忽视一些基本的问题。。

4. **有效的沟通**。虽然企业中所有人可能讲同一种语言，但是由于受到经历和培训的影响，他们的"方言"不可避免地会存在差别。营销人员经常使用的词汇和术语就与研发人员使用的不同。如果我们有效地使用工具，那么就可以克服沟通中的障碍，这一点在设计中尤其重要，因为有关设计的研究一再地表明，决策中涉及较多的职能领域是非常重要的。著名的例子是"质量功能展开"(QFD)，本章后面将提及这个工具，在企业中，这个工具能使"顾客的心声"转换为营销和技术方面的术语。

5. **知识管理**。在企业中，工具可以作为一种极其有效的知识管理形式。大部分工具都能使隐性知识得到明确的表达，如果我们获得了这样的信息，就可以用来辅助未来的决策，帮助建立企业的知识库。如果没有获取信息的恰当方法，那么决策的前提就荡然无存，决策过程中企业的知识库也就不存在了。对于设计来说这是很重要的，因为如果没有设计决策的记录，企业将来要重复设计活动是困难的。

11.3 审计设计活动

在描述了企业中如何使用工具来开发思维之后，现在我们需要考虑如何选择适当的工具组合来提高设计能力。回到与之相似的健康问题上，没有目前健康和能力水平的评估，显然就不存在健康改善计划。如果有了这样的评估，就可以形成饮食和锻炼制度，这种制度与个人的健康、生活风格和健康目标是一致的。企业也如此：在识别进一步的改善机会之前，需要某些评估和审计形式来确定目前的能力水平。审计概念在生活的各个方面越来越普遍，从历史上讲，审计是与会计和财务有关的术语，然而，目前我们已开始熟悉安全审计、医疗审计和环境审计等。欧洲质量管理基金会 (EFQM, 1995) 有效地把审计活动描述为：

这是在参考优秀企业模式的情况下，对组织活动和结果的综合、系统和常规的评论。该过程能使组织辨别它的优势和能够进行改进的领域，最终形成有计划的改进行动，这些改进行动的进展是受到监督的。此外，这个过程还为组织提供学习的机会。

不管学科领域如何，审计过程都遵循相似的模式，如图 11.1 所示。整个过程首先识别待分析的活动，然后识别有关的利益相关者，通过询问、观察和研究来评估活动的绩效和质量。随后，进行结果处理，并提出变革和发展的建议。有些建议经常能够很快地得到实施，但另一些建议的落实则需要更长的时间。当我们以这种方式看待审计时，审计明显是重点集中在识别企业变革领域的一种工具。

图 11.1　一般审计过程

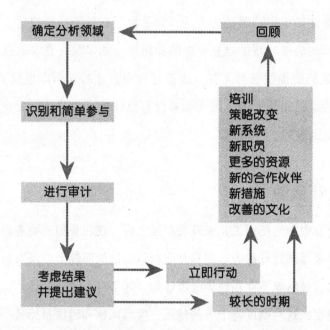

那么当我们考虑的问题是设计时，这个过程又如何呢？此时，事情稍微有些模糊，因为本书中的材料已经显示，在企业中对设计有许多解释，而且放在很多层面上来操作，那么我们如何审计设计活动呢？

库珀和普雷斯（1995）提出了一个有用的组织设计审计层次模型。基于这个模型，库珀提出组织对设计进行审计的四个层次：

（1）影响公司战略和设计战略的环境问题，如立法、市场趋势和竞争者趋势；

（2）企业文化和设计意识的层次（包括价值标准和愿景）、设计战略（含蓄的或其他方面的）和无记载的设计决策；

（3）设计和设计项目的管理，以及可利用的设计过程和设计技术的管理；

（4）设计的实物表现、产品/服务、地点以及组织活动中的沟通。

人们提出了许多框架，可以用作审计这些活动的一览表。其中一些框架总结在表 11.1 中。

表 11.1　用于设计审计的若干框架

审计框架的描述

BS 7000 设计管理系统（BSI, 1999）

BS 7000 没有提供一套审计问题，相反，它给出了组织应该考虑的、与设计和创新相关的问题的框架。该框架从"公司层次"、"项目层次"两个方面，按照"工具和技术"对最好的实践进行了分析。

贸易工业部（DTI）的成功产品开发审计（DTI, 1995）

这套自我评价指南使企业能够从产品开发战略、产品开发过程、团队工作、工具和技术、并行工作和项目管理的角度来审计开发活动。对于上述每个领域，企业通过询问一系列问题，按 0~4 标度对能力进行打分。

DTI 创新审计（DTI, 1996）

由伦敦商学院开发的这套自我评价审计，研究了企业中的技术创新问题。该框架的基本思想是：创新的成功与相关管理过程的好的实践有关。该模型识别出四个核心过程：概念形成、产品开发、过程创新和技术获得（Chiesa et al., 1996）。

身份新指南（Olins, 1995）

奥林斯（Olins）的指南详细说明了开发企业身份的过程。在这个过程中，对沟通、行为以及奥林斯称为"设计或可视审计"的一系列审计进行了描述。

所有这些框架都遵循 EFQM 的审计定义的基本原则，在评估活动的基础上提出了优良经营的模式。但是，各种审计的重点是有差别的。BS 7000、DTI 的成功产品开发审计是用产品开发的术语来看待设计的。DTI 创新审计除涉及这些问题外，还涉及企业内与技术创新有关的更广泛的问题。最后，沃尔夫·奥林斯审

计考察了作为开发企业身份的过程的一部分的企业属性。

有许多方法可用于审计设计活动——正如库珀和普雷斯所建议的，设计活动可以在不同层面上进行审计。对现有审计的综述表明，审计强调的重点可以有所不同。如果组织对评估它的设计能力感兴趣，那么该组织应该采用哪种方法呢？

11.4 设计图

上述问题的简单答案便是，表11.1描述的所有审计都会给企业带来利益。不管组织是属于制造业还是服务业，针对产品开发、创新和视觉身份的设计对它们来说都是重要的。

1999年，在尝试创立一种适用于所有领域的一般设计审计时，英国设计委员会创立了被称为设计图的评估框架，萨默斯对这种框架进行了描述。设计图的目标是，首先提供一个帮助任何类型的企业评估其设计能力的可操作的设计审计工具，然后收集那些有利于开发这种能力的深层次工具，以支持设计图的运用。

表11.2列出了设计图审计框架所覆盖的领域。该框架包括15个问题，企业可以针对这些问题按1~4标度进行打分，以便使公司能较容易地评估自己的技术，识别出自己的优势和劣势。

第一部分讨论设计计划问题。本部分首先提出两个一般计划问题，即询问企业任何部分中战略性计划的存在性和这些计划的沟通水平，这两个问题是很重要的。如果公司没有从战略角度思考所有的活动，那么在开发设计计划的同时，开发战略性计划是必要的（正如第4章所讨论的）。本部分的其他要素包括设计范围和结构化思维的问题，目的是在企业战略框架内开发设计计划。

第二部分涉及设计过程。一般来讲，除非企业熟知过程思维方法，否则在企业内认识设计过程是不太可能的。其他问题涉及到设计过程的管理和结构化思维。

第三部分提出一些关于资源配置的问题，在询问设计投资的具体细节之前，提出了资源分配的一个一般性问题。

表 11.2　设计图审计工具所覆盖的活动领域

1	2	3	4

设计计划

一般计划意识

企业对其所有活动进行计划的有效性如何？

一般计划沟通

是否将计划清楚地传达给所有有关的公司员工？

设计计划意识

是否理解设计在公司总体计划中的适合性？

设计计划思维

当制定设计计划时，是否采用了结构化的思维？

设计计划范围

设计计划的集中程度和前向思维程度如何？

1	2	3	4

设计过程

一般过程意识

是否将活动视为过程？

设计过程意识

企业是否了解设计在过程中的适用范围？

设计过程管理

企业是否了解如何管理设计活动？

设计过程工具

从事设计活动时，是否采用了结构化的思维？

1	2	3	4

设计资源

一般资源配置

是否了解资源配置和预算的原理？

设计资源配置

企业是否能将资源分配到设计活动中去？

1	2	3	4

设计人员

设计技术

企业是否有处理设计活动的技能？

设计组织

是否理解设计活动的多学科特性？

1	2	3	4

设计文化

设计义务

高层管理是如何承担设计活动义务的？

设计态度

设计态度的积极程度如何？

资料来源：www.designinbusiness.org。

第四部分涉及人的设计技能，特别是设计技术网络问题。第5章讨论了从公司内部和外部获得适当的设计专门知识的问题。要将这种资源融合到经营活动中，就必须有效地进行安排，这一点已在第7章讨论过，第7章也讨论过团队管理问题。

最后，审计框架涉及到设计文化，这个问题相当重要，但可能是企业审计中最困难的方面之一。为了洞察企业的设计价值，本部分提出了两个一般性问题。与前面一样，通过应用恰当的工具能潜在地弥补本部分的不足。

带有使用说明的完整的设计图工具可以从 www.designbusiness.org 上下载。通过使用设计图审计框架，就能迅速识别出企业存在优势和劣势的领域。

小型案例研究 11.1 和 11.2 给出了应用这种机制的两个例子，第一个例子阐述一个企业如何开发设计能力；第二个例子阐述一家食品制造商如何使用设计来帮助开发新市场。

小型案例研究 11.1　应用设计巩固增长

David Keltie Associates 是一家具有专利和商标委托权的企业，位于伦敦中心。在最初的 10 年里，合伙企业从 2 个赚取酬金的企业增加到 11 个，并树立了"顾客至上、质量第一"的声誉。一位设计管理顾问帮助该公司回顾了过去的经营活动，确定了维持企业增长的战略，其核心是，向新客户有效地传达公司的技能和价值。

公司制定和实施了一项设计活动计划，以支持企业的发展。通过专题研讨会的形式，公司员工确定了公司的核心价值。在广告文案编写人的协助下，这些价值最终以文字的方式表现出来。设计者使用这些信息为企业创造了新的身份和沟通材料。这一新身份后来被转变成网站。公司不是使用形象而是使用语言来传达它的技能和价值。小册子的版面安排和印刷格式体现了"语言描述"的思想（参见 www.keltie.com）。通过设计，公司感到它现在能直接向新客户传达公司的可信性和"家谱"（历史），从而使公司继续保持每年 20% 的增长速度。

拓展的能力

通过专题研讨会和新身份的实施，公司处理设计的能力得到了大幅度提高。正如该公司的合作伙伴 Sean Cummings 所指出的："公司的成功不只是与小册子和网址有关，而主要在于创造它们的过程，这一过程对企业而言是无价的。"

[2001 设计图，设计委员会，伦敦；www.designcouncil.org.uk]

小型案例研究 11.2　应用设计开发新市场

Superior（超群）食品有限公司为大量顾客（包括许多主要航线）提供新鲜的膳食原料和经过部分包装的膳食。在经历了业务快速增长的一个时期后，公司意识到未来的发展方向将是扩展客户基础和开发新的服务。

公司就如何使用设计达到其目标的问题征求了咨询专家的建议。阐明目标后，公司选择和总结了设计咨询建议，用于开发企业的新身份和文化。经过与管理团队讨论，设计者帮助公司简化了业务的外部方面，集中在两种主要活动上，即 Superior 等食品和 Superior 包装。通过使用现有的符号，公司的新的促销材料反映了这两个方面的信息。在解决个别客户的需求方面，公司文化促进了 Superior 食品团队的创建。新的公司文化扩大了公司在新市场领域中的影响，这样，非航线市场的销售增长了，客户对高价值食品的需求也增加了。

拓展的能力

企业进一步学会了如何从战略的角度来使用设计，同时，在与外部设计团队一起工作的过程中获得了有价值的经验。

[2001 设计图，设计委员会，伦敦；www.designcouncil.org.uk]

注释结果栏比较了两个公司通过设计项目与设计管理顾问一起工作之前和之后的设计能力。在两个案例中，我们都应用了许多工具来加深对企业中的设计的理解。在小型案例研究 11.1 中，所有员工参加的结构化的专题研讨会被用来探索企业的视觉。小型案例研究 11.2 中，介绍了供外部设计顾问使用的设计说明书的编制方法。

工具的组合能帮助企业开发设计能力，有些工具有助于开发企业的计划能力，而另外一些工具则有助于开发设计过程。很多工具都能同时改善运营中的许多方面。为了向那些想进一步了解设计工具的读者提供帮助，我们将在下一节中给出可参考的工具的列表。

11.5 工具类型

那些有潜力提高企业设计能力的工具来源于企业界和学术界的许多领域或分支。我们考虑了营销方面的一些工具，如场景计划和知觉图解，它们对计划设计活动有积极的作用。另一些工具来自于制造、质量和工程领域，如设计任务书、故障模式和效果分析，这些工具在开发设计过程活动中都能得到应用。我们还研究了相关领域中的其他机制，如创造力，这些机制特别有利于发展组织设计文化。

本节阐述这些工具中的 20 种。对于那些想把工具与"设计图审计工具"中分析过的能力的五个方面进行联系的读者而言，这些工具是有参考价值的。大部分工具的实施将有助于开发一些能力领域，它们是：设计计划、设计过程、设计资源、员工技能以及对设计文化的领悟能力。在下面的每一个表格中，我们都按工具发挥潜在作用的主要领域对工具进行了分组。

□ 表 11.3 描述了有助于开发"设计计划"能力的四种工具。

□ 表 11.4 描述了有助于开发"设计过程"能力的四种工具。

□ 表 11.5 描述了有助于开发"设计资源"能力的四种工具。

□ 表 11.6 描述了有助于开发"设计人员"能力的四种工具。

□ 表 11.7 描述了有助于开发"设计文化"能力的四种工具。

在描述每种工具如何帮助开发能力之后，我们对其进行了非常简洁的概括。每个表格的第三栏给出了有助于获得每种工具的较多信息的参考文献。

表 11.3　开发 "设计计划" 能力的工具

工具名称和描述	引进该工具对 "设计计划" 能力的影响	进一步的信息
场景计划——这是一种在提议行动之前，识别影响未来的因素，进而构建概念性方案的工具。	场景计划是扩展企业计划范围的特别有用的方法，它为规划未来提供结构化技术，这种方法能应用到任何设计活动形式中，无论是产品开发还是视觉身份。	Crawford（1994）
创新层次——这是一种帮助精选相似创新层次上的新想法，使之形成若干类，然后辅助决策的工具。	在进行设计时，常常出现一些令人迷惑的想法。将这些想法分为不同的创新层次，将有助于设计计划团队就未来的方向达成一致。	Inns and Pocock（1998）
组合图解——这是一种使当前和未来项目得到分析，以便评价它们对公司整体经营战略的贡献的工具。	计划设计活动时，常常难以获得所有现有的和潜在的设计项目活动的整体看法。组合图解能够提供获得这种看法的工具，设计新产品和服务时这种工具特别有用。	Cooper et al.（1998）
感知图解——这是一种在精心挑选的坐标轴上绘制顾客对产品和服务的感知情况的工具。	这是弄清有关竞争者的产品、服务、感觉的形象等方面的信息的一种有效方式，是任何企业设计计划的必要步骤。	Urban and Hauser（1993）

表 11.4　开发 "设计过程" 能力的工具

工具名称和描述	引进该工具对 "设计计划" 能力的影响	进一步的信息
设计任务书——这是对负责确定设计要求的人员进行提示的工具（通常以一览表的形式出现）。	使得在设计过程中较早地建立设计要求清单成为可能。在设计过程的恰当阶段，可以按这份设计要求清单评论设计输出。	Pugh（1990）
原型计划——这是在设计过程中对原型的应用进行计划的一种实际工具。	原型在管理设计过程中具有重要的作用。它充当着里程碑、沟通设备及信息整合者的角色。原型计划可用于任何形式的设计项目。	Ulrich and Eppinger（1995）
故障模式和效果分析——这是在仍有可能补救的情况下，较早地预测设计过程中的潜在故障的工具。	这是一个有关工程方面的工具的例子，这种工具适用于设计活动的所有领域和设计过程的不同阶段。其他许多有用的工具都是在这一规定下存在的。	O'Connor（1991）
评估筛——这是一种用于构建设计过程输出的评论的工具，使我们能按照精心挑选的准则进行客观评论。	这是为贯穿设计过程的决策提供结构的卓越工具。该工具有助于对设计过程进行风险管理。使用者可以很容易地根据个体企业的需要对该工具作顾客化处理。	Cooper（1993）

表 11.5　开发"设计资源"能力的工具

工具名称和描述	引进该工具对"设计资源"能力的影响	进一步的信息
财务分析，NPV 分析——这是一种基于净现值（NPV）分析，对与产品开发项目有关的投资回报进行建模的工具。	它提供了衡量投资潜在回报的模型，有助于企业对设计活动进行合理的资源分配。它使企业能在设计过程的所有阶段中揭示项目的财务潜力，也有助于设计活动的风险管理。	Ulrich and Eppinger (1995)，Reinerstein (1997)
产品生命周期——这是一种有助于建立产品或服务的累积销售额和利润的模型的工具。	在给项目分配资源时，这是一个特别重要的概念。在预测财务收益时，理解企业产品生命周期是有帮助的。	Moore 和 Pessemier (1993)
价格价值映射和目标定价——这是为新产品和服务制定价格目标的一组工具。	未来收益的计算是分配资源中的一个要素。准确定价是预测未来销售额和利润的重要部分。	Diamantopoulos and Mathews (1995)
价值分析——这是一种有助于对消费者心目中的产品或服务的不同要素的相对财务贡献进行建模的工具。	这是用来定量分析主观设计质量（如产品或服务的美观性）的贡献的有效方法。企业如果了解了这种工具，就能分析和有潜力判断这些领域里的设计投资的合理性。	Fowler (1990)

表 11.6　开发"设计人员"能力的工具

工具名称和描述	引进该工具对"设计人员"能力的影响	进一步的信息
QFD（质量功能展开）——这是一种将消费者的心声转换成设计需求的工具。	有助于协调和整合来自技术员、营销员、设计者和消费者的贡献，因此有助于多种学科之间的沟通。该工具可用于新产品和服务。	Hauser and Clausing (1988)
过程拟定——这是制定公司设计过程以便进行分析和改进的一系列方法。	制订设计过程有助于识别不同学科对设计过程应该做出什么贡献，以及何时做出这种贡献。这些信息对尝试协调多学科设计团队的人来说是非常有用的。	Cooper (1998)，Inns and Baxter (1999)
心理测试检验——这是反映不同个性特征的优点和缺点的工具。	Belbin对从事不同类型设计活动的不同个性类型所构成的团队的行为进行过分析。他的工作深入探讨了某些团队运行良好而其他团队却失败的原因。	Belbin (1994)
设计概念选择——这是根据精心确定的准则对设计概念进行客观评价的方法。	充当群体决策的一种卓越机制，是多学科团队工作的必要组成部分。在设计概念选择这样的情感活动中特别有用。	Pugh (1990)

表 11.7 开发"设计文化"能力的工具

工具名称和描述	引进该工具对"设计文化"能力的影响	进一步的信息
头脑风暴——在设计过程的创造性想法产生阶段，人们集聚在一起，彼此启发。	使人们能针对设计解决方案的开发及其在企业中的实现提出自己的想法。开放性、开发和讨论想法是企业文化的一个重要方面。	Osborn (1963)
形象化主题收集——这是用于获取消费者风格、并行产品、视觉灵感来源的一组工具。	为了开发支撑设计的文化，必须培养所有员工的形象化理解能力。以图示的形式确定问题在建立公司可视对话方面起着重要的作用。	Baxter (1995)
六种思维角色——这是一种使团队运用不同思维风格系统分析问题的不同方面的工具。	像"六种思维角色"这样的训练大量员工的思维方法，使得公司更加客观、迅速地对想法进行决策。	de Bono (1986)
图腾学——这是通过建立视觉形象的"隐喻对应"，开发对想法的共同理解的工具。	有助于拓展公司员工的视觉词汇和对视觉意象能力的理解。对开发那些设计经验有限的员工的形象理解能力而言，是一种特别有用的技术。	Fentem and Dumas (1999), Dumas and Fentem (1998)

11.6 结论

□ 首先，本章使用健康的比喻来说明企业估计"设计健康"和从事"设计健康"开发计划的方法。在个人层次上，所有的经验就是任何健康计划必须符合个人的需要。同样的道理在企业设计能力变革中也存在，因此就需要由潜在的开发工具的组合来支持设计审计框架。

□ 为了评估企业的设计能力，本章提出了称为"设计图"的审计框架。本章也指出了个性的差异，并拟定了改进计划。设计专业知识必须与经营过程和活动融为一体才能有效。

□ 设计审计工具涉及到设计和经营能力的五个关键领域，它们是设计计划、设计过程、设计资源、人员技能以及对设计文化的领悟。

本章关键问题

1. 讨论用于改善经营过程的工具的目的。哪些工具适合提高设计能力？

2. 解释设计审计，并概括一种实施设计审计的方法。把这种审计应用于你自己所选择的服务或制造公司，审计暴露了公司的哪些问题？

3. 请在你自己选择的服务或生产公司中，选中两个目标是开发"设计文化"能力的工具，评估这些工具的使用或实施效果。如何建立这些工具的有效性？

用设计
再造企业

D 未来的设计

设计是一个过程，但不是处于稳定状态的过程，就像环境提供了新的机会和需求，进而引起新产品和服务的开发一样，设计过程本身受多种因素的影响，这些因素决定了人们组织和运营设计过程的方式。

本书的最后一章将简单阐述一些正在出现的趋势，这些趋势可能长期影响到设计过程。该章还提出了对设计过程进行有效管理所面临的新挑战。作者强调需要开发一种开放的、学习的方法来管理设计，并保持一种整合化的观点，以便使不同的和互补的方面都能在设计过程的管理中发挥作用。

主要挑战来自技术和人口变化，它们都会推动和拉动新产品和服务。生物技术、通信技术和材料变化处于技术变革的前沿，人口老年化、新的生活模式（如单亲家庭）、具有经济和政治力量的女性消费者的出现，都是人口变化的例子。全球化和环境可持续性同样影响着我们的未来。

公司如何为未来变化做好准备？它们如何预测和获得产品和服务方面的未来需求？从理论上讲，消费者知道他们的未来需求吗？无论未来计划的风险如何，如果公司没有远景，那么就会受到不可预料事件的冲击。如果没有针对未来而准备的产品规划策略，公司就会处于落后地位，当人们对现有产品的需求逐渐减少时，公司却不能推出新的产品。大多数变化都是渐进式的，这就意味着设计者有较大的空间来改进产品的美观性、性能、绩效及制造过程。在利用新技术对突然出现的市场需求作出快速反应方面，战略联盟是有效的方法。有许多预测工具和方法，如方案建立、头脑风暴和拟人化研究，然而，正是对所出现的信息的处理决定了企业的成败。对未来开发进行投资的公司极有可能将它们的梦想变为现实。

第 12 章讨论两种主要的变化动态：可持续性设计和电子商务。作者从时装业的角度——时装是靠识别新趋势来推动的，利用拟人化的观点来进行预测，对"早期采用者"在传递变化方面的作用进行了阐述，最后，本章概括了公司可以用来探索未来的若干策略，战略联盟和技术路线图是其中的两种。

12

创造设计的未来

玛格丽特·布鲁斯 (Margaret Bruce)

公司要想确保成功，就需要创新管理计划，当公司可能在未来 10 年或 20 年存在时，这种计划就能使公司弄清设计机会。

[霍林斯（Hollins），2000]

学习目标

□ 讨论设计和经营的未来。

□ 评论有关可持续性和电子商务的关键问题。

□ 探究趋势分析的一种拟人化方法。

□ 识别影响未来设计管理的主要方面。

12.1 引言

当现在的产品销售额下滑的时候，你将会设计什么？设计者如何为新产品开发设定一种长期的范围？如果公司不面对这个问题，它们就会遇到其他一些意料之外的变化。没有预先计划的公司将会成为一个"跟随"产品的生产商。公司必须通过持续提供有良好设计和有竞争力的产品，找到通向未来的道路，这就涉及通过"长期产品的搜寻、风险评估、存档和开发"进行管理创新的问题

管理产品成本和进入市场的速度是成败的关键。赫因思（Hines）指出，对于那些注重产品的良好价值和创新性的客户，需要从速度和柔性两个方面来使他们感到满意。除此之外，预测、识别和使消费者感到满意的能力也是极为重要的。要给出一个成功的模式是比较困难的，因为个人主义使得趋势分析的能力减弱了，产品生命周期变短了，同时市场的易变性增加了。不断变化的人口意味着，消费性开支比例逐渐增加应归因于超过 45 岁的富裕人群，那些较年长的消费者可能变得更加时尚，但是购物的频率不可能像年轻消费者那样高。新一轮的制造战略将成功表达为五个"零"：零文件、零库存、零停工期、零延迟和零缺陷。数字供应链正在改变企业运营的方式，无论是消费者还是公司，其决策应该着眼于全球，而不是某个区域，电子商务、信息和通信技术已成为这些变革的核

心。全球性趋势正在出现，它反映了不同国家及其消费者之间的相似性。风格女性化正在全球掀起一股浪潮，诸如对色彩的更大胆的使用、更柔软及更具流线型特征的消费品的出现，同时，它是实施产品差异化的一种战略手段——法国汽车制造商雷诺公司生产的"Clio"系列汽车就是一个很好的例子。负责产品和设计决策的人员面临着把握和利用技术及消费者需求的变化以及预测未来趋势等方面的挑战。

把握产品和/或服务的未来设计要求是每个组织都面临的挑战。本部分将讨论引起变化的关键原因：技术和消费者需求。组织方面的问题便是如何确认趋势和如何识别影响我们未来活动的因素。本章包含三个主题，它们都是影响未来设计和经营的要素，这些主题是：环境问题、电子商务和趋势分析。

12.2 可持续性设计

比阿特丽斯·奥托

经过恰当设计的环境标准能引起创新，这些创新能够降低产品的总成本或提升产品的价值。这样的创新会使公司更有成效地利用一系列投入——从原材料到能源，再到劳动力，这样就能弥补改善环境影响和停止僵局所带来的成本，最终通过提高资源生产力，使公司更具有竞争力。

[Porter and van der Linde, 1995]

全球化时代里，企业竞争力面临的首要挑战和机会之一便是如何在环境和经济方面实现可持续发展。从传统意义上讲，除遵守法律法规外，企业并不过多地关注它的运行给环境带来的影响。但是，企业仅仅是顺从就意味着忽视可持续性设计所带来的经营优势，特别是在设计和产品开发方面，在产品开发、使用和处理过程中，其差别相当于"从摇篮到坟墓"。基于精洁技术的主动方法以及考虑环境责任的产品市场的开发，可以在生态管理、审计和生态标志方案的帮助下进行。

虽然有很多非常好的工具可以用来帮助公司变得更具有可持续性，但是这些工具并不广为人知，而且很少是专门针对管理和设计训练方面的，甚至许多人对一些基本的原理都不熟悉。尽管许多大型企业正在朝正确的方向前进，以便确立自己的优势，但是有证据表明，仅仅只有少数公司在朝可持续性方面努力。在可持续性发展方面，大公司可以帮助规模较小的供应商作出转变。

与可持续性工具和原则（作为综合体的"怎样"方面）的认识同等重要的是关于"为什么忧虑"的基本原理。不论管理者或设计者如何许诺，如果他们不能令人信服地对经营情况作出解释，那么他们就很难通过可持续性战略战胜其竞争对手。

或许大多数企业降低环境影响的主要原因是法律法规。在编写环境指示方面，仅仅欧盟所使用的纸张其价值可能就相当于消耗掉几片森林。在另外一些其他趋势中，所谓的生产商责任必然促使公司重新思考它们交付产品和服务的方式。举例来说，最初的回收要求主要集中在公司回收包装物方面，但现在正延伸到产品上。

然而，如果只是简单地对法律作出反应，那么就仅仅是把可持续性设计作为不可避免的灾害，而不是作为潜在的赢利机会。有初步的证据表明，考虑可持续性能获得大量的、甚至是不可预料的快速回报，这是良好经营的标志。但是许多管理者仍旧把可持续性实践视为高成本的"头痛病"，而看不到它们对创新所做出的全面的巨大贡献。造成这种状况的部分原因在于如何提出和看待这样的问题——可持续性设计是有价值的然而是缓慢的，其功能是离散的。

但是，如果环境设计（DfE）和可持续性设计（DfS）仍然被看作是次要的专业领域，那么人们就会从企业竞争力的利益出发，将它们看作与质量一样具有综合性的东西。如果公司认为质量设计是从总体设计过程中分离出来的专业领域，那么这种想法是何等奇怪——它意味着设计以外的任何东西都不存在质量问题。

质量和环境利益之间存在明显的重叠部分。如果通过降低缺陷产品的数量来消除生产过程中的故障，那么在产品出厂之前不抛弃它们的做法就是出于环境利

益的考虑。

另一个原因是公共关系，特别是消极的公共关系，没有任何东西能像媒体对一些环境灾难的关注那样唤醒消费者的警惕性。在"疯牛病"危机期间，消费者对食品安全失去了信任，此时，英国有机物产品市场的加速增长得到了有力的促进。但更为积极的是，这并不会损害人们将一个公司视为对环境相对负责的组织这样的想法，即便只是从义务的观点来看，投资者也越来越关注环境问题。

就营销而论，一些公司重视让人们知道它们正在为环境做些什么，而其他公司则倾向于做自己的事情，很少夸耀其所做的努力。Body Shop 公司是消费者认为对环境负责的公司。另一方面，尽管公司实际上已经在可持续性方面采取了许多措施，但该公司却被认为并不是这样的。其原因不是因为公司隐藏了他们的环境改善活动——感兴趣的人可以获得该公司的年度可持续性报告，而仅仅是因为他们没有特别注意在广告上做文章，他们的广告强调通过产品的性能来改善生活质量。

大力宣传环境性能、吸引额外的检查，甚至对所谓的名不副实的环保形象包装的控告，这些都会带来搬起石头砸自己的脚的风险。"绿色"认证并不能长期补偿其他方面的可疑性能——就大多数消费者关注的东西而言，相对的生态友好性是一种额外收获，而不是产品质量和吸引力的替代品。

大家都知道，消费者往往是变幻无常的。当媒体吸引他们的注意力时，他们就会很快作出改变。英国的一些主要超市对转基因食品的突然关注就是对媒体和消费者压力的一种直接反应，这种反应大约在几个月后就会发生。也就是说，消费者能影响产品设计和品牌忠诚度。这就说明，当谈到环境和购买模式时，他们并不倾向于购买他们声称要购买的产品——他们说他们想购买"生态友好"的产品，但是实际上他们并不会这样做。

在一个市场上购买环保产品并不意味着在另一个市场上也会购买环保产品。人们对不同环保产品的采用率是不同的，这表明环境属性不是唯一的采购标准。

例如，用回收的纸张制造的产品的销售取得了成功，但是许多"绿色"洗涤剂和清洁剂却退出了市场。因此，最好的"绿色"产品是那些给消费者提供改善的性能的产品，这种产品包含了"绿色性"，从消费者的观点看，"绿色性"甚至是一种附带的东西。

这种附带的可持续性设计的例子是 Waitrose at Work，这是一种由连锁超市设计的服务，大公司的雇员可以通过他们的雇主的内部网络订购货物，并要求送到他们工作的地方，这样不仅节约了时间，减少了到超市购物的麻烦，而且因为许多订货来自同一个地方，因此可以一辆送货车开到公司所在地，而不是许多雇员个人开车到超市，这样就可以减少道路交通量和燃料消耗。

我们所讲的意思不是出现脏乱之后才去打扫（所谓的"管道端口"解决方案），而是一开始就考虑用设计的方法剔除系统中的浪费和混乱。从微观层次上讲，这需要重新考虑使用哪些（或多少）材料来设计装饰品 A（可回收的、生物可降解的和无毒的等），或者是如何组装小发明 Y——通过使用备用的连接物，而不是螺丝钉，这样就可以提高拆卸产品的舒适度和速度（"拆卸设计"），反过来，也使修理和升级显得更加容易，从而延长产品的使用寿命——在消费者使用完产品，制造商不得不回收的情况下，延长产品的寿命就更有吸引力。

或者存在这样的情况：通过再制造来延长产品部件的寿命。施乐公司通过将同样的担保延伸到创建新产品品牌上，来支持再制造的拷贝产品，在这个过程中，每年在原材料方面节省大约 850 万美元，当然这个过程对环境来说也是有好处的。

关注所购买产品的环境影响的消费者被称为"绿色消费者"。霍尔达威(Holdaway) 将绿色消费者定义为："那些至少对他们购买的产品的一部分定期考虑其环境影响的人。"根据霍尔达威的研究，英国成年人口中的 40%是绿色消费者。一般认为，英国绿色消费者主要是中上层人士、受过良好教育的人和女性（特别是带小孩的妇女）。至于年龄，尽管较年轻一代显现出较强的意识和活动，但证据与实际情况有矛盾，因此我们不能得出可靠的结果。

绿色消费者可以细分为不同的绿色"阴影图"，图谱的两端是浅绿色和深绿色，两个端点之间的点具有不同的"绿色"程度。

"浅绿色"消费者是典型的自然资源保护主义者、公园和庄严家园的保护者，以及所有那些认为被污染的河流、正在消失的森林、原子能等都是"坏东西"的人，但他们未必会因此认为有必要改变社会赖以存在的整个基础。从本质上讲，这是一种改革者的运动，他们的前提是，工业化是可以完善的，至少是可以改进的，以便使它对环境的影响达到最小，不必要对生活方式进行重大的改变。

"深绿色"消费者是典型的激进者和幻想者，他们会对盛行的经济的和政治的世界秩序提出根本性的挑战。他们的立场是要求在生活方式和消费模式上有所改变，从最大抱负看，他们的绿色政纲视自身为全球生命的救助者，并能对迅速到来的生态崩溃作出积极反应。要做到这一点，就需要有全新的道德准绳，人类应该抛弃掠夺性的破坏性方式，认识到我们要依靠地球来生存，并开始与自然和谐相处。

罗浦组织（Roper Organization）识别出五种消费者，按深绿色到浅绿色和无绿色排列如下：

□ **忠诚型绿色消费者**。他们是积极承担义务的绿色消费者，他们的行为与他们的环境信念是一致的，是典型的观念倡导者和绿色生产方式的创新者。生活风格的需要和愿望反映了自我实现（即自我发展和实现）。

□ **"美钞"型绿色消费者**。环境义务通过购买绿色产品的意愿表现出来。他们理智地关注环境，而不是活跃地参与环境保护，并且具有繁忙的生活风格，其重点是满足自尊的需要和愿望（即自尊、承认和地位）。

□ **芽绿型绿色消费者**。这些消费者对环境的关注和行为有适度的水平。他们有某些环境倾向，但没有清楚地建立环境关注行为模式。他们的生活风格需要和愿望反映了社会需要（即关爱、归属和接受）。

□ **牢骚型绿色消费者**。这些消费者自己具有有限的环境信念或行为，但是经常批评其他人的环境信念和行为。他们的生活风格需要和愿望反映了安全要求（即安全、保护和秩序）。

□ **碱性棕色型绿色消费者**。这些消费者根本不从环境角度考虑问题，他们不相信个体行为能对环境保护作出贡献。他们的生活风格需要是建立在生理需要上的（即食品、饮料和住所）。

上述分类是以罗浦组织和马斯洛（Maslow）的研究结果作为基础的。

从这个分类可以看出，前两个部分即"忠诚型绿色消费者"和"'美钞'型绿色消费者"，是承担义务的深绿色消费者，根据马斯洛的需要层次理论，他们处于层次金字塔的最高部位。"芽绿型绿色消费者"和"牢骚型绿色消费者"代表浅绿色消费者，他们对环境有一些关注，但没有行为方面的承诺。"碱性棕色型绿色消费者"没有环境承诺，他们是低收入群体，因为忙于关注自己的生存，所以没有精力担忧环境的退化，他们处于马斯洛层次金字塔的底部。分类图表反映了教育、收入和环境倾向之间的联系。

从国际范围来看，绿色消费者的环境活动、利益和意识是有差别的。例如，从购买行为和对废物的处理方式看，德国和斯堪的纳维亚的消费者被认为是典型的"忠诚型绿色消费者"。在开发环保产品时，必须通过营销反映出欧洲消费者的差异性和相似性，以及不同绿色消费者的不同需要，特别是因为经营现在正处于欧盟时代，绿色消费运动反映了基本的价值转移，这种转移将影响购买行为，并创造出非常易变的市场，划分出不同的消费群体。

环保产品是什么

需要通过零售来体现传统产品的高性能和品牌，但是必须开发对环境影响最小的产品和服务，即满足：使用安全、能量和自然资源的消耗是有效的、能回收、再使用或安全地处理。

环保产品的特征是：

□ 减少全球性环境问题；

□ 能量有效；

□ 无污染；

□ 易修理；

□ 设计应达到能持久使用、再使用或回收的要求；

□ 小型包装；

□ 用可更新的资源制造而成；

□ 安全处理；

□ 用当地的材料制造而成；

□ 设计应满足人们的真正需要；

□ 有产品商标的充足信息；

□ 对人类健康无危害；

□ 不包含有害物质；

□ 不在动物身上做实验。

　　总而言之，环保产品的开发所关注的问题是，使这种产品在其生命周期内对环境的消极影响达到最小化，这个周期包括生产、销售、使用和处置等环节。环境设计的一览表如下：

□ 产品是否是清洁的？

□ 从能量消耗看，它是否更加有效？

□ 它是否可以更安静？

□ 它是否可以更加智能化？

□ 是否存在过度设计的问题？

□ 技术是否适合？

□ 是否有产品故障的风险？

□ 它能持续多久？

□ 它是否考虑了英国和欧盟提出的生态标志方案？

☐ 产品使用寿命结束后将会发生什么？

☐ 设计是否能够达到再使用和回收的目的？

☐ 它易于修理吗？

☐ 产品的寿命能否通过定期维护得到延长？

图 12.1 表明了一个公司在设计管理中如何采用"从摇篮到坟墓"的方法。

环保设计涉及到对研究和开发实施积极投资的策略，也涉及到鼓励创新、创

图 12.1 环境设计中的"从摇篮到坟墓"方法
来源：Charter (1992).

AEG的"从摇篮到坟墓"环境哲理

设计过程
- 以使用较少种类和较少数量的原材料为目标进行设计
- 以器具寿命终结时易拆卸和回收为目标进行设计

制造过程
- 浪费最小化和尽可能再循环
- 采用使能量利用效率最高的生产方法

再循环
- 可回收的部分易易于提取，如铜配线织布机
- 为便于分类，塑料成分要有清楚的标签

"当今我们面临的最严峻挑战是避免浪费"
　　　Peter Riller，AEG 的设计经理

"毫无疑问，未来十年我们将看到的最伟大的设计和技术进步，将是满足对可循环性、发明具有较长使用寿命的机器的日益增长的需要"

　　　Ian Blair，AEG 的环境事务经理

包装
- 使包装体积最小化
- 回收的纸张和卡片占绝大多数，而且使用的是无氟氯化碳膨胀型聚苯乙烯和聚乙烯材料

器具的性能
- 使能量、水以及清洁剂的消耗减少到最小的技术
- 产品的高质量和高可靠性使更换周期得到延长

造和合作。主动获得"更加绿色的"原材料和部件、供应商的审计、回收、激励设计过程中的"绿色"想法、分配一定比例的 R&D 成本和设计资源，这些都是整合"更加绿色的"产品开发过程的方式。公司也可以采用可回收包装和减少包装使用的材料的方法。图 12.2 显示了洗衣机的寿命周期审计，从而对产品"从摇篮到坟墓"的总的环境影响作出了诊断性解释。

图 12.2 生态标记标准
来源：Dermody 和 Hanmer-Lloyd (1995).

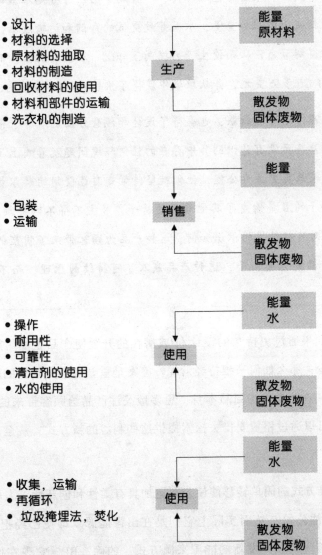

小型案例研究 12.1 **赫尔曼·米勒**（Herman Miller）**公司和圣杯**（the Holy Grail）

成功进行产品拆卸设计，因此使产品易于修理、创新甚至再制造，这方面的突出例子就是美国的办公用品生产公司赫尔曼·米勒，他们把可持续性设计贯穿于企业的运营中，获得了高额利润。公司生产的圣杯实现了零废品，并在这一过程中提高了效率。

例如，公司通过重新设计椅子支架的包装，使得自己能够使用 100% 的回收聚乙烯，其中有 15% 来自于他们自己的流水线上的废弃物，这样就同时减少了材料购买和废物处理成本。另外，与以前炭化和聚乙烯包装相比，一种扁平的、可叠起堆放的托盘的设计具有其他的优势，包括减小体积和重量，从而导致更低的存储和运输成本。这种产品更易使用，使劳动时间得到节省，从而使生产力提高了 40%。在最初的五年时间里，赫尔曼·米勒公司就节省了 20 多万美元，并从垃圾中获得了价值 60 000 英镑的包装废物。

但是，公司不仅赢得了环境效益，也赢得了设计和经营方面的赞誉。他们的椅子设计得非常好，使得用户甚至没有意识到其中存在的任何环境问题就喜欢上了它们。曾经发生过这样的事：如果雇员更换办公室，他们就坚持带走自己使用的赫尔曼·米勒椅子，或者因为那些没有椅子的雇员偷走了其他雇员的椅子，雇主不得不购买额外的赫尔曼·米勒椅子。不管公司对可持续性的承诺如何，这种产品为顾客带来了明显的利益，这是公司销售高满意度产品的完美例子，这种产品嵌入了可持续的原理，而不仅仅是"绿色"商品。

但是，如果通过更持久的设计和/或潜在的升级使产品更加耐用，从而使销售的商品较少，那么如何来维持经营呢？答案是重新考虑所销售的产品的本质以及销售方式——较少关注商品本身，更多地关注产品给顾客带来的利益和服务。因此，也许可以通过租赁安排去探索提供这些利益的新方式，甚至是对待顾客的新方式。

这种思维方式的简单转移能使公司更加具有柔性和创新性。人们过去都认为 BP 是一家石油公司，然而实际上它们是在出售能源。即使已经把石油装上船，公司同样能够研究和开发新的能源来源方式。的确，BP［它现在代表超越石油

(Beyond Petroleum)〕在太阳能研究方面作了巨大投资，最近为它的服务站推出了太阳能天篷。

出售服务而非商品的优势之一是，能够通过租赁或其他合同获得持续的收入，而不是偶尔销售一些产品。电话公司可以向你推销一次性的产品——电话应答机，或者向你推销传声服务，随着时间的推移，这种服务能给公司带来收入。

一家处于领导地位的农用化学品公司也进行了从产品到服务的转移，公司不是向顾客提供成袋的除草剂（一种产品），而是提供无草的田地（一种服务）。从顾客的角度看，无草田地就是最终的目的，顾客很少会去关注达到这一目的的方式。这个实验的结果是，农用化学品的使用骤然下降了70%，因为公司的利益在于如何有效地使用农用化学品，而不是销售尽可能多的产品。当思维方式从"我们出售除草剂"向"我们出售无草的田地"转变时，公司就能探索各种方案和对环境更加有利的方法。

这种转移是所谓"非物质化"的东西的一部分，这是可持续性设计的中心原则。这也可能引起产品向"轻量级"转化，从字面上说，就是通过减轻产品的重量来削减材料和降低运输成本，这种情况已经在包装中出现了：从啤酒瓶到洗发水瓶子，所有产品都变得更轻了。

非物质化也可能意味着多功能产品——一台集打印机、扫描仪和复印机为一体的机器，在等机模式下比单独使用这三种机器节省70%的能源，更不用说占用更少的空间（这对买卖双方都是有好处的），同时，使用的材料更少，运输成本也更低。这样的机器需要有更强的可靠性，因为它一旦出了故障，使用者就同时失去了所有三种功能——这就要求制造商必须建造更加牢固的机器，从而使消费者感到高兴。此外，像惠普这样的公司具有即刻更换的合同，这样既为公司提供了另一种收入来源，又为那些对没有打印机、扫描仪和复印机很在意的用户提供了一种心理平衡。

设计带有环境意识的产品和服务不应该被看作是对企业的约束——如果主动

这样做，就可以刺激创新，提高生产力，同时为消费者提供高性能的产品和服务。最成功的公司可能是那些采纳可持续性战略的公司，而不是那些以特定的方式对法规和顾客的压力作出反应的公司。

为使能源效率和人力及物力资源的生产力最大化，可持续性设计需要整合到整个经营过程中，即从战略计划到设计、开发，再到销售的过程。这一整合工作涉及到高层管理者的以下责任：明确的目标、评估程序和行动。下列各项的组合就可以形成不同的方法：

□ 环境政策开发；

□ 环境审计；

□ 环境监督；

□ 成本—效益分析；

□ 生命周期分析；

□ 建立专门的环境团队；

□ 环境信息；

□ 自发的指导方针。

可持续性并不是一个即将消失的问题。3M 公司的主席李维奥·德西蒙（Livio Desimone）这样描述可持续性：

就我所知，可持续性议程的发展比其他任何经营议程都要快，在 21 世纪的经营环境中，与可持续性相关的知识和技能是成功的必要条件。

12.3 电子商务

因特网带来的革命被称为是第二次产业革命。类似于淘金热，人们对因特网的社会、伦理和政治特性表现出极大的关注。从经营的角度看，人们的注意力集中在公司、消费者和投资者的商业利益上。每天的商业新闻都充斥着关于网络公司快速创立和大量投资的报道。但是，新经济是极端不稳定的，往往伴随着股票

价值的大范围波动，时而发生企业的合并，时而又趋于平稳。对网站的投资存在着多种动机。英国政府承诺，到 2005 年要达到全民上网的目标，因此扩大了在线购买者的潜在市场。进入成本低就意味着企业能够进入新经济时代，每天有 7 万多个新网站注册，使得现有的总网站数超过 8 000 万个。通信、交易和销售都可以在网络世界中发生，网站能够为产品做广告，并使消费者能够进行网上支付，以及通过下载的方式来销售产品。设计可以影响网站的外观形象，进而影响顾客对网站的感觉和兴趣，性能和使用的便捷性也是设计要考虑的问题。在这里我们要讨论这一虚拟世界的两个方面：商家对商家（B2B）和商家对消费者（B2C）的电子商务。

12.3.1 电子商务的关键用途

B2B 活动主要是智能供应链的开发，例如，公司能简化开账单、开发票和作标记等工作，同时跟踪商品在供应链中所处的位置。在 B2B 和 B2C 中，拍卖网站使得公司和消费者能够购买超额的和过时的原料。企业内部网提供了企业职能部门之间的界面，例如，设计/营销与制造之间的界面，这样就能确保设计、制造和营销要素能相互协调，并以较低的成本快速生产出样品，同时确保公司能在比以前更接近市场的位置处"冻结"设计。因特网是促销的另一种方法——把产品出售给最终消费者，并且提供了在供应链中进行经营的新方式，计算机代理的出现便是一个例子。

12.3.2 主要利益

电子商务是一种易于使用的技术，它具有全球性和廉价性，这就意味着与通信技术相比，降低了影响使用的障碍，例如，一些来自欠发达国家的供应商的使用障碍。因此，像墨西哥及希腊等一些国家的供应商能随时记录库存的状态，零售商能随时跟踪供应链中原料的流动情况。因特网网站有利于公司不断获得新顾客，同时改善对现有顾客的服务；小零售商则能获得更大范围的原料，随时进行订购，而不用依靠销售商的造访。电子商务还有助于降低成本和获得高效率，例如，戴尔公司的计算机能实现定制，并直接从制造商那里将产品发送到顾客家中。

在这样的情况下，企业能不断寻找到新的顾客。例如，LL Bean 在美国外部市场获得了 60 000 个顾客，并有能力跟踪所有的交易，识别顾客的特定需要。他们可以检测网站上的所有新商品，并且在委托印刷之前确定这些商品在目录中的定位问题，这样就使他们能够对特定商品进行销售估计。

小型案例研究 12.2 　自豪来临之后的失败

Boo.com 的零售主张是成为将运动服卖给非运动的人群的品牌零售商。这个网站是一个有关生活方式的网站，它的竞争着眼于优质品牌的选择，而不是价格，它的目的是向顾客提供满意的商品。为了更好地提供信息和扶持生活方式的形象，该网站创立了"webzine"，从而提供"带有文化性和高雅生活风格的杂志，这样将有利于建立品牌意识"。创新包括一种可调节的工具，它使用户能详细了解织品、编织方法和颜色。公司的失败不是由于缺乏投资，而是由于一些图形设计者大肆宣传投资组合而非顾客的需要。从本质上说，该公司的失败是因为它缺乏通过在线创新加强服装宣传的创新想法。

12.3.3　B2B

"电子商务改变了经营中的所有规则"。B2B 型电子商务的使用是有着巨大增长潜力的领域，IBM 公司认为，未来几年后，所有的 B2B 商务都将是在线的，不在线的公司将会被淘汰。

节约成本和提高边际效益一直是企业关注的主要目标。通过使用电子商务来重新定义供应链的管理和不断开发智能供应链，企业就可以达到这两个目标，例如，通过使用技术来简化开账单、开发票和作标记等工作，跟踪商品在供应链中所处的位置。B2B 拍卖网站使购买者能够购买超额的和过时的原料，同时使商家能卖出这种原料，这样就降低了对库存的需要。公司能直接与顾客、供应商和经销商进行联系，绕开一些不必要的环节，同时使得交易、流水线过程和信息的转

移更加便利。随着很多拍卖网站的出现，借助电子商务获得利益已引起人们的兴趣，这样可使职业购买者买到大量的折扣原料，并且仍然能通过迅速交付来获利。

通过使用电子商务和像数字打印机这样的整合技术，公司能够使产品的各要素相互协调，快速生产出样品，同时在更接近市场的位置处"冻结"设计。这样做会影响到快速响应能力，以及对当今消费品市场的变化着的需求作出正确反应的能力。一个大街上的服装店拥有内部网站，雇员可以利用此站点进行趋势预测和情绪分析，以降低生产成本，设计者也可做这些事情。对于设在海外的办公室，同样可以获得这种好处。公司借助较好的贯穿销售的想法、改善沟通和时间减少等方式，从企业内部网中获得利益。

12.3.4 挑战

因特网对供应链管理产生了相当大影响，但也存在一些问题，例如，如何促使信息系统在公司之间运营是一个挑战，因为系统必须使每个公司能够在没有与其他有关各方联系的情况下增加、改变或删除任何信息。有效的 B2B 商务需要与后备办公室系统相整合，并使交易伙伴达到速度要求。要做到这些，购买者和供应商之间的态度必须发生彻底的改变，他们之间的关系必须表现为更少的对抗和更多的合作，并且"从一只罗特韦尔犬（Rottweiler）转变为一只圣伯纳德狗（St Bernard）"。换句话说，零售商必须使供应商放弃将压力转化为持续低价格的做法。

总体说来，使顾客满意的成功依赖于如下因素：

☐ 为了能够建立技术和专业知识，应逐渐地将电子商务与公司相融合。

☐ 在零售商和制造者之间提供电子商务的合作计划；使制造商和供应商在生产计划上同步；买方和卖方联合进行产品开发；拥有库存和搬运工之间的物流计划。

建立网站不是简单的过程，也不是廉价的过程，建立一个网站的成本只占公司进行网络经营成本的 10%。

对于考虑在因特网上与消费者进行交易的公司而言，渠道冲突是它们面临的主要问题，因为这样会导致因特网、零售商和销售商三者之间的对立。物流是其中一个主要问题，目前存在一种趋势，即集中生产一些容易分销的产品，如儿童衣服和女性内衣。

12.3.5 B2C

最重要的是，电子商务的基础设施可能成为顾客仅有的商业经历。2000 年，美国通过 B2C 电子商务进行的在线销售达到 400 亿美元。1999 年，美国有 8000 万人接入了因特网，到 2001 年，这个数字翻了一番。以 B2C 为目的的电子商务应用方式有多种——作为营销工具、作为获取消费者信息的方式以及直接把产品销售给消费者的手段。

与新的电子销售商相比，以前就开始经营的零售商具有较好的装备，通过网络向顾客销售产品容易取得成功，主要原因是，"出售中的新生事物"没有考虑一些关键因素，如顾客满意、品牌的可信度、国内交货的物流问题和处理退货的成本问题。

对于通过因特网直接与消费者进行交易，现有的邮购公司也许是条件最好的，因为它们对当前零售渠道中存在的问题比较有经验，并且已经建立了相应的管理策略。对于建有网站的公司，网站的形式和宣传是关键因素，公司要取得成功，就需要有良好的网络营销技能，同时要考虑如何宣传自己的网站。例如，Gap 公司在与其有联系的所有媒体（比如 carrier bags）上都存放了它的网址。

跟踪网站的使用情况是很关键的。许多在线交易的公司并不了解客户对站点的访问转换率。Fanshional.com 发现，84% 的消费者借助网络来搜索产品，然后从商店直接购买产品，而非在线购买，这样就使被跟踪的产品的销售量比实际高了 10%。在线和离线品牌的联系还没有完全被弄清楚，但是品牌识别的可视化线索对在线和离线品牌必须保持一致。

沃尔玛已经认识到，离线的威力未必能转变成在线的实际知识。Wal-Mart.com 是四年前投入使用的，但销售并不好，其中的原因是公司没有对它的网站进行投资。

确保在网站上提高传统零售商的"气氛"是很重要的，它能防止顾客混淆和确保品牌忠诚。传统零售商常受到新零售商和"非居间化"的挑战，也就是说，通过制造商与消费者直接交易，对零售商进行排斥。虚拟商人就可以绕过传统的分销渠道。

不管做出什么样的预测，电子商务有潜力大幅度增加消费者的选择是清楚的。能够合适地定位自己，通过提供有意义的消费价值观并交付这种价值的方式来实现差别化，这样的公司必将获得成功。

12.4 趋势预测：时装业

本节改编自雷蒙德（Raymond）的文章（2001）。

早期的趋势预测就是参加行业的主要交易会和天桥上的时装表演，提出一套草案或者趋势模板的补充工具，附上恰当的织品样品，从那以后，时装业走过了很长的路。但是逐渐地，该行业从这种相当不准确和直觉的趋势预测模型转变为更加人性化和社会化的形式，即应用一系列的营销工具、观察方法和技术，来巩固在我们的日常生活中碰到的越来越多的品牌和商标的外观和风格。

中间市场零售商和百货店仍使用情绪模板和织物样品来装饰它们的工作室，目的是创造 Urban Nomad Look、Techno-Warrior Look 和 City Sophisticate 等品牌。如果公司的想象力不够，它们可以雇用带有比较意识的购买者，这些人周游了全世界，并且带回了拆卸和仿制产品的关键信息。在建立品牌的过程中，设计者意识到时装不再是服装问题而是生活风格的问题———一个多方面、多目标的实体，在这个实体中，时装只是高度复杂的生活方式的一部分，它要求真正的设计者在相信他们正在操作的一系列东西具有价值或实际意义之前，必须去审视我们居住的房子、我们使用的家具、我们参加的俱乐部、我们进行社会活动的酒吧，或者我们一天到晚所呆的办公室。

如果我们按照设计者和零售商要求的价格进行购买，我们就要从购买的衣服中得到下面这些东西：意义、购买的理由、对我们想要的夹克衫的感觉，或者我们珍爱的衣服不仅是用来将我们裹在里面，而是传递出一种必要的社会性信息及性别信息——这是一个男人或女人，是演员、实干家、喜欢参加聚会的家伙，他/她不仅知道最新的时装是什么，而且知道为什么如此。

为了恰当地做到这一点，趋势预测机构"用盲字打造"［未来学家费思·帕普科恩 (Faith Popcorn) 造的术语］了这种文化——想接触、感知和觉察它正在显露的亚潮流。就现在和不久的将来（核心的或极端的趋势在主流了解它之前可以流行一年）而言，这是关于魅力、讽刺、乐观、制动火箭动力似的穿着或是一天有 24 小时的思想的东西。

12.4.1 目前的时代思潮

像詹姆斯·格莱克 (James Gleick) 和莱昂·克莱茨曼 (Leon Kreitzman)（《24 小时社会》的作者）这样的未来学家告诉我们，目前的时代思潮也是关于速度、浓缩文化、文雅的东西，它们已经渗透到新经济中，因此也渗透到衣服、俱乐部、商标和生活风格的选择方面，这些都是超偶然、超性感的，而且是超功利主义的。由氯丁 (二烯) 橡胶制成的服装和附加物、塑料、防破裂的尼龙、织品能在流水线上快速生产出来，它们与口袋、接头、衬套和壳状的外层一起构成新状态、新的世界秩序的一部分，这种状态和秩序体现了正常、便捷和动态的生活风格。

所有这些都能解释为什么我们开始看到带有口袋和雅致织品的衣服，它们都能容纳通信工具（李维斯和飞利浦 ICD+一系列带有无线电话和 MP3 线路的夹克）、诊断接口 (Fuseproject 设计的鞋能告诉制造商和零售商如何舒适，或者当你穿上时就会知道它们是多么舒服）、可佩戴的计算机（带有键盘的、迷人技术装饰

的主机)、不可思议的像皮肤一样的橡皮布雨衣（Sofinals 自我愈合织品，用手指刷一下就能修理它）、芳香织品（Elizabeth de Sennevilled 的化妆品概念系列，它们能使你的身体变得湿润）、中性织品（名为 Soldier Systems Center 的研究单位与美国军队目前正在测试巧妙的织品，这些织品能够探测身体上的枪伤，通过远程无线通路告诉医师伤口所处的深度和危险性）、声波时装（在细丝中带有正负电荷的织品，当织品受到挤压时，细丝之间相互摩擦，产生音乐或悦耳的响声），或者较熟悉的多功能产品，像 CP 公司的 Vexed Generation 这样的商标，或者像露西·奥塔（Lucy Orta）这样的艺术家（她设计的衣服能变成帐篷、睡袋或可以容纳五个人的装置），可以给这种多功能产品带来富有浓缩文化的、有生气的新生活。

上面所提到的许多例子，开始是作为社会艺术方面的试验，作为"蓝天"研究，或者作为起初是反文化的外围，后来发展成为被接受的主流的一部分的思想。想一想寿司、Pokémon 玩具，G-shock 手表，或者 Abercrombie 这样的商标，你就会获得这样的想法，10 年前还鲜为人知的东西，现在则是十分平凡的东西。

我们如何发现这些东西，而后如何将它们投入到更大的文化中去，这才是趋势真正关注的问题：不是注意将来，而是要从现实中搜寻那些能"传染"和"污染"未来时尚潮流的潜在的有毒项目。这不是"水晶球"的注视，而是明智的研究和了解在哪里及如何看待问题这两者的混合。这是最佳趋势分析者所做的，看、听、找，并询问他们所探询的正确问题。回顾我们在上面所列出的服装类型，并询问自己这样的问题：作为一种趋势，它们来自哪里？它们是否被音乐所鼓舞？是由于工作道德而改进雇用临时工制吗？这是我们看待工作的方式（从基于活动的生涯到特定项目的生涯）的改变，或者是改变休息方式的方法，以及磋商每天工作方式的方法。

作为一种概念的生活风格已经颠倒了设计和趋势分析活动的流程，以及完成这些事情的方式。20 世纪 50 年代，每年都有两次服装设计展览在巴黎举行，经过仿制和改善的缓慢过程，这些服装进入了普通男女的衣橱。现在，这些衣服开始出现在大街上，按照它自己的方式发展着，设计者或制造商不断地对它们进行模仿、改良或消除其中具有破坏性的元素，以迎合目标市场顾客群的需要。

更加切中要害的是，"弹性时间工作者"表现出的景象来自于生活风格的选择（弹性时间工作者的时装关注的是功能、轻便以及城市里穿上它们的人不被视为呆板的想法），或者来自转变和微妙的变化，因为在生产、销售和零售的无限循环中，零售商、设计者或制造商最初看不到的社会或空闲生活的一部分就会追赶上来。

趋势研究者审视文化或周游全球，目的是寻找早期的活动标志，这种标志已经成为品牌领先者和设计者必须了解的关键和主要趋势，并力图把它们整合到他们的设计哲学中。未来学家、人性（种）学家、文化分析者或像 Future Laboratory 公司、Promostyl 公司 和 Henley Center 公司这样的生活风格顾问，避开了这种仅凭直觉进行趋势分析的方法，而去寻找更加科学的生活风格预测方法。

这些方法可能存在差别，从市场研究公司使用的较传统的工具（电话投票表决、聚焦群体、数据挖掘、面对面会谈、问答调查），到大量采用与人种学和人类学并非无关的领域中使用的程序和技术，如都市隐藏、领域研究者、文化巡视、隐藏的照相机或者文化包罗的使用，以及通过杂志、电视节目、因特网站点和聊天室了解文化，都会存在差别。这就要求分析者对现有的和正在出现的趋势进行彻底、深入的了解，懂得它们如何影响文化主流，或者创造并变异为新的事物。英国和美国的"不穿套装的周末"运动和随之产生的套装销售的衰退，较好地阐述了这一点。

趋势报道和模仿行为的分析表明，希望穿别人的衣服或者希望外表像别人的社会经济群体，将赋予自己其他人的生活风格选择。换句话说，如果你想看一部分，那就穿上它。服装与设计者奇异的指导原则之间的联系越来越少，并且应该说，甚至与那些按半价仿制衣服的制造商或提供折扣的零售商的联系也是比较少的。如果有任何联系，那么这种联系与对普通套装这样的东西产生影响的巨大文化的转移有关，这是以不仅影响我们如何从裁缝角度看待它，而且影响我们如何

从社会学角度看待它的方式进行的——从作为愿望、尊敬、稳定的客体，到主张缺乏幻想、旧经济时代单调、乏味和显得退步的个性的客体。

但是，通过有效的趋势分析也可以了解人群分类的方法，例如，不仅按新社会种类［如弹性时间工作者、温和的少年 (Soft Lad)、行为粗鲁和喜欢豪饮的女性 (Ladettes)、沙砾女孩 (Grit Girls)、收入单一的刚离婚的女性 (SINDIES)、新口味派 (The New Tasteocracy)、享乐主义者 (Hedonists)、"引人注目的中心一代" (The Limelight Generation)］进行分类，而且按照趋势顾问所指的群体进行分类，如直觉群体、早期采用者群体、后期采用者和落后者。

12.4.2 创新者

凭直觉做事的人是那些了解新思想，或确实是自己提出了新思想，或把它们放进特殊的社会环境中的人。采用新思想的人是比较会交际的人，他们采用了凭直觉做事的人所提出的思想，并让更多的人了解这些思想，使它们看起来不太危险。接下来是早期采用者，这些人是我们当中具有时尚意识的人，他们对事物进行改变以适应我们的要求。再往后就是后期采用者，这是大街上的主流人群，他们需要确保自己所穿的衣服不要太奇异，或者很快就过时，以至于他们不能获得足够的衣服。最后出现的是落后者，他们谈论的是衣服而非时尚，他们认为衣服看起来像样就行了，从来没想过穿戴是为了突出自己。

新一代趋势顾问正是通过调查这些群体而感觉到，一种特定的趋势，如服装趋势或较多地面向生活风格的趋势（对有机食物、GM 免费的食物、衣服或产品来源的伦理性、奇遇假期、更方便的因特网通道等方面的需求的增长），如何与文化相交融。

但是，他们也要思考这样的情况，即趋势或生活变化是怎样被传播或传授的，是通过闲言碎语、鼠标语言（在网络的聊天室里和公告牌上）、音乐、俱乐部、服装杂志，还是在办公室里、通过广告、通过一个种族或社会经济群体对另一个种族或社会经济群体的外表、特性或冷静因素的模仿。想一想，与超级说唱、滑板、"趣味女孩"、年轻无知的人、新传奇主义、蹩脚货有关的服装，变为从这种外表的创造者中分离出来的群体的虚拟的、时尚的或文化的气氛中的一部分。

在《引爆流行》这本书中，马科姆·戈劳德韦尔 (Malcolm Gladwell) 把这些种类分解成特定的人群种类：内行、联系者和销售人员，简单地说，就是那些掌握想法的人（内行）、传递想法的人（联系者），以及用文化和社会角度容易接受的方式（整容、纹身和穿孔是比较好的例子）出售想法的人。他们曾经是盲目崇拜，以及与性丑闻、结伙或犯罪前科相联系的极端活动的象征。

但是，为了了解趋势是如何延伸的（从文化极端到市郊主流），我们也需要了解戈劳德韦尔的《引爆流行》一书，它与奈欧密·克赖恩 (Naomi Klein) 的《拒绝品牌》、帕珂·安德希尔 (Paco Underhill) 的《我们为什么购买》 (1999)、塞思·戈帝 (Seth Godin) 的《喷嚏营销》一起，是理解趋势是如何运营以及这些新一代的预测群体是如何起作用的核心书籍。

戈劳德韦尔是这样解释这个问题的。有时一本书、一栋大楼或一件时装，看起来对我们的文化造成了冲击，我们无法知道它来自哪里，或者为什么会这样：有一天，什么都没有发生，你在地铁中，手里拿着一本每个人似乎都在拜读的书（如《哈利·波特与火焰杯》），或者，如 Hush Puppies 所说的，它可能是一双鞋或者一个单肩背的帆布背包。

Palm Pilots、WAP（无线应用协议）电话、i-Mac 电脑、戴森清洁器、寿司酒吧、不锈钢炊具、木地板、墙纸对新口味派（the New Tasteocracy）的困扰、软式家具、普拉提，或者像 Abercrombie 和 Fitch 这样的服装商标，这些是什么？起初看不见的东西，然后像疾病和病毒一样蔓延。因为它们是新的吗？或许是，但是不可能总是新的。戈劳德韦尔和戈丁 (Godin) 有着大不相同的理论，这种理论带来了病毒营销的思想。

病毒营销者和趋势分析者都具有伟大的思想——因为如果戈劳德韦尔的书是

关于这种趋势的定位和对它的传播作出解释，那么戈丁的书便是关于这种思想的定位，并告诉你如何传播这种思想。如果你仔细研究趋势，就会发现，只有当某人在某地想采纳或适应它时，趋势才能存在。

以 Hush Puppies 为例，这是一种非常舒适的鞋子，我爸爸周末去看望朋友时穿过这种鞋。到 1995 年，每年的销售量下降到 30 000 双。后来，在一次时装展览会上，Hush Puppies 的两位经理欧文·巴克斯特 (Owen Baxter) 和杰弗里·刘易斯 (Geoffrey Lewis) 碰到来自纽约的一位设计师，这位设计师告诉他们，典型的 Hush Puppies 鞋子已经突然变成时髦的东西了。Village 和 Soho 里也有了转售店，这些商店正在销售这种鞋子。很多人都去 Ma and Pa 商店买这种鞋子，小店也出售这种鞋子，而且正在准备把大商店的鞋子全买下来。

如戈劳德韦尔 (2001) 所说的，这两个坚忍不拔的销售代表有些困惑了：许多设计者如伊萨克·米兹拉希 (Issac Mizrahi)、安娜·苏伊 (Anna Sui) 和乔尔·菲茨杰拉德 (Joel Fitzgerald) 都打来电话，要求 Hush Puppies 参加他们即将举办的展示会。

Hush Puppies 的员工自然是高兴的，但是他们仍不能理解这种现象。他们并不知道为什么 1995 秋天的销售量仅为每年 30 000 双，第二年却飞涨到四倍，其后几年也很高，直到 Hush Puppies 再次成为从西雅图到圣路易斯的时髦儿童衣柜中的时装来源时，销售量才稳定下来。

按照戈劳德韦尔和戈丁的文章，趋势和思想传播的最佳方法是被戈丁称为内行、联系者和销售人员的人员网络。由于他们的位置（联系者）和他们储存信息的方式（内行），或者以在吸引大多数人（销售人员）方面比较慢的人所喜欢的方式来传播这些信息，因此他们在品味、趋势和思想如何传播给人群的其他部分的整个过程中，占据着核心地位。"媒体街道网络"是成功的美国趋势咨询所，也是已有 23 年历史的 Reggie Styles 的媒体营销代理，它通过招聘大街上成群的十几岁的青少年来做到这一点，这些青少年能告诉你什么是流行的，什么是应该被淘汰的，或者如果公司已经有了促销的强烈趋势、产品和音乐思想，那么他们将使用这些青少年来联络早期采用者，传递必要的信息，这就是著名的"大爆发"或"趋势集聚"。

此外，亲和力和背景情况也是非常关键的，这些东西使我们立即回忆起产品、地点和流行时刻，以及购买产品的相应需求。背景是我们用来包围产品的东西，以便使产品一开始就具有亲和力和吸引力。

Hush Puppies 以前总在这样的情况中徘徊——休眠或衰退，后来发生了一些转变。一位可能位于某个特殊的市区俱乐部（背景情况）的设计师（内行）看到一个或者两个人穿着这种服装，就会想，我也能接受并推广这些服装，于是企业就这样做了，并告诉他们的朋友——或者是一个特殊的朋友，这是一个积极的社会活动家，他（或她）把 Hush Puppies 的情况告诉所碰到的每个人，然后这些人（亲和力因素）又开始告诉其他人，如此等等，直到我们中的其他人也在谈论同样的事情。

这种现象对所有领域都是真实的，不仅仅是在时装领域、设计领域、技术领域和艺术界才如此。

我们很容易用时尚的术语来预测下一个大趋势，并且正确地应用它。我们知道，聊天室、公告牌和目标青年群体与所谓的王牌品牌的再次出现是同时存在的，我们也明白这是生活风格问题而不是时尚问题。另外，像伦理责任之类的词语和短语的确切含义还是悬而未决的，包括前面提到的可持续性、可解释性、虚伪的合作、关系出售，因此下一个大趋势必然是指向市民的品牌概念或趋势、产品、外观，或者让我们信服的思想。

例如，耐克和阿迪达斯也可以划入时尚的范围，但是劳动权利影响着我们看待这个品牌的方式，并且使我们购买它的理由更少。我们通过研究知道，健康和空闲也包含在利润的最大增长部分之中，超过 50 岁的人（例如有 25 年经历的冲浪运动员）正朝最富裕和最空闲的人群转变。我们也知道，大约 30 岁的妇女，他们所称的"沙砾女孩"，现在被认为是最强大的经济力量之———单在美国，

妇女就拥有 900 万家公司，并且在未来的 10 年里将雇用美国一半的劳动力——因此为了展示下一个大趋势，我们可以重视这些部分。

我们也知道，生物遗传学、生物技术以及我们对全球变暖和地球上日益减少的水资源的关注正逐渐占据我们的思想过程，这些对我们考虑穿什么或如何穿只会产生一种撞击作用。以蓝颜色为例：里面、外面、里外，但是在未来 5 年中，随着水资源成为富人和穷人之间的问题，臭氧层的消耗成为更加严峻的现实，蓝色当然有可能成为占支配地位的颜色，这不仅是时装设计者的感觉和敏感性，而且也是世界各地的设计师和建筑师的感觉和敏感性。

蓝色是与灵性、诗词（在聊天室中我们将选择其他词语）、天空、海洋相伴的，在它的暗色相方面，涉及到科学（如电学）、神秘以及一些人所说的邪恶——生物技术、遗传基因改变。因此我们会把蓝色选为今后 10 年内最有支配地位的安全颜色——就像 20 世纪 90 年代（极简抽象主义、柔软）的颜色是浅褐色，20 世纪 80 年代的主导颜色是黑色。文化范围内的迹象最能体现出这一点，这是一个寻找迹象的问题，而不是猜测迹象的问题，它属于根据未来学的需要应用科学的情形，其中伴随着来自我们文化根源的事物的本能、直觉和更为广泛的重视。

12.5 技术、未来和联盟

趋势预测有助于创建未来远景。但是，技术路线图是可持续性创新成功的另一要素，技术路线图能预测未来的技术进展和其他重大事件（见图 12.3）。

大公司最有可能首先识别出实现它们的长期计划所需要的技术，然后这些大公司与其他公司的供应商建立联盟，将这些技术转化为成果，开发出实际的产品。规模比较小的公司则倾向于策划它们需要的发明，然后通过了解和专利查询等手段，与现有的技术进展保持同步。或者，它们借助自己开发的产品来策划新的发明和创新，将自己开发的产品作为这些突破的一部分（见小型案例

用设计再造企业

图 12.3 长期计划过程

来源：Hollins(2000).

*GANPS 代表 'generation-after-next products and services.'

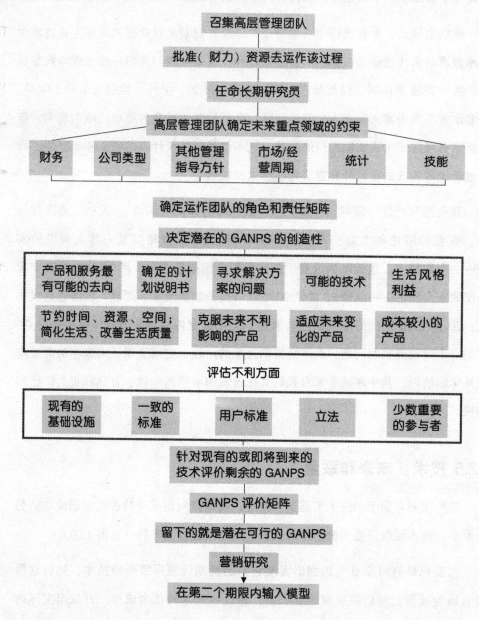

研究 12.4）。

　　为保存这些东西而创建数据库，有助于为未来的产品设想建立"公司记忆"。

小型案例研究 12.4　　虚拟现实能常在吗

萨曼莎·图姆 (Samantha Tomb) 故事里的一个现实世界的真实例子是生物实验室 (Creature Labs)，这是一个设在剑桥的计算机游戏公司。由于公司决定不开发仿效的游戏，所以公司花费了一些时间来研究如何在游戏中体现模仿生物智能的特征，换句话说，就是能适应和利用对手的弱点。

参与者不是力争自己获胜，更多的是为了学习，以便在自己开发产品时能改进绩效。

战略是非妥协的。身为首席执行官的克里斯·莫凯 (Chris McKee) 指出："借助我们的特殊技术，我们采用了一项清晰和目的明确的决策，不是为适应特殊的顾客而去修改它。我们意识到，它将有潜在的一般吸引力。这是一种风险很大的方法，因为我们要么获得极大成功，要么就是彻底失败。"

最后他们获得了极大成功，这些"逼真的"游戏跻身于市场上排前 10 位的 PC 游戏之中，他们的想法和激情最终得到了回报。当谈到你应该考虑多少市场因素时，莫凯说："不要改变你最初的预感，不要失去你最初的信念，如果有人说服了你，认为这条路的一半和另一条路的一半是比较安全的，那么你将永远不会付诸实施，因为你不会拥有同样的热情。但是与外人交谈时自己要有足够的了解，尽管技术从不出错，但市场可能恰恰不是为此而准备的。"

但是，或许他给出的最值得注意的战略建议就是："不要用一年的时间实施，一个月的时间去思考，而要用一年的时间去思考，一个月的时间去实施。"

对预测未来的能力所产生的怀疑，会成为关注这个问题的障碍。但是，市场中的许多商品已经出现很多年了，逐步的变化是伴随着根本性变化一起发生的。逐步的变化为设计改变产品美观性、工效和制造方法提供了舞台。根本性变化发生在四个主要方面：电子学、生物技术、药物学和材料。在这些方面中，快速变动是人们所期望的。霍林斯指出："那些积极地为自己所在公司的未来进行规划的人，认为大部分事件都是可以预测的，唯一困难之处是预测产品的详细说明书和美观性"。

那些设计未来、为创新和设计管理开发了系统的公司，能够分配组织的未来工作所需要的资源——将梦想变为现实。

12.6 结论

☐ 企业必须注意技术的未来趋势、消费者行为的变化模式和市场趋势。对未来进行计划需要开发一套创新管理系统，该系统将有利于资源的配置，从而创造企业的未来。

☐ 可持续性在过程和产品中是变化的主要领域。将可持续性设计作为最重要的关注对象，就是为开发技术和美观性提供了机会。围绕可持续性重新思考过程，能带来全新的工作状况，能获得成本和时间方面的额外收益。

☐ 电子商务正影响着消费者（B2C）和企业（B2B）。我们正利用电子商务来探索新的服务、产品和工作方式。因特网为消费者和企业都提供了大量信息。交易活动——通过因特网订购、交付产品——正日益得到普及，通过这种方式，消费者能购买到更便宜的商品（例如书和食品），公司能拍卖多余的库存物资，跟踪正在制造和运输的产品的状态。因为不同领域之间的沟通（例如营销、生产和设计）是透明的，所以针对设计管理和产品开发的企业内部网正在得到实施，它有助于减少产品进入市场的时间。

☐ 本章最后一节讨论了基于拟人方法的趋势分析在新消费者趋势识别中的应用。服装行业中处于优势的主导公司需要为材料变化、消费者如何选择商品的搭配以及不同市场的风格如何彼此参照和影响等方面做好准备。例如，饭店的室内布景会影响产品的色彩、形状、质地，这些可能需要反映在时装的装饰上，反过来也是这样。对于易变的社会来说，即刻进入市场和相互沟通又会带来对时装及附件的需求，如何将移动通信构建到织品和时装中去呢？

12

创造设计的未来

本章关键问题

1. 概括影响设计可持续性的主要因素。

2. 在传达新趋势方面，"早期采用者"的效率如何？

3. 指出影响新产品或服务开发的关键人口变化因素。

4. 概括趋势预测的主要方法，这些方法的效果如何？拟人方法的适合程度如何？

附录 1

1 进一步阅读的材料

一些作者已经注意到设计和创新在经济中的重要作用，例如 Freeman (1982) 和 Mascitelli (1999)。关于设计对特定行业的影响的一些最详细研究是由设在开放大学和曼彻斯特理工大学的设计创新小组完成的，例如参见 Walsh 等 (1992)。公司层面的情况和案例可在 Baden-Fuller 和 Pitt (1996)、Kanter (1997)、Gundling (2000) 和 Leifer 等 (2000) 的研究中找到。关于创新及其管理问题，比较好的描述可参见 Ettlie (1999) 或 Tidd 等 (1997)，这一领域研究问题的详细综述可参见 Van de Ven 等 (1989)。

Baden-Fuller, C. and Pitt, M. (1996) Strategic Innovation. London: Routledge.

Ettlie, J. (1999) Managing Innovation. New York: Wiley.

Freeman, C. (1982) The Economics of Industrial Innovation. London: Pinter.

Gundling, E. (2000) The 3M Way to Innovation: Balancing People and Profit. New York: Kodansha International.

Kanter, R. (ed.) (1997) Innovation: Breakthrough Thinking at 3M, DuPont, GE, Pfizer and Rubbermaid. New York: Harper Business.

Leifer, R., McDermott, C., O'Connor, G., Peters, L., Rice, M. and Veryzer, R. (2000) Radical Innovation. Boston, MA: Harvard Business School Press.

Mascitelli, R. (1999) The Growth Warriors. Creating Sustainable Global Advantage for America's Technology Industries. Northridge, CA: Technology Perspectives.

Tidd, J., Bessant, J. and Pavitt, K. (1997) Managing Innovation: Integrating Technological, Organizational and Market Change. Chichester: Wiley.

Van de Ven, A., Angle, H. and Potter, S. (1989) Research on the Management of Innovation. New York: Harper and Row.

Walsh, V., Roy, R., Potter, S. and Bruce, M. (1992) Winning by Design: Technology, Product Design and International Competitiveness. Oxford: Blackwell.

2 进一步阅读的材料

将设计作为一个过程的有用描述可以参见 Wheelwright 和 Clark (1992)，Bruce 和 Cooper (1997) 以及 Cooper (1993) 的文章，G. Hollins 和 W. Hollins (1990) 专门针对服务领域进行了研究。Evans 和 Wurster (2000) 对"虚拟经济"条件下设计过程面临的挑战作了有趣分析。创造力是许多作者关注的议题，范围从概念上和哲学上的研究（Kirton, 1989; de Bono, 1993）到实际的、涉及工具和技巧的研究（Richards, 1997; Cook, 1999; Leonard 和 Swap, 1999）。也有一些关于创造力应用的好案例，例如参见 Leonard-Barton (1995)。

Bruce, M. and Cooper, R. (1997) Marketing and Design Management. London: International Thomson Business Press.

Bruce, M. and Cooper, R. (2000) Creative Product Design: A Practical Guide to Requirements Capture. Chichester: Wiley.

Cook, P. (1999) Best Practice Creativity. Aldershot: Gower.

Cooper, R. (1993) Winning at New Products. London: Kogan Page.

Cooper, R. and Press, M. (1995) The Design Agenda. Chichester: Wiley.

de Bono, E. (1993) Serious Creativity. London: HarperCollins.

Evans, P. and Wurster, T. (2000) Blown to Bits: How the New Economics of Information Transforms Strategy. Cambridge, MA: Harvard Business School Press.

Hollins, G. and Hollins, W. (1990) Total Design. London: Pitman.

Julier, G. (2000) The Culture of Design. London: Sage.

Kirton, M. (1989) Adaptors and Innovators. London: Routledge.

Leonard, D. and Swap, W. (1999) When Sparks Fly: Igniting Creativity in Groups. Boston, MA: Harvard Business School Press.

Leonard-Barton, D. (1995) Wellsprings of Knowledge: Building and Sustaining the Sources of Innovation. Boston, MA: Harvard Business School Press.

Rickards, T. (1997) Creativity and Problem Solving at Work. Aldershot: Gower.

Wheelwright, S. and Clark, K. (1992) Revolutionising Product Development. New York: Free Press.

3 进一步阅读的材料

管理设计和创新过程是一些著作的议题，包括 Wheelwright 和 Clark (1992)、Cooper (1993)、Bruce 和 Cooper (1997)、Smith 和 Reinertsen (1991) 等。这些著作研究了与设计成功有关的因素，Thomas (1993)、Floyd (1997) 和 Tidd 等 (1997) 也研究了这个问题。反映设计过程的有关工作的有用案例可以参见 Nayak

和 Ketteringham (1986)、Baden-Fuller 和 Stopford (1995)、Baden-Fuller 和 Pitt (1996)、Dyson (1997)、Kanter (1997) 和 Hamel (2000)。

Baden-Fuller, C. and Pitt, M. (1996) Strategic Innovation. London: Routledge.

Baden-Fuller, C. and Stopford, J. (1995) Rejuvenating the Mature Business. London: Routledge.

Baxter, M. (1995) Product Design: Practical Methods for the Systematic Development of New Products, 3rd edn. London: Chapman & Hall.

Bruce, M. and Cooper, R. (1997) Marketing and Design Management. London: International Thomson Business Press.

Cooper, R. (1993) Winning at New Products. London: Kogan Page.

Cooper, R. and Press, M. (1995) The Design Agenda. Chichester: Wiley.

Dyson, J. (1997) Against the Odds. London: Orion.

Floyd, C. (1997) Managing Technology for Corporate Success. Aldershot: Gower.

Hamel, G. (2000) Leading the Revolution. Boston, MA: Harvard Business School Press.

Kanter. R. (ed.) (1997) Innovation: Breakthrough Thinking at 3M, DuPont, GE, Pfizer and Rubbermaid. New York: Harper Business.

Nayak, P. and Ketteringham. J. (1986) Breakthroughs: How Leadership and Drive Create Commercial Innovations that Sweep the World. London: Mercury.

Smith, P. and Reinertsen, D. (1991) Developing Products in Half the Time. New York: Van Nostrand Reinhold.

Thomas, R. (1993) New Product Development: Managing and Forcasting for Strategic Success. New York: Wiley.

Tidd, J., Bessant, J. and Pavitt K. (1997) Managing Innovation: Integrating Technological, Organizational and Market Change. Chichester: Wiley.

Wheelwright, S. and Clark. K. (1992) Revolutionising Product Development. New York: Free Press.

4 进一步阅读的材料

Francis, D. (1992) Step-by-step Competitive Strategy. London: Routledge.
为高层管理者制定竞争战略提供了一种逐步实施的方法。

Ghemawat, P. (1991) Commitment: The Dynamics of Strategy. New York: The Free Press.
说明战略决策如何开始一些新业务而放弃其他旧业务。

Harrison, R. (1995) Leadership and strategy for a new age. The Collected Papers of Roger Harrison. San Fransciso, CA: Jossey Bass, pp. 162-82.
探讨领导和战略中精神影响的作用。

Mintzberg, H., Ahlstrand, B. and Lampel, J. (1998) Strategy Safari, European edn. Hemel Hempstead: Prentice-Hall.
综述战略制定的主要方法，是一本很有启发性的书。

Porter, M. E. (1980) Competitive Strategy. New York: Free Press.

一本经典著作，你一定看过这本书。

Walton, M. (1997) Car: A Drama of the American Workforce. New York: Norton.

讨论建立汽车新模型过程中的战略和设计问题。

5 进一步阅读的材料

Bruce, M. and Cooper, R. (1997) Marketing and Design Management. London: International Thomson Business Press.

本书分为三个部分，第1部分包括理论知识以及与营销和设计管理有关的问题；第2部分给出了一些来自制造商和服务公司的详细案例；第3部分收录了一些有创造性的论文。

Klein, N. (2000) No Logo. London: Flamingo.

Klein 对公司身份和品牌案例进行了广泛回顾，提出了若干问题，她的视觉比较独特，既令人喜欢又富有挑战性。

Olins, W. (1990) Corporate Identity. London: Thames & Hudson.

这是一部经典的和有创造性的著作，该书让你真实感受公司身份的历史，以及支撑许多全球著名公司身份和品牌的经营理论。

6 进一步阅读的材料

Blackburn, J. D. (ed.) (1991) Time-Based Competition: The Next Battleground in American Manufacturing. Homewood, IL: Business One Irwin.

作者对克拉克和藤本的研究工作进行了很好的总结，同时对 JIT 与整合化产品开发进行了比较。

Clark, K. B. and Fujimoto, T. (1991) Product Development Performance. Boston, MA: Harvard Business School Press.

这是被引用最多的著作之一，本书研究汽车行业的企业用来缩短产品开发周期和提高项目成功可能性的方法。

Clausing, D. (1994) Total Quality Development: a Step-by-Step Guide to World-Class Concurrent Engineering. New York: ASME Press.

Ettlie, J. E. and Stoll, H. W. (eds) (1990) Managing the Design-Manufacturing Process. New York: McGraw-Hill.

设计是制造的第一个阶段，产品的设计及其组成部分、强化设计的技术都是支配产品制造或装配的容易性和困难性的基本因素。

Hart, S. (1996) New Product Development: A Reader. London: Dryden Press.

在本书中，作者把一系列关于营销、产品设计和一般管理的读物集中在一起。

Meyer, M. H. and Lehnerd, A. P. (1997) The Power of Product Platforms: Building Value and Cost Leadership. New York: Free Press.

总项目计划为产品开发提供一种有计划的、有联系的方法，本书阐述企业如何将精力集中在同时开发产品族上，这些产品采用共同的部件和技术。

Rosenthal, S. (1992) Effective Product Design and Development: How to Cut Lead Time and Increase Customer Satisfaction. Homewood, IL: Business One Irwin.

本书包括丰富的案例研究，这些案例研究有助于深刻了解组织的产品开发经验。

Smith, P. G. and Reinertsen, D.G. (1991) Developing Products in Half the Time. New York: Van Nostrand Reinhold.

本书在作者咨询工作的基础上增加了评论。

Susman, G. (ed.) (1992) Integrating Design and Manufacturing for Competitive Advantage. New York: Oxford University Press.

Tushman, M. L. and Moore, W. L. (eds) (1988) Readings in the Management of Innovation, 2nd edn. New York: Harper Business.

作者探讨了创新性组织产品开发中存在的与挑战有关的几个主题，这些组织即使是作为为明天开发产品、服务和过程的企业，也具有今天完成今天的工作的能力。其中的一些主题是：管理问题解决；创新周期；跨部门协作；组织对不同类型创新的适应；实现有利于创新的组织变革；依赖企业的历史；领导。

Ulrich, K. T. and Eppinger, S. D. (2000) Product Design and Development, 2nd edn. New York: McGraw Hill.

作者将营销、设计和制造的观点融合为一种产品开发方法，给出了一整套具体的方法，并用案例作了阐述。

Wheelwright, S. C. and Clark, K. B. (1992) Revolutionizing Product Development: Quantum Leaps in Speed, Efficiency, and Quality. New York: Free Press.

本书作者的研究建立在克拉克和藤本的研究工作基础上，并将他们的思想推广到不同产业中。

7 进一步阅读的材料

Robbins, S. P. (1998) Organisational Behaviour: Concepts, Controversies, Applications, 8th edn. London: Prentice-Hall.

8 进一步阅读的材料

Ansari, S.L., Bell, J.E. and the CAM-I Target Cost Core Group (1997) Target Costing: The Next Frontier in Strategic Cost Management. Chicago, IL: Irwin, 250 pp.

这本书对目标成本领域的研究、全球最好的实践和许多组织的经验进行了综述。本书阐述清晰，提供了许多应用本原理的好例子，并讨论了怎样将质量、性能和成本管理系统整合到设计的早期阶段的问题。

Cooper, R. and Chew, W. B. (1996)' Control tomorrow's costs through today's designs'. Harvard Business Reviews, 74 (1) (January-February) , pp.88-98.

本文针对繁忙的经理人，极好地概述了目标成本法如何帮助公司在设计阶段前瞻性地控制成本，而不是在生产阶段回顾性地控制成本。技术、竞争者快速的"逆向工程"能力和从模仿到创新的能力的融合，意味着公司除了从前期的设计阶段管理成本之外别无选择。

Reinertsen, D. G. (1997) Managing the Design Factory. New York: Free press, 267 pp.

本书主要阐述设计的经济方面。本书认为，为保证设计的战略作用，调整设计过程中的经济方面是必不可少的；不考虑财务因素，设计就可能被认为是一种成本而不是一种投资，也可能被认为是外围活动而不是核心活动。

Smith, P. G. and Reinertsen, D. G. (1998) Developing Products in Half the Time: New Rules, New Tools. New York: Van Nostrand Reinhold, 291 pp.

本书深刻地洞察了基于时间的竞争性环境中的设计挑战。本书将有用的、效果良好的管理风险的方法和有效使用资源的方法与经过检验的技术整合在一起，来分析和促进设计与开发过程。

Ulrich, K. T. and Eppinger, S. D. (1995) Product Design and Development. New York: McGraw-Hill, 288 pp.

本书把市场营销、设计、制造及财务的观点融合到单一的产品开发方法中。

9 进一步阅读的材料

Bainbridge, D.I. (1998) Intellectual Property, 4th edn. Harlow; Longman.

Dyson, F. (1997) Against the Odds: An Autobiography. London: Orion Business Books.

Johnstone, D. (1996) Design Protection, 4th edn. London: Design Council.

Suthersanen, U. (2000) Design Law in Europe. London: Sweet & Maxwell.

10 进一步阅读的材料

Clark, K. and Fujimoto, T. (1991) Product Development Performance: Strategy, Organisation and Management in the World Auto Industry. Boston, MA: Harvard Business School Press.

11 进一步阅读的材料

Baxter, M. (1995) Product Design: Practical Methods for the Systematic Development of New Products. London: Chapman & Hall.

本书提供了产品开发的一个结构化管理框架，给出了很多设计工具。

Boist, M. H. (1998) Knowledge Assets: Securing Competitive Advantage in the Information Economy. Oxford: Oxford University Press.

本书主要讨论企业如何管理不同类型的知识。

Cooper, R. G. (1998) Product Leadership: creating and Launching Superior New Products. Reading, MA: Perseus.

本书研究的问题包括产品开发中的关键成功因素、新产品过程的实现和产品组合管理。

Design Management Journal. Published quarterly by the Design Management Institute, www.dmi-org.

Horgen, T. H., Porter, W. L., Joroff, M. L. and Sch?n, D. A. (1999) Excellence by Design: Transforming Workplace and Work Practice. New York: Wiley.

本书探讨车间及其与设计能力开发的关系。

International Journal of New Product Development & Innovation Management. Published quarterly by Winthrop Publications Ltd, London.

有很多以设计和开发为主题的杂志，对于企业界的读者来说，这本杂志和上面提到的《设计管理杂志》是特别有用的，因为这两本杂志里的文章经常涉及有关工具和理论在企业中的实际应用。

Rosenau, M. D. (1996) The PDMA Handbook of New Product Development. New York: Wiley.

本书是由实践界和学术界的人士共同编写的，内容涵盖了产品开发的许多实际问题。

Ulrich, K. T. and Eppinger, S. D. (1995) Product Design & Development. New York: McGraw-Hill.

本书给出了许多工具，这些工具可以用来识别顾客需求，帮助产生和选择概念、制定原型计划，以及分析设计和开发项目中的经济学问题。

Urban, G. L. and Hauser, J. R. (1993) Design and Marketing of New Products.

Englewood Cliffs, NJ: Prentice-Hall.

本书包括新产品设计的各种工具和技术，重点是产品计划和测试。

12 进一步阅读的材料

Chaffey, D., Mayer, R., Johnston, K. and Ellis-Chardwick, F. (2000) Internet Marketing. Harlow: Pearson Education.

Chasten, I. (2001) E-Marketing Strategy. Maidenhead: McGraw-Hill.

Hart, J. L. (1997) Beyond greening: strategies for a sustainable world. Harvard Business Review (January-February), 73.

本文论述如何将可持续性有效整合到业务运营过程中去。

Hawkins, P., Lovins, A. and Lovins, H. (1999) Natural Capitalism: The Next Industrial Revolution. London: Earthscan.

对可持续性设计如何改变和改善企业和社会作了栩栩如生且令人信服的解释。

Lovins, A., Lovins, H. and von Weizsacker, E. (1997) Factor Four: Doubling Wealth, Halving Resource Use. London: Earthscan.

给出了 50 个关于可持续性设计的短小案例研究，然后说明了回收期的长短。因素四是指需要将资源的生产力提高四倍，例如使用酶而不是化学药品来减少污染。

Nattrass, B. and Altomare, M. (1999) The Natural Step for Business: Wealth, Ecology and the Evolutionary Corporation. Gabriola Island: New Society Publishers.

本书对"自然步骤"（www.naturalstep.org）作了清楚解释。"自然步骤"是瑞典科学家卡尔亨里克·罗伯特设计的关于企业可持续性的一个简单框架。

Ottman, J. (1998) Green Marketing: Opportunity for Innovation, 2nd edn. NTC Business Books.

本书对可持续性关注所引起的营销问题进行了深入探讨。

附录 2

1 参考文献

Baden-Fuller, C. and Stopford, J. (1995) Rejuvenating the Mature Business. London: Routledge.

Bright, A. (1949) The Electric Lamp Industry: Technological Change and Economic Development from 1800 to 1947. New York: Macmillan.

Clark, K. and Fujimoto, T. (1990) 'The power of product integrity. Harvard Business Review (November-December), 107-18.

Clark, K. and Fujimoto, T. (1991) Product Development Performance. Boston, MA: Harvard Business School Press.

Corfield, K. (1979) Product Design. London: National Economic Development Office.

De Meyer, A. (1998) Report on the Global Manufacturing Futures Survey, Fontainbleu: INSEAD.

Design Council (1999) Design in UK Business. London: Design Cuncil.

Design Council (2000) . Reported in Design-Facts, Figures and Quotable Quotes. London, The Design Council, p.17.

Dosi, G., Freeman, C. et al. (1988) Technical Change and Economic Theory. London: Pinter.

DTI (1998) Competitiveness White Paper. London: Department of Trade and Industry.

Emerson, R. (2000) Oxford Dictionary of Quotations. Oxford: Oxford University Press.

Fry, A. (1999) Quoted in Eureka: a survey of innovation. The Economist.

Georghiou, L., Metcalfe, S., Gibbons, M., Ray, T. and Evans, J. (1986) Post-Innovation Performance. Basingstoke: Macmillan.

Hill, T. (1993) Manufacturing Strategy. London: Pitman.

Holdstock, B. (1998) Product Development in Metal Finishing. Business School, University of Brighton, Brighton.

Leifer, R., McDermott, C., OConnor, G., Peters, L., Rice, M. and Veryzer, R. (2000) Radical Innovation. Boston,

MA: Harvard Business School Press.

Lorenz, C. (1986) The Design Dimension. Oxford: Blackwell3.

Mascitelli, R. (1999) The Growth Warriors. Creating Sustainable Global Advantage for America's Technology Industries. Northridge, CA: Technology Perspectives.

Mitchell, R. (1991) How 3M keeps the new products coming. Managing Innovation (eds J. Henry and D. Walker). London: Sage.

Nayak, P. and Ketteringham, J. (1986) Breakthroughs: How Leadership and Drive Create Commercial Innovations that Sweep the World. London: Mercury.

Oliver, N. (1996) Benchmarking product development. University of Cambridge.

Potter, S., Roy, R., Capon, C., Bruce, M. and Walsh, V. (1991) The benefits and costs of investment in design. Report 03, The Open University, Milton Keynes.

PriceWaterhouseCoopers (2000) Innovation and Growth—A Global Perspective. London: PriceWaterhouseCoopers.

Robinson, A. (1989) Partners in providing the goods. Investors in Industry (3i), London.

Rothwell, R. and Gardiner, P. (1985) Innovation. London: Design Council.

Roy, R. and Potter, S. (1997) The commercial impacts of investment in design. Marketing and Design Management (eds M. Bruce and R. Cooper). London: International Thomson Business Press.

Schumpeter, J. (1950) Capitalism, Socialism and Democracy. New York: Harper and Row.

Swann, P. and Taghavi, M. (1988) Product competitiveness and the ideal consumer. Brunel University, London.

Thatcher, M. (1984) Opening address. Design policy: design and industry. Royal College of Art, Design Council.

Tidd, J., Bessant, J. and Pavitt, K. (1997) Managing Innovation: Integrating Technological, Organizational and Market Change. Chichester: Wiley.

Trueman, M. (1998) Competing through design. Long Range Planning, 31 (4), 594.

Tushman, M. and Anderson, P. (1987) Technological discontinuities and organizational environments. Administrative Science Quarterly, 31 (3), 439–65.

Utterback, J. (1994) Mastering the Dynamics of Innovation. Boston, MA: Harvard Business School Press.

Valery, N. (1999) Eureka — a survey of innovation in industry. The Economist, 20 February.

Van de Ven, A., Angle, H. and Poole, M. (1989) Research on the Management of Innovation. New York: Harper and Row.

Walsh, V., Roy, R. Potter, S. and Bruce, M. (1992) Winning by Design: Technology, Product Design and International Competitiveness. Oxford: Blackwell.

2　参考文献

Bayley, S. (2000) General Knowledge. London: Booth–Clibborn.

Bayliss, T. (1991) Clock This: My Life as an Inventor. London: Headline.

Bryson, B. (1994) Made in America. London: Minerva.

Caldecotte, V. (1979) Investment in new product development. Journal of the Royal Society of Arts (October) , 684–95.

Daly, L. (1999) Strategic moves; fashion company invests in overseas production. International Journal of New Product development and Innovation Management, 1 (4) (December) , 297–301.

Design Council (1999) Design in Britain. London: Design Council.

Dowdy, C. (2000) Supporting role. Design Week, 3 November, pp. 29–32.

Freeman, C. (1982) The Economics of Industrial Innovation. London: Frances Pinter.

Gates, B. (1996) The Road Ahead. New York: Viking.

Gilbert, J. (1975) The World's Worst Aircraft. London: Coronet.

Jevnaker, B. (1995) Developing capabilities for innovative product designs: a case study of the Scandinavian furniture industry. Product Development: Meeting the Challenge of the Design–Marketing Interface (eds M. Bruce an W. Biemans) . Chichester: Wiley, pp.181–203.

Leonard–Barton, D. (1995) Wellsprings of Knowledge: Building and Sustaining the Sources of Innovation. Boston, MA: Harvard Business School Press.

Milano, G. and Bergesen, M. (1999) Big companies see entrepreneurs go past in the fast lane. The Sunday Times, 26 September, p.11.

New Elizabethan Dictionary (1960) London: Newnes.

OECD (1987) Science and Technology Indicators. Paris: OECD.

Poolton, J. and Ismail, H. S. (1999) The role of improvisation in new product development. International Journal of New Product Development and Innovation Management, 1 (4) (December) , 321–31.

Rickards, T. and Moger, S. (1999) Handbook for Creative Team Leaders. Aldershot: Gower.

Slack, N. (2000) Operations Management. London: Financial Times Management.

Tomes, A., Armstrong, P., Erol, R. and Dunmuir, D. (1999) Surfing applied science: the scientist–designer in action, International Journal of New Product Development and Innovation Management, 1 (4) (December) 249–64.

Walker, D. (1986) The Redring jug kettle case. Milton Keynes: Open University.

Wallas, G. (1926) The Art of Thought. New York: Franklin–Watts.

3 参考文献

Bangle, C. (2001) The ultimate creativity machine: how BMW turns art into profit. Harvard Business Review (January) , 47–55.

Brown, S., Bessant, J., Lamming, K. and Jones, P. (2000) Strategic Operations Management. Oxford: Butterworth–Heinemann.

Bruce, M., Cooper, R. and Vazquez, D. (1998) Design management in SMEs. Report to British Design Council, UMIST, UK.

Bruce, M. and Harun, R. (2001) Exploring design capability for serial innovation in SMEs. European Design Academy Conference, Portugal, April.

Bruce. M. and Vazquez, D. (1999) Defining a design manager's role in food retail. International Journal of New Product Development and Innovation Management, 1 (2) , 167–79.

Cooper, R. (1993) Winning at New Products. London: Kogan Page.

Cooper, B. and Press, M. (1995) The Design Agenda. Chichester: Wiley.

Cooper, R., Bruce, M. and Vazquez, D. (1998) Design Management: A Guide to Sourcing, Briefing and Managing Design for Small and Medium Sized Companies. Design Council Report. London: The Design Council.

Kotler, P. and Rath. G. A. (1990) Design: a powerful but neglected strategic tool. Journal of Business Strategy, 5 (2) , 16–21.

Rodgers, P. A. and Clarkson, P. J. (1999) An investigational review of the knowledge needs of designers in SMEs. The Design Journal, 1 (3) .

Rothwell, R. (1983) Innovation and firm size: a case for dynamic complementarity. General Management, 8 (3) (Spring) .

Walsh, V., Roy, R., Bruce. M. and Potter, S. (1992) Winning by Design: Technology, Product Design and International Competitiveness. Oxford: Blackwell.

4 参考文献

Bunnell, D. (2000) Making the CISCO Connection: The Story Behind the Real Internet Superpower. Chichester: Wiley.

Chapman, P. (1991) Changing the corporate culture of Xerox. The Manager's Casebook of Business Strategy (eds B. Taylor and J. Harrison) . Oxford: Butterworth–Heinemann, pp. 246–57.

Coser, L. (1956) The Functions of Social Conflict. London: Routledge & Kegan Paul.

Doz, Y. and Hamel, G. (1998) Alliance Advantage. Boston, MA: Harvard Business School Press.

Farrell, W. (2000) How Hits Happen: Forcasting Predictability in a Chaotic Marketplace. London: Texere.

Francis, D. (1992) Step-by-Step Competitive Strategy. London: Routledge.

Fraser, D. (1993) Knight's Cross. London: HarperCollins.

Ghemawat, P. (1991) Commitment: The Dynamics of Strategy. New York: Free Press.

Grove, A. S. (1998) Only the Paranoid Survive: How to Exploit the Crisis Points that Challenge Every Company and Career. New York: Doubleday.

Hamel.G. (2000) Leading the Revolution. Boston, MA: Harvard Business School Press.

Hamel, G. and Prahalad, C. K. (1994) Competing for the Future. Boston, MA: Harvard Business School Press.

Mintzberg, H. (1987) Crafting strategy. Harvard Business Review (July–August) , 66–75.

Mintzberg. H., Ahlstrand, B. and Lampel, J. (1998) Strategy Safari, European edn. Hemel Hempstead: Prentice-Hall.

Nakamoto, M. (1996) Sony's defence of the living room. Financial Times, 26 August, p. 8.

Porter, M. E. (1980) Competitive Strategy. New York: Free Press.

Porter, M. E. (1996) What Is strategy? Harvard Business Review, (November–December) , 61–78.

Rickards, T. (1999) Creativity and the Management of Change. Oxford: Blackwell.

Smith, K. G., Grimm, C.M. and Gannon, M.J. (1992) The Dynamics of Competitive Strategy. Thousand Oaks, CA: Sage.

Walton, M. (1997) Car: A Drama of the American Workplace. New York: Norton.

Weick, K. (1995) Sensemaking in Organizations. Thousand Oaks, CA: Sage.

Wrapp, H. E. (1967) Good managers don't make policy decisions. Harvard Business Review (September–October) , 91–9.

5 参考文献

Aaker, D. A. (1991) Managing Brand Equity — Capitalising on the Value of a Brand Name. New York: Free Press.

Alexander, M. (1985) Creative marketing and innovative consumer product design — some case studies, Design Studies 1, 41–50.

Bannister, N. (2001) .Post Office consigned to history. The Guardian, 10 January, p. 25.

Bruce, M. and Cooper, R. (1997) Design Management and Marketing. London: Thomson International.

Bruce, M. and Cooper, R. (2000) Creative Product Design: A Practical Guide to Requirements Capture Management. Chichester: Wiley.

Bruce, M. and Docherty, C. (1993) It's all in the relationship. Design Studies, 14 (4) (October) , 402–22.

Bruce, M. and Jevnaker, B. (1998) Management of Design Alliances: Sustaining Competitive Advantage. Chichester: Wiley.

Bruce, M., Daly, L., Cooper, R., Wootton, A. and Svengren, L. (2001) Effective design: integrating the supply chain. European Design Conference, European Design Academy, Portugal, April.

Business Week (1985) Winners, the best product designs of the year. 5 June.

Business Week (1996) Design, the new buzzword of the corporate world in the nineties. Innovation Issue, 15 June, p. 171.

Carter, M. (1995) How to look like a winner. Independent on Sunday, 21 May.

Clark, K. (1991) Product Concept Development in the Automotive Industry. Boston, MA: Design Management Institute.

Cooper, R. and Jones, T. (1995) The interfaces between design and other key functions in product development.

Product Development (eds M. Bruce and W. Biemans) . Chichester: Wiley, pp. 81–99.

Cooper, R. G. and Kleinschmidt, E. J. (1986) An investigation into the new product process: steps, deficiencies and impact. Journal of Product Innovation Management, 3 (1) , 71–85.

Cooper, R. G. and Kleinschmidt, E. J. (1988) Pre–development activities determine new product success. Industrial Marketing Management 17, 237–47.

Cooper, R. and Press, M. (1995) The Design Agenda. Chichester: Wiley.

de Bont, C. J. P. M. (1992) Consumer Evaluations of Early Product Concepts. Delft: Delft University Press.

Design (1995) Winter, pp. 38–9.

Dye, S. and Harun, R. (2001) Wisemoney.com: internet start–up success. International Journal of New Product Development and Innovation Management. 2 (4) (December/January) , 387–93.

Gorb, P. and Dumas, A. (1987) Silent design. Design Studies, 8 (3) , 16–21.HMSO (1995) Forging Ahead. White Paper on Competitiveness. London: HMSO.

Ireland, C. and Johnson, B. (1995) Exploring the future in the present. Design Management Journal (Spring) , 57–64.

Keeling, K., Vassilopoulou, K., Macaulay, L. and McGoldrick, V. (2001) Innovation through e–commerce: building motivational websites: a brand too far? The effect of website characteristics on brand personality, attitude to brand, attitude to website and purchase intentions. International Journal of Product Development, 3 (4) , 309–25.

Kotler, P. and Rath, G. A. (1990) Design: a powerful but neglected strategic tool. Journal of Business Strategy, 5 (2) , 16–21.

Leonard–Barton, D. (1991) Inanimate integrators: a block of wood speaks. Design Management Journal (Summer) , 61–7.

Lowe, A. and Hunter, B. (1991) The role of design and marketing management in the culture of innovation. Conference Proceedings, European Marketing Academy, Paris, May.

McGoldrick, P. (1990) Retail Marketing. New York: McGraw Hill.

Murphy, R. and Bruce, M. (2001) B2C online strategies for fashion retailers. Fashion Marketing (eds T. Hines and M. Bruce) . Oxford: Butterworth–Heinemann.

Oakley, A. (1992) The identity problem. Management Today (August) , 54–9.

Oakley, M. with de Muzota, B. and Clipson, C. (1990) Design Management: A Handbook of issues arid Methods. Oxford: Blackwell.

Olins, W. (1990) Corporate Identity. London: Thames & Hudson.

Roy, R. and Potter, S. (1993) The commercial impacts of investment in design. Design Studies, 14 (2) , (April) , 171–95.

Slack, N., Chambers, S. and Johnston, R. (2000) Operations Management, 3rd edn. Harlow: Pearson Education, p. 117.

Southgate, P. (1994) Total Branding by Design, London: Kogan Page.

Tidd, J., Bessant, J. et al. (1997) Managing Innovation: Integrating Technological, Organisational and Market Change. Chichester: Wiley.

Vazquez, Y. and Vazquez, D. (1999) Exhibition brand value at BMW – the 1998 British Motor Show. International Journal of New Product Development and Innovation Management, 1 (3) , 205–11.

Walsh, V., Roy, R., Bruce, M. and Potter, S. (1992) Winning by Design: Technology, Product Design and International Competitiveness. Oxford: Blackwell.

Woodhusyen, J. (1990) The relevance of design futures. Design Management (ed. M. Oakley) . Oxford: Blackwell, pp. 265–73.

6 参考文献

Amrine, H. T., Ritchey, J. A. and Hulley, O. S. (1975) Manufacturing Organization and Management. Englewood Cliffs, NJ: Prentice–Hall.

Chiesa, V., Coughlan, P. and Voss, C. A. (1996) Development of a technical innovation audit. Journal of Product Innovation Management, 13,105–36.

Cooper, R. G. (1979) The dimensions of new product success and failure. Journal of Marketing, 49, 93–103.

Cooper, R. and Drucker, P. F (1994) Nissan Motor Company, Ltd: Target Costing System. Case Study 9–194–040. Boston, MA: Harvard Business School Publishing.

de Bretani, U. (1991) Success factors in developing new business services. European Journal of Marketing, 25 (2) , 33–59.

Design Council (1999) Design in UK Business. London: Design Council.

Doyle, L. E. (1971) Tool and manufacturing engineering. Handbook of Industrial Engineering and Management (eds G. W. Ireson and E. L. Grant) , 2nd edn. Englewood Cliffs, NJ: Prentice–Hall, pp. 415–80.

Gloede, H. C. (1970) The factory service function. Handbook of Modern Manufacturing Management (ed. H. B. Maynard) . New York: McGraw–Hill. pp. 10–141~10–150.

Gunn,T.C. (1987) Manufacturing for Competitive Advantage. Cambridge, MA: Ballinger.

Hayes, R. H., Wheelwright, S. C. and Clark, K. B. (1988) Dynamic Manufacturing: Creating the Learning Organization. New York: Free Press.

Imai, K., Nonaka, I. and Takeuchi, H. (1985) Managing the new product development process: how Japanese factories learn and unlearn. The Uneasy Alliance: Managing the Productivity–Technology Dilemma (eds K. B. Clark, R. H. Hayes and C. Lorenz) . Boston, MA: Harvard Business School Press, pp. 337–75.

Johne, A. and Snelson, P. (1990) Successful product innovation in UK and US firms. European Journal of Marketing, 24 (2) , 7–21.

Langowitz, N. S. (1988) An exploration of production problems in the initial commercial manufacture of products. Research Policy, 17, 43–54.

Lebenbaum, P., Jr (1971) Industrial systems and organization. Handbook of Industrial Engineering and Management (eds G. W. Ireson and E. L. Grant) , 2nd edn. Englewood Cliffs, NJ: Prentice-Hall, pp. 3–72.

Maidique, M. A. and Zirger, B. J. (1984) A study of success and failure in product innovation: the case of the US electronics industry. IEEE Transactions on Engineering Management, 31 (4) , 192–203.

Matisoff, B. S. (1986) Handbook of Electronics Manufacturing Engineering, 2nd edn. New York: Van Nostrand Reinhold.

Meyer, M. H. and Utterback, J. M. (1993) The product family and the dynamics of core capability. Sloan Management Review (Spring) , 29–47.

Saren, M. A. (1984) A classification and review of models of the intra-firm innovation process. R&D Management, 14 (1) , 11–24.

Schonberger, R. J. (1987) Frugal manufacturing. Harvard Business Review, 65 (5) , 5–100.

Shostack, G. L. (1984) Designing services that deliver. Harvard Business Review (January–February) , 133–9.

Stoll, H. W. (1986) Design for manufacture: an overview. Applied Mechanical Review, 39 (9) , 1356–64.

Ulrich, K. T. and Eppinger, S. D. (2000) Product Design and Development, 2nd edn. Boston, MA: Irwin Mc-Graw-Hill.

Wage, H. W. (1963) Manufacturing Engineering. New York: McGraw-Hill.

7 参考文献

Barter, N. (1999) Product development at Jaguar Cars. Paper Presented to the ELASM 6th International Product Development Conference, Cambridge, July.

Burns, T. and Stalker, G. M. (1961) The Management of Innovation. London: Tavistock.

Clark, K. and Fujimoto, T. (1991) Product Development Performance: Strategy, Organisation and Management in the World Auto Industry. Boston, MA: Harvard Business School Press.

Cusumano, M. and Selby, R. (1995) Microsoft's Secrets: How the World's Most Powerful Software Company Creates Technology, Shapes Manages People. New York: Free Press.

Dumas, A. (1994) Building totems: metaphor-making in product development. Design Management Journal, 5 (1) (Winter) , 71–81.

Galbraith, J. (1974) Organisational design: an information processing view. Interfaces, 4 (3) , 28–36.

Handy, C. B. (1993) Understanding Organisations. Harmondsworth: Pelican.

Mintzberg, H. (1983) Structure in Fives: Designing Effective Organisations. Englewood Cliffs, NJ: Prentice-Hall.

Pascale, R. (1993) Managing on the Edge. Harmondsworth: Penguin.

Peters, T. and Waterman, R. (1982) In Search of Excellence. New York: Harper and Row.

Pfeffer, J. (1978) Organisational Design. Illinois: Harlan Davidson.

Thomke, S. and Fujimoto, T. (2000) Problem solving and frontloading the product development process. Journal of Product Innovation Management, 17 (2) , 128–42.

Womack, J. P., Jones, D.T. and Roos, D. (1990) The Machine that Changed the World: The Triumph of Lean Production. New York: Rawson Macmillan.

8 参考文献:

Bradley, A. (1997) Cited in Thackara, J. (1997) Winners! How Todays Successful Companies Innovate by Design. Amsterdam: BIS.

Cooper, R. (1995) When Lean Enterprises Collide: Competing Through Confrontation. Boston, MA: Harvard Business School Press.

Cooper, R. and Chew, W. B. (1996) Control tomorrow's costs through today's design. Harvard Business Review, 74 (1) (January–February) , 88–98.

Currie, Lord (1997) House of Lords Official Report, Unstarred Question – Design, 578 (66) , 3 March.

D' Aveni, R. with Gunther, R. (1995) . Hyper–Competitive Rivalries: Competing in Highly Dynamic Environments. New York: Free Press, p.1.

Department of Trade and Industry (1995) Competitiveness Forging Ahead, DTI, CM2867. London: HMSO.

Design Council (1999) Facts, Figures and Quotable Quotes. London: Design Council.

Dumas, A. (1997) Design: more than slogans are needed. Financial Times, 15 September, 19.

Gierke, M. (1996) Letters to the Editor. Harvard Business Review, 74 (2) (March–April) , 178.

Griffin, A. (1997) PDMA research on new product development practices: updating trends and benchmarking best practices. Journal of Product Innovation Management, 14 (6) (November) ,429–58.

Hardaker, G. (1998) An integrated approach towards product innovation in international manufacturing organisations. European Journal of Innovation Management, 1 (2) , 67–73.

Hertenstein, J. H. and Platt, M. B. (1997) Developing a strategic design culture. Design Management Journal, 8 (2) (Spring) ,10–19.

Holberton, S. (1991) Competitive innovation: let's do this in stages.... Financial Times, 27 February, 22.

Jonash, R. S. and Sommerlatte, T. (1999) The Innovation Premium: How Next Generation Companies Are Achieving Peak Performance and Profitability. Reading, MA: Perseus.

Khurana, A. and Rosenthal, S.R. (1997) Integrating the fuzzy front end of new product development. Sloan Management Review, 38 (2) (Winter) , 103–20.

Lorenz, C. (1993) Mercedes sees the writing on the wall. Financial Times, 5 February, 3.

McKinsey and Company (1991) Cited in Burall, P. (1991) Managing Product Creation. London: DTI.

Nixon, B. (1999) Evaluating design performance. International Journal of Technology Management, 17 (7/8) , 814–29.

Olins, R. (1998) Dyson aims to clean up with new appliances. The Sunday Times (Business) , 10 May, 8.

PA Consulting Group (1999) Going for Growth: Realising the Value of Innovation. London: PA Consulting Group.

Reinertsen, D. G. (1997) Managing the Design Factory: A Product Developers Toolkit. New York: Free Press.

Roy, R. (1994) Can the benefits of good design be quantified? Design Management Journal, 5 (2) (Spring) , 9–17.

Smith, P. G. and Reinertsen, D. G. (1998) Developing Products in Half the Time: New Rules, New Tools. New York: Van Nostrand Reinhold.

Suris, C. (1996) How Ford cut costs on its 1997 Taurus, little by little. Wall Street Journal, 18 July, B1, B8.

9 参考文献

D'yson, F. (1997) Against the Odds: An Autobiography. London: Orion Business Books.

10 参考文献

Camp, R. C. (1998) Benchmarking: The Search for Industry Best Practices that Lead to Superior Performance. Milwaukee, WI: ASQC Quality Press.

Clark, K.B. and Fujimoto, T. (1991) Product Development Performance: Strategy, Organisation and Management in the World Auto Industry. Boston, MA: Harvard Business School Press.

Fujimoto, T, ((2000) Shortening lead times through early problem solving: a new round of capability in the auto industry. New Product Development and Production Networks (ed. U. Jurgens) . Berlin: Springer.

IBM Consulting Group (1994) Made in Europe: A Four Nations Best Practice Study. London: IBM Consulting Group.

Oliver, N., Dewberry, E. and Dostaler, I. (2000) Developing Consumer Electronics Products: Practice and Performance in the UK, Japan and North America. Cambridge: Judge Institute.

Watson, G. (1993) Strategic Benchmarking: How to Rate Your Company's Performance Against the Worlds Best. New York: Wiley.

11 参考文献

Baxter, M. (1995) Product Design: Practical Methods for systematic Development of New Product. London: Chapman& Hall.

Belbin, M. R. (1994) Design innovation and the team. Design Management Journal. (Summer) .

Booker, J., McQuater, R., Peters, A., Spring, M., Swift, K., Dale, B., Rogerson, J. and Rooney, M. (1997) Effective Use of Tools & Techniques in New Product Development. Manchester School of Management Working Paper Series.

BSI (1999) BS 7000: Design Management Systems: Part 1. Guide to Management Innovation. London: British

Standards Institute.

Chiesa, V., Coughlan, P. and Voss, C. (1996) Development of a technical innovation audit. Journal of Product Innovation Management, 13, 105–36.

Cooper, R. G. (1993) Winning at New Product: Accelerating the Process from Idea to Launch. Reading, MA: Addison–Wesley.

Cooper, R. G. (1998) Product Leadership: Creating and Launching New Products. Reading, MA: Perseus.

Cooper, R. (1999) Design and the customer experience. Journal of Product Innovation Management, 1 (1) , 65–73.

Cooper, R. and Press, M. (1995) The Design Agenda. Chichester: Wiley.

Cooper, R. G., Edgett, S. J. and Kleinschmidt, E. (1998) Portfolio Management for New Product. Reading, MA: Perseus.

Crawford, M. (1994) New Product Management. Burr Ridge, IL: Irwin.

de Bono, E. (1986) Six Thinking Hats. London: Penguin.

Diamantopoulos, A. and Mathews, B. (1995) Marking Pricing Decision: A Study of Managerial Practice. London: Chapman & Hall.

DTI (1995) Successful Product Development: Self–Assessment Guide. London: HMSO.

DTI (1996) Innovation Audit. London: HMSO.

Dumas, A. and A. Fentem (1998) Totemics: new metaphor techniques to manage knowledge from discovery to storage and retrieval. Technovation, 18 (8/9) , 513–21.

EFQM (1995) Self–Assessment Guidelines. Brussels: European Foundation for Quality Management.

Fentem, A. and Dumas, A. (1999) Building electronic totems to manage automotive concept development. Managing New Product Innovation (eds B. Jerrard, R. Newport and M. Trueman) . London: Taylor & Francis.

Fowler, T. C. (1990) Value Analysis in Design. New York: Van Nostrand Reinhold.

Hauser, J. and Clausing, D. (1988) The house of quality. Harvard Business Review, 66 (3) , 63–73.

Inns, T. and Baxter, C. (1999) Optimizing product development in SMEs through process mapping workshops. Proceedings of the 2nd international SMESME Conferene, University of Plymouth, pp. 387–94.

Inns, T. G. and Pocock, A. G. (1998) Tools for assisting in strategic planning of new products. Quantum Leap: Managing New Product Innovation, University of Central England, 8–10 September 1998.

London Based Business Links (1999) Business Improvements Designed for Smaller Companies. Design council, 1 November 1999.

Moore, W. L. and Pessemier, E. A. (1993) Product Planning & Management. New York: McGraw–Hill.

O' Connor, P. D. T. (1991) Practical Reliability Engineering. Chichester: Wiley.

Olins, W. (1995) The New Guide to Identity. Aldershot: Gower.

Osborn, A. F. (1963) Applied Imagination. New York: Free Press.

Pugh, S. (1990) Total Design. Reading, MA: Addison–Wesley.

Reinerstein, D.G. (1997) Managing the Design factory. New York: Free Press.

Rochford, L. and Rudelius, R. (1992) How involving more functional areas within a firm affects the new products process. Journal of Product Innovation Management, 9, 287–99.

Scwartz, P. (1997) The Art of the Long Term View. Aldershot: Gower.

Summers, P. (2000) Redesigning the UK. Design Management Journal (Winter), 18–21.

Ullman, D.G. (1997) The Mechanical Design Process, 2nd edn. New York: McGraw–Hill.

Ulrich, K. T. and Eppinger, S. D. (1995) Product Design & Development. New York: McGraw–Hill.

Urban, G.L. and Hauser, J. R. (1993) Design & Marketing of New Products. Englewood Cliffs, NJ: Prentice–Hall.

12 参考文献

Bruce, M. and Biemans, W. (eds) (1995) Product Development. Chichester: Wiley.

Charter, M. (1992) Green Marketing: A Responsible Approach to Business. Sheffield: Greenleaf publishing.

Coddington, W. (1993) Environmental Marketing: Positive Strategies for Reaching the Green Consumer. New York: McGraw–Hill.

Daly, L., Bruce, M. and Phipps, J. (2000) From bricks and mortar to clicks and mortar. International Journal of New Product Development and Innovation Management, 2 (3), 221–31.

Dermody, J. and Hanmer–Lloyd, S. (1995) Developing environmentally responsible new products. New Product Development: Meeting the Challenge of the Design–Marketing Interface (eds M. Bruce and W. Biemans). Chichester, John Wiley & Sons.

Dodgson, M. (1993) Technological Collaboration in Industry. London and New York: Routledge.

Gladwell, M. (2000) The Tipping Point. London: Little, Brown.

Gleick, J. (1999) Faster; the Acceleration of Just About Everything. London: Little, Brown.

Godin, S. (2000a) Unleashing the Ideavirus. Published from wwwideavirus.com.

Godin, S. (2000b) Interview by Tim Adams. Culture section, The Observer, 6 November, p.4.

Hezel, P. (1999) Gender issues and new product development in the French automotive industry. International Journal of New Product Development and Innovation Management, 1 (3), 219–27.

Hines, T. (2001) Fashion Marketing: Contemporary Issues (T. Hines, T. and M. Bruce). Oxford: Butterworth–Heinemann.

Hollins, B. (2000) Developing a long–term design vision. Design Management Journal (Summer), 44–9.

Keeling, K., Vassilopoulou, K., Macaulay, L. and McGoldrick, P. (2001) Innovation through e–commerce: building motivational websites: a brand too far? The effects of web site characteristics on brand personality, attitude to brand, attitude to website and purchase intentions. International Journal of New Product Development and Innovation Management, 3 (4), 309–25.

Klein, N. (2000) No Logo. London: Flamingo/HarperCollins.

Loughlin, P. (1999) Viewpoint: E-commerce strengthens suppliers positions. International Journal of Retail and Distribution Management, 27 (2) , 69–71.

Maslow, A. (1954) Motivation and Personality. New York: Harper and Row.

Michel, S. (2000) The post boo fall out. New Media Age, 25 May, p.20.

Popcorn, F. and Marigold, L. (2000) EVEolution: the Eight Truths of Marketing to Women. London: Harper Collins Business.

Porter, M. and Van der Linde, C. (1995) Green and competitive: ending the stalemate. Harvard Business Review (September–October) , 125.

Raymond, M. (2001) The making and marketing of a trend. Fashion Marketing: Contemporary Issues (eds T. Hines and M. Bruce) . Oxford: Butterworth Heinemann.

Roper Organization and S. C. Johnson & Son Inc. (1990) The Environment: Public Attitudes and Behavior. New York: Roper Organization.

Sparke, P. (1995) As Long As It's Pink: The Sexual Politics of Taste. London: Pandora.

Underhill, P. (1999) Why We Buy: The Science of Shopping. London: Orion.

用设计
再造企业

译后记

设计是人类为实现某种特定目的而进行的一项创造性活动，是人类得以生存和发展的最基本的活动，它包含于一切人造物品的形成过程中。随着社会物质条件和人们的审美观念的变化，设计的含义也在不断变化。18世纪以前，设计主要局限在艺术领域，工业革命后，设计的概念则超越了"纯艺术"的范畴。总的来看，人类设计活动的历史大体可分为三个阶段，即设计的萌芽阶段（从旧石器时代人们制作石器开始）、手工艺设计阶段（以新石器时代陶器的发明为开端）、工业设计阶段（工业革命以后）。

设计是科学与艺术的结晶。从科学性看，它是一门集美学、心理学、行为学、管理学、工程学、人机工程学等为一体的边缘性学科；从艺术方面看，设计通过其作品来达到陶冶人们的情操和提升人们的审美感的作用，表现出独特的艺术魅力及个性。

当今社会，设计活动已渗透到社会生活的各个角落，设计已成为关系到建立和维持企业、产业部门和国民经济竞争力的战略问题，国家创新能力的竞争主要体现在设计力的竞争上。目前在经济发达的国家和地区，设计业已逐渐成为一个具有巨大商业价值的产业。

对企业而言，无论其类型和规模如何，都离不开设计。设计是联结财务、制造、营销、品牌和战略等方面的纽带，企业产品成本的70%~80%是由设计阶段确定的，因此，设计对企业的生存和发展至关重要。从战略角度讲，设计是使一个企业保持竞争力、活力和效力的重要因素。三星集团首席执行官李健熙曾说过："企业仅仅销售产品的时代已经结束了，对于一家企业来说，可以依靠的最重要的资本是设计和创新能力。"

设计包括艺术设计、工业设计（主要是产品设计）、建筑设计等内容，在我国一般是指工

用设计再造企业

业设计。随着人类社会由以机械化为特征的工业社会走向以信息化为特征的后工业社会，工业设计的范畴也大大扩展了，由先前主要是为工业企业服务扩大到为金融、商业、旅游、保险、娱乐等第三产业服务，由产品设计扩展到公共关系、企业形象等方面的设计。

设计的本质是革新和创造，在设计中需要发挥设计者的创造力。在当今技术飞速变化的时代，所有与产品创造有关的人员都必须紧密协作，设计已不可能单由个别人来完成，因此设计师的概念已不再是指一个人，而是指由多学科专家组成的设计团队。

目前有关设计的书籍主要集中在工业设计、艺术设计、建筑设计等方面，从管理的角度全面探讨企业经营中的设计的书籍并不多见。在《用设计再造企业》一书中，玛格丽特·布鲁斯（Margaret Bruce）和约翰·贝萨特（John Bessant）等将设计创新和创造性看作是整个组织的问题，把设计作为一个核心的业务过程和对创造性的有目的的应用过程来进行集成化管理，具体来讲，作者从战略、营销、运作、组织行为、财务、法律等方面探讨了设计的集成化管理问题。此外，作者还探讨了评价设计和改进设计过程的方法，以及未来设计管理所面临的新挑战，尤其是日益发展的电子网络环境下的可持续性设计及其管理问题。本书的一大特色是案例丰富，这些案例涉及的行业非常广泛，包括保险、电子、计算机及软件、网络、汽车、航空、医药、石油、纺织、食品、日用品、家具及装饰等；有的案例短小精悍，有的则内容详实、分析透彻；案例中涉及到的公司既有世界上著名的公司，如 3M 公司、苹果公司、福特汽车公司、宝马公司、微软公司等，也有一些不为人们所熟悉的小公司。通过阅读这些案例，读者更加容易理解、掌握和应用该书中的理论知识。

我们相信，无论是对高等院校和职业技术学院设计、管理等专业的师生，还是对企业的各级管理者及设计师，本书都将是一本不可多得的优秀读物。

本书的翻译工作分工如下：杨萍芳翻译第 1~3 章，宋光兴翻译第 4~6 章，牛力娟翻译第 7~9 章、前言及绪论，李召敏翻译第 10~12 章，全书的校对、修改和统稿工作由宋光兴、杨萍芳完成。

在翻译过程中，我们力求做到表述准确、通俗，但是由于时间仓促和水平有限，书中不妥之处在所难免，恳请读者批评指正，以便今后再版时进行修正。来信请寄：gxsong_yn@163.com。

译者
2005 年 12 月

《用设计再造企业》出版销售信息

欢迎洽谈出版发行事宜

中国市场出版社：中国经济、管理、金融、财务图书专业出版社

中国市场出版社发行部　010-68021338

中国市场出版社读者服务部　010-68022950

中国市场出版社网站　www.marketpress.com.cn

中国图书团购网：中国企业图书采购平台，为学习型组织服务

www.go2book.net

当当网　www.dangdang.com

全国各大新华书店

各大城市民营书店

北京卓越创意商务管理顾问中心　010-82577281

图书在版编目（CIP）数据

用设计再造企业/(英) 布鲁斯， (英) 贝萨特著；宋光兴，杨萍芳译. —北京：中国市场出版社，2006.9

ISBN 978-7-5092-0078-0

Ⅰ.用... Ⅱ.①布... ②贝... ③宋... ④杨... Ⅲ. 企业管理 Ⅳ. F270

中国版本图书馆 CIP 数据核字（2006）第 086436 号

书　　名：	用设计再造企业
著　　者：	〔英〕玛格丽特·布鲁斯　约翰·贝萨特
译　　者：	宋光兴　杨萍芳
出版发行：	中国市场出版社
地　　址：	北京市西城区月坛北小街 2 号院 3 号楼（100837）
电　　话：	编辑部（010）68034190　　读者服务部（010）68022950
	发行部（010）68021338　　68020340　　68053489
	68024335　　68033577　　68033539
经　　销：	新华书店
印　　刷：	三河市华晨印务有限公司
开　　本：	787×1092 毫米　　1/16　　23.5 印张　　337 千字
版　　次：	2007 年 1 月第 1 版
印　　次：	2007 年 1 月第 1 次印刷
书　　号：	ISBN 978-7-5092-0078-0/F·42
定　　价：	68.00 元